岩　波　現　代　文　庫

名誉と恍惚

（下）

松浦寿輝

Hisaki Matsuura

文芸 358

岩波書店

名誉と恍惚　下巻◉目次

上巻目次

第Ⅰ部

本書の主要登場人物はすべて架空の存在であり、故人あるいは存命のいかなる人物とも無関係である。また、物語の背景をなす一九三〇年代後半の史実には忠実を期し、地理・風俗・制度・組織・施設等は当時の上海市の現実におおむね依拠しているものの、ささやかな改変が施された箇所や、想像によって創り出された細部が少なからず紛れこんでいる。

十四、鉄条網――一九三八年一月二十八日

〈東亜親善商工倶楽部〉などと名前はものものしいが、蘇州河の掘割を背にして建つ、二階建ての古ぼけた煉瓦造りの建物にすぎない。支那に進出した内地の中小の企業が集まって設立した、新京に本部を置く施設の上海支部である。目的とするところはたぶん、企業間の情報共有、共同出資の事業計画の立案や調整、大陸へ出張してきた社員の福利厚生等、そうしたもろもろの拠点とするといったあたりだろうか。ただ、施設利用の需要が少なくともこの上海支部ではあまりないのか、昨年八月の戦争勃発のはるか以前からすでにほとんど活動停止の状態になっていることは、芹沢の耳にも何となく入っていた。が、今時の戦況の成り行きでそれがどう変わっているのだろう。うって変わって活況を呈しはじめているのか、それともうち棄てられた荒廃感がますます深まっているのか、どちらともわからないまま、芹沢はその建物に向かって黄包車(ワンポーツゥ)を走らせた。

すでに闇が濃い。〈東亜親善商工倶楽部　上海支部〉という銅板が嵌め込まれた門柱

の前で黄包車を降りたときには、もう午後八時を回っていた。そこから中庭を隔てた建物の入り口を眺めたとたん、どうやらこの施設の現況はあまり芳ばしくないようだという見当がすぐについた。日が没してもうずいぶん経つから人の出入りがまったく絶えているのは当然だが、闇を透かして目を凝らしてみると、車溜まりに敷かれた砂利には落ち葉や紙くずが散らばりほうだいで、玄関脇にはサドルの外れた自転車の残骸が放置されており、窓ガラスは薄汚れていて見たところもう何週間もちゃんと拭かれた気配がない。廃屋というほどではないにせよ、日々のビジネスに使われている建物とはとうてい思えない。

ただし、二階の東南の角に、そこだけ煌々と照明されているひと部屋があり、窓はぜんぶ鎖されているにもかかわらず、中で演奏されているブンチャカブンチャカという騒々しい行進曲の音響が芹沢の立っているあたりまで届いてくる。車溜まりのごみの散らかりようが見てとれたのも、白いカーテン越しに洩れ出したその部屋の黄色っぽい光が玄関回りのあたりまで届き、周囲を薄ぼんやりと明るませているからだった。この曲はたしか、〈エル・カピタン〉というのだったか。「マーチ王」と呼ばれたスーザの代表曲の一つ……。本来は大楽団で派手に鳴らすべき行進曲をほんの十数人の編成でしょぼしょぼ演奏しているので、やけくそのように力いっぱい吹き鳴らしている騒々しさが、かえって情けないような貧相さの印象を際立たせている。それに、とにかく下手糞だ。

寒かった。下にフランネルのシャツを二枚重ね着してはきたものの、そのうえに真っ黒な厚手のシェットランドセーター一枚、さらにやはりシェットランド製の黒いマフラーを首にぐるぐる巻きつけただけという恰好では、骨まで沁み入るようなこの寒気をしのぐのに十分からはほど遠い。黒いセーターに黒ズボン、頭をぴったり包む黒い毛糸帽──夜陰に身を溶けこませる必要が生じるかもしれない今夜のための服装として、芹沢が選んだのがそれだった。しかし、日が落ちた後の急激な気温の下がりようは予想を超え、しかもどうやらそれはますます下がりつづけているようで、黒ずくめなどというつまらぬ配慮は捨ててもっと尋常にツイードのコートでも着てくるべきだったかと芹沢は早くも後悔していた。しかも、手袋も忘れてきてしまった。芹沢は両腕で自分の肩をきつく抱き、膝を高く上げてその場でひとしきり地面をばたばたと蹴った。それで少しは軀が温まったような気がしたが、細かな震えは収まらない。

一月二十八日金曜日の夜だった。今日を入れてあと四日で一月は終る。それでおれは工部局警察をくびになる、と芹沢は改めて考え、今やそのこと自体にはもう大した悲嘆も憤慨も感じなくなっている自分に少々驚かないでもなかった。署の方からはあれ以来何の音沙汰もなく、芹沢の方も辞表を送っていない。自分から辞職を願い出る気はすでにまったくなくなっていた。退職金が出るか出ないかなど、もうどうでもいい。それより今はただ、真実が知りたい。去年の九月以来、おれの身の上に、またおれの周りで起こっていたのは本当はどういうことだったのか、何よりそれが知りたい。

一昨日の夜、アナトリーの口から出たのは、思いがけず乾留吉の名前だった。唖然としてつい力の弛んだ芹沢の手をアナトリーは振り切り、もがき出て芹沢との間に距離をとり、荒い息の下から何かもう少し言いかけたが、思い直したように口を噤み、そのまま表通りめざしていっさんに走り去ってしまった。呆然と立ち尽くした芹沢は、後を追ってもう一度捕まえ直す機会をつい逸した。

オフィサー・イヌイ……ぼくはあいつが怖い、あいつには逆らえない……逆らうと殺される……。信じられない言葉だった。上海に赴任してきた芹沢が最初の出仕日の昼どき、食堂の入り口でまごついていると、いきなり馴れ馴れしく肩を叩いて食券の買いかたを教えてくれた、あの面倒見の良い好漢……。顔中くしゃくしゃになるようないたずらっぽい笑顔……。自分の出世にも祖国の将来にもとりたてて関心がなく、そこそこ安気に毎日を過ごしていけさえすればそれで十分と考えているような、大した能力はないが明朗で親切で人情に篤くて、誰もがたちまち気を許さないわけにはいかない好人物……。「お気楽なやつたあ、おれのこと！　王様よりも、幸せさ　心配事なんか、何にもないよ」……モオリス・シュヴァリエのシャンソンの一節が甦ってくる。あれはまさに乾のことではないか。その乾がアナトリーを操っておれの身辺をスパイさせていた？

だが、突拍子もないたわごととしか思えないアナトリーの言葉をとりあえず念頭に置いて、乾について思いをめぐらせているうちに、新たな光に照らし出され、これまで考えてもみなかったような細部の意味を開示しつつ記憶の底から甦ってきた事柄が一つ二つ、ないわけではなかった。

まず、馮篤生（フォン・ドスアン）と芹沢の「親しい交際」について。なぜかそれは嘉山に筒抜けになっていた。嘉山はそれをどこから知ったのか。その疑問は去年の十二月二十日の事情聴取の際に大河原課長からも呈され、芹沢は前々から漠然と考えていた通り正直に、嘉山少佐は参謀本部の「謀略課」の一員である以上、そうした片々たる情報まで握っていても不思議ではないのではないか、といった趣旨の返答をしたのだった。だが、そんな一般論は脇に置き、改めて考え直してみれば、馮（フォン）と芹沢の接点には、ある一人の日本人の男が立っている。

「接点」というのは嘉山に対して芹沢自身が使った言葉だった。あの晩芹沢は、自分と蕭炎彬（ショー・イーピン）との間には何の接点もありませんよ、と言ったのだ。すると嘉山は、その言葉に飛びついてくるようにして、シガーを燻らしながら、接点ね……と思わせぶりに呟いたうえで、蕭（ショー）と個人的な面識はない、では、馮篤生（フォン・ドスアン）との間にはどうでしょう、と訊いてきた……。そう、おれと馮篤生（フォン・ドスアン）との間にはたしかに接点がある。しかし、その接点が生じた出会いの場に第三者として立ち会い、おれが馮（フォン）から名刺を受け取った瞬間を自分の目で目撃した男がいる。一昨々年（さきおととし）の春節の折、偶然足を踏み入れた東台路の古董市場で、芹沢は馮（フォン）と初めて出会ったのだが、その帰り道、無軌道電車の中で吊り革に摑まって並んで揺られながら、乾は何か気になったように馮（フォン）の名刺をもう一度見せてくれと言い、芹沢がそれを見せると、馮篤生（フォン・ドスアン）という名前を矯（た）めつ眇（すが）めつしながら、骨董品の時計商……まさかあれが、あの馮篤生（フォン・ドスアン）なんじゃなかろうな、いや、まさかねえ……とか何とか、そんなことをもごもごと呟いていたのだった。

去年の九月、馮（フォン）と蕭炎彬（ショー・イーピン）との繋がりを嘉山から聞いて驚愕し、にわかには信じられず、その真偽をどうやって確かめようかといっとき悩んでいた。その頃、二年前の冬の夕刻の電車の中で馮（フォン）の名刺を食い入るように見つめていた乾の反応が思い出され、署の階段の踊り場で彼を捕まえ、質問してみたのだった。すると、ああ、何かそんなことがあったっけなあ、馮篤生（フォン・ドスアン）？　おれは何も知らんよ、聞き覚えがあるような、ないような……といった、心許ない答えしか返ってこなかった。もし仮に、その返答がまったくの虚言であり、「そんなことがあったっけなあ」も何もかも、すべてが演技で、馮（フォン）が蕭（ショー）の義理の伯父に当たるという事実を乾は最初から知っていた――そう仮定してみたらどうか。

乾は、芹沢と馮（フォン）との間にある種の共感を伴う知遇が生じた、その端緒の場面に居合わせた――これは事実だ。以来彼は、芹沢と馮（フォン）の交際の進展のさまを密かに窺いつづけていた……。アナトリーはその間ずっと彼の使いっ走りを務め、見聞きしたことを何もかも乾に伝えていた……。そうやって得た芹沢と馮(フォン)との「交際」に関する情報を嘉山に流したのは、他でもない、乾留吉だった……。つまり、「接点」という言葉をもう一度使うなら、乾こそがまさに、嘉山と馮篤生(フォン・ドスアン)との間の接点だった……。

何の根拠もない推論だ。が、可能性としてはありえないわけではない。

この推論の延長線上に、もう一つの疑念が浮上する。嘉山と蕭炎彬(ショー・イーピン)の面談が行なわれたあの夜、乾は〈縫いものをする猫たち(ソーイング・キャッツ)〉にたまたま現われた。あいつの振る舞いは、いかにもあいつらしいものだった。着飾った支那人の女を伴っての芹沢の夜遊びの現場に行き当たって目を丸くし、面白がっていた乾……。美雨(メイユ)と芹沢の怪しげな小芝居にすっかり騙されてしまった、素朴でお人好しであまり頭の良くない乾……。しかし、それははたして彼の本当の姿だったのか。ころりと騙されたのは、あまりにもお人好しだったのは、実は芹沢と美雨(メイユ)の方だったのではないか。女優としての演技の才を無邪気に誇る美雨(メイユ)を、あの貧相な髭づらの小男は腹の中でせせら笑っていたのではないか。馮(フォン)と蕭(ショー)の親族関係を知っているほどの事情通ならば、蕭(ショー)の妻である美雨(メイユ)の顔も見知っていてもいっこうに不思議ではない。

いや、そもそも、乾があのジャズクラブに突然入ってきたこと自体、はたして偶然だったのかどうか。蕭(ショー)の公館から〈縫いものをする猫たち(ソーイング・キャッツ)〉まで、芹沢たちの乗ったキャデラックを尾行してきた者がいることはまず間違いない、と、芹沢もそこまではすでに考えを詰めていた。そいつは公館の門の近くのどこか目立たない路上に自動車を停め、人の出入りを監視していたのだろう。運転手を務める助手は別にいて、そいつは軀を低くして後部座席に潜んでいたのかもしれない。門からキャデラックがゆるりと滑り出てきたとき、そいつは芹沢と美雨(メイユ)の顔を双眼鏡で確認し、後を付けはじめた。芹沢たちが〈縫いものをする猫たち(ソーイング・キャッツ)〉の前で車を停めた瞬間、そいつもただちに降車して暗がりに身を潜め、すばやく写真を撮った……。

では、その「そいつ」が乾だったとしたらどうだ。乾はその後、少し時間を置いたうえで何喰わぬ顔で店に入って、偶然の邂逅にさも驚いたというふうに、芹沢たちのテーブルに近づいてきた。鈍感と図々しさを装って強引に同席し、いったい何でまた芹沢が蕭(ショー)の第三夫人とこんなところにやって来るという成り行きになったのか、探りを入れようとした……。

さすがにこれは、妄想の領域に入りかけていると言うべきだろうか。もちろん、すべてが誤解、勘繰り、見当違いにすぎないのかもしれない。こうしたいっさいはアナトリーが興奮状態で口走ったひとことを出発点とするあやふやな仮説でしかないのだから。あの小僧は、頭に浮かんだでたらめな人名をとっさに口にしてみただけかもしれないのだから。だが、よりにもよってそれが乾の名前とは……。この突拍子のなさが、かえって妙になまなましい現実感を掻き立てずにはいない。アナトリーに同僚の噂話をしたことがあっただろうか、そのとき乾の名前を出しただろうか、と芹沢は考えてみたが、よくわからなかった。ともかく乾を捕まえて問い質してみなければならない。しかし、彼をどうやって捕まえる？

　退庁時刻を見計らって工部局警察の前で張り込むのは論外だった。もうあの建物には絶対に近寄りたくない。では、彼の家に乗り込むか。何度か遊びに行ったことのある乾の住まいは虹口（ホンコウ）の日本人街の一角に建つ邦人専用アパートで、つまりは外白渡橋（ガーデン・ブリッジ）の向こう側だ。橋のたもとに立つ歩哨に、まだ有効なはずの工部局の職員証を見せれば恐らく四の五の言わずに通してはくれるだろう。ただしそこに立っているのは顔見知りの同僚であるかもしれず、そして同僚たちの間にはもう芹沢の「不祥事」の噂が陰に陽に広まっているだろうと思うと、どうにも気ぶっせいで、当面、あの橋を渡る気にはなれない。それに、黄浦江の対岸にある「日本人街」という言葉の響きに、もはや芹沢は自分を庇護してくれる温かみをまったく感じなくなっていた。虹口（ホンコウ）に身を置けばそこはもう「同胞」ばかりだという安心感は、おれにはもうないな、いきなりなくなってしまったな、と芹沢は考えた。おれの居場所はやはりここだ、この共同租界——ここ以外にない。様々な国籍の者たちが、いや国籍はもとより戸籍さえ失った無法の徒まで含めて、蕪雑（ぶざつ）に入り乱れて暮らすこの一種不可思議な特権地帯だ。血腥（ちなまぐさ）い無法と暴力の気が立ち込めた混成、混沌、混乱の場所だ。ここにはまだ、おれにとっての自由がある。そのはずだ。

あの晩のやつの話をもし信じるなら、やつは〈縫いものをする猫たち（ソーイング・キャッツ）〉にときどき出没しているらしい。あの店で待ち伏せしていて、無警戒で現われた乾を不意打ちし、おう、乾じゃないか、偶然だなあ、と皮肉たっぷりの口調で言ってやる。狼狽（ろうばい）するだろうな。そのさまを内心でせせら笑ってやるのはさぞかし面白かろうが、しかし、現実的に考えて、いつ現われるとも知れぬ乾を待ってあの店で幾晩も幾晩も粘りつづけても、徒労に終る可能性の方が高い。

どこで乾を捕まえられるかを考えつづけているうちに、ふと思い当たったことがあった。乾は工部局の音楽隊に所属して、上手くもないチューバを吹いている。そして、音楽隊の隊員のうち有志の十数人が、毎月最後の金曜の夜に、〈東亜親善商工倶楽部〉内のアップライトピアノを備えた小ホールで練習会をやっているのを、たまたま芹沢は知っていた。採算が取れない状態のまま存続しているこの〈倶楽部〉は、せめてもの収入を得ようと、利用されずに遊んでいるホールを時間割りの安い賃貸料で貸している。そこを借りて行なっている練習会は、音楽隊の公式行事というより工部局内の音楽愛好サークルの例会のようなもので、やつはきっとそれに来る。そうした集まりにはまめに足を運び、決して義理を欠かさない男であることを芹沢はよく知っていた。そういうわけで今、芹沢は、古ぼけた煉瓦造りの建物の二階の小ホールの窓から洩れる黄色い光を見つめながら、その中から鳴り響く、リズムも乱れ音程も合っていないブンチャカブンチャカの聞き苦しさに舌打ちしているのだった。音程はずれのチューバをブカブカとうるさく吹き鳴らしているやつがたしかにいる。きっとあれが乾に違いない。

たしかこれは七時から始まっているはずで、あと一時間もすれば終るだろう。終って出てきた乾の後を付け、独りになる瞬間を何とか捕まえる……。待てよ、と芹沢の心に急に不安が兆した。練習と称するこの会を終えた後、連中は揃ってどこかの呑み屋だか食堂にでも繰り出すのではないか。いや、きっとそうなるに違いない。要するにこれは同好の仲間同士の親睦会みたいなものなのだから、練習自体よりその後酒食をともにして騒ぐのを楽しみに来る連中が多数を占めているに決まっている。連中が一緒くたになって宴席へ移動するといった成り行きになった場合、独りになった乾を捕まえられる瞬間など、いつ訪れるやら、わかったものではない。

どうしたものかと考えながら、芹沢は錠の掛かっていない鉄柵を押し開けて中庭に入り、玄関の近くまでそろそろと近づいてみた。玄関脇の部屋の窓に薄暗い光が点っており、たぶんそれはこの建物に常駐する管理人か何かが起居する部屋なのだろう。耳を澄ますとその窓の内側から支那語の人声が洩れてきて、ラジオ放送だとすぐに知れたが、同じ建物内で鳴っている下手糞なブンチャカブンチャカにほとんど掻き消されてしまっている。ラジオを聞いている管理人はさぞかし苛立っていることだろう。お気の毒に、と芹沢は心中で呟き、口の端にかすかな笑みを浮かべた。建物に沿ってぐるりと廻ってゆくうちに、管理人室と小ホールを除けば他の部屋は真っ暗で、まったくひと気がないことがわかった。仕事と観光を兼ねて内地から訪れる会社関係者が泊まれるような簡便な宿泊設備も、最初は曲がりなりにもあったのかもしれないが、そんなサービスはもうとっくに中止になっているのだろう。ひと回りしてまた玄関の前まで戻ってきた。

ある考えが浮かんだ。芹沢はポケットから手帳を取り出して白いページを開けると、二階のホールの窓から落ちてくる明かりを頼りに、鉛筆で手早く次のような文面を書きつけた。

「乾留吉大兄　ご無沙汰しています。実は、ちょっとご助言をいただきたいことがあり、二人だけでぜひお目にかかりたいのです。練習会の後、ここの玄関の前で待っていていただけませんか。どうかよろしくお願いいたします。謝々！　芹沢一郎拝」

親しみ、無警戒を基調に、一生懸命なさま、すがるようなさまをわずかに滲ませる文面……。ページをちぎって四つに畳み、それを持って正面玄関の扉を押した。扉はすぐに開いた。暖房のまったく効いていない薄暗い玄関ホールに足を踏み入れると、右側に病院の受付のような細長い窓口があって、ガラス窓の内側にはカーテンが閉まっている。中には電灯がともり、白いカーテン地を透かして濾過された光が洩れている。そのガラス窓を指の関節の背でこつこつと叩いてみると、中で誰かが立ち上がって近づいてくる気配があり、カーテンがさっと開いて痩せこけた顔に暗い表情を浮かべ、薄い頭髪を丁寧に撫でつけて禿を隠した四十恰好の男が顔を覗かせた。

芹沢は四つ折りにした紙を差し出して、すまないがこれを、今ホールで音楽をやっている一団の中の、イヌイという男に渡してくれないか、と支那語で頼んだ。

はあ……。あんた自身で行ったらどうなのかね。正面の階段を上がって、突き当たりを右へ――。

いや、それがね、ちょっと、他の連中とは顔を合わせたくない事情があってなあ。面倒をかけて申し訳ないが、そう言いながら用意しておいた何枚かの小額紙幣を添えて、紙をもう一度突き出した。

男はそれを見つめながらしばらくためらっていたが、結局、窓を開けて紙と金を受け取った。

イヌイ、だったか……?

そう。

日本人か?

そうだ。

男はそれだけ聞くと顔を背け、挨拶もなしに窓もカーテンもぴしゃりと閉めてしまった。芹沢は閉まった窓に向かって声を張り上げ、すぐ届けに行ってくれ、ちょっと急いでいるから、と言い、踵を返して玄関を出た。

中庭に立って二階の窓を見上げていると、数分して演奏中の曲が終り、次の曲が始まるまで少々間が空いた。今頃二階のホールでは、管理人が乾を呼び出し、芹沢のメモを渡しているところだろうか。乾はそのメモを同席している日本人の同僚に見せ、おい、例のあいつ、芹沢がこんなものをよこしたぞ……などと当惑げに、あるいは面白そうに、言ったりするだろうか。もし乾が今芹沢が疑っている通りの人物なら、きっと見せはしまい。また、乾がもしこれまで芹沢が考えてきた通り、友だちの名に値する好人物だとしたら、これもまた他人に見せはしまい。芹沢が陥っている窮状のおおよそはむろんとっくに聞き知っているだろうから、悩んでいる友人の相談にこっそり乗ってやろうと、俠気（おとこぎ）を発揮してくれるはずだ。

芹沢はもう一度建物の外壁に沿って歩き出した。先ほどひと回りしたとき注目していた場所がある。建物の真裏に、蘇州河に面して、廃材が放置されたり大小のごろた石が転がったりしている、土が剥き出しになったかなり広い空き地があった。芹沢はその空き地を横切って、敷地の端にめぐらされた鉄条網のすぐ前まで行った。地面にじかに尻をついて座り込み、また両腕で肩をぎゅっと抱いて身を縮こめる。ここで時間を潰（つぶ）すことにしよう。その鉄条網は、二十五センチほどの間隔を空けて水平方向に七本の有刺鉄線が張り渡され、いちばんうえの鉄線は、芹沢の身長とほぼ同じくらいの高さまで来ている。その向こうはすぐ急坂になって、川岸まで一挙に落ちこんでいる。さっきまで雲間に隠れていた下弦の月が急に現われ、その明るい光の照り映えで蘇州河の水面が仄(ほの)かな耀(かがよ)いを帯びた。昼間は泥色の汚水の流れとしか見えない川が妙に美しく目に映じ、そこかしこで白く砕ける川波を見ているうちに、芹沢の軀にある安らぎが広がってきた。

深夜の街路を遠ざかってゆくキャデラックの赤い尾灯の輝きと、リアウィンドウ越しに見えている、決して後ろを振り返ろうとしない美雨(メイユ)の頑なな後頭部がまた記憶の底から甦ってきた。そのすべてが遠ざかって遠ざかって、最後に夜の闇の中にゆるゆると溶けこんでいった……。あの女にもう一度会ってみたい、という強い思いが込み上げてきた。警察官(ジンツァ)！　警察官(ジンツァ)！　警察官(ジンツァ)！　と繰り返しながら、あの女は手を叩いて笑ったな。まったくだ。あの女が正しかった。何とまあ、お笑いぐさではないか。なのに、あの頃のおれときたら、社会の安寧秩序の維持に奉仕し市民の保護に挺身する警察官としてどう振る舞うべきか、などといったつまらぬ義務感に、雁字搦めに縛られていたのだ。ボードビルの喜劇だ。猿芝居だ。

ときどき凍りつくような川風がびゅうと吹きつけてきて、そのつど軀が竦み上がる。しかし、そんな酷薄な風になぶられることに、少しばかり、妙な快感がないでもない……。ぼんやりしているうちに時間が経っていき、ふと何かが聞こえたような気がしてわれに返ってあたりを見回した。一瞬、間があって、何かが聞こえたのではなく、ずっと聞こえていた音がいつの間にか消えていることに意識が刺激されたのだとようやくわかった。

ブンチャカブンチャカがいつから鳴り止んでいたか、はっきりとはわからないのが不安だが、しかしさほど時間は経っているはずはない。連中が楽器を仕舞い帰り支度をして、階段を降りてくる……。幹事役の誰かが管理人に鍵を返す……。皆がぞろぞろと建物を出てくる……。乾が、おれはここでちょっと人を待つからなどと言い、皆と別れて独り玄関ポーチに残る……。そうした過程を心中に思い描き、それにどれほどの時間がかかるか推量しながら、芹沢は足音を忍ばせて建物の方にゆっくりと戻っていった。たぶん乾は少なくとも五分や十分は待っているに違いないから、焦る必要はない。むしろ早く行きすぎて他の誰かがまだ残っているところに行き合わせてしまう危険の方を避けたい。

建物のきわをじりじりと回っていき、二階のホールの明かりが消えていることを確認し、外壁がくぼんで陰になっているところに入って芹沢は待った。耳を澄ます。静寂。もういいだろうか。焦燥感が高まって我慢しきれなくなり、思い切ってくぼみから出ていこうとした瞬間、そこからは見えない中庭に、人々のお喋りや笑い声がどっと溢れ出した気配が伝わってきた。今ようやく連中が出てきたところなのか。何を言っているかわからないが、燥ぎ立った人声はおおむね日本語で、そこに多少の英語が混ざっているようだ。それが徐々に遠ざかってゆく。中に一人、ピッコロか何かでヘエル・カピタン〉の主旋律をプッピー、プピプピと吹き鳴らし、わざとらしく間違え音程を外してみせ、皆の笑いを誘っている剽軽なやつが混じっている。そのプピプピも笑い声も、じれったいような遅さで遠ざかってゆく。それがついに聞こえないほどになり、表通りからかすかに響いてくる車の往来の喧騒に完全に溶けこんだ時点から、さらにきっかり三分待とうと芹沢は思った。

腕時計もあったが、月を見上げながら心の中で秒を数えはじめる。三十……八十……百……そのカウントに心拍が同期し、いっとき気が逸って不自然に高鳴りかけていた胸の鼓動が徐々にまた平静に戻ってゆくのがわかった。……百五十……百七十……百八十。よし。芹沢は建物のくぼみから出て角を曲がり、玄関に近づいていった。中庭に敷かれた砂利が踏み締めるときしきし鳴るので足音をひそめても無駄だ。

玄関の庇の下に独りぽつねんと佇んでいる人影があった。乾が小男なだけに、傍らに置いたチューバのケースが何か馬鹿馬鹿しいほど大きく見える。

おう、芹沢、伝言を受け取ったよ、乾は落ち着きはらった声で言った。乾は私服姿だった。けっこう値の張りそうな薄茶のシープスキンのハーフコートを着込んでいる。何の感情も読み取れない声だったが、それを聞いただけでいきなり目頭が熱くなってしまった自分に、芹沢は少なからず狼狽した。考えてみれば何せここひと月以上、尋問やら難詰やらではないまともな会話を、人間相手に交わしていない。こぶしをぎゅっと握り

締めて自制し、同じように平静に喋ろうと努めながら、

やあ、久しぶりだな、と言ったが声が少し掠れてしまったのが無念だった。俯いてしばらく黙っていた乾は、やがてくいと顔を上げて、

聞いたよ、と言い、今度はその声に同情に湿った柔らかな響きが籠もっている。大変だったな。何だか、とんでもない誤解がいくつも重なっちまったようだな。うちの上の連中、何しろああいう馬鹿揃いだからよ。あんた、免職になりそうだとか何とか……。

芹沢は軽く頷き、

こっちから辞表を出せば依願退職の扱いにしてやると、石田課長は言っているんだ。しかしそれももう、時間切れじゃないのかな。そう言いながら、乾の気遣わしげな喋りかたに不覚にも涙が出そうになり、掠れ声の語尾が震えかけたのが察知されたのではないかと恐れた。

依願退職か……。しかしそれも存外、良いかもしれんよ、と乾は言った。安月給でこき使われて、あれこれ汚れ仕事を押しつけられて、支那人からは憎まれ、白人からは馬鹿にされ……。ご存じの通り、碌でもない職場だもんなあ。おれだって、きっかけさえ何かあれば、いつでも辞表を叩きつけて追ん出てやる。そういう覚悟はあるんだ。なに、未練もくそもあるもんかい。あんたなんか、おれより若いし、もっと面白い代わりの仕事がいくらも見つかるだろう……。

しんみりと慰めるような乾の口調に、芹沢の心は柔らかくほぐれかかり、しかしその途中で、不意にこわばった。乾の言葉に我知らず釣り込まれ、ついつい思いのたけを打ち明けたくなってしまいかけた自分自身の感情の動きを、鋭く覚醒しつつ冷静に観察している心の一部分がある。そこに疑心暗鬼の表情を崩さずに身を潜めているもう一人の芹沢が、乾の同情の言葉に心を開きかけているお人好しの芹沢自身に向かって、うかうかと乗せられるなよ、緊張を解くなよ、というかすかな警報を発してきたのだ。同時に、思い出したことが一つあった。

石田課長に辞表を書けと強要されたあの日、石田は話のついでにふと、きみは何か事あるごとに反戦的言辞を弄しているそうだな、国策への批判的、挑戦的態度が顕著だそうだな、と芹沢をなじったのだった。すんなり聞き流して今の今まですっかり忘れていた石田の話のその小さな細部が、急に生き生きと甦ってきた。おれの言動、態度……まあそうだ、たしかに否定はできないな、とそのとき芹沢は思ったのだった。それもこれも、日本という国がどういう方向に舵を取るべきか、おれなりに考え抜いてのことだったが、今さらそんな弁解をしてもこいつに通じはしまい、とにかく一介の下吏がでしゃばってそんなこちたき論をしたり顔で言い立てることを、執行部はよほど苦々しく思っていたに違いない、それもまあ、もっともと言えばもっともな話だ、という思念がさっと閃いてそのときは漠然と納得してしまい、その後考え直すこともしなかった。

だが、そうした芹沢の言動に関する「証言」を聞いている、「報告」を受けている、と石田はたしかに言った。その「証言」「報告」なるもの、それをしたのはいったい誰だ。よくよく自分の振る舞いを顧みてみるなら、たとえ芹沢がどれほど世間知らずで無思慮な青二才であるにせよ、さすがに自国の政府や軍への批判を同僚の誰彼構わず見境なく喋りまくるほどの馬鹿ではない。南京での事件を報道する『ニューヨーク・タイムズ』の記事を囲んで課員が興奮して喋りまくっていたあの朝でさえ、芹沢は、当然予想のつく日本軍の蛮行へのあからさまな嫌悪は決して口にせず、むしろ報道の公正性に疑問の余地があるという点の方を強調するように努めたものだ。つい気を許して政府や軍の振る舞いへの憤懣を洩らしたのは、実質上、この乾という男に対してだけだったのではないか。この男は、今この瞬間にそうしているように、気のおけない無邪気な笑みに乗せて、うんうん、わかるわかる、おまえの気持はよくわかるよ、という狎れ合いの信号を送ってくる。それを受けてつい警戒心が弛み、あれはいかがなものか、これにも納得が行かないぞと、日頃頭に去来していた批判なり憤懣なりをつい言葉にしてしまったことが何度かある。あいつ相手以外に、おれがそんな危うい話題に触れたことのある警察関係者がいるか。まず、いない。それでは、明らかではないか。おれの言動に問題があると上層部にチクったのは、こいつなのだ。

とっさにそこまで考え、同時に芹沢の意識は急に冷たく冴えた。ついさっきまでは、珍しく優しい言葉を人から掛けられ、思わず涙ぐんでしまいそうにすらなって、それを恥じ、感情の昂ぶりを乾には見てとられまいと、懸命に自分を抑えていたのだった。ところが、不意に今、こいつの親切心は見せかけだけのものだという見極めがつき、これに対抗するにはこっちも蛇のように、狡猾のうえにも狡猾を期して行動しなければ、と冷静に計算する心のゆとりが戻ってきた。

いやあ、あんたにそう言ってもらうと、ほんとに有難いよ……。何だかほっとする、気持が楽になるよ、と言って芹沢は感極まったように、少しばかり大袈裟にぐすんと洟をすってみせた。すると乾は芹沢の肩にぽんと片手を置き、

ほんとに、大変だったなあ、災難だったなあ、と声に熱と力を籠めた。おれにできることがあったら言ってくれ、何でもするからよ。

うん……。

いや、つい昨日もな、おまえんとこの石田の野郎と廊下ですれ違ったんで、呼び止めて、言ってやったんだ。僭越ながらひとこと申し上げます、芹沢について何か悪い噂が流れておりますが、自分は昔からの友人で、彼の人柄はよく知っております、あんな実直、有能で誠意ある警察官は他におりません、何かの嫌疑を掛けられているやに聞きましたが、何かとんでもない誤解が生じているに違いありません、とな。

石田は何て言っていた？

うんうん、とうるさそうに頷いて、噂話に気を遣う暇があったら仕事をするんだな、と厭味ったらしく呟いて、行っちまいやがった……。

そうか、と言って頷きながら、嘘だな、と芹沢は思った。ふつう人は虚言を口にして緊張すると、瞬きの数が多くなるものだ。瞳の奥を覗きこまれまいという無意識の機制が働くのかもしれない。乾も芹沢と同様に、尋問法の講習でそう習ったはずだ。今日出会って以来の乾の目は、むしろ逆に瞬きが極度に少ない。不自然なまでに瞬きをしない。とくに、石田に向かって芹沢を弁護したという今の話をしているときには、瞬きはまったくなく、むしろ瞬きをこらえようとする緊張で目尻が二度ほどかすかに痙攣したのが見て取れた。嘘をついていないと見せかけようと、意識的に努力しているということだ。

そうか、有難いよ……。で、それじゃあ、お言葉に甘えて、さっそくだが、ちょっと相談に乗ってもらいたいことがあってなあ、と芹沢はすがりつくような熱心さを精いっぱい滲ませた哀れっぽい口調で言った。ここじゃあ、そこの管理人室に話が筒抜けだから、もう少し静かなところで話そうじゃないか。なあ、建物の裏に空き地があるみたいだから、どうだい、そこで……？　すると乾は、おう、と機嫌良く応じ、傍らに置いておいたチューバのケースをよっこらしょと持ち上げた。

二人は建物の脇を回り、先ほどまで芹沢が時間を潰していた空き地へ行った。途中、乾は濡れ衣を着せられた芹沢の災難を嘆じて、何やかんや慰めの言葉を呟きつづけたが、その災難の具体的な中身についてはひとことも言及しないし、芹沢に尋ねようともしない。芹沢は先に立ってずんずん歩き、空き地を横切って先ほどまでいた鉄条網のあたりまできた。立ち止まって振り返ると、五歩ほど離れたところに乾は、チューバのケースを手に提げたまま立ち尽くしていて、それ以上距離を詰めようとしない。

で、何だ、相談ってのは？

芹沢はすぐには答えず、また鉄条網の方を振り向いた。蛇行して流れる蘇州河が大きく曲がってちょうどくぼみのようになったところで、向こう岸には今にも崩れそうなちっぽけなみすぼらしい破屋が、崖に張りつくようにごたごたと立ち並んでいる。明かりのついていない家も多い。無人なのか、電気の供給が断たれているのか、そもそも最初から電気を引いていないのか……。そんなことをぼんやり考えていた芹沢の背中に、

なあ、話ってのは何なんだ、雨が降ってきたぞ、という乾の声が投げつけられてきた。やや苛立った口調になっていた。それでようやく芹沢は、ここ数日夕方から夜半にかけて間欠的に降っては止みを繰り返すのが恒例になっていた氷雨の粒が、いつの間にかぽつりぽつりと落ちはじめているのに初めて気がついた。

こんなところに突っ立っていたら、工部局の備品のチューバが濡れちまう。このおんぼろのケースは合わせが馬鹿になっていてなあ、隙間から水が入って――。

チューバなんか、どうでもいい、と言いながら芹沢はゆっくりと振り返った。そして、

乾の無表情な顔に正面から真っ直ぐに視線を据え、声が昂ぶらないように注意しつつ、あんた、アナトリーっていう白系ロシア人の小僧を知ってるか、知ってるだろう、と言った。数秒の間があって、

ああ、アナトリー……そう言えば、そういうガキがいるな。おれの使ってるタレコミ屋の一人だ、それがどうした、という答えが返ってきた。

あんた、アナトリーに、おれの家から写真を盗ませた。そうだろ？　違うか？

乾はしばらく黙っていた。顔を俯き加減にしているので、心の動揺のようなものがそこに現われたかどうかはまったく見定められない。

おい、どうなんだ。

　すると、乾は黙ったままいきなり歩き出し、芹沢めがけてずいずいと真っ直ぐに近寄ってきた。芹沢がたじろいで半身になると、俯いた乾は軀と軀が掠めるほどの近さで芹沢の脇をすり抜け、鉄条網のすぐきわまで行って、チューバのケースをさも大事そうに地面にそっと置いた。後ろ姿のまま、コートのポケットからくしゃくしゃになった支那製の安煙草の箱を取り出し、一本抜いて、もう一方のポケットから取り出したマッチで火を点けた。ひと息深く吸いこんで、濃い煙を吐き出す。それからゆっくりと芹沢の方を振り向いた。顔は無表情のままだ。後ろに倚りかかろうとしたようだが、背中がかすかに鉄条網に触れたとたん、それが剣呑な有刺鉄線で出来ていることに気づいたらしく、

びくっとして軀を立て直した。それから、
アナトリーねえ……。あいつは良い子だよ、とのんびり言った。いっぱしの不良ぶって鼻息は荒いが、なに、気の小さい、弱虫の子どもにすぎん。が、子どもは子どもで、それなりの使いようがある。

アナトリーに写真を盗ませたのは、あんただな？

子どもの割りには、おまえもよく知ってるように、あっちの方は妙に達者でなあ……。乾は半ば独りごとのように喋りつづける。いやあ、驚いた、驚いた。おれもさ、実はいっぺんだけ、あいつのかまを掘ってみたことがあるのさ。ものは試し、何事も経験と思ってな。四つん這いにさせて後ろから入れながら、首をちょいと絞めてやったら、けつの穴がぴくぴく締まりやがる。あれは面白かったが、しかし男相手ってのはやっぱりおれには向かねえな。それがよくわかっただけでも、まあ収穫と言えば収穫だった。にしても、あのしゃぶりよう、舌の動かしよう……大したもんだ。あ、そういうことはおまえの方がずっとよく知ってるか。しかしなあ、おまえが何と、あいつの同類の、根っからのおかま野郎だったとはねえ。それだけは本当に意外だったよ。

そんなことは、どうでもいい。無理やり咽喉から押し出した掠れ声で芹沢は辛うじてそう言ったが、乾はまったく意に介さず、さらに喋りつづける。

まあ、ひょっとしたら、とは思っていたよ。何しろ、女っ気ってものが丸っきりない野郎だったからなあ、おまえは。で、ちょいと誑しこんでみろとアナトリーに言いつけたんだ。そうしたら、百発百中、大当たり！

窓越しに写真を撮ったんだな、あの晩……。

外からよく見えるように、明かりを点けた裏手の部屋の窓際に引っ張ってって、おまえに抱きついてみろ、と言っておいた。まあ、抱きつく真似だけでも良かった。すぐさま撥ねのけられても、抱きついた一瞬をうまく捉えて撮影できれば、それで十分、醜関係の証拠になる。ところが何とまあ、おまえ自身がひと役買って、自分から進んで色気たっぷりの濃厚な接吻シーンを演じてくださった。おまえもなあ、よくやるよ。それで、すばらしい証拠写真が撮れた。

慄えながら無我夢中でアナトリーに初めて接吻したあの場面を、この出歯亀に見られていた。こいつは卑しい笑いを浮かべて一部始終を目撃し、あまつさえ写真まで撮っていた。芹沢は恥で頭がかっと熱くなるのを感じた。平然とした口調で応じてやろうと思うのに、唇が空しくわななくばかりで何一つ言葉が出てこない。乾はそんな芹沢の動揺ぶりを冷たく見据えながら、

一昨日の真夜中だったか、あいつ、電話を掛けてきてな、と言葉を続けた。おまえに殴られたとか何とか、泣きわめいてるんだ。何があったのかはっきり説明しろと言っても、しどろもどろで、何が何だかわからない。そのうちに一方的に切っちまいやがった。

まあ、たぶんおれのことをおまえに何か言ったんだろうとは思っていたよ。

では、おれがさっきの伝言のメモに書いた「大兄」という呼びかけも、ほんとに有難いよと呟いて感極まったように洟をすすってみせたわざとらしい仕草も、こいつは最初からまったく信用していなかったのだ。さっきの会話の最中、こいつの瞬きの頻度や目尻の引き攣り具合をおれが観察していたのにも気づいていたに違いない。観察されていたのは実はおれの方だったというわけだ。芹沢は大した驚きもなくそう理解し、しかしとにかくこれではっきりした、とむしろ救われたような気分になって考えた。こいつはおれの友ではなかった。最初からそうではなかったのだ。

おまえは嘉山の、子分か何かなのか、という言葉を芹沢はようやく掠れ声に乗せて咽喉から押し出した。乾と同様に芹沢の方も、おのずと相手をおまえ呼ばわりするようになっていた。

子分、ねえ……。まあ、そう言ってもいいが、おれはあんな男、まったく信用しちゃあいない。上海に何か特務機関みたいなものを作りたいとかで、あれこれ動き回っていて、おれもまあ、頼まれれば何やかんや手伝ってやっている。ただそれだけの関係だ。

陸軍将校の使いっ走りか、と芹沢は言った。嘉山に雇われて、ここそこ情報を集めて回るタレコミ屋か。おまえ、警察官だろう。そうじゃないのか。警察官としての誇りはないのか。芹沢がそう畳みかけても乾はまったく動じなかった。あさっての方に目を遣

りながら黙って長々と煙を吐いた後、乾は芹沢の顔に目を戻し、ふてぶてしい薄ら笑いを浮かべて、

へっ……警察官か……。警察官、ねえ……と呟いた。それは芹沢が乾の顔にそれまで一度も見たことのない、何か正視に耐えないようなおぞましさをたたえた酷薄な表情だった。おれはこいつのことを何も知らなかったのだ、と芹沢は慄然としながら改めて考えた。

警察官としてとか何たら、公序良俗、安寧秩序が何たら、そんな話がおまえは大好きだったよな。今となってはもう、そういう偉そうなご託宣に、たぶんおまえ自身うんざり、げんなりしてるんじゃないのか。おれにとっちゃあ、話は簡単だ。警察官の制服制帽はいろいろなことに役立つ。それだけのことだ。さっき、きっかけさえあればいつでも追ん出てやると言ったのは、掛け値なしの本心だよ。嘉山の組織はもうそろそろ——そう、遅くともここ数か月のうちには正式に発足して動き出すはずだ。土肥原(どひはら)中将をお飾りのトップに据えるか据えないかで、まだごたごたしているようだが、実質上はもちろん「嘉山機関」だよ。そうなれば、おれは警察を辞めてもう完全にそっちに移ってもいいと思ってる。もっとも、おれ経由で、工部局警察の内部情報が丸々筒抜けになっているのは便利だから、連中、そのまま残っていろと留め置きにかかるだろうがなあ……。警察に残ってスパイを続けるのか、これまで通り、と芹沢は吐き棄てたが、それに対

しては乾は返事をしようとしなかった。それにしても、この男は何でまた、こんなことまでおれにぺらぺら喋るのだろう、と芹沢は訝った。日頃本性を隠して生きている人間は、こういうふうに雄弁に、露悪的に自分のことを滔々と語る機会に、案外飢えているものなのだろうか。乾は短くなった煙草を人差し指と親指でつまんでぽいと投げ捨て、二本目に火を点けると、不意に面白そうな顔になって、

おまえ、京城へ行かないかと誘われただろ？　と言った。

ある機関の者です……アイコク的の要務です……というあのいかつい顎の支那人の言葉を耳元に甦らせながら、

あれが、その組織なのか、と芹沢は呟いた。ジェスフィールド路の……。

むろん、そうだよ。おれの読みでは、おまえはすぐさま警察に辞表を出し、その足であのジェスフィールド路の鉄扉の向こう側に駆け込んで、工部局執行部から不当な扱いを受けたと泣きつく――てっきりそう動くに違いないと思っていた。連中は、まあまあとおまえを宥め、新しい仕事、新しい任務というニンジンをおまえの顔の前にぶら下げ、お膳立てを整えておまえを京城へ送り込む。そうなるはずだった。何でまた、素直に辞表を書かなかったのか、おれにはさっぱりわからんよ。

おまえには百万年経ってもわかるものか、と思いながら芹沢は、

もしそうしてたら、おれは京城で消されることになっていたんだろう、アナトリーが

そう言っていたぞ、と静かに言った。

乾は何の反応もしなかった。アナトリーが芹沢にそこまで喋っていたことを知って、虚を衝かれたのかもしれないが、表情からは何も読み取れない。

なあ、一つ教えてくれ、と芹沢は言った。嘉山はいったいどういう目的で、蕭炎彬（ショー・イーピン）に近づこうとしたんだ。

さあ、ねえ。何しろ、いろんな魂胆のある男だよ。そういうことのいちいちをおれは知らんし、知りたいとも思わない。何せあいつの、ただの「子分」でしかないもんなあ。口元だけにとどまっていた乾の酷薄な薄ら笑いが両目の表情にまで広がった。自嘲をことさら大袈裟に演じて面白がっているのだ。

〈縫いものをする猫たち（ソーイング・キャッツ）〉の前でおれの写真を撮ったのは、あれもおまえか。

今度もまともな返答はしまいと思ったが、予期に反して乾は嬉しそうな顔になり、ぺらぺら喋り出した。

いやあ、蕭炎彬（ショー・イーピン）のところの運転手……何と言ったかな……。

李（リー）、と芹沢は呟いた。李映早（リー・ヨンジョ）。

そうそう、あいつ、もともと、朝鮮人の反日組織の幹部格で、ちょいとばかり鳴らしていたようだが、何かへまを仕出かして除名されたらしい。職にあぶれて喰うにも困り、途方に暮れていたところを蕭（ショー）に拾われた。それで武烈団の内情が青幇（チンパン）にぜんぶ洩れて、武烈団の側も怒り狂っているというから、たぶん早晩、あいつは消されるんじゃないか。で、あの晩、あいつとおまえが路上で喋っているところを一つ画面に収めて写真に撮れた。あれは大成果だったよな。なあ、石田やら大河原やら、大騒ぎをしていただろ？

芹沢は黙っていた。

ああいう画像が残ってしまったら、工部局警察という組織の中ではもうおまえに未来はない。あれで、おまえの命運は尽きる。そうおれは考えた。実際、その通りだったろ？　違うか？

乾はとくとくとして語っている。憎々しい口調だが、しかしこいつが喋っているのを聞いていると、その憎々しさ自体にも何か妙な愛嬌がそこはかとなく漂ってしまう。得な性分と言うべきか損な性分と言うべきか。芹沢は何か他人事のような気分になって、そんなことをのどかに考えていた。

ということは、と芹沢はゆっくりと言った。おまえはあらかじめ知っていたんだな、おれの生まれを……。

むろん、知っていたとも。

いつから？　ずっと前からか？

最初からだ。なあ、おれたちは、おまえの初めての出仕日に、食堂の前で会ったんだよな。覚えてるだろ？

ああ、とだけ芹沢は言い、親切で頼りがいのある先輩と思ったよ、という言葉は咽喉の奥に押し戻した。

あのときおまえは、自分は一人っ子だ、と言った。覚えてるか？

いや……。

おれは人事課に顔が利く。何でもおれの言うことを聞いてくれる課員が一人いてな、おまえの着任前に、おれはおまえの人事資料をひと通り見せてもらっていた。それには姉一人、兄一人の、三人きょうだいの末っ子だとあった。ところが、いざ会ってみると、一人っ子という言葉が本人の口から出たじゃないか。実際、名前も一郎だ。何かある、とすぐさまピンと来たんだよ。

根っからのスパイ、卑しい覗き屋なのだと芹沢は思い、嫌悪感で自分の顔が歪むのがわかった。

しかし、なぜ……いったい、なぜ……とだけ芹沢は言って言葉を途切れさせた。それに続く部分は、激した感情がまとわりつきすぎてはっきりした言葉にならなかった。なぜだ？　なぜおれをこんなことに巻き込んだ？　怪しげな仲介に乾自身は関わりたくなかった、みずからの手は汚したくなかった、それで嘉山を蕭炎彬（ショー・イーピン）に会わせるためにおれを利用した、と——そこまではまあいい。しかし、その仲介の務めをおれはちゃんと果たしてやった。そうではないか。それだけでもう十分ではないか。それをきっかけにして、それを利用して、それを捩じ曲げ悪用して、おまえはおれに汚名を着せ、おれが工部局警察に勤めつづけられないようにした。おれの人生を台無しにしようとした。なぜだ？……こうした問いにあたかも正面から答えるかのように、

おれはおまえが嫌いなんだよ、と乾はあっさり言い、芹沢の心の中に渦巻く無言の疑問を、彼が正確に理解していることがそれでわかった。

いい気な、友だち面しやがって……すかしやがって……。ジャズだのシャンソンだのと、気取りやがってよ……。そのうえ、口を開けば、正義だの国益だの、公僕としてだの国際法に照らせばだの、しゃらくせえご高説を垂れやがってよ……。そういう外国語学校出の若造がいつの間にか、おれを追い越して巡査部長さまだ。そのうち警部補になり警部になり、ひょっとしたら警視さまにまでご出世なさるんだろう。二等国民の血が半分混じった、あいのこの、エセ日本人のくせによ。おれはどうだ。ヒラの巡査のままで歳をとって、定年間際にお情けで、「部」なしの巡査長にしてもらえるのが関の山だ。子どもの頃と同じに、ちびの留公、留公って、馬鹿にされてよ……。あいつら、おれを笑いものにするために、わざわざでかいチューバなんぞ吹かせてよ……。

愛嬌はもう霧散して跡形もなかった。ただ、荒んだ、冷たい、裸の憎悪があるばかりだ。はあ、そうか、おまえの心の奥の、いちばん深いところに潜んでいる本音がそれか、と芹沢は思い、おのずと浮かびかけた憫笑を抑えるために口元を引き締めた。何だ、そ

の程度のことだったのか。拍子抜けもいいところだ。こいつはただ、小狡い打算から自分を鎧って好人物を演じてきた、卑怯な小心者にすぎない。愛嬌と親切の鎧で覆い隠していた本心はと言えば、凡庸きわまる劣等感、妬み、やっかみ……そんなつまらぬものでしかなかった。アナトリーの言葉から、こいつの正体は実は何か凄味を秘めた大悪党だったのではと、一瞬でも疑ったおれが馬鹿だった。乾留吉は所詮、皆から軽んじられて当然の、ちびの留公だ。そのうえ、頭も悪いな、愚かなやつだ。それじゃあこいつは、おれのことを気取り屋の正義漢としか思っていなかったのだ。こいつはおれのことがまったくわかっていない。フランス語のシャンソンを聞き、英字新聞を読み、正義や国益についてもっともらしく論じたりしているこのおれの心の底に、こいつなんぞよりはるかに物騒なけだものが一匹、潜んでいることがわかっていない。闇の中に目を見開いて、二六時中、熱い血と狂気をたぎらせている凶暴なけだもの……。その気配をまったく感じ取っていない。

　工部局の警察官としてのおまえにはまだ利用価値がある、というのが嘉山の意見だったんだが、と、また新しい煙草に火を点けながら、乾はやや気を取り直したように感情を抑えた声で言った。真綿で首を絞めるようにじわじわ抱き込んで、工部局に勤めさせながら、こっちの機関のためにも働かせればいい、と。公安課内にああいうのを一匹飼ってると、何かと役に立ちそうだ、とさ。それじゃあ、おれと同じように使うつもりですかい、と訊いたら、ひょっとしたら芹沢の方がおまえより有能かもしれないよ、と来た。おまえより有能——あの野郎、しれっとした顔でそう吐かしやがった。赦せねえ。ふざけるんじゃねえ。おれは芹沢を潰しますよ、いいですね、と念を押したら、あいつは、まあ好きにするさ、とか何とか呟いて、それっきりぷいっと横を向いちまいやがった……。

はあ、そいつは残念だったな、と芹沢はせせら笑うように言った。嘉山がまあ好きにするさとつまらなさそうに言ったときの口調が耳元で聞こえたような気がした。おれとしては、嘉山のために働いてやってもよかったんだがな。薄気味の悪い男だが、おれはあいつのことが何だか好きだよ。それに、おれの方がおまえよりあいつの役に立つのは、言うまでもない。

へえ、そうかい。

おまえはさっき、工部局警察の内部情報が筒抜けになっているとか何とか言ってたが、ヒラの巡査の手に入る情報なんて、カスみたいなもんだ。せいぜいのところ、根も葉もない噂話を早耳で聞きつけて、嘉山にご注進に及ぶといった程度だろうが。そこへ行くと、おれが近づくことのできる情報はそんなものとは重要度がまったく違う。それに、おれの昇進につれて、情報の質はむろんますます高まってゆく。

乾の顔が憎々しげに歪んだ。と、次の瞬間、そこににんまりとした笑みが広がり、ところでな、とまったく別のことを喋り出した。

そうそう、噂話って言えばねえ……へへっ……。公安課のおまえの机の抽斗の中身の処分を言いつかったやつが、写真を一枚見つけてな。ガキの頃の芹沢がおふくろと一緒に写っているらしいと言うんで、公安課員みんなで面白がって眺めたそうな。いや、課内だけじゃない、そいつがその写真を食堂に持ってきて見せびらかすから、みんなが集まってきてな、もちろんおれも見せてもらったよ。なかなかの美人じゃねえか、おまえのおふくろは。で、おれが、この女、京城で、日本人の男には相手にされなくて、もっぱら朝鮮人相手に軀を売る立ちんぼだったらしいよ、うっかり子だねを貰うついでに性の悪い病気も貰っちゃって、それで内地に引き揚げることになったんだとさ、と教えてやったら、ははあ、道理で、とみんな納得していたぜ。事情通のおれが言うことだ、連中、すぐ信じて——。

芹沢は一歩で距離を詰め、乾のコートの襟元を両手で摑み、背後の鉄条網にぐいと押しつけた。この野郎……という低い呻き声はほとんど言葉にならなかったが、他方、煙草をぽろりと落とした乾の口からはひゃあという空き地全体に響きわたるような大きな悲鳴が上がった。後頭部と首筋に有刺鉄線のとげが刺さったらしい。いつの間にか雨が強くなっていた。仰向いた乾の顔に雨粒が筋を引き、口髭の先から滴り落ちているのが滑稽だった。

この野郎……と、もう一度、今度はもう少しはっきりした声で芹沢が言いかけたとたん、斜め後ろからだだだっと駆け寄ってくる足音が聞こえ、次の瞬間、脇腹に強い衝撃を受けた芹沢は跳ね飛ばされて横に転がっていた。激痛で呼吸ができないが、息を詰めたままただちに跳ね起きる。しかしその瞬間、顔を狙った第二打が来た。とっさに歯を喰いしばり、頭を横に逸らしたので左顎へのその強烈なフックの力は多少弱まったが、それでも左耳のすぐ下あたりに受けた衝撃で、キーンという甲高い音以外には左耳は何も聞こえなくなった。よろめきながら、後ろに跳びすさり、いったい何が起きたのかと目を凝らした。

痛て……と頭の後ろをさすりながら呻いている乾の脇に、警察官の制服姿で、分厚い黒革の手袋を嵌めた大柄な男が立ち、左のてのひらで右の拳の背をさすっている。その拳を、軀ごとの突進の勢いを乗せつつ芹沢の脇腹に突き入れ、さらに続けて顎にフックを放ってきたのだろう。

Come on, Rafty! Smash him down! と乾が鋭い声で叫んだ。やっちまえ、叩きのめしてやれ！　制服は英国人巡査隊のものだと芹沢は見て取り、顔を確かめようとしたが、暗くてよくわからない。が、芹沢を突き転ばした瞬間に男の頭から跳ね飛んだのだろう、地面に落ちていた自分の制帽を拾い上げ、ゆっくりとかぶり直したとき、雨雲の切れ目からまた不意に月が顔を出したのか、月光が射してきて、それが男の顔の正面に落ちた。

見覚えがある。話したことはないが署の廊下でときどきすれ違ったことがある。鼻の下だけに蓄えている茶色い口髭、耳のうえでくるりとカールしている同じ色の巻き毛、人を見下しているような傲然とした目つき。姓か名かわからないが、ともかくラフティと呼ばれたその巡査は、腰のベルトから警棒を抜き取り、それを右手に握り締め、斜めに構えて、じりっ、じりっと近づいてくる。そうだ、署の休憩室で乾とこいつが卓球をやっているところを二、三度見かけたこともある。卓球仲間か、それで乾の口からスマッシュなんて言葉が出てきたのか。そんな埒もない思いが閃いた。

突進の気配を感じた瞬間、とっさに軀をずらしたので、男の最初の一撃の角度はわずかに逸れて浅くなった。多少は力が削がれたはずだが、それでもまだ息が吸い込めない。さらに、耳の下に喰らった第二打の衝撃で頭がくらくらする。時間を稼ぐために、肺に残った息を振り絞り、何だよ、こいつは、おまえの同類か、と乾に向かって掠れ声で叫んでみた。むろん返事はない。うかつだった、完全に油断していた、と芹沢は唇を嚙んだ。

乾が鉄条網の側に位置を占め、芹沢に建物に背を向けさせたのは、このラフティという男が芹沢の背後をとれるようにするためだったのだ。ちょっとご助言をいただきたいことが……などという芹沢の甘ったるい文面を、乾ははなから信じていなかった。管理人室の電話を借りるか何かして、すぐさまこいつを加勢に呼び寄せた。そういうことに違いない。こいつ、いったい何でまた、こんなことまでおれにぺらぺら喋るんだろうと訝しく思ったものだが、そのわけは簡単なことだった。単に、加勢が到着するまでの時間稼ぎだったのだ。ラフティは、建物の玄関のところに二人がいないので、周囲をぐるりと回ってみた。この静寂の中、日本語で話をしている二人の姿はすぐ見つかったはずだ。

乾は、この英国人が建物の陰伝いにひっそりと姿を見せたのを芹沢の背中越しに認めるや、わざと芹沢を激昂させて注意を逸らし、ラフティがすぐ近くまで忍び寄ってこられるようにした……。何もかもが後手後手に回っている。おれは依然として、乾にいいようにあしらわれている。ひょっとしたら、こいつは結局ただのチンピラだ、ちびの留公だ、劣等感まみれの卑怯な小心者だとおれに高を括らせたのだって、計算ずくの演出だったのではないか。あれでおれの警戒心はすっかり弛んでしまったのだから。

ラフティはひとことも口を利かなかった。鍛え上げた筋肉が制服のうえからでも見て取れる、二十代半ばと見えるがっしりした男だった。リズムをとるように左右に細かく軀を揺らしているさまが獲物を狙う獰猛な肉食獣のようで、機に応じ必要に応じ、全身のどの筋肉でも、力の抜けた状態からぴんと張り詰めた状態へと即座に持ってゆく訓練を積んでいることが一見して明らかだった。身長だけで言えば芹沢と大して変わらないが、肉弾戦の技倆は自分とは比較にならないことが、芹沢にはすぐさまわかった。芹沢は警視庁に入庁後、最初の数か月の間、必修になっている柔道と剣道の教習はひと通り受けたが、成績は良と可で、運動神経の鈍さを教官からさんざんに嘲られたものだ。しかも、それさえずいぶん昔の話だ。上海赴任以来のこの四年半、格闘技の稽古など何一つしていない。こいつの滑らかな身のこなしには、とうてい太刀打ちできない。何より、こいつの方が若い。かてて加えて、こいつは警棒を持っている。

逃げる。それしかないか。芹沢はラフティの腰回りに目を遣った。銃は持っていない。よし、きっかけを摑み、くるりと振り返って一気に走る……。芹沢の心を読み取ったかのように、突然ラフティが飛びかかって、警棒を袈裟懸けに振り下ろしてきた。それを避けながら躯を翻し、後方に走り出そうとしたが、慌てすぎていたので、雨に濡れた地面のうえで靴底が滑り、芹沢はころりと横に転んでしまった。が、それが結果的にラフティの警棒の一撃を外してくれることになった。

しかし、警棒が空を切ったのがわかるや、ラフティはそれをすばやく振り上げ直し、もう一度振り下ろした。その一撃が芹沢の右の太腿に当たった。激痛。もう立ち上がれない、と一瞬思ったが、地面にそのまま倒れていれば今度こそ確実に仕留められる。弱みを見せまいと、左足を踏み締め、それで地面を力いっぱい蹴るようにして立ち上がり、ふらりとよろめいたが何とか躯を立て直し、顔に苦痛の色を浮かべまいと努めながら、ラフティと向かい合った。右腿は折れてはいない。いったん空を切った警棒を慌てて構え直して放った一撃だったので、振り上げが中途半端で、さほどの力が籠もらなかったらしい。しかし、痛い。物凄く痛い。何しろ幾つもの重要な神経叢が集中している部位だ。走って逃げるという選択肢はこれで消えてしまった。

ラフティの薄茶色の目を直視する。馮篤生（フォン・ドスアン）の作る人形に嵌め込まれた義眼のような、人間らしさをまったく湛えていない冷たい目だった。こいつは――こいつと乾は、ここでおれを殺すつもりなのだ、と芹沢は不意にはっきりと悟った。結果的には外したものの、頭を狙って力いっぱい振り下ろしてきたさっきの警棒の一撃には、あからさまな殺意が籠もっていた。乾の身になって考えれば、そりゃあそうだろう。話の後でこいつは始末すると最初から決めていたからこそ、警戒心も何もなくいろいろなことを芹沢に、あんなふうにぺらぺらと話して聞かせたのだ。逆に言えば、彼らとしては、彼らの正体を知った芹沢をもうこの期（ご）に及んで生かして帰すわけにはいくまい。が、しかし、芹沢にはなぜか不思議に恐怖はなかった。こんな荒涼とした場所で、雨の中、この若い英国人に殴り殺される。まったくの無意味な死。しかし、それならそれでもいいような気もする。どうせおれの死を悼んでくれる人間など、この世にもう誰一人いやしないのだから。

有難いことに、だんだんと息が戻ってきた。耳鳴りが収まり、左耳の聴覚も徐々に回復しつつある。どうやら鼓膜は破れていないらしい。芹沢は無意識のうちにズボンのポケットに手を突っ込み、いつもそこにあるナイフを探り当てていた。それを取り出し、かちりという小気味良い音とともに刃を引き出し、柄を右手に握り締めて構えてみる。肩幅より少し広めに足を開き、膝を少し曲げて躯の重心を落とす。いつだかの南京路では、こうしたもっともらしい構えを見せただけで相手が怖気づいてくれたものだが、という希望がちらりと閃いた。そう言えば、二人の男相手で、そのうち一人が棒を持っているという状況は、今と同じだ。あの夕暮れどきも雨降りだった……。しかし、ラフティの目を正面から覗きこんでみるや、こいつは、ナイフを突きつけられて竦み上がってしまうようなタマではまったくないことがすぐわかった。ずっと無表情だったラフティの顔には、今や残忍な薄笑いが浮かんでいる。もうガラス玉のようではなくなった目は、それをしも人間らしいと言えば言えないこともない、卑しい喜びの輝きを放っている。当然だろう。六十センチほどの長さのある彼の警棒は、芹沢の手にしている小振りなナイフなどとはリーチがまったく違う。

ラフティはまたじりっ、じりっと間合いを詰めてきた。芹沢がナイフをゆっくりと左右に振ると、ラフティも馬鹿にしたような、嘲るような表情で、それを真似るように警棒の先を左右に動かしてみせる。同時に、空いている左手を上げ、てのひらをうえにして人差し指をくいっと曲げてみせた。かかって来い、とからかっているのだ。こいつ、楽しんでやがる……。芹沢にはこれから起こることが心の中にまざまざと見えるような気がした——おれが必死の思いで、ナイフを突き出しつつ突進してゆく、それをラフティは半身になって躱す、次の瞬間、ラフティが振り下ろす警棒の一撃で自分の右手が叩き折られる、ナイフがぽとりと地面に落ちる、うっと呻いて倒れかけた芹沢の後頭部の真芯めがけて警棒が振り下ろされる……。

こいつの振り回す警棒相手にチャンバラをやっても勝ち目はない、と芹沢は思った。勝機があるとすれば、軀を密着させた組み打ちによるほかはない。それも、これ以上体力が消耗してしまう前にだ。芹沢はナイフを左手に持ち替えた。そして、突然、ナイフの刃の先を右手に摑み、腕を振り上げ、ラフティの胸の真ん中めがけて力いっぱい投げつけた。不意を衝かれたラフティは、飛んでくるナイフを避けようとしてバランスを崩し、つんのめりかけてたたらを踏んだ。その瞬間を逃さず、芹沢はラフティに飛びかかった。軀がぶつかっても勢いを弛めようとせず、うおおっというような声を上げながら、渾身の力で突進しつづける。腿の激痛をこらえて右足でも力のかぎりに地面を蹴って、相手の軀が鉄条網に当たるところまで何とか押しこんだ。さっきの乾同様、後頭部と首筋に鉄線のとげが喰い入ったのだろう、ラフティは悲鳴を上げた。傷口を広げようと、芹沢はラフティの軀を鉄条網に押しつけながら、右手でその顔を鷲づかみにして上から二本目の有刺鉄線に後頭部をごりごりとこすりつけた。悲鳴が高くなる。

雨粒混じりの冷たい川風が、芹沢の顔に真正面からびゅうと吹きつけてきた。ラフティは警棒を闇雲に振り回しているようだが、芹沢の背後の空を切るばかりだ。ついに警棒を放し、両手で芹沢の背中をがんがんと、滅多やたらに殴りつけてきた。またしても息が止まりかける。しかし芹沢は耐え、左手をラフティの咽喉に当てて締め上げながら、右手でラフティの頭を鉄条網にこすり上げ、こすり下ろす。殺してやる、殺してやる、といつの間にか心の中で繰り返していた。実際に声に出して呟いていたかもしれない。あるいは大声で叫んでいたかもしれない。ラフティは殴りつけるだけでは埒が明かないと見たか、芹沢が首に巻いていたマフラーを摑んで締め上げてきた。しかし、芹沢が顎を首にぎゅっと引き付けて抵抗したのと、それ以上に、ウール地の素材は引っ張ればいくらも伸び大した力が加えられないのとで、ほとんど効果がなく、ラフティはまた芹沢の背中を殴りつける動作に戻った。

我慢比べになった。筋力はこいつの方が少々強いかもしれないな、と芹沢は思った。しかも、おれはすでに脇腹、左顎、右腿と、三箇所を打たれ、力が萎えている。殺してやる、絶対に殺してやる、という激しい念はこいつにもありおれにもあるから、それはまあイーブンとしよう。ただ、その一方、ここで死んでもいい、それならそれで構わない、とおれは思っているが、こいつにはそういう腹の括りようはない。芹沢一郎、乾留吉、「嘉山機関」、そんなもののために自分の命を落とす気など、こいつにはさらさらありはしまい。ならば、優位に立っているのはおれだ、やはりおれの方だ。そんなきれぎれの思考が芹沢の頭を断続的に掠めた。しかも、二人の体重がかかった鉄線がだんだんしなって低くなり、ついに直下の段の鉄線に重なり、それも一緒になって下へしなりはじめている。それにつれて、重なり合った二人の軀がいよいよ深く前傾し、水平に近づいてきた。こうなると、上からのしかかっている方が強い。芹沢の手から逃れようとラフティが頭を持ち上げようとした、そのはずみを利用して、芹沢はラフティの顔を横に捩じ曲げ、今度は横顔を鉄条網にこすりつけた。絶叫。どっと血が溢れ出す。頬や耳が裂けたのだろう。しかし、芹沢の方も指やてのひらや手首があちこち裂け、大小の傷から血がだらだら流れている。二人の血が混ざり合い、降り注ぐ雨がそれを薄めてゆく。

不意に腰に鈍い衝撃があり、その痛みで手の力が弛みかけた。軀を起こして振り返ってみると、そこには乾が、チューバのケースを抱えて呆然と立っていた。ほう、そのケースでおれをぽいんと殴ってみたのかい。この馬鹿野郎、何を暢気（のんき）なことをやっていやがる。芹沢の目を覗きこみ、驚きと恐怖で真ん丸に見開かれている乾のどんぐりまなこに吐き気を感じながら、芹沢は乾の股間を蹴った。ラフティの警棒で腿を殴られた右足の方はとうてい上がりそうにないので、左足で、乾のきんたまを力いっぱい蹴り上げた。乾は悲鳴を上げて蹲った。

鉄条網の方へもう一度向き直る。芹沢の軀の重みが消えたとたん、ずるずると滑り落ちたらしいラフティは、鉄条網からのろくさと身を引き離そうとしていた。そうしながら、一メートルほど先に転がっている自分の警棒の方へ、半ば手探りに、黒い革手袋を嵌めた片手を伸ばしかけている。芹沢は警棒を蹴り飛ばしてから、ラフティの軀のうえにもう一度のしかかった。彼の頭を両手でぎゅっと摑んで、すでに幾筋も深くえぐれて真っ赤な肉が覗いている彼の横顔を、もう一度、今度は下から二本目の有刺鉄線に、力いっぱいこすりつけこすり下ろした。と、いきなり声をかぎりの絶叫を上げ、ラフティが動かなくなったので、芹沢はようやく力を弛め、よろよろしながら立ち上がった。たぶん、鉄の棘が眼球に突き刺さったのではないか。

振り向くと、乾が四つん這いになっていた。頭を俯け首を縮みこませているので顔は見えない。ただ、息をするたびにヒイ、ヒイというようなかすかな悲鳴が洩れている。まるで赦しを乞うて土下座しているようなその姿勢が、不意に芹沢の憤怒を掻き立てた。目の裏が真っ赤に染まったのを感じながら芹沢は一歩、二歩と踏み出して乾のすぐ傍らに立ち、左足を後ろへ引き、反動をつけて乾の顔を渾身の力で蹴り上げた。すべてはこいつのせいだ。乾はわけのわからぬ悲鳴を上げながらもんどりうって後ろざまに倒れ、仰向けになった。即座にその軀に飛びついて馬乗りになり、乾の両耳を摑んで頭を持ち上げ、反動をつけて、後頭部を地面に思い切り叩きつけた。ごき、という嫌な音がした。おれの友だち——ほとんど唯一の友だちだったのに。友だちだと思っていたのに。たまたまそこには、護岸工事の際の廃材だろうか、地中に埋まったコンクリートの塊の表面が露出していたが、そんなことはどうでもよかった。おれを、シャンソン好きの気取り屋と思っていたのか。公序良俗、安寧秩序なんぞというういかめしい漢語で頭をいっぱいにした、惰弱なインテリとしか思っていなかったのか。お生憎さまだ。まだ気持が収まらず、もう一度乾の両耳を摑み直して頭を持ち上げ、また力いっぱい叩きつける。今度はぐしゃりというような低いくぐもった音。そして両手に伝わってくる、骨の砕ける手ごたえ。それでも砕ききれなかったものまで砕き尽くすような勢いで、さらにもう一度、乾の頭をコンクリートに叩きつけた。

三十秒ほど、呆けたようにそのままの姿勢でいた。それから、自分の手が摑んでいるぐにゃりとしたものが乾の耳であることに初めて気づいたように、おぞましさに鳥肌が立つような思いで、それをぱっと放し、そのとたん乾の頭がみずからの重みでがくんと下に落ちた。ぐにゃりとしたものからようやく離れたその自分の両手を目の前へ持ってきて、まじまじと見つめる。雨が降りつづいているというのにどういう気象のいたずらか、そのときまたひときわ明るい月光が射してきた。ぬめった血の染みはその月光を浴びて真っ黒に見えた。自分の血とラフティの血、それにさらに、乾の耳の穴から流れ出した血が混じり合い、黒々と染まったてのひら。そのうえに雨粒がひっきりなしに落ち、白い丸い染みがあちこちに浮かび上がってゆく。乾の顔を見下ろすと、鼻孔からも二本の黒い筋がゆっくりと伸びてくるところだった。口が半ば開き、真ん中にみっともない隙間の開いた前歯が覗いている。見開いたままの瞳にはまったく生気がない。乾が後頭部をのせた石のうえに、黒い血溜まりがじわじわと広がりはじめている。容赦なく叩きつけてくる冷たい大きな雨粒が、それをどんどん薄めてゆく。

芹沢は乾の躯の横にごろりと転がり落ち、仰向けになって躯の震えと荒い呼吸が収まるのを待った。格闘で困憊(こんぱい)したというより、人を殺してしまったという事実が突きつけてくる衝撃のせいだろう、はっはっはっはっという短い忙(せわ)しない息遣いがいつまで経っても収まらない。それでも、じっとしているうちに少しは呼吸が楽になってきたのを感じ、芹沢は少しずつ少しずつ上半身を起こしていった。全身の筋肉がふにゃふにゃになってしまったようで、まるで力が入らない。慄(おのの)きのまだ収まらない躯を回転させて四つん這いになり、そのまま這って乾の躯に近づき、首筋に指を当てて脈拍がないのを確認する。おれの指紋が血の染みとなってこいつの首の皮膚のうえに残ったな……。拭き取っておいた方が……。いや、この降りだ、すぐさま雨で洗い流されてしまうだろう……。それとも……。何と、馬鹿だな、おれも、と芹沢は思った。今さら自分の指紋の心配をしたり、心配を打ち消したり、そんなことはもはや何の意味もない。次いで芹沢は、念のために、乾のシープスキンのコートの釦(ボタン)を引きちぎって前合わせをぱっと開き、さらに上着の前合わせも同じように開き、シャツのうえから胸に自分の耳を押し当て、一分間ほどもじっとしていた。鼓動は聞こえない。

四つん這いの姿勢から膝立ちになり、まず左足を立て、踏み締めたその足に力を入れて右足の方も引き起こし、よろよろしながら何とか立ち上がるのにずいぶん時間がかかった。さて、と妙にしんと静まった気持になって、これからどうしたものか、考えようとした。わたしがやりました、とんでもないことをしてしまいました、とうなだれて警察に自首する……？　まさか。あの連中のことは、もう、まったく信じられない。あいつらには何もわからない。わかろうとする気もない。もう金輪際、あいつらの顔は見たくない。

鉄条網に目を遣った。あれを乗り越えるのは決して不可能ではあるまい。川岸まで下り、蘇州河に入り、どれほど深いか知れないが、何とか泳ぎきって向こう岸に渡る……。あそこに立ち並んでいるあばら屋の間の路地を抜け、北へ北へと進路を取って逃走する……。しかし、この川を渡ればそこはもう日本軍の占領地だ。共同租界の外へは出たくない、と芹沢は強く思った。

どうしたものか、何も心を決められないまま、結局、〈倶楽部〉の建物へ向かって、とりあえずよろめきながら歩き出した。視界の隅に、鉄条網から転げ落ちて俯せに倒れていたラフティが、荒い息をつきながらのろのろと軀を起こそうとしているさまが映った。それには目をくれず通り過ぎようとして、ラフティの軀のそばに、さっき投げた自分のナイフが落ちているのが、月光を受けた刃の煌(きら)めきでわかった。右足を引きずりながら通り過ぎ、小走りに十メートルほど行ったが、ためらいが湧いて歩が遅くなり、結局、思い直して立ち止まった。後戻りしてナイフを拾い上げた瞬間、ようやく上半身を起こしたラフティの左目と目が合った。右目の方は、腫れ上がった瞼が眼球のうえにかぶさって、その隙間から血がどくどくと溢れ出しつづけている。刃を開いたままのナイフを血まみれの手に握っている芹沢を見て、ラフティの無疵な方の左の瞳に、激しい怯えの色が浮かんだ。殺してやる、殺してやる、と思いつめていたのに、こいつはどうやら死ななかったらしいな。他方、殺すつもりなどまったくなかったのに、乾の方は死んでしまったらしい。おかしなもんだ、と芹沢はぼんやりと考えていた。偶然だ、何もかもが偶然だ……。しかし、後から振り返ってみれば、すべての偶然は必然の連鎖の結果でしかない……。とりとめのない思いの粒がいくつか、泡のようにぽかりぽかりと浮かび上がってきては弾けて消える。

刃をかちりと畳み込んだナイフをポケットに仕舞い、芹沢はまた走り出した。おれはナイフ投げなんか一度もやったことがない。あの野郎、じっとしていれば、ナイフはくるくる回ってぶざまに飛び、単にあいつの制服の分厚い生地の表面にびたんと当たり、ぽとりと落ちただけだったろうに。切っ先が皮膚まで届くはずなんかなかったのに。馬鹿なやつ。建物のきわの陰の中まで来ると、地面に何か黒っぽい布のかたまりが蹲っているのが目に留まった。こんなものはさっきまではなかった。立ち止まって端をつまみ持ち上げてみると、巡査が冬の夜更けに出動したり張り番したりするときに着込む、官給品の濃紺色のレインコートだった。ラフティが着てきたものに違いない。足音を忍ばせてやって来たやつは、この場所で芹沢と乾を発見し、荒事が持ち上がるのを予想し、コートをそっと脱ぎ、丸めてここに残した。そういうことだろう。

芹沢はそのコートを手早く着込み、咽喉元まで釦をぴっちり留めベルトも締めた。セーターもズボンももうとっくに雨にぐっしょり濡れそぼち、寒くて寒くてたまらないことに不意に気づいたからだ。ラフティのコートは肩幅も袖丈も芹沢には少し大きすぎたが、雨風がしのげるだけでも有難い。首にはさらに自分のマフラーをぐるぐると巻きつける。歩き出しながらコートのポケットを探ってみたが、何も入っていない。

建物を回って〈倶楽部〉の中庭まで来たとき、夜の闇を切り裂くようなピリピリ、ピリピリピリ……という鋭い音が鳴り出すのが、建物裏の空き地の方角から聞こえた。それが何の音か、芹沢はよく知っていた。制服姿の警察官なら誰でも持っている、支給品の呼び子を吹き鳴らす音だ。おい、ラフティよ、おまえ、阿呆じゃないのか。あんなひと気のない場所で呼び子なんか吹いて、いったい誰に聞こえる、とあざ笑うように考えかけた瞬間、すでに真っ暗になっていた玄関脇の管理人室に明かりがぱっと灯るのが見えた。

門を抜け、鉄柵が閉まったときがちゃんという大きな音が立ってしまったのに舌打ちしながら、表通りめざして走ってゆく。ピリピリピリ……という音はまだ聞こえている。しかし、それもだんだんかすかになってゆく。マフラーがはらりとほどけて地面に引きずりそうになったので、巻きつけ直したが、そのついでに頭に手をやって、毛糸帽をどこかでなくしてきたのに気づいた。犯行現場に残された証拠品……。もう、探しに戻る余裕はない。それに、今さらあれを回収しようがしまいが、まったく無意味だろう。ラフティはおれの顔も名前も知っている。たとえどれほど雨に洗われようと、乾の死体の耳や首筋に残ったおれの指紋が全部が全部消えてしまうことはありえまい。乾の服のポケットからは、おれが自筆で伝言を書き芹沢一郎と署名した手帳の一ページが——もし彼が破り捨ててしまっていないとすれば——発見されるはずだ。

芹沢は走った。水溜まりに足を突っこんで派手な水しぶきが上がる。軀に合わないレインコートの長い裾が濡れたズボンの脛のあたりにまとわりついて走りにくい。いざとなったら、もうどこかで脱ぎ捨ててしまった方がいいかもしれない。逃げること、生き延びること、彼の頭には今やそれしかなかった。雨がいよいよ強くなってきた。

どこへ行けばいい。アパートへ帰るのは論外だった。署に芹沢の名前が通報されれば、ただちに署から彼のアパートの管理人へ電話が行くだろう。その数分後には、遅くても十数分後には、警察官の一隊が芹沢の住まいを急襲するだろう。もう、あのアパートには二度とふたたび帰れないのだ、あそこに残してきたものとはもはや一生巡り合えないのだという思念が浮かんで、鋭い悲しみが芹沢の心を刺した。ライカのカメラ、ビクターの卓上蓄音器、少しずつ買い集めてきた、深い愛着で慈しんできた小さな物たち……写真……本……。おれに残されたのは、今この瞬間に身に着けているものだけだ。つまり、財布にも入れずに剝き出しのまま重ねて畳んでポケットに突っ込んである十何枚かの紙幣、小銭、手帳、アパートの部屋の鍵、例のナイフ……ただそれだけ。

そうだ、今夜、おれは旅券を持って出て来なかった！　外国人(非支那人)は外出時には旅券を携行するようにと上海市当局は喧(やかま)しく呼びかけていて、芹沢もおおむねそれに従ってきたが、今夜はズボンのポケットに旅券を突っ込んで嵩張(かさば)るのが鬱陶しく、机の抽斗に残して家を出てきてしまった。旅券がない以上、もう国境を越えられない。しかし、何行きの船に乗って内地に帰るぶんには、日本人なら旅券の提示は必要ない。しかし、長崎かを疑われて官憲から提示を求められたら、そのとたんに破滅だ。いずれにせよ、日本以外の外国へはもう行けない……。もっとも、考えてみれば、こんなことになってしまった今、たとえ旅券を持っていたとしても、上海の飛行場なり河港なりで出国審査官に芹沢一郎名義の旅券を提示して、あっさりゲートを通過させてくれるはずもないか……。

どこへ行くかということより、今はとにかく、現場から離れることだ、と芹沢は気を引き締め直した。一刻も早く、一メートルでも遠く。黄包車(ワンポーツゥ)を拾う……？　タクシー……？　しかし、金を払うとき、血まみれの手を見られることになる。芹沢は走りながら、傷口がこすれる痛みをこらえつつ両手をレインコートになすりつけた。濃紺色の生地だから、血が付いていてもこの時刻なら見分けがつきにくいはずだ。だが、今は確かめようがないが、おれの顔にも血が跳ね飛んでいるかもしれないぞ。血にはにおいもある。おれなら、どんな少量でも血のにおいはすぐ嗅ぎ分けられる。

芹沢は走った。自動車の行き交う大通りをほとんど速度を弛めずに突っ切り、何台もの車からクラクションを派手に鳴らされたが何とか無事に渡りきった、と、思った瞬間、ふっと気持が弛んだのだろう、濡れそぼったレインコートの裾が足に絡まって芹沢は派手にすっ転んだ。軀を起こし、あぐらをかき、俯いて、荒い呼吸が鎮まるのをしばらく待つ。このコートはやはり脱いで、ここに捨ててゆくか……。いや、寒さで体力が奪われることの不利の方が大きいだろう。立ち上がろうとして、右足に力が入らず、またずるずると座りこんでしまう。脇腹の痛みもひどくなってきている。ゆっくり歩くぶんにはまだいいが、いざ走り出すとひと足ごとに胸全体に痛みが響き、息が詰まる。恐らく、肋骨の一、二本に罅（ひび）でも入っているのではないか。

やっとのことで立ち上がる。濡れ鼠になった芹沢が歩道のうえでじたばたしているさまを、立ち止まって遠巻きに眺めている通行人が何人かいる。面白がっている顔、不審そうな顔、怯えている顔……。芹沢は天を仰いだ。暗い雲が空いちめんを覆い尽くし、もう月は影もかたちも見えない。底の抜けた虚無が広がっているようなその黒々とした空から、冷たい大きな雨粒がひっきりなしに落ちてきて、芹沢の顔を叩きつづけている。よろめきながら歩き出し、気味悪そうに道を空ける見物の人々の間をすり抜け、右足を引きずりながらだんだんと小走りになって、ひと気のなさそうな手近な横丁へ飛びこんだ。芹沢は走りつづけた。痛みをこらえ、少しずつ速度を上げ、もっと暗い横丁へ、もっと細い路地へ、闇雲に折れ、行き当たりばったりに曲がり、やがて濃紺色のレインコートを着込んだ彼の後ろ姿は上海共同租界の濃く深い闇の中に溶けこんでいった。

第Ⅱ部

十五、船着き場で――一九三八年七月十七―二十二日

色がない。色もにおいもない。

いや、色はあった。ありすぎるほどある。そうも言える。黄浦江を隔ててその対岸、外灘(バンド)に立ち並ぶいかめしい建物群の背後に、赫奕(かくやく)と輝く夕陽が今しも沈もうとしている。そこから伸びた無数の真っ赤な線条が川面に走り、鼠色の水のうえに何か汚れた感じがする暗紅色の染みを広げている。日中は空気がそよとも動かず、暑熱が籠もって息苦しいほどだったが、夕刻になって少しは川風が出たらしく、昼の間とろりと淀んだようだった黄浦江の水面に今やあちこちで大小の波が立ち、その白いしぶきが夕陽の照り映えを乱してはただちに消えてゆく。逆光を浴びた十数艘のジャンクが黒々とした影になり、ゆっくりと行き交っている。

壮麗と言えば、壮麗な光景には違いない。たなびく夕焼けの雲は真紅に燃え、いや気がつけばもうほとんど燃え尽きかけ、すでに黒っぽい熾火(おきび)に変わる兆しを見せている。

さらにその上空には深い碧色(へきしょく)が広がり、それは高くなるほど濃く暗くなって、芹沢の頭上あたりはもう漆黒と言ってもよい色に変わり、その夜空には早くも星々が輝きはじめている。

だから世界には色がある。そして、においもあった。川風が芹沢の鼻孔まで真っ直ぐに運んでくる饐(す)えたにおい、腐ったにおい。風がもっと強ければそれも少しは吹き払われ、広やかな川景色がそれにふさわしい爽快感を帯びることにもなるのだろうが、この川風にそこまでの勢いはない。ただゆるゆると、そこはかとない腐敗臭を芹沢の鼻孔まで運んできて、そこで息絶えたようにぱたりと止む。それだけだ。

夕陽のけざやかな赤を見ながら、川水の悪臭も嗅ぎながら、しかしそれでも芹沢には、自分の世界にはもう色もにおいもない、味もなければ音もない――そんな感じがしてならなかった。浦東(プートン)の小さな船着き場に立ち、対岸の外灘(バンド)を眺めながら、芹沢は、おれはあちら側の男だったのだがな、というぼんやりした考えをしきりに反芻していた。つい半年ほど前まで、そうだったのだがな……。しかし、あの世界からもうおれは、決定的に隔てられている。それを隔てているものは、もはや黄浦江の川筋一本だけではない。もっと大きな何かが、突き抜けようのない厚い壁のような何かが、おれとあちら側との間を劃然(かくぜん)と隔てている。

なのに、どうやら、今日これから、おれはあちら側へ渡るのだ。渡ることになっているらしいな、と考えて芹沢の口元が皮肉な笑みにかすかに歪んだ。乗り合いバスでこの船着き場までやって来た芹沢の待ち合わせの相手は、董(ドン)という男だった。そいつのことは何も知らない。しかし、そいつと一緒に暗くなってから舟で黄浦江を渡り、租界へ行って何かをやらかすのだという。何をやらかすのか、はっきりとは聞いていないが、どうせ碌でもないことだろう。なあ、どうだ、付き合ってくれないか。そう誘われて、大して考えもせずに、いいよ、と答え、今こうしてここで董(ドン)を待っている。嫌だよ、と答えてもよかったのだ。どっちでもよかった。断るのは面倒臭かったから、いいよ、と答えたにすぎない。いいよという返事の後始末の方が、結局は面倒が大きいことになるのかもしれない。しかし、それも、どうでもよかった。

　向こう岸に降り立ったらおれはいったいどう感じるだろう。べつに、どうということもあるまいな、と芹沢は思った。黄浦江を越えて租界へ戻ろうがどうしようが、おれの前に立ちはだかっている厚い壁はそのままだろう。おれの世界から色やにおいが消えたのではなく、おれにはもはや世界それ自体がない、おれは世界を失った、そういうことなのかもしれないな。何だか軀が分厚い皮膜にすっぽりと包みこまれ、色からにおいから、五官で感じるすべてから、何か隠微な仕方で隔てられてしまっている。そんな気がしてならない。もっとも、だからどうだというわけでもない。皮膜を破ろうとしてあがく気もない。壁を突き抜けようと踏ん張る気力もない。芹沢はただぼんやりと生きていた。もうそれは半年近く続いていた。

ぼんやりととは言っても、与えられた仕事は熱心にこなした。芹沢は小さな捺染(なっせん)工場に雇われていた。捺染とは染料に糊を混ぜ、ペースト状にして、ローラーで布生地にじかに印捺する染色法で、浦東(プートン)のはずれにはそれ専門の業者が固まっている一角がある。作業は朝八時から正午までと午後一時から七時までで、土曜だけは午後の仕事が多少は早仕舞いになる。日曜は休日だが、芹沢はだいたいのところどこにも出かけず、あてがわれた寮の四人部屋に閉じ籠もり、ベッドに寝転んで目を瞑り、うつらうつらしながら過ごした。週六日、一日中ローラーが回る騒音の中で働きつづけるとさすがに疲労が溜まる。そもそも気晴らしを求めてどこへ出かけようと、今の自分にはどんな遊びにも何の楽しみも見出せるはずがないことが、芹沢にはよくわかっていた。

沈(スン)というのがここで芹沢の使っている偽名だった。沈昊(スン・オー)。どういう名前を名乗るつもりだと馮(フォン)に訊かれたとき、とっさに頭に浮かんだでたらめな名前だ。生まれを訊かれると北の方だよと漠然と言い、日本軍に畑を取り上げられて逃げてきたんだよという以外には、個人的なことはいっさい話さなかった。魯鈍を装うことにして、何か尋ねられても目を逸らして黙っていたり、ぽそっと頓珍漢な答えを返し、相手が苛立っても気づかないふりをしたりして、話しかけてきた相手の方で会話を諦めて匙を投げるのを待った。そういう演技を同室の他の三人が信じているかどうかはよくわからない。日本人なのではないかと疑っているやつが一人や二人いても、不思議ではない。しかし中年男二人に芹沢より若いのが一人というその同室者たちにしたところで、三人とも口数が少なく、棘々しい警戒心でいつもどことなく身を鎧っているようで、芹沢と同様に人には言えない過去を背負っているのか、自分のことを進んで喋るやつなど一人もいない。わざとそういう連中ばかり集めてきて安く働かせている工場なのかもしれない。

彼ら同士の話題と言えば、どこそこで立っている野鶏（ヤーチー）の中に意外にいい女がいる、どこそこの呑み屋は酒が安くてつまみが旨いといった程度で、そんな会話もしかし長くは続かずたちまち途絶えてしまう。ときたま誰かが憤懣を抑えきれないように工場長の人使いの荒さを罵るが、うっかり同調するとめぐりめぐって自分の身に累が及ぶかもしれないと恐れてか、はかばかしい相槌を打つ者もいない。女の情報を交換しても、一緒に連（つる）んで遊びに出かけることもない。結局この部屋に住む四人はみな一人一人、自分の殻に閉じ籠もって暮らしていた。

ここに芹沢を送りこんだのは馮篤生（フォン・ドスアン）だった。自分の手を二人の男の血で汚して、〈東亜親善商工倶楽部〉の裏手の空き地から走り去ったあの真冬の夜、芹沢は迷いに迷った挙げ句、結局、フランス租界にある馮（フォン）老人の家の扉を叩いたのだ。

あの晩、芹沢は夜更けの街を走った。が、当初の闇雲な全力疾走はむろん長くは続かず、だんだんと速度が落ち、最後には右足を引きずりながらののろのろ歩きになっていた。そうしながら、芹沢は結局は馮の屋敷へじりじりと近づいていった。どう考えても、他に頼るあてはない。日本人の知り合いの顔はいくつも浮かぶが、そのうち芹沢のためにひと肌脱いでくれそうな者など誰一人いないことは、あまりにも明らかだった。誰にも頼らないか、馮を頼るか、二つに一つだった。もとより、馮が芹沢のために何かしてくれるかどうかはまったくわからない。たぶん、ぴしゃりと門前払いを喰らわされる、そうに決まっている――その場になって自分が感じるであろう失望の痛手をあらかじめ減じるために、芹沢は強いてそう考えようとした。おれは彼に何か貸しがあるわけではない。むしろ借りがあるのかもしれない。少なくとも馮の方ではそう考えている可能性が高い。

　しかし、芹沢の心の中のどこかに、あの辛辣で人間嫌いの老人の、さあ親切と呼ぶべきか好意と呼ぶべきか、どちらの言葉も適切ではなかろうが、ともかく何かそうした感情に期待できるのではないか、期待してもいいのではないかと今なお考えている部分があった。まったくの妄念かもしれないが、こんなことになってしまった今、おれがすがれるものと言っては、もはやそんな妄念しかない。あの老人がおれを好いているとは決して思わない。が、おれのことを面白がっているのはたしかなのではないか。少なくとも、かつては確実にそうだったのではないか。ただし、今どうなのかはまったくわからない。

共同租界の境界を越えてフランス租界へ入る。夜中の二時か、三時近くになっていたか、ようやく馮（フォン）の屋敷に着き、門扉には錠が掛かっているので、敷地の隅の方まで行って、芹沢の肩ほどの高さの煉瓦塀を乗り越えた。すとんと足から着地するつもりが腰にも腿にも力が入らず、がくりと膝が折れて尻餅をついた。雨はとっくに上がっていたが、生地が撥水加工してあるはずのレインコートにも雨水が染み透ってぐっしょりと重くなっている。何とか起き上がり、玄関まで行って扉をほとほとと叩く。しばらく経って内側から阿媽（アーマー）が誰何（すいか）する細い声が聞こえたので、名を名乗った。ずいぶん時間が経ち、芹沢は立っていられなくなってしゃがみこんだ。ほどなくそれも辛くなり、ポーチの床に尻をつき、あぐらをかいた。どれほど時間が経ったのか、いきなり扉が開くと、そこには寝巻姿の馮（フォン）本人が立っていた。

　馮（フォン）の対応は迅速だった。のろくさと立ち上がった芹沢の、髪からびしょ濡れになった顔つきを見、だぶついたレインコートを着込んだ風体を見、その少し長すぎる袖から覗いている両手の指が血に染まっているのを見るや、芹沢が話し出そうとするのを手で制し、玄関ホールに引き入れて隅の椅子に座らせると、横の部屋に入って扉を閉めた。電話を掛けている気配が伝わってくる。警察に通報しているのかもしれないな、しかしそれならそれで仕方がないなとぼんやり考え、というより困憊しきっていてもう何も考えられず、目を瞑り頭をうなだれてじっとしていた。少しの間意識が飛んでいたのかもしれない。やがてふと気配を感じて目を開けるといつの間にか馮が正面に立ち、何を考えているとも知れぬ無表情で芹沢を見下ろしていた。

どうしたね、芹沢さん。何があったんだ。

……いろいろなことがありました。

そうか。

いろいろなことが……。ともかく、ぼくが間違っていた。間違いだった。何よりも、あの陸軍少佐を蕭炎彬に引き合わせたこと……。

馮は黙っていた。

間違っていたのです、と繰り返し、これでは何の説明にもなっていない、筋道立てて物語らねばと思いつつ、他に何の言葉も頭に浮かんでこないことに、苛立ちばかりがつのる。

だって、あんたが持ってきた話だよ。わたしはただ、あんたがしてほしいということをしてやっただけだ。

そうですね、と芹沢は言ってまた目を瞑った。立ったままの馮を見上げるために顔をうえに向けているのが億劫で、またかくりと首をうなだれた。おれがしてほしいと言ったこと、すなわち蕭炎彬との間の仲介、それをこの人はしてくれた、単にそれだけのこと、たしかにそうだ……。

あんた、何をしたんだ？　今夜、何をしてきた？

人を殺しました。

……そうじゃないかと思ったよ。あんた、人を殺してきた男の顔をしているよ。

そうですか。

誰を殺した？　青幇（チンパン）のチンピラか何かか。

いえ、日本人の巡査です。

ははあ……。それはそれは。

目を開けてみると、馮（フォン）は微笑を浮かべていた。どうにも意味の取りようのない謎めいた微笑……。

それはそれは、と、芹沢の瞳を覗きこみながら馮（フォン）は繰り返した。まずいねえ、それは。

まずいですね。

で、あんたも怪我をしている？

いや、大したことはありませんが……。しかし、もうぼくは動けない。もう自分の家には帰れない。ぼくにはどこにも帰る場所がないのです。

それで、わたしのところに来たのか。わたしがあんたを匿（かくま）うと、そう思ったのかね。

そう……そうですね。匿ってくれるかもしれないと思いました。

虫の良い話だねえ。そんなことをしてやらなくちゃいけない義理が、いったいわたしにあるのかね。

ないですね。

巻き添えになるのは真っ平ご免だ。あんたにはこの家にいてもらいたくない。

そうでしょうね、と小声で応じる以上の気力も体力も、芹沢にはもう残っていなかった。厭な感じの冷や汗がひと筋たらりと、こめかみから顎へと伝っていった。

自首したらどうなんだ。

それは、しない。しません。

そうか。

間が空いた。芹沢はふと耳をそばだてた。外の通りを自動車が近づいてくるようだ。

警察ですか、と芹沢は訊いた。

何？

自動車が……。馮さん、さっき、どこかへ電話を掛けていたでしょう。

ああ、あれはね……。いいかね、あんたをここに置いておくわけにはいかん。だから、ある場所へ行ってもらう。小さな医院だ。医者も看護婦も口が固い。そこで二、三日、休んでいればよかろう。まあ、入院だな。実際、治療が必要そうじゃないか。

それは……どうも……有難うございます。

ここへ来るところを誰かに見られたかね。

いや、たぶん、誰にも……。フランス租界に入ってからはまったく人の姿がありませんでしたから。こんな時刻ですし……。

どうだかな。そんな恰好でよろよろ、ふらふら、歩いてきたんだろう。人目につかないわけがない。が、まあ、しょうがない。

ブレーキが軋む音がして、自動車が馮（フォン）の屋敷の前で停まる気配があった。馮（フォン）は舌打ちして、

エンジン音が近所に響かないように、出来るだけ徐行して来いと言いつけておいたのに、不調法なやつ……と呟いた。さ、とにかくあれに乗って行ってくれ。あんたにこれ以上、この家にいてほしくないんだ。門のところまで阿媽（アーマー）に送らせるから。

そう言うなり馮（フォン）はくるりと踵（きびす）を返し、すたすたと階段を昇っていってしまった。後を振り返りもしない。

その車に乗せられた芹沢が連れていかれた先は、フランス租界の西端に近い、目立たない看板を掲げている医院だった。その二階の狭い病室に、芹沢はまる四日間、臥せっていた。馮（フォン）と同年輩の院長以外には看護婦が二人だけというたしかに小さな医院で、医師も看護婦も、芹沢の怪我の理由を訊こうとしないのはもとより、芹沢と喋ること自体をできるだけ避けようとしているようだった。知らないで済むことなら、最初から耳に入れずにいるのがいちばん、という世智からなのか。案の定、肋骨の一本が折れもう一

本には罅が入っていたが、これはただ安静にして骨が付くのを待つしかないという。それ以外は大して深い傷も負っていなかった。

むしろ、ひたすら疲れていて、辛いのはその、軀のというよりは心の疲労だった。便所へ行こうとしてベッドから軀を起こし、毛布から脚を出して足のうらを床につけると、それだけで、気疎(けうと)さがつのって何か茫然としてしまい、挙げ句に、何のためにおれはこんなふうにベッドに腰掛けているのだったかと茫然と訝っている自分に気づく、という体たらくだった。あの最後の瞬間に芹沢を見つめていた乾の大きく見開かれた瞳が、そこに浮かんでいた怯えと驚きの表情が、ときたま脳裡に甦ってくることもないではない。しかしそれに対しても、とりあえず芹沢には何の感慨もなかった。時間が経てばどうかわからないが、とにかく今のところは後悔や恐怖で悩まされることもない、むろん今さら憐憫の情もない。かと言って、あのとき突然の暴風のように自分の中で膨れ上がって制しようがなくなった怒りや憎しみの片鱗が、まざまざと甦ってくるということもない。ただ気疎かった。ひたすら気疎いだけだった。

四日目の夕方遅く、不意に馮(フォン)が現われ、一時間ほど話していった。話すと言っても、言葉をぽつりぽつりと発するのはもっぱらベッドのうえで上半身だけ起こした芹沢の方で、ベッドのそばに椅子を引き寄せてきてそこに座った馮(フォン)は、その合い間合い間に短い質問を口にするだけだったのだが。頭がのろくさとしか働かず、話は時系列上を不器用に行ったり来たりしたが、とにかく芹沢は蕭(ショー)と嘉山の面談の夜のこと、〈縫いもの(ソーイング・)をする猫たち(キャッツ)〉のこと、警察での事情聴取と辞職勧告のこと、乾のことを話した。隠していたわけではないが、今まで馮(フォン)に打ち明けるきっかけを摑めずにいた朝鮮人の実父のこともついに話した。〈東亜親善商工倶楽部〉での音楽隊の練習のこと、その裏の空き地で起きたことも話した。下弦の月から落ちてくる光に照らし出されたラフティの顔、そこに浮かんでいた残忍な笑みのことも話した。乾の頭を二度目に地面に叩きつけたとき自分の手と指に伝わってきたぐしゃりと骨の砕ける感触のこと、その感触がすでにあったにもかかわらずさらにもう一度、コンクリートのうえに叩きつけずにいられなかったことも話した。ただしアナトリーとのことはいっさい話さなかった……。馮(フォン)が聞き上手でうまく合いの手を入れてくれたから語りつづけたわけではない。馮(フォン)は最初から最後まで無表情で、たまさかの簡単な質問以外には、ずっとだんまりを決めこんでいた。むしろその沈黙にすがるようにして芹沢は喋りつづけた。ついに言葉が続かなくなり、頭が空っぽになった芹沢が何となく口を噤むと、さらにしばらく黙っていた後、馮(フォン)はぽつりと、

あんたと酒を飲んだという話は美雨(メイユ)から聞いたよ、とだけ言った。

そうですか。彼女、何と言っていました？

真面目な人だわねえ、と笑ってたな。その後、真顔になって、でも、ちょっと怖い、

と……。

真面目すぎて怖いということですか。

わたしもそう訊いてみたんだ。そうしたら、そうじゃない、と妙にはっきりと答えたな。

はあ、と呟き、それはどういうことですかと重ねて問おうとして芹沢が口を開きかけた瞬間、馮が機先を制して、少しばかり改まった声で、

で、あんた、これからどうするつもりだ、と言った。日本へ帰るのか。

馮が内地と言わず日本と言ったことに気を留めながら芹沢は、

はあ……。どうしたらいいのか、よくわかりません、と途方に暮れた子どものような心許ない声で正直に言った。内地へ帰っても、どうせ指名手配の身ですから。そう言えば、警察官が殺害されたという報道はあったのですか。

あった。ただ、それほど大きな扱いではなかった。写真も何もなくてね。新聞を持ってきてほしいかね。

いえ、結構です。

日本人巡査一名が殺され、英国人巡査一名が暴行を受けた、と。容疑者として挙がっている名前は――。

芹沢はごくりと生唾を呑みこんだ。

……とくになかった。それが一昨日の新聞で、昨日も今日も、見たところ続報はなかった。まあ、この時世だ、日本人巡査なんてものは、この町で非常に好かれている存在だなどとは、お義理にも言えんからな。大したニュースにはならないのかね、少なくとも中国語の新聞では。ついこの間も、ほら……。

芹沢は黙って頷いた。新年早々、工部局警察交通課の若い日本人巡査が深夜、路上を歩いている支那人を不審尋問しようとしたところ、わらわらと集まってきた数名のごろつき連中に逆に因縁をつけられ、殴る蹴るの暴行を受けて重傷を負った。犯人はまだ挙がっていない。

あのラフティという英国人がどんな証言をしているのかわからないけれど、ひょっとしたら警察の方で報道関係に箝口令（かんこうれい）を敷いているのかもしれませんね、と芹沢は言った。乾に関してもぼくに関しても、おおっぴらにはしたくない事情が何かあるんでしょうが……。しかし、工部局警察がぼくを追っているのは間違いない。しかも相当むきになって捜索にかかっているはずです。馮（フォン）さんのところには何か言ってこなかったのですか。

ないねえ。

そうですか。

もし何か言ってきたら、というか、刑事がいきなりうちに来るようなことでもあったら、わたしは何と答えたらいい？

さあ……。

わたしにとっては自分の身の安全が第一だ。わが身が可愛いからな。言っちゃあ悪いが、あんたが逮捕されようが牢屋に放り込まれようが死刑になろうが、わたしにはどうでもいいことだ。

わかっています。

沈黙が広がった。

ここで休ませてくださったことには、本当に感謝しています。そう……やはり内地へ帰るしかないのか、と芹沢は独りごとのように呟いた。しかし、内地へ帰っても……いや、もし帰れたらの話ですよ、たとえ何とか内地に帰り着けたとしても、今度はそこの警察に追われることになる。どっちみち高円寺にはもうぼくの家はないのですが、荷物を詰めた行李を二つ、近所の家に預けてあって……。しかし、きっと今頃はもうあの家にも、当局から問い合わせが行っているんじゃないのかな。行李は没収されているかもしれない。内地へ帰っても、ぼくはどこでどうやって暮らしていったらいいのですかね。東京にはいられない……。北海道にでも行くか……。

一生、警察に追われながら、日陰の身としてこそこそ生き延びてゆく。そういうことかね。

そういうことですね。

また沈黙が下りた。

どうせ日陰の身なら、蕭炎彬（ショー・イーピン）のところにでも身を寄せますか、と芹沢は少々冗談めかした口調で言ってみた。

え、蕭（ショー）？　いったい何の話だね？

いや、あの晩、あなたの義理の甥は、嘉山のいないところでですが、自分の下で働かないか、子分にならないか、みたいなことをちょっと匂わせましたのでね。

それで、あんたは何と答えた？

いや、匂わせただけなんで、何とも答えようが……。そのまま尻切れとんぼになってしまった話ですし……。

警察官変じてギャングとなる、か。ま、正反対のようでいて案外、似たり寄ったりの商売なんだろう。銃を持っていて、何かというとすぐぶっ放すところもよく似ている。一枚のカードの表と裏みたいなものかもしれない。手品師が目にも留まらぬはやわざでくるりと引っ繰り返せば、いつの間にかカードの表は裏になり、裏は表になる……。

表が裏になることはあっても、その逆はないでしょう、と芹沢は苦々しい口調で吐き棄てた。いっぺん裏になったカードはもうそれっきり、一生、裏のままでしょう。

それはそれで一つの人生だろう。それもまた一局、と象棋（シアンジー）の世界で言うじゃないか。しかも、存外、面白い人生かもしれないよ。上海暗黒街に足を踏み入れて、青幇（チンパン）の一員になって、ひょっとしたらあんた、けっこう出世するかもしれないよ。

出世しますかね。

あるいは半年もしないうちに、簀巻(すま)きにされて長江に沈められているかもしれないし。

そっちの方が可能性が高いな。

ただ、いずれにせよ、蕭(ショー)を頼るのは止めておいた方がいいね。

ほう、そうですか。どうして？

あいつは今、旗色が悪いからね。というのは、要するにね……日本軍が勝ちすぎた。そういうことだ。あいつの組織した抗日レジスタンス――。

「蘇浙皖(そせっかん)行動委員会」ですね。

そう、あれももう実質上、潰滅状態だ。あいつは今、香港にいるよ。

それは知りませんでした。

まあ、上海から逃げ出したわけだ。香港に身を置いて、重慶の国民党政府と連絡を取りながら、上海での影響力を何とか維持しようと、何やら必死にあがいているらしいが……。どうだかねえ、そういうのも長くは続かないんじゃないのか。当初、あいつは、まあわたしもだが、日本軍はきっと南京まで侵攻するだろう、事態がここまで来た以上、南京占領まで突き進まないわけはないと、まあそうは思っていた。しかし、そのあたりで、何か講和に向かう動きがあるに違いないと読んでいた。そりゃあそうだろう、合理的な計算の出来る戦略家なら当然、いくさの収拾に向かって手を打ちはじめる頃合いじゃないか。ところが、読みが外れたね。どうやら日本は、中国全土を侵略し制圧して支配下に置く気なのか。そんなことが可能だと思っているのか。

狂気の沙汰ですね、と芹沢は呟いた。

しかし、いったい誰の狂気なんだ、とやや気色ばんで馮は応じた。日本人全員の頭がおかしくなってしまったのか。そうじゃあるまい。ならば、気が狂ったやつだけまず死んでほしいね。それで戦争は終るだろう。ところが、ばたばたと斃れてゆくのは、まともな頭を持った正気の人々だ。中国人の兵士や農民だけじゃないぞ。日本軍の兵隊だって、もう空恐ろしいような数、死んでいるんだよ。

知っています。

そして、それがいつまで続くのかわからない。便衣隊だか何だか知らないが、抗日ゲリラなんてものがちょこまか暗躍したところで、この大状況の針路はどうにも変えようがない。蕭は自分の身を守るために、逸早く逐電してしまった。上海の闇社会はそれで今、箍が外れたようになって、大小のいざこざが頻発している。銃撃戦さえ起きている。警察なんか、何にも出来やしない。そもそも警察の内部にだって、その、イヌイだったかラフティだったか、そういう怪しげな連中が入りこんでいるんだから。

馮は立ち上がった。帰るつもりなのかと、芹沢が頭を軽く下げて会釈すると、馮は立

つたまましばらく黙っていて、それから、何かしぶしぶのように、言いたくない言葉を咽喉から無理やり押し出すように、

あのな、芹沢さん、と言いはじめた。どうしたものか、よくわからんが……。もしも、だな、もしあんたがまだ上海にとどまるつもりなら、さしあたり浦東（プートン）あたりに身を潜めるのがいいかもしれないよ。

浦東（プートン）……黄浦江の向こう岸……。

そう。あまり治安が良くない、警察の目の届きにくい一帯だ。あんたみたいな犯罪者には暮らしやすいだろう。

唾でも吐くような口調で言われたその「犯罪者」の一語は、もちろん芹沢の神経に障ったが、神経に障る理由は何もないのだと強いて考え直し、できるだけ平静な声を出すように努めながら、

この租界内だって、警察なんかまったく無力な状況になってきていると、今しがたおっしゃったばかりじゃないですか、と言ってみた。

それはそうだ。が、だとしても、租界には警察官がうようよしていることには変わりはないさ。あんた、このあたりをふらふらしていたら、いつなんどき、顔見知りにばったり出喰わすとも知れないだろうが。

芹沢は頷き、浦東（プートン）……と小声で呟いてみたが、その地名は彼の心の中に何の反響もも

たらさなかった。以来、半年後に至るまでずっと続くことになる不感無覚の状態が、そのときもうすでに始まっていたのかもしれない。

浦東（プートン）のはずれの方に、小さな捺染工場を経営している知り合いがいる。働いてみる気があるなら紹介してやってもいい。そこの経営者とはちょっとした因縁があって、わたしの頼みなら何でも聞いてくれる。賃金はひどく安いだろうが、たしか工員寮もあって、寝食の世話もしてくれるはずだ。どうするね？

さあ、どうしたものか、ととりあえず小声で呟いてみたが、その呟きも芹沢の心に広がる虚無の中に音も立てずに吸いこまれていき、何の谺（こだま）も返ってこなかった。おれの身のふりかた、これからのおれの人生……。頭を絞って考えをめぐらせようとしても、何か茫漠として雲を摑むような問題としか思われない。内地へ帰る……高円寺の行李……北海道にでも行くか……そんな言葉が非現実にしか響かないように、浦東（プートン）の工場という言葉にも、何一つ現実味が感じられない。しかし、ほとんど反射的な生理反応のように、気づいてみればもうすでに、

はあ、よろしくお願いします、という言葉が口から出ていた。

とにかくそこで働いて、はて、日本語ではホトボリガ冷メルとか言うのだったか、それを待ったらどうかね。

そうですね、それがいいかもしれません、と芹沢は機械的に答えた。とにかくこの老

人は多少なりとも親身になって、おれの身のふりかたを考えてくれてはいるらしい。何はともあれ、その気持の温かさが芹沢の心にじんわりと沁み入った。この医院にこれ以上居座って、ぼんやりと寝たり起きたりの暮らしをつづけるわけにいかないのはわかりきっていた。

どうも有難うございます、と芹沢は言って頭を下げた。

じゃあ、明朝、何時になるかわからないが、正午前には迎えの車をよこすから。朝食が済んだらもういつでも出かけられるように、準備しておいてくれ。

わかりました。

あんたの中国語はまだところどころ相当怪しいが、中国人ということで押し通すほかあるまいな。まあ、中国は広いから……。どこか僻地の訛りだと称して、誤魔化すんだな。相手がそれを真に受けるかどうかは心許ないが、仕方がない。ともかく、先方には、戦災で身寄りを亡くし行きどころを失った若いのが行くから、よろしくとだけ言っておくよ……。さて、わたしはこれからここの院長と飯を喰いに出る。この医院も近頃は患者が払底して閑古鳥が鳴いているらしくてね。そう言い残して馮(フォン)は去った。

準備しておけと言われたが、どういう準備があるわけでもない。翌朝、看護婦が用意してくれたあまり軀に合わない古着を着て病室でただぼんやり待っていると(芹沢の着ていた衣類は、あのラフティのレインコートも含め、もうとっくに、跡形もなく処分されたのだろう）、荷台に幌の付いた小型トラックがやって来た。運転手は極度に口数の少ない若い男で、喋ったのはたった二つのことだけ――馮先生（フォン・シーサン）から言いつかってきました、荷台に乗って横になってください、だけだった。芹沢が言われた通りにすると、全身をすっぽりと覆うように厚い毛布が掛けられ、トラックはすぐに出発した。かくして、「故郷を追われ、身一つで租界に逃げこんできた支那人難民の男」が、浦東（プートン）の捺染工場へ送りこまれることになったのだ。

目的地に着いてトラックから降りると、工場経営者と名乗る一見親切そうな――本当はそうでもないことが後になってわかったが――小柄な老人が待ち受けていて、あんた、名前は、と尋ねてきた。芹沢はあらかじめ決めておいた偽名にまだ慣れずにへどもどしながら、沈昊（スン・オー）と申します、と答えた。北の方で、百姓をしていたのだけれど、日本の兵隊に畑を取り上げられてしまい……と相変わらず不器用に、前もって考えてきた作り話を始めようとすると、どうでもいいという顔で、手を振って黙らせた。芹沢の手が野良仕事をしていた男の手ではないことは一目瞭然のはずだ。いくら命からがら逃げてきたとはいえ、荷物一つ持っていないのは異様に映らないわけがない。しかし、その老人は馮（フォン）からどういう話を聞いているのか、何も気づかないふりで、ただ、沈（スン）さん、よろしく頼むよ、とだけ言った。息をするたびに肋骨の折れた箇所に激しい痛みが走る芹沢が、胸を押さえながら、まだ軀が本調子ではないのです、と言うと、いいさ、最初のうちは簡単な軽作業をやってくれればいい、と老人は答えた。

　それからもう半年近く経つ。その間芹沢は新聞も読まずラジオも聴かなかったから、日本人巡査殺害事件をめぐるその後の捜査の成り行きが世間でどんな話題になっているか、まったくわからなかった。ただし、ホトボリガ冷メルなどという決まり文句がほとんど無意味であることだけは知悉していた。世間はだんだんと忘れてゆく――いや、驚くほどの早さで忘れ去ってしまうかもしれないが、どれほど時間が経とうと警察は絶対に忘れない。とくに、警察官殺しという犯罪に対しては、復讐とか怨念といった言葉は禁句で誰も使わないながらも、捜査には当然、特殊な熱情が籠もる。乾はああいう一見人好きのする男だったから、彼の死を本気で悼み、芹沢への憎しみを燃え立たせているやつらも署内には多いだろう。

　芹沢は頭を坊主刈りにした。ついでに眉も剃った。一方、変装としてはあまりにもありきたりだが、口の周りと顎の下に不精髭を伸ばしてみた。それ以上は整形手術でも受けないかぎり、身のやつしようがない。しかし、気のせいかもしれないが、ときたま鏡で自分の顔を見るようなことがあると、今や色もにおいも失って茫然と生きているこの偽支那人の男の顔は、社会秩序や国際情勢を鋭利な語調で論じていたかつての工部局警察官の顔と比べて、何か決定的な変質をきたしてしまったように感じられてならない。それは坊主刈りや不精髭といった上っつらの細工とはほとんど無関係の、もっと深層で進行した変質であるように思われてならない。

魯鈍を装ったり演じたりするまでもなく、おれの顔の、こののっぺりとした、茫漠とした無表情は、実際に魯鈍そのものではないかと考えて、芹沢は内心苦笑した。それに、最初のうちはどうだったかわからないが、三人の支那人と起居をともにしているうちに、何か模倣本能のようなものが働くのか、動作挙措からおのずと日本人臭さが消えていったような気もしないではない。さらに加えて、食事の粗末さや労働の苛酷さも手伝い、ここ半年でかなり痩せ、頬もげっそりとこけた。これなら、同じ課で働いて毎日顔を突き合わせていた同僚と面と向かい合うといったことでもあれば別だが、手配写真を見ているだけの巡査などには、道ですれ違っても案外見分けがつかないのではないか、というのが芹沢の希望的観測だった。

六月の中頃、同室に起居する一人だった中年男が工場を辞めていった。退職したというより、突然いなくなったと言う方が事実に近い。誰にも何も言い残さず、日曜の朝、ちょっと遊びに出るといったふうに寮を出て、結局そのまま帰ってこなかったのだ。わずかな私物はいつの間にか全部持ち出されていることが後でわかった。そんなふうに人が消えてゆくのはここではさほど珍しくもないようで、一人急に抜けたせいで自分の仕事の負担が増えたことに不平を鳴らす者はいても、去った男のことが話題としてあれこれ取り沙汰されるということもとくになく、たちどころに忘れられてゆく。薄情はここでは常態だった。気楽で良いなと芹沢は思った。二週間後、空いたベッドに新しい男が来た。五十年配で、抜け目なさそうにきょときょと動く鋭い目つきをしたその男が董（ドン）だった。背は高いが猫背でがりがりに痩せこけ、頬骨が尖っている。

つい数日前のこと、昼休みに工場の外の路上で芹沢が煙草を吸っていると（浦東（プートン）に住むようになってほどなく芹沢は喫煙の習慣を身に着けていた）、まだほとんど口を利いたことのないその董（ドン）が、工場から出てきて不意に近寄ってきた。いったい何だという訝しげな目で見遣（みや）ると、

なあ、沈（スン）さん、あんた、今度の日曜、忙しいか、と訊いてきた。

日曜……？　さあ、別に……と、芹沢はぼんやりと答えた。

ちょっと小遣い稼ぎをしたくないか。

小遣い、稼ぎ……？

大したことじゃないんだ。あんた、車の運転は？

出来るよ。

そうか、それは良かった。あのな、今度の日曜、夜になってから租界へ行って、ちょっとした仕事をすることになっているんだが、あてにしていた男が、急に都合が悪くなってなあ。あらかじめ言っておくが、まあ……あんまり人聞きの良い仕事じゃないぞ。だが、あんたは詳しいことを知る必要はない。とにかく、見張りを兼ねて、自動車の運

転をしてくれるやつが一人、どうしても必要になったんだ。なあ、どうだ、付き合ってくれないか。ある場所まで運転していって、帰ってくるだけだ。分け前はやる。かなりの金になるぞ。

かなりって、いくらだよ、と芹沢は言った。

まだはっきりとはわからん。しかし、こんなしけた工場で、朝から晩まで汗水垂らして働いているのが馬鹿馬鹿しくなるような額だ。それだけは保証する。

かつての芹沢だったなら、その「仕事」なるものがいったい何なのか、どういう種類のものなのかをしつこく問い質し、この男はこう言っているが本当の魂胆は何かを見極めようと努め、それを引き受けること、引き受けないことの自分にとっての得失をじっくりと考え……等々といった手順を踏んだに違いない。かつての芹沢は小心とさえ言っていいほど警戒心の強い男だった。少なくとも自分ではそう思っていた。しかし、色もにおいもない世界に生きている今の芹沢からは、そんな面倒な思慮を凝らす習慣がなくなってすでに久しい。それでただ、いいよ、と反射的に答えたのだ。これをしろと言われた作業をやり、これを喰えと出されたものを喰い、ここで寝ろと指示された場所に寝る。魯鈍を装っているのか本当に魯鈍になったのか、もう自分にもよくわからなくなっていた。いいよ、と答え、夜七時に船着き場で待っていろと言われたからそこへ来て待っている。それだけのことだった。

七時を十五分も過ぎ、夕焼けがほとんど消えかけた頃になってようやく菫(ドン)が現われた。無言のまま手で合図して芹沢を桟橋の端に導くと、そこには小さなボートが繋いであった。二人はそれに乗り、繋留索をほどいて、黄浦江をやや上流方向へ向かって斜めに横断しはじめた。菫(ドン)は当然のことのように芹沢に漕がせた。菫(ドン)が芹沢を、見かけ通りの、人から言いつけられたことは何でもはいはいと素直にやる、少々頭の足りない朴訥(ぼくとつ)なお人好しと思いこんで、何の疑いも抱いていないことがだんだんわかってきた。この二週間、工員たちをじっくり観察し、いちばん便利に使えそうなのは芹沢だと見込んで声を掛けてきた。そういうことだろう。この時刻になるともう船の往来もほとんどなく、多少の川波はあるが流れは静かで、それを横切って進むのには何の苦労も要らなかった。

二十分もかからずに租界のはずれの桟橋に着き、ボートを繋留した。そこにはりゅうとした身なりの中背の四十年配の男が待っていて、遅かったじゃないか、と叱りつけるように言いながら二人を道路脇に停めてある英国製の小型車の方へと急(せ)き立てた。こいつが沈(スン)です、運転をやらせます、とその男に菫(ドン)が芹沢を紹介したが、男は芹沢の顔を碌に見もせず苛立たしそうに頷いただけで、自分の名前を名乗ろうともしなかった。

芹沢はその男から何か奇異な印象を受け、とっさにはそれが何に由来するのかよくわからず、しばらく考えているうちに、それが端的に、男が肥えていることから来ているのにようやく思い当たった。今芹沢が住んでいる浦東(プートン)の界隈では、捺染工場の経営者や工場長も含め、男女を問わず誰も彼も痩せこけていて、太った人間など見かけたためしがない。紺のスーツに身を固めネクタイまで締めた、いかにも裕福そうな身なり自体、もちろん物珍しいが、それにも増して芹沢を途惑わせたのは男の太りよう、というよりむしろ栄養の良さ、血色の良さだった。こいつは、かつておれが住んでいた世界の住人なのだ、と芹沢は感じた。

芹沢が運転席に、董(ドン)が助手席に、太った男が後部座席に乗りこんだ。

おい、おまえ、〈華懋公寓(キャセイ・マンション)〉へ行ってくれ、と太った男が横柄な口調で芹沢に声をかけた。〈華懋公寓(キャセイ・マンション)〉、知ってるな？

知りません、と芹沢は答えた。

知らない？　ちっ、面倒だな……。いいか、フランス租界の霞飛路(ジョッフル)を西へ真っ直ぐ行って……。霞飛路(ジョッフル)、知ってるな？

知りません。

おい、董(ドン)、何なんだ、この薄ら馬鹿は？　これで運転手か？　何でまた、こんなの連れてきた？

はあ、すみません……。大丈夫ですよ。こうしろと言いつければちゃんとやりますから。おい、沈(スン)、車を出せ。真っ直ぐ走って、二番目の角を左に曲がれ……。

道中ずっと、董(ドン)と太った男はいかがわしい相談を続けていた。いやいや、やつは来る、必ず来るよ。金を持ってなあ。やつにとっちゃあ、大した金額じゃない。地位も世間体もいっぺんに失う恐怖に比べれば、はした金としか思わんはずだ。何せ公董局（こうとう）の幹部ですからね。電話でも空威張りしながら、声はぶるぶる震えててさ、おれ、おかしくて、吹き出しそうになっちゃいましたよ。ただねえ、万が一、あいつ、肝を冷やした挙げ句、警察に通報して……。いや、それはないよ。絶対にない。しかし、いざ金を出せとなった瞬間、まだグズるようなら、ちょいと締め上げた方がいいだろうな。ですよね、最初が肝心だもんな。これから何か月、何年もかけて、少しずつじっくりと搾り取らせてもらうことだし。だからな、いいか、おれはあくまで温厚に、紳士的に話す、おまえは声を荒らげて、場合によっちゃあ刃物でもちらつかせる、そういうおまえを制止しようと、おれは懸命になる、そういう役割分担で……。

でぶと痩せの二人組の漫才かよ、と芹沢は思った。盗み聞きしているうちにだんだん事情が呑みこめてきた。フランス租界公董局のお偉いさんが、〈華懋公寓（キャセイ・マンション）〉に女を囲っている。〈華懋公寓（キャセイ・マンション）〉は超高級アパートだ。賃貸料は目の玉が飛び出るほどで、いくらお偉いさんでも公吏に払える額ではない。そこで彼は公金に手を付けた。横領はもう何年にもわたって続いているらしい。この二人組はそれを摑んで、脅しをかけた。何のかんのとやり取りがあり、結局口止め料が支払われることになった。二人組は、相手を怯えさせようと、支払い場所に当の建物のロビーを指定した。〈華懋公寓（キャセイ・マンション）〉の内部にずかずかと闖入し、牡犬が自分の縄張りのしるしに小便を引っかけておくように、自分たちのにおいを残しておこう、逃れられないぞと思い知らせておこうというわけだ。ただし、万が一、何か椿事（ちんじ）が出来したときに備えて、エンジンをかけた逃走用の車を玄関脇に待機させておきたい。停車中の車を見咎めて門衛が寄って来たとき言い訳できるように、車の中には運転手を残しておかなくてはならない。そこで、手伝いとして芹沢が動員された。ことの次第はまあ、そういう経緯らしい。

久しぶりに見る租界の街並みの夜景は芹沢にとって懐かしくないわけではなかったが、予想通り、何かしみじみした感慨が湧くこともとくになかった。知り合いと出喰わすのではないかという怯えも竦（すく）みも、案外なかった。色もにおいも失ってしまったおれは、この租界に身を置いているかぎり、何か透き通った幽霊のようなものと化し、実はおれの姿は誰の目にも映っていないのではないか。そんな妄想さえふと浮かぶ。

芹沢は言われた通り、煌々（こうこう）と照明された〈華懋公寓（キャセイ・マンション）〉の玄関からは少々離れた、目立たない木陰に車を停め、二人が出かけていった後、自動車のエンジンをかけたまま待機した。何か不審な動きが目に入ったら、クラクションを鳴らして合図するように言われていたが、警察官が張りこんでいる気配もなく、あたりは静かなものだった。何と大雑把な計画であることか、あいつらは素人だな、と芹沢は内心でせせら笑っていた。こういうことに大した経験があるわけではなく、実は強請（ゆす）られようとしている当人以上にあいつら自身がびくついているのだ。もし本当に警察の待ち伏せがあるならば、クラクションを鳴らした瞬間、ただちに芹沢は車ごと取り押さえられるだろうし、あいつらにしても、泡を喰って建物の中から走り出してきたところで、無事に逃げおおせられるはずもない。しかし、そんなことも何だかどうでもよかった。言われたことを言われた通りにやってやる。ただそれだけだ。実のところ、警察に挙げられるととんでもないことになるのは当然、恐喝犯の二人よりはむしろ殺人と傷害の容疑で指名手配中の芹沢の方だったが、それももうどうでもいいような気がしていた。

どうやら金の受け渡しは無事に済んだらしい。ほくほく顔で戻ってきた二人を乗せて、芹沢は車を出した。あいつ、顔が真っ青だったな、手が震えていたよな、と言い合って、緊張が解けた反動もあるのか、二人は大笑いしていた。少し間を置いたらまた強請ってやる、何度も何度も強請って、最後は尻の毛まで引き毟(むし)ってやる、などと上機嫌に言い合っている。

その機嫌の良い口調のまま、さあ、これはおまえの取り分だ、ご苦労だったな、と言いながら、太った男が後ろから芹沢の肩越しに何かを差し出し、それで頰をぴたぴたと叩いてきた。芹沢は車を運転しながら片手をハンドルから放し、束ねた札を受け取って、目分量でざっと数えてポケットへ仕舞った。米ドルの一ドル紙幣で二十枚。まあそんなものか。あいつらの懐には、その十倍かそこら入ったのだろうか。

黄浦江岸の船着き場に戻り、自動車と太った男をそこに残して、芹沢と董はまたボートで川を渡った。帰りもボートを漕ぐのは芹沢で、董は鼻歌を歌いながら気持良さそうに川の景色を眺めている。どうやら、もう子分扱いかと芹沢は思った。浦東側の船着き場から工場の寮まではタクシーを奮発して、それは董が気前よく支払った。

翌日は月曜で、また単調な一週間が始まった。月火水とふだん通り働いたが、その週の木曜の深夜、芹沢はベッドに横たわり、十一時で消灯になった寝室の暗闇の中に目を見開きながらじっとしていた。軀は綿のように疲れきっているのに、どうしても眠りが訪れない。もう深夜の一時、いや二時近くになっているかもしれない。聞こえるのはただ、他の三人の寝息や鼾だけだ。芹沢のすぐ隣りのベッドに寝ている董の鼾はひときわ大きく、それにかすかな歯ぎしりの音が混じる。

不意に、何もかもが嫌になった。部屋の空気には、いくら掃除しても換気してもかすかに滞留しつづける男たちの汗や脂や垢のにおいが籠もっている。このにおいが、今までなぜ気にならなかったのかと芹沢は訝った。殺人罪、傷害罪、それに今度は恐喝罪が加わったか。前の二つはまだ良い。あれは不可避の出来事だった。まったくの偶発事とも言えるが、その偶然とは、おれの生の必然がたまたまとった一つの形にほかならなかった。その形をおれは自分自身で選び取ったのだ。一方、あのけちな恐喝沙汰は、それに加担しておれが受け取ったつまらぬ小遣い銭は、必然でも偶然でもなかった。単なる愚行だ。おれはつまらぬチンピラになり下がろうとしている。いや、もうすでになり下がってしまったのか。

恥を知るべきだ、というくっきりした日本語の思念がいきなり閃き、思いがけない抽象語がどこからともなく飛び出してきたことに芹沢は虚を衝かれた。そんな観念的な日本語の文でものを考えるのは、もう長らく絶えてないことだった。恥というものはある。地べたを這いずり回る虫けらのような人間にも恥はある。恥を知らない人間は、もう人間ではない。魯鈍でお人好しの沈昊（スン・オー）に恥はない。しかし、芹沢一郎には恥はある。あるべきだ。もしそれがなくなれば、おれはもはや芹沢一郎ではない。沈昊（スン・オー）がおれの本名ということになってしまう。

では、どうしたら恥を取り戻せるのか。いいよ、はもう止めて、嫌だよ、で押し通すことにしてもよい。というか、そうせざるをえない。あの太った男の子分の董（ドン）の、そのまた下っ端の使いっぱしりになって生きてゆくのは真っ平ご免だ。もちろん、嫌だよと言えば董（ドン）との縁はもうそれっきり絶えるだろう。どうしてもおれを子分にしようとしつこく付きまとうなどといった振る舞いには、まさか及ぶまい。ではあってもこの部屋で、また工場で、董（ドン）とはこの先ずっと顔を突き合わせつづけなければならない。何とも鬱陶しいことではないか。それに……それに、そもそもおれは、あんな工場で、ローラーの回転の耳をつんざく騒音や捺染に使う染料の鼻が曲がるような悪臭に耐えながら、週に六日働いて働いて働いて、そうやってだんだん歳をとってゆくのか。それでいいのか。

朝食の後、出勤前のわずかな時間を盗んで、寮の管理人に頼み、帳場の金庫に預けてあった小さな布袋を出してもらった。そこにはこの半年働いて貯めた給料の残りが入っている。給料は週ごとに支払われ、最後に貰ったのは先週の土曜だった。もともと雀の涙ほどの給料から寮の食費と光熱費が差し引かれ、手元に渡る金額はまことに微々たるものだが、それでも酒も飲まず賭け事もせず、余分の支出のほとんどない暮らしを送ってきたから、ある程度の金額は貯まっていた。それにさらに、こないだの日曜に稼いだ二十枚の一ドル札が加わっている。これでいったい何か月くらい生活できるものだろうか。

午前中はいつも通り働いたが、昼休みになって、たまたまそばにいた工員の一人に、ちょっと散歩してくるよと呟き、芹沢は金の入った布袋をズボンのポケットに突っこんだまま、ふらりと工場を出た。よく晴れた日で、今日もまた猛烈に暑い。停留所で乗り合いバスを待つ列に並び、ほどなくやってきたバスに乗りこんで、黄浦江岸へ向かう。バスは混雑していて、車内は人いきれとエンジンの熱が籠もって外以上に暑い。押し合いへしあいの中、吊り革につかまって、穴ぼこだらけの道路を走るバスに揺られてゆくうちに、噴き出す汗でシャツがびっしょりと濡れそぼってゆく。前から横から後ろから躯を押しつけてくる乗客たちの汗ばんだ肌の感触の鬱陶しさに耐えながら、寮の部屋に残してきたものは何かと考えてみた。多少の衣類、替えの靴、目覚まし時計、買い置きしてあった、まだ封を切っていない数箱の煙草……そんな程度か。未練のあるものは何もないな。本はない。ここ半年の間に読んだ活字と言っては、食堂で回し読みされる新聞にときたま目を走らせる程度で、本は一冊も読まなかった。昨夜は浅い眠りをきれぎれに眠っただけだし、その寝不足に午前中の作業の疲労が加わって、軀が重くてたまらない。

もうあそこは十分だ。おれは出てゆく。場所を変える。そろそろそうしても良い時期ではないか。だが、どこへ行ったらいい。前方に目を遣ると、乗客の頭越しに運転席の前の窓が見え、そこからはすでにもう、眩しい光にきらめく黄浦江の水面が、そしてその背後に聳える外灘（バンド）の建物群が小さく見え、バスが終点に近づきつつあるのがわかった。べつだん乾坤一擲（けんこんいってき）の、大仰な決心をして飛び出してきたわけではない。これはもう続かないな、寮と工場を往復するこの単調な生活はもう限界に来たな、と不意に悟って、あの工員に言い残した言葉通り、ちょっと散歩に出るような気軽さでぷいっと出てきてしまっただけだ。バスはもう速度を弛めはじめている。だが、終点の船着き場でこのバスを降りた後、おれはいったいどうしたらいい。芹沢には行き先の当てはまったくなかった。

十六、呉淞口（ウーソンカウ）

上海をめざして東シナ海から長江へ入る船舶は、ほどなく黄浦江との合流地点へ至り着き、そこを左へ折れて黄浦江を遡ってゆく。果てしなく広がる長江の水景は、船客の目には海の続きのようにしか見えないので、船が黄浦江に入って初めて、さあいよいよ川を遡上し大陸の内部に分け入ってゆくという実感を得ることになる。

客の乗降が行なわれるのはむろん上海市の外灘（バンド）脇の船着き場に着いてからのことだが、黄浦江が長江に注ぐ三（みつ）またのほとりの呉淞口（ウーソンカウ）にも河港があり、黄浦江遡上に移る前にそこにいっとき繋留する船も少なくない。日本との戦争の勃発以来、租界の治安が一挙に悪化したので、わざわざ外灘（バンド）までは行かずにこの呉淞口（ウーソンカウ）河港で荷の揚げ下ろしを済ませてしまう貨物船が増え、臨時の停泊地にすぎなかったこの河港は結果的にむしろ往時よりもずっと活況を呈することになった。そこで水揚げされいったん倉庫に収納された荷は、その後陸路で上海その他に運送されるのである。またここは以前から重要な漁港でもあり、長江で獲った魚の水揚げと競り市のためのかなり本格的な設備がある。
芹沢は夏の終り頃から、この呉淞口(ウーソンカウ)の荷揚げ場で人足として働いていた。安宿の二段ベッドが並ぶ大部屋に住み、夜が明けるか明けないかのうちに飛び起きて、眠い目をこすりながら埠頭の人足寄せ場に駆けつけ、差配師の目を捉えようと押し合いへし合いしている支那人の苦力(クーリィ)たちに立ち混じり、その日の仕事を奪い合う。運悪く仕事が貰えない日はすごすごと宿に帰るほかないが、寝床に潜りこみ直して今日は一日中うつらうつらしていられると思えば、それはそれで小さな安堵と幸福感がないわけではない。

人足寄せ場での芹沢は、他の苦力(クーリィ)のように大声を上げて手を振ったり差配師の袖にすがったりして自分を売りこもうとはせず、人垣の後ろの方にただじっと立っているだけだったが、差配師は見覚えていて、芹沢の顔を目ざとく見つけ、優先的に仕事を回してくれることが多かった。きつい労働に音を上げず、手抜きせずに真面目に働く芹沢が、現場監督や雇い主に好評なのを知っていたからである。

上海租界の中心部から二十キロほども離れたこんな田舎へ流れ着くことになったのは、九月に入ったばかりの頃、同室の宿泊客でたまたまベッドが隣り合わせた男と、ある晩ふと交わした何気ない会話がきっかけだった。

捺染工場を飛び出した芹沢は七月下旬以降、うだるような暑さの中、浦東(プートン)の木賃宿を転々としながらぼんやりと暮らしていた。警官に出喰わすのを恐れ、日のあるうちはだいたい大部屋のベッドに寝転んで所在なく時間を過ごす。それにも飽きて日が暮れれば場末の裏道を闇雲にほっつき歩き、屋台で麺やどんぶり飯をかっ込み、ビールや安酒の二、三杯も引っかける。夜になっても熱暑はさして衰えず、飲んだばかりのビールがたちまち汗になって噴き出し、下着をぐっしょり濡らすが、饐えた空気がむっと籠もる宿の大部屋の、シーツの縫い目に往々にして蚤(のみ)や虱(しらみ)の潜むベッドに転がっているよりはずっとましだった。疲れきるまで歩き回って頭の中に霞がかかりはじめると仕方なく宿に帰り、寝っ転がり、痒みに耐え、夢の多い眠りの浅瀬をきれぎれに伝いつつ夜明けを待つ。眠りながら無意識のうちに軀をぽりぽり掻いているようで、あちこちに瘡蓋(かさぶた)が出来ては剝がれ、血が滲むのが絶えない。

　宿の者から不審な目を向けられるようになると、あるいはその界隈の街模様にいい加減飽きると、未練なく宿を変えた。手負いの獣が傷がふさがるまで身を潜めていられるような小汚い木賃宿は、浦東(プートン)にはいくらもあった。もっとも、手負いの獣なら受けた傷もいつかは癒え、また獲物を狩り自然と闘い何とかかんとか生き延びるという元の生活へと還ってゆくだろう。おれにもそういう時が訪れるのだろうか。いっぺん裏になったカードはもうそれっきり、一生、裏のままでしょう。そう自嘲的に呟いたのはおれ自身だったではないか。

　とはいえ、こういう懶惰(らんだ)な暮らしが芹沢にとって不満だったかと言えば、決してそういうわけでもなかった。というより芹沢には、自分がこの暮らしに満足しているのかどうかを考えてみようという気自体がそもそも起きなかった。とりあえずまだ金はある。警察に捕まらずに、何とか今日も無事に暮れてゆくようだ。それで良い。明日になり、明日の日も暮れ、依然として捕まらずにいられるのなら、もっと良い。そんなふうに茫然と生きているうちに季節はじりじりと移ろっていった。人恋しさなどまったく感じなかったし、身元が割れるようなことをつい口走ってしまうのではないかという怯えから、芹沢は人と話すのを出来るだけ避けていた。他人と個人的な関係はいっさい持たないように注意し、宿でもほとんど口を利かなかった。

　大部屋でたまたまベッドが隣り合わせた男と会話を交わす成り行きになったのは、それが見るからに実直そうな男で、芹沢がうるさそうにしているにもかかわらず気さくにどんどん話しかけてくるので、つい警戒心が弛んで少しばかり付き合ってやろうという気になったからだった。トウキビもアワも今年は不作でなあ、小さい子どもが三人いて、末っ子の赤ん坊なんかまだ乳離れもしていないってのに、嬶(かかあ)がまた孕(はら)んでしまってなあ、と、訊かれもしないのに男は家庭の事情をぺらぺら喋って溜め息をついた。おふくろは腰を痛めてここ半年寝たきりだしよ。幸いうちの畑のあたりは日本軍の進軍行路からかなり外れているようで、それは有難いが、しかしこの冬を無事に越せるかどうか……。ともかく何とか少しは稼いで、現金を持って帰らないことには……。

そりゃあ大変だな、と芹沢は冷淡に言った。作り話をするのが面倒だったので、自分のことはいっさい喋らず、尋ねられてもぷいっと横を向いていたが、男は芹沢の冷たいあしらいをまったく気にせずに長々と愚痴をこぼしつづけ、その挙げ句に、呉淞口（ウーソンカウ）の荷揚げ場で人手が不足しているという噂を小耳に挟んでな、行ってみようと思ってるんだよ、と言った。芹沢が黙っていると、どうだい、あんたも一緒に行かないか、と男は軽く言葉を継いだ。

親切心からというわけでもなく、会話の接ぎ穂にただ何となく誘ってみただけだろう。いや、やめておこう、とだけ芹沢は素気なく答えた。どこそこに働き口があるなどという噂にどれほどの信憑性があるか怪しいものだし、そもそも苦力（クーリィ）の境涯にまで身を落とす気にはなれなかった。半年続けた捺染工場での単純作業からようやく解放され、軀を使って働くこと自体に倦みきっていたということもある。無駄金を使わずこういう木賃宿を渡り歩いているかぎり、貯めた金であと何か月かはごろごろしていられるはずだった。そのうち、何かする気になったら、すればよい。その気にならなければ……さあ、どうなるのだろうか。先ほど近所の屋台で夕飯を済ませて宿に帰ってくる途中、首筋に吹きつけてきた風が妙に肌寒かったことを芹沢は思い出した。いつの間にか夏も終りかけているようだった。

男と話した翌朝、芹沢は寝室の片隅にあった小箪笥の抽斗（ひきだし）を何気なく開けてみた。空っぽの抽斗の底に敷いてある黄ばんだ新聞紙に目が留まった瞬間、何か名状しがたい懐かしさが込み上げてきて、なぜなのかわからずに動揺し、数瞬遅れてやっとそれが日本語の新聞だからなのに気づいた。取り出して広げてみると、漢字と仮名の混じった文章がびっしり印刷されている。字画の込み入った表意文字と柔らかな曲線で出来た音標文字と――その二種の記号の入り混じりよう、絶妙と見えるその配分が、これほど和やかに、これほど甘く快く目に映るのはいったいなぜなのか。紙面のどこへ目を向けてみても、文章の意味が軀の内奥まで自然にすっと沁み入ってくるようにやすやすと、苦もなく理解できることの不思議に、彼は吃驚(きっきょう)した。

ベッドに戻ってあぐらをかき、あちこちに汚い染みのついたその二枚の新聞紙の、つごう八頁の紙面をつい隅から隅まで読み耽ってしまった。今年の三月三十一日付、つまりもう五か月ほど前の古新聞だった。六人部屋の相客は一人を除いてもう出払っていて、その一人というのも体調が悪いのか、芹沢と対角線上のいちばん隅のベッドで頭まで毛布を被ってじっとしている。無学で魯鈍な支那人の細民であるはずの男が日本語の新聞に読み耽っているのを見咎めて怪しむ者は誰もいない。

どうやら内地では、淡谷のり子の〈別れのブルース〉とかディック・ミネの〈人生の並木路〉といった歌が流行っているらしい。時代劇スタア林長二郎改め長谷川一夫主演の新作映画、撮影快調……。ヂアナ・ダービン主演の米ユニバーサル映画『オーケストラの少女』、空前の観客数を記録……。詩人萩原朔太郎氏の評論「日本への回帰」は時局便乗の変節漢の拙き作文なり呵々、と嘲笑する時評文……。「あーのねおっさん、わしゃかーなわんよ」という、これはどうやら流行り言葉らしいが、いったいぜんたい何のことやら……。しかし、もうずいぶん長いこと遠ざかっていたそうした話題のあれこれに触れることで、故国の社会風俗への甘美なノスタルジーがそくそくと迫ってきたかと言えば、実はそうでもない。

「兎追いしかの山、小鮒釣りしかの川……」などとしんみり謳い上げる唱歌があるが、横浜育ちの都会っ子の芹沢には、もともとそんな山川の記憶など皆無である。「如何にいます父母」などと言われても、彼はそのどちらをもとっくのとうに失っている。幼年期を過ごした横浜の街並み、いちめんに広がる畑の間にぽつりぽつりと小さな家が建ちはじめた高円寺界隈の田園風景、外国語学校からの帰りに道草して上野や銀座に出るとき乗っていた市電で、車掌が出発合図に鳴らすチリンチリンという鈴の音……そんな映像やら音響やらが、ふとした拍子に懐かしく甦ってくることもないでもないが、もはやそうしたいっさいは、この世に生まれる以前に体験した前世の出来事のように思われないでもない。

実際、読み進めながら、新聞が伝える内地の事件も最新の風俗も、現実感というものをいっさい欠いているのが不思議だった。結局、芹沢にとってなまなましい現実感があるのは、言語——というよりむしろ言語を表記する文字それ自体だった。日本語特有のあの漢字と仮名の優しい混じり合いが、言いようのない甘さを掻き立て、目から体内へ沁み入り、芹沢の軀の底で硬くしこっていた乾涸(ひから)びた塊を柔らかくほとびらせてゆく。それをゆるゆるとほどき、心地良く溶かしてゆく。他方、その文字が表象している内容そのものは、まるで異世界の出来事のようなよそよそしさをまとっている。

それでも、芹沢の興味を惹いた話題ももちろん幾つかないではなく、中でも、それを読んで思わず呼吸が速くなるほどの深刻な衝撃を受けたのは、「国家総動員法　明四月一日公布」という見出しを掲げた記事だった。国家総動員法とは「戦時(戦争に準ずべき事変の場合を含む)に際し、国防目的達成の為国の全力を最も有効に発揮せしむる様、人的及物的資源を統制運用する」広範な権限を政府に与えるものだという。戦争のため——ちなみに字面のうえではむろん「国防のため」である。いかなる国、いかなる時代のいかなる政府も、戦争のためとは言わずに国防のため、自衛のためと言うのだ——なら、国民の財産も、国民一人一人の身体そのものも、政府が好き勝手に徴用し利用してよいという法案だ。いわゆる「総力戦」遂行のための準備に違いなかった。

「どうやら日本は、中国全土を侵略し制圧して支配下に置く気なのか。そんなことが可能だと思っているのか」という馮(フォン)老人の声が耳元に甦ってきた。その気なのだ。可能だと思っているのだ。狂気の沙汰ですねと芹沢が呟くと、しかし、いったい誰の狂気なんだと馮は訊き返したものだ。法案は議会の本会議で議され可決された。国民の代表によって構成されるのが議会である以上、日本国民はその総意によって総力戦遂行の準備を受け入れたということになる。つまるところ、誰それ個人の狂気ではもはやない、日本全体の狂気なのだ——それが馮の問いへの唯一可能な返答ということとなろう。

記事の中でことのついでのように披露されている小事件も、芹沢を戦慄させた。読者にはもう既知のことと見なされているのだろう、その記事では軽い筆致で回顧されているだけだったが、どうやら三月三日、衆議院の国家総動員法案委員会とやらの席上、説明員として発言中の陸軍中佐佐藤某が、途中で介入しようとした委員の一人に向かって「黙れ！」と怒鳴ったらしい。聞き手からの声を封じ、自分の言いたいことを言いたいだけ言うために、軍は国民の代表者たる議員の一人に向かって「黙れ！」と命じた。翌四日、その件につき陸軍大臣が遺憾の意を表明したというが、新聞記事の筆者は、世論の批判を宥めようとする陸相のそうした低姿勢ぶりにも、何としてでもこの法律を成立させようとする参謀本部の意欲が窺われたと書いている。低姿勢！　陸相は、暴言を吐いて国民を侮辱した部下を免職にしたわけではない、謝罪したわけですらない。遺憾に思う、と単に個人的感想を述べただけだ。それが低姿勢と映るのか。狂気という言葉がもはや何の冗談でもなくなっていることは明らかだった。

congress や diet という単語もあるが、英国の議会は英語で parliament という。フランス語の parler(話す)と語源を同じくする言葉である。「議会」という訳語に「議」の字が入っているのもその意を汲んだ選択だろう。議会とはつまるところ、人が話す場、人々が話し合い何かを議する場なのだ。そこではどんなことを話してもいいが、たった一つだけ、誰の口からも絶対に発せられてはならない言葉がある。話すこと自体を禁じる言葉、「話す場」としての議会の本質と根幹を否認し嘲笑し腐蝕させる言葉、すなわち「黙れ！」だ。それが発せられた時点で、こんな胡乱(うろん)な委員会など即刻解散して当然ではないのか。陸相は責任を取って辞任すべきではないのか。近衛文麿内閣そのものの倒閣に繋がっても不思議ではないとんでもない醜聞のはずなのに、新聞はなぜそう騒ぎ立てていないのか。この記者は、軍の低姿勢が法案の可決に寄与したとただ穏やかに、暢気に論評しているだけだ。

　芹沢はしばらくの間目を瞑って、胸の動悸の高まりが鎮まるのを待たなければならなかった。気分が少しは平静に戻ってくるとともに、密かな黒い笑いが込み上げてきた。上海郊外の木賃宿で、小便臭い大部屋の片隅の湿っぽいベッドに寝転んだ、逃亡中の殺人犯である日朝混血の男が、危殆に瀕した日本の民主主義のために憤(いきどお)っている。冗談と言うなら、日本人の狂気などよりむしろ、こちらの方がずっと滑稽なお笑い草だろう。芹沢の憤懣など、日本人にとっても日本国にとっても日本国民にとっても大きなお世話以外の何ものでもない。当たり前だ、結局おれは、「統制運用」すべき日本国の「人的資源」の数のうちには入っていないのだからな、と考えて芹沢の笑いの苦味が深くなった。「物的資源」に至っては、おれが日本の総力戦遂行のために供出しうるものなど皆無だ。要するに、国家総動員などと言うけれども、おれはまったく「動員」されていない。おれは「動員」されない日本人なのだ。いや、もう日本人でさえないのか。おれにはもう戸籍も国籍もないのか。「内地」などと言うが、おれにとってはもう「内」はない、そういうことか。

「外」に棲むしかない男、それがおれなのだ、という直感が芹沢の頭に閃いた。北は南樺太や千島列島、南は琉球から八重山列島、それが「内地」で、それ以外の朝鮮、台湾、関東州、南洋群島は「外地」なのだという。そして朝鮮人の父親を持つおれが「内地」の戸籍に入っているのは誤記載だ、欺瞞(ぎまん)だ、とか何とかいう。しかし、そんな「内地」「外地」の区別などもはや問題ではないのだ。単に「内」か「外」か、それで言えばおれは結局「外」にいる。おれはもう金輪際、「外」で、他人の土地で生きるほかないのだ。その直感はしかし、芹沢をそう不幸な気持にはしなかった。いいとも、結構ではないか。軍人が国会で「黙れ！」と怒鳴っているような国に、誰が好きこのんで住みたいものか。

ともあれ、「総動員」はもうとっくに実施されている。記事には国家総動員法は四月一日公布、五月五日施行予定とある。浦東(プートン)では日本人の兵隊も装甲車も見かけたためしがないから、このところ考えてみもしなかったが、この支那での戦況は今、どうなっているのだろう。

芹沢が新聞紙をばさばさと畳み、軀の横に叩きつけるように置いた、その勢いに驚いたか、向こうのベッドで寝ていた男が毛布の端から怪訝そうな顔を覗かせた。芹沢は突然、自分のおくっている無為徒食の日々を何とも耐えがたいものと感じ、いたたまれないような歯がゆさ、やるせなさに襲われた。久しぶりに読んだ新聞から得た情報とどこがどう関係あるともわからぬまま、ともかく働くことだ、という熱く強い思いが不意に彼の心に湧き上がった。軀を動かしてその日その日の飯代を稼ぎ、自分の身は自分で守る。それしかない。おれはそれをするべきだ。

芹沢は奮い立つようにしてベッドから跳ね起きると、新聞紙を丸めて屑籠に放りこみ、部屋を飛び出して階段を駆け下りた。荷揚げ人夫の仕事を探しに一緒に行かないかと誘ってくれた男は、幸いまだ玄関口に座りこみ、煙草を吹かしながら誰かと世間話をしていた。芹沢に気づいた相手がぎょっとして目を剝くほどの勢いで、ずかずか近寄ってゆくなり、その男に、行くよ、呉淞口（ウーソンカウ）におれも行く、支度をしてくるからちょっと待っていてくれ、と気負い立って言った。

結局、芹沢は呉淞口（ウーソンカウ）の埠頭に居付いて、秋から冬にかけて日雇いの港湾労働者として毎日のように長江の流れを見ながら暮らすことになった。ここに働き口があるという情報は間違いではなかったが、ただ、それを求めて群がる男たちの数は人手の需要をはるかに超え、差配師がその日その日に持ち込む仕事はいつも熾烈な奪い合いになった。それに勝って何日かに一度、辛うじて半端仕事にありつけても、作業は辛いし臭いし日当はわずかだしで、最初のうちは芹沢も、こんなことなら捺染工場の単調な生活の方がはるかに楽だったと、音を上げることもときにないではなかった。まだ残暑が厳しく、炎天下での作業を二、三時間も続けると頭がくらくらして倒れそうになる。芹沢はたちまち真っ黒に日焼けした。

ただ、それで見切りをつけずに、ごみ集めだろうが屎尿（しにょう）処理だろうが骨惜しみせず熱心に働きつづけたのが幸いし、だんだんと差配師の覚えがめでたくなるにつれて、船荷の揚げ下ろしの仕事を安定して回してもらえるようになった。もちろんこれもきつい。しかし、だだっ広い波止場で強烈な陽射しを浴びながら、頭の中を空っぽにして筋肉がびりびり震え出すほど重い貨物の扱いに集中していると、おれは「外」に棲むほかないとあの木賃宿のベッドで直感した、その「外」というのは、ひょっとしたらここのことなのかもしれない、という思いがふと頭を掠めないでもない。やがて、ほんの少々残っていた捺染工場への未練はきれいに消えた。結局、染料や薬品のにおいが立ちこめる暗い屋内に閉じ籠もっているのが、芹沢の性に合わなかったのかもしれない。呉淞口（ウーソンカウ）で人手が足りないという噂もほどなく実態が知れ渡って立ち消えになったのか、よそから流れてくる苦力(クーリィ)の数も減り、芹沢が仕事にあぶれることも少なくなっていった。

こうして芹沢はこの波止場に居付いたが、その一方、浦東(プートン)の宿で芹沢を誘った男の方は、ここへ来てまだひと月も経たない頃、未熟な運転士がガントリークレーンの操縦を過(あやま)ったせいで崩れてきた貨物の山の下敷きになり、片脚を複雑骨折して病院へ運ばれた。芹沢は一度病室を見舞ったが、あんなに明るいお喋りな男だったのに、俯いてむっつりと黙りこくったままで、言葉らしい言葉と言えばただ、また歩けるようになるかどうか……と、ぽつりと呟いただけだったのが哀れだった。無事に治ったのかそうではなかったのか、男はそれきり呉淞口(ウーソンカウ)の埠頭に戻ってこなかった。芹沢はときどき思い出して、故郷に帰ったにせよ別の土地へ移っていったにせよ、ともかくそこで元気に暮らしているといいがと願った。

荷の集まる上屋(うわや)で荷捌きを担当することもあり、防波堤の修繕のために猫車を押して石材を運ぶこともあったが、結局主な仕事は船荷の扱いだった。甲板に渡って、船上からはしけへ貨物の積み下ろしをする沖荷役に当たることもあり、岸壁にとどまって、船やはしけから貨物をトラックや荷捌き場へ下ろす、またはその逆に揚げる沿岸荷役に当たることもある。ただ言われた通りに軀を使っていればいいというものではなく、注意がふと散漫になると、あの男が遭ったような事故にたちまち巻きこまれる。怪我をしても治療費に加えて雀の涙ほどの見舞い金が出るだけで、もう働けないとなればそのまま冷酷に見棄てられ放っぽり出される。気を抜けない毎日だったが、その緊張感が芹沢にはむしろ快かった。

休み時間に岸壁のへりの繋留杭に腰かけ、煙草を吸いながら、よく晴れた秋空の下、対岸などはるかに霞んでしまってまったく見えない長江の茫漠とした広がりをぼんやり眺め渡していると、晴れ晴れとした気分に満たされた。ひとたび失った色やにおいがだんだん甦ってくるようだった。おれは世界を取り戻しつつあるのかもしれない、と芹沢はときどき考えた。ただ怪我をしないようにということにだけ専心し、あとは頭の中を真っ白にして渾身の力で押したり引いたり持ち上げたりしつづけ、そうして疲労困憊した後に吸うこの一服の煙草の美味さ——それがおれにとっての世界なのかもしれない。血も精液も糞尿も何でも呑みこみ、すべての汚穢（おわい）を浄化しつつ押し流してゆくこの膨大な水の流れを目の前に見ながらの、この茫然自失の時間——それもまたおれにとっての世界、おれの世界なのかもしれない。何千年、何万年も前から長江はこうして変わらず流れている。その流れは大らかで寛大だった。しかしまた、国と国との間のいくさなどよりはるかに残酷で非情でもあった。「内地」も「外地」もへったくれもない、ここはまともな国民たちの生きる世界の「外」であり、しかしその「外」こそが芹沢にとっての世界なのだった。

秋が深まり、やがて毎日のように埠頭に長江から寒風が吹きつけてくるようになり、気がつくと厚い綿入りの上衣なしでは軀が凍えて、満足に作業もできないような気候になっていた。芹沢はまた活字を読むようになった。沖仲仕として船上に渡って荷の積み下ろしをする機会があると、機会を窺って船のごみ箱を漁り、そこに無造作に捨てられている新聞や雑誌を拾い集め、人目を盗んでこっそりと持ち帰った。話しかけられてもアーとかウーとかしか答えないし、休み時間になっても人足同士の話の輪にも入らず小銭を賭けたばくちにも加わらず、離れたところで独りぽつねんとしている芹沢は、怠けずよく働くが頭は少し足りないようだと思われており、彼に読み書きができるなどとは仲間も現場監督も誰一人想像さえしていない。だから、新聞を手にした芹沢を見咎めて、何だ、おまえ、それどうするんだよ、便所で尻を拭くのかなどとからかう者もいたが、そんなときには故郷に送る小包の包み紙にするんだよとか、雨漏りのひどいところに敷いておくんだよとか、曖昧に呟いて誤魔化した。

外国船の航路の停泊地なので、英語、フランス語、日本語などの新聞雑誌が案外容易に手に入る。それを芹沢は、それこそ便所の個室に籠もったり、ひと気のない倉庫の裏に隠れたりして読み耽った。きな臭い空気はどうやら世界中に広がりつつあるようだった。十月二十一日、日本軍、広東占領。十月二十七日、武漢三鎮占領。十一月九日夜から十日未明にかけてドイツの各地で反ユダヤ主義暴動発生、多くのシナゴーグが焼き払われ、ユダヤ人居住地区の住宅、学校、病院などが破壊される。砕け散ったガラスが路上に月光を受けて水晶のように煌めいていたところから、後に「水晶の夜(クリスタル・ナハト)」と呼ばれるようになる。同十二日、ドイツの経済活動からユダヤ人を排除する旨の政令が出され、年末までにドイツ企業はユダヤ系労働者をすべて解雇しなければならなくなった。十二月四日、日本軍、本格的な重慶爆撃開始。

冬の呉淞口港(ウーソンカウ)には長江から猛烈な川風が吹きつけてくる。貨物の揚げ下ろし作業の危険が増した。昭和十三年が暮れていき、翌十四年の年明け早々、突風に煽られて荷役人が水に転落する事故が立て続けに三件あった。そのうち一人は大波に呑まれて船留めの杭に叩きつけられ、朽ちかけてぎざぎざになっていたその先端で脇腹をえぐられ、ひどい裂傷を負った。また、作業員の手がかじかんでロープの握りが弛んだか、幸い真下に誰もいなかったからよかったものの、大きな貨物が落下する事故も起きていた。これはよほど気を引き締めてかからなければならないぞ、と肝に銘じていた芹沢を見舞った災難は、しかし、意外にも埠頭の作業現場ではなく、生鮮食料品や日用雑貨を売る筵(むしろ)掛けの仮り小屋が立ち並ぶ露店市で起きた。二月中旬のとある曇った寒い日曜のことだった。

運が悪かったのは、芹沢はその朝宿を替えたばかりで、この一年来稼いだ金のほとんどを入れた布袋を外套のポケットに無造作に突っ込んでいたことだった。ひと月ほど同じ宿に居つづけたが、少し気分を変えようと思い立ち、前のと比べて宿代は多少高いが、それに見合ってほんの少しばかり清潔で設備の整った別の宿に、わずかな手荷物ともども移ったばかりだったのだ。その朝彼は、前の宿で帳場に預かってもらっていた布袋を返してもらい、そこから札を出して宿代の残金を精算し、別れを告げて、そう遠くないところにある新しい宿に向かった。前の宿は二段ベッドが十も並んだ兵舎のような大部屋で、何かと窮屈な思いをしていたが、今度のところは一段ベッドが五つ横に並んだ五人部屋で、まあ多少はましになったと言える。それで少々嬉しくなり、その浮かれ気分の延長で、午後になって町をぶらついてこようという気を起こしたのだ。芹沢の失策は、出がけに帳場に誰もいなかったので、例の布袋を預けずについそのまま持って出かけてしまったことである。

何となく足は呉淞口（ウーソンカウ）の町の露店市に向かった。支那人たちは間近に迫った春節の準備にそわそわしはじめており、幟（のぼり）が立ち並び、縁起物の絵やお飾りや、福運を呼び込むとされる食べ物を売る店が並び、人通りも多い。そこに漂っている華やいだお祭り気分に芹沢も何となく感染し、気が弛んでいたのかもしれない。とある店の前で、皿に山盛りになっている慶事用の糖蓮子（タンリッツ）(蓮の実の砂糖漬け)や糖年糕（ダンニーコ）(甘く味付けした餅)に目が留まり、少しばかり買ってみようかとためらって足を停めた瞬間、誰かが後ろから芹沢の背中に軽く突き当たりながら追い越していった。

すぐにはわからなかった。ただ、どうにも居心地の悪い違和感がいきなり軀をさっと走り抜けた。何だ、これは、いったい何が起きたのだ……。何か良くないことが起きたという直感があるのに、その何かが何なのかがわからない。数秒経って、掏摸（スリ）にやられたと気づいた。ポケットに手を突っ込むと札束を入れた布袋がない。

前方を見遣ると、背中を不自然にこわばらせた黒白の千鳥格子の鳥打ち帽に黒っぽい背広姿の男が、肩で人ごみを掻き分けながら足早に遠ざかってゆくのが目に入った。すでに十メートルほどの距離がある。待てえっ、この野郎っ、と思わず日本語で叫びながら芹沢は駆け出した。男は、ちらりと後ろを振り返り、芹沢と目が合うと、悔しそうな表情に顔を歪め、引き出しかけていた札の端が覗く布袋を持った手を頭上に振りかざし、袋を横ざまに力いっぱい投げた。袋は弧を描いて露店の一つのうえを飛び越し、その向こう側の路地に落ちた。芹沢はその露店の中に飛びこみ、売り子の娘を乱暴に押しのけ、娘が罵り声を上げるのには構わず、店の裏側に出ようと手探りした。雨除けに垂れ下がっている筵の隙間がどこにあるのか、なかなかわからない……。ようやく探り当て、筵を掻き分けて潜り、向こう側の路地に出る。おれの袋は……？　あたりを見回し、誰にも拾われずに転がっているのを見つけ、ほっとして、横に散らばった数枚の小額紙幣ともども拾い上げた。が、袋の口を開けると、中には小石がいくつか入っているだけなのがわかったとたんに安堵の気持は霧散し、それに取って代わって猛烈な憤怒が全身に漲った。

子ども騙しの小わざに引っかかったのだ。あの悔しそうな顔つき、これ見よがしに振りかざした袋の口から半ば覗いていた数枚の札、それはすべてトリックだった。あの男は袋を掏り取るや、中身の札の大部分をただちに自分のポケットに移し、替わりに数個の小石を滑りこませていた。芹沢がすぐ気づいて追いかけてくるのはあらかじめ計算済みで、おっと、中身を抜く暇がなかった、残念無念という思い入れで、わざと残しておいた数枚の札を見せびらかしつつ、袋を横ざまに投げたのだ。逃げ去るための時間稼ぎだ。

芹沢は即座に、同じ筵の隙間をまた潜って元の路地に戻り、男の跡を追った。通行人を突き飛ばさんばかりの勢いで走っていったが、男の姿はもうどこにもない。あの鳥打ち帽、黒っぽい背広……。いや、帽子も背広ももうとっくに脱いでいるだろう。男の顔はたしかにちらりと見た。もともと警察官という職掌柄、訓練を積んで人の顔を見覚えることに普通人よりは長けているから、たぶん面と向かってじっくり見ればこいつだとわかるだろうが、この人ごみの中、通行人一人一人を面通しして回るわけにもいかない。それにとにかく、特徴と言えるようなものが何もない、のっぺりした平凡な顔の中年男だった。

芹沢は広い市場の中を小一時間ほども歩き回り、結局諦めざるをえなかった。囮として投げられた袋を追って、露店の筵の垂れ幕と格闘し、無駄にしたあの数秒が決定的だった。何ともまあ馬鹿馬鹿しいほど見え透いた手管に引っかかったものだ、と自分の愚かさが悔しくてならなかった。警察官だった頃のおれなら、みすみすあんな演技に騙されるはずはなかった。いやそもそも、ポケットの中のものを掏られるなどということ自体ありえなかった。おれを狙って跡をつけている掏摸がいれば、その気配を事前に察知し、いよいよ相手が近寄って手を出してきた瞬間に、その手首を摑んで捩じり上げるといったことさえ出来たはずだ。おれのアンテナはもうすっかり鈍くなってしまった……。

あの男にばったり行き合えるなどという期待が空しいことはわかっていながらも、芹沢は露店市を出た後、呉淞口（ウーソンカウ）の町を未練がましく何時間も歩き回った。冬の日は早く暮れ、いつの間にか霧雨が降りはじめ、気温はどんどん下がっていった。これはもう、見つからないな。では、どうする？　警察署へ行って被害届を出す？　それは笑える話だな……。

雨雫が外套に染み透ってすっかり凍えきった芹沢は、何か厭な感じの熱っぽさと悪寒とを同時に感じつつ、結局はすごすごと宿に戻ってゆくほかはなかった。掏摸が袋に残した数枚と、たまたまズボンのポケットに取り分けておいたやはり数枚——それを除く、ここ一年間かけておれが稼いだ金の大部分を、一瞬で持っていかれてしまったのかと思うと、どうにも居たたまれないような徒労感が芹沢を苛んだ。たぶんこれが去年の夏頃だったら、——世界から劃然と隔てられたように感じながらぼんやりと生きていた頃の芹沢だったら、同じようなことが起きても大して動じなかっただろう。盗まれたか、そうか、参ったな、とどうでもいいような気分で力なくへへっと苦笑し、あっさりと諦めてしまったに違いない。数日経てば、もう出来事自体を忘れてしまってさえいたかもしれない。しかし、あの頃と比べると何かが確実に変わった今の芹沢は、やり場のない憤懣に苛まれ、どうやって気持を立て直したらいいのかわからなかった。ずっと前から金銭の多寡の感覚が麻痺してしまっている芹沢には、掏られた金が大金かどうかはよくわからなかった。結局はそう大した金額でもないとも言える(工部局警察に勤めていた頃の給料のたぶん二か月ぶんほどか)。が、ともあれあれだけの労働の結晶であり、それを根性の汚いチンピラにあっさり掠め取られたのは、口惜しくてたまらない。しかしその無念もさりながら、芹沢をうちのめしたのはそれよりむしろ、あんな男にころりとしてやられた自分の間抜けさ、情けなさだった。差し迫った現実問題として、宿代にも食費にもたちまち困る。さっそく明日にも働きに出なければならないが、どうやらおれは風邪を引きこんでしまったらしい……。

一夜明けてみるとかなりの熱が出ていて軀を起こすのさえしんどく、働きに出るどころではなかった。午後にかけて熱はどんどん上がり、惨めな気分がつのっていった。掏摸の被害に遭っての気落ちが芹沢の生命力を削いだのかもしれない。まったく食欲はなかったが、ともかく何か胃に入れなければと思い、夕方になって宿の雇い人になけなしの札の一枚を渡し、何か食べ物を手に入れてきてくれと頼むと、油条(ヨウティヤオ)と牛乳を買ってきてくれたので、ほとんど味のしないその揚げパンもどきを無理やり口に押しこみ、牛乳で咽喉の奥に流しこんだ。だが、飲みながらちょっと臭うような気もしたその牛乳が古かったのか、それとも病気の進行のせいか、夜更けになってからひどい下痢が始まった。夜中に何度も便所に立ち、最後にはとうとう薄茶色の水のようなものしか出なくなった。肛門のどこかが裂けたか、その水のような便には薄い血の色も混ざっている。

翌朝になっても熱はまったく下がらず、軀の節々がぎしぎしと軋むように痛み、憔悴しきった芹沢は、前日食べ物を買いにやらせた雇い人を捕まえて、医者を呼んでくれないかと頼んでみた。

医者か……。金は、あるのか。

あるよ。あるから呼んでくれ。

いくらあるんだ？

そんなことはどうでもいい。なあ、おれは病気だ。見ればわかるだろ？　とにかく医者を呼んでくれ。今は払えなくても、そのうち必ず払うから。

雇い人はそれだけ聞くと、ぷいっと顔をそむけて立ち去り、それきり呼んでも近寄ってこようとしなくなった。もちろん医者など来るはずもない。

夕方になって、その雇い人を背後に従えて宿の主人が芹沢の枕元へやって来た。大変申し訳ないのですが、どうやらかなり容態がお悪いようで……と、追従笑いを浮かべた主人は口先だけは気の毒そうに言った。実は、ですね……同室の方々から、感染（うつ）ったらどうする、何とかしてほしい、と苦情が出まして……と、言いにくそうに呟いて口籠もってみせる。まことに申し訳ありませんが、部屋を移っていただけないでしょうか。個室でゆっくりお休みいただけますし、その方がずっと良いでしょう。

二人に両側から抱えられるようにして芹沢が連れていかれた先は、壊れかけた家具だの掃除用具だのがごたごた置いてある、窓もなければ暖房もない、日本ふうに言えば三畳ほどの埃っぽい小部屋だった。単間(デーケ)(個室)！　要するに、物置、納戸ではないか。がらくたの散らばる間に薄い布団が敷いてあった。顔を真っ赤にして喘(あえ)いでいる病人を、真冬の屋外に放り出すのはさすがに憚られ、こういうことになったのだろう。

ここでゆっくり養生なさってください。ちょっと寒いかもしれませんが、掛布団は厚いのを用意しましたので。主人はそう恩着せがましく言って電灯を消し、真っ暗闇の中に芹沢を残して廊下に出ていった。しばらくしてまたドアが開き、芹沢の衣類と手荷物が乱暴に投げ込まれた。ぴしゃりと閉まったドアの向こう側で二人の笑い声がした。

芹沢は病気というものをほとんどしたことのない男だった。一年か二年に一度、軽い風邪を引く程度で、それも丸一日寝ていれば簡単に治ってしまう。とくにこの呉淞口(ウーソンカウ)で暮らしはじめてからは、毎日二六時中気が張っていたせいか、そんな軽い軀の不調さえまったくなかったものだ。劇症と言ってもいいようなこのいきなりの高熱は、どうも只事とは思えない。たしかにあの連中は綿入りの分厚い掛布団を掛けていってくれたが、それにくるまって軀を丸めていても寒くて寒くてたまらず、その一方で躯中が燃えるように熱い。芹沢はよろよろしながら起き上がり、明かりを点け、ズボンを穿きセーターを着て、そのうえから外套をはおりマフラーも首に巻き、明かりを消してその姿のまま布団の中に潜りこんだ。それでも、歯ががちがち鳴るほどの激しい震えはまったく収まらない。

その後はもう、ほとんど夢ともうつつともつかない状態になった。何度も眠り、何度も目覚め、頻繁に便所に通った。出るものが何もなくなっても腹がごろごろ鳴って激しく痛み、外套の裾をまくり上げた滑稽な姿で糞溜めのうえに開いた穴を跨いでしゃがみこみ、いつまでも呻きつづけた。尿や水っぽい大便のしぶきが跳ねて外套に染みついたかもしれないが、構ってはいられなかった。嘔吐も繰り返したが、ほどなく吐くものが何もなくなって黄色い胃液だけが絞り出された。便所に行く途中、廊下の奥を見遣ると遠くの窓から明るい光が射していて、もう翌朝になったのだと知った。真っ暗な部屋に戻ってまた何度かきれぎれに眠り、夢の中で仰向けになった乾の頭を何度も何度も地面に叩きつけ、手の中に何かぐんにゃり、ぬるぬるしたかたまりが残って、それは頭を叩きつけた拍子に引きちぎれた乾の片耳のようだった。慣れた演技で、腹の中で舌をぺろりと出しつつ、わざと悔しそうな表情を顔に浮かべてみせ、それを横ざまに放ると、乾の耳の代わりにもう金が抜き取られた空っぽの布袋が飛んで、ご主人に投げてもらったボールを嬉しそうに取りにゆく忠犬のように、芹沢はそれを追っていっさんに走ってゆく。悪夢の連続に疲れきり、次に目覚めて廊下に出たとき見てみると、あの廊下の奥の窓は暗くなっていた。

芹沢はよろよろしながら部屋に戻って、倒れこむようにまた布団に潜りこみながら、また日が暮れた、ということはおれはもう丸々二昼夜、喰い物らしい喰い物を腹に入れていないわけだな、と絶望的な気持になって考えた。高熱も全身の痛みも、いつまで経っても収まらない。これはきっとスペイン風邪か何か、とんでもない重病に罹ってしまったに違いない。衰弱はどんどんひどくなる一方だから、ひょっとしたらおれはもうこれっきり立ち上がれないかもしれない、と思った。このまま死ぬのかもしれないな。それが意識が失われる直前に閃いた最後の思念で、その直後に芹沢は深い眠りにことんと落ちた。

咽喉の渇きに耐えかねてふと目が覚めた。今度は夢を見ずに、ずいぶん長い時間眠っていたような気がする。起き上がって部屋を出て、薄暗い電灯の灯った廊下を歩き宿の玄関口まで行った。帳場の脇の台に置いてある大きな薬缶から茶碗に水を注いでひと息に飲み干した。薬缶の中身は飲料用に煮沸してある湯冷ましで、宿泊客は自由に飲んでいいことになっている。高熱に喘いでいた間は足がもつれてここまで歩いてくることも出来ず、便所の脇の手洗いの蛇口から水道水をじかにがぶ飲みしていたのだった。それはまずい味の、かすかなにおいもある水で、不衛生であることはわかりきっているが、背に腹はかえられなかった。あれに比べれば、この湯冷ましの透明な味わいは甘露と言うほかはない。

芹沢はもう一杯注ぎ、今度は少しずつ口に含んで、ゆっくりと噛み砕くようにして飲んだ。生き返ったような気がした。下着が汗でぐっしょりと濡れている。芹沢は依然として、屋内なのに厚い外套を着込んで襟元までボタンをぴっちり留め、さらにマフラーまで首に巻きつけているという滑稽な姿だった。空になった茶碗を持ったままの右手の甲を額に当ててみると、まだ熱はあるがそれもだいぶ下がってきたような気がする。玄関のガラス戸からかすかな光が射し入って、仄かな明るみをあたりに広げている。宿ではまだ誰も起き出す気配がない。……そのあたりから記憶が怪しくなる。

芹沢は埠頭の岸壁のきわに立ち、長江の流れを見渡していた。ようやく明るみかけた空低く赤々と輝く東雲（しののめ）がたなびき、鷗の群れがゆるやかに旋回している。交替の順序が定まっているかのように、何羽かが魚を獲りに水面近くまで降りてきて水しぶきを上げ、また上昇してゆくと、次の何羽かがまた急降下してくる。

おれはいったい何でまたこんなところにいるんだろう、と芹沢は不思議に思った。ついさっきまで、がたがた震えながらあの小汚い物置で布団にくるまっていた……。いや、帳場の脇で薬缶から注いだ湯冷ましを飲んでいた……。振り返ると、場末の町の寂しい家並みが、重苦しい曇天に圧しかかられてひっそりと蹲っていた。運搬の途中でこぼれ落ちた大小の魚の死骸。ロープの切れ端。石ころ。潰れた空き缶。紙くず。自分の足元を見ると、はだしの足に宿のサンダルを突っかけており、その足指は寒さにかじかんで引き千切れそうなほど痛い。なぜかわからないがおれは着の身着のまま宿を出て、こんなところまでとぼとぼと歩いてきた。どうやらそういうことらしい。だが、その間の記憶がまったくないのはいったいどういうことだ。高熱が続いたあまり妙な錯乱が起きたのか。

　びゅうと突風が吹きつけてきて芹沢は少しよろめいた。風は骨の髄まで沁み透ってくるほど冷たく、震えが止まらない。が、しかし、たまらなく寒いな、こんなところには居たたまれないな、と感じている芹沢の中に、あるいは外に、寒さをはじめどんな身体感覚からも超脱しているもう一人の芹沢がいるようで、そちらの芹沢は存外平然と、たとえはだしに薄汚れたサンダルであろうと地面をしっかと踏み締めて、今ここで起きていることを注意深く見て、聴いて、嗅いで、感じているようだった。超然と落ち着きはらったその芹沢は、人っ子一人いないこんな暁方の波止場でおれはいったい何をやっているんだよ、寒くて淋しくて、もう耐えられないよ、と音を上げかけているもう一人の芹沢を叱りつけ、ほら、あれに瞳を凝らしてみろ、これに耳を傾けてみろと命じてくるようだった。

あれと言いこれと言うのはしかし、いったい何だ？　埠頭の発着場の平坦なコンクリートの無表情な広がりだろうか、そこに転がる大小の石ころだろうか、あちこちに散らばる潰れた空き缶だろうか、鼻が曲がるような腐臭を立てている魚の切れ端だろうか、それを狙って寄ってきた何羽かのカラスだろうか。さもなければまた、岸壁のへりに規則的な間隔で並ぶあちこちペンキの剝げた繫留杭だろうか、遠くに見えるコンテナ倉庫の連なりだろうか、雲の陰からかすかに輪郭を現わしはじめている太陽だろうか、それとも朝焼けの空を群舞する鷗たちだろうか。

いきなり、注意力が研ぎ澄まされた。妙な言いかただが、そんなふうにでも形容するほかないようなことが芹沢に起こった。注意する。特定の何かへ向けて注意を凝らすのではなく、ただ注意すること。その力がおのずと並外れた強度を得て、いよいよ純粋に、透明に、尖鋭になってゆくようだった。注意の意識が、かぎりなく薄いが強靱きわまりない剃刀のやいばとなって、彼の眼前に広がる世界を縦横に切り裂いてゆくようだった。一つ一つのものがなぜこんなにもはっきりと見えるのか、波の音、鷗の鳴き声、風に吹かれて空き缶がからから転がる音、それら一つ一つが明瞭に区別されてなぜこんなにもはっきりと聴き分けられるのか、と芹沢は訝った。注意というのは本来、何か一つの際立ったものにとりわけ強い意力を向ける、そういう心の働きのはずだろう。しかし、おのれの注意は今、周囲のこれら様々なもののすべてに、同時に、等しく向けられている、そう彼は感じた。くっきりと粒立った世界がそこにあった。

次いで、不意に、吹きつけてくる川風に引っさらわれてどこか遠くへ、「外」へ吹き飛ばされてゆくような陶酔が来た。ほとんどそれはアナトリーとの性戯の頂点で体験しためくるめくような快楽に似た何かだった。いや、それ以上に強く激しく息苦しい、生まれてからただの一度も味わったことがないような恍惚だった。芹沢は、世界はこんなに露わに、真新しく、なまなましく粒立っているのかと吃驚し、その驚きの中へ自分をやすやすと解放しながら、あのもう一人の芹沢に身体と魂を同期させつつ目を瞠り、また耳を澄ました。強烈さという点では比べられても、性戯のときの快楽のように、官能の昂ぶりのただなかにうっとりと身を溶けこませてゆくわけではない。そうではなくて、粒立ったものたち、音たち、においたちの一つ一つに注意を向け、その現前をおれとはまったく無縁の何か、おれの身体からは隔絶した何かとしてくっきりと知覚する。おれが今していることはそれだ。その知覚の鮮烈と明晰が――鮮烈きわまる明晰それ自体が恍惚なのだ、戦慄なのだ。

「外」へ引っさらわれ、芹沢の「中」はもう完全に空っぽだった。こんなに空っぽになったこともないな、と思った。おれの中にはもはや何もない。けれども、世界は在る。おれの前に、おれの周りに、たしかに在る。おれが注意を向けているこの一つ一つのものたち、これら無数のものたち、その総体が世界なのだ。

もし芹沢が信仰を持つ身であれば、この恍惚を祈りという言葉で言い換えたくなったかもしれない。むろん彼は神なり何なり、超越的なものへ祈っているわけではない。それとも、神のいない世界でもなお祈ることは可能なのか。それならば、これを祈りと呼んでもいいのだろうか。祈りにかぎりなく近い注意は、やがて徐々に引き絞られていき、石ころからも魚の死骸からも離れ、空き缶からも繋留杭からも離れて、沖合いの上空を舞う鷗たちへと集中していった。

それはさらに引き絞られ、鷗の群れの中の一羽にぎゅっと集中した、と思ったとたん、その一羽がさっと水面めがけて斜めに降下し、水しぶきが上がった。一瞬の後、鷗はふたたび上昇したが、捕えた魚を横取りしようとしたのだろう、別の一羽がぶつかってきて、二羽がもつれ合い、さっと離れ、何か小さなものが水面に垂直に落下してゆくのが見えた。それが水面に触れた地点にかすかな白いしぶきが立ったような気がしたのは、思い込みに誘われての目の錯覚にすぎなかっただろうか。ちょうどそのとき、気流が変わって東の空の雲が吹き払われたか、強い朝陽がさあっと照りつけてきて明るい光を水面に広げた。……そこでまた意識は途切れる。

埠頭で体験したこうした出来事のすべては現実だったのか夢だったのかと、後になって芹沢は繰り返し自問した。夢だったに決まっていると自分を納得させようとし、そうほとんど確信しかけるたびに、しかし夢を見ていたにしてはあの迫真感はあまりになまなましすぎはしなかったかという疑いが湧いて、その確信に水をさす。

警報でも鳴ったような気がして意識が不意に覚醒し、しかし重たるい眠りの水の中にまだ半ば浸りこみながら、ゆっくりと薄目を開けてみると、枕元にしゃがみこんでこちらへ身をかがめている見知らぬ若い男の顔が、思いがけない近さに迫っているのにぎょっとして、芹沢の眠気はいきなり吹き飛んだ。いつドアを開けて入ってきたのだろう。まったく気づかなかった。廊下の明かりを背にしている男の顔は逆光になってよく見えない。

具合はどうですか、と男が支那語で言った。

うん……。熱は下がりかけている。ずいぶん汗をかいたよ、と芹沢は警戒気味に答えた。

それは良かった。立てますか。

立てないこともないようだが……。何だい、治ったのならもう出ていけって話かい。

男は立ち上がって部屋の電灯を点け、芹沢の枕元に戻ってきてまたしゃがみこんだ。

言っておくが、金はないぞ、と不意に部屋を満たした光の眩しさに目をしょぼつかせながら芹沢は言った。宿代は払えない。しばらく待ってもらうしかない。たぶん明日になれば仕事に出られるから――。

ぼくは宿の者じゃありません、と男は芹沢の言葉を遮って言い、芹沢さんの払いはもう済ませておきました、と付け加えた。

長らく使っていなかった日本人名で呼ばれたことに驚いて、というよりほとんど恐慌を来たして、芹沢は自分より多少年下と見えるその男の顔をまじまじと見直した。ものの柔らかな喋りかたは警察官のものではない、それはほぼ確実だと思われた。この近辺でふだん見かけるのは、伸ばしほうだいの不精髭に赤黒く日焼けし垢染みた肌をしたむさ苦しい連中ばかりで、むろん芹沢自身もその一人だった。しかし、今芹沢の顔を無表情に覗きこんでいるのは、髪を短く刈り込み顔をきれいに当たった、小ざっぱりした身なりの若者だ。見覚えがあるような気がしないでもないが……。

男はぐるりと周囲を見回して、

しかしひどいね、いったい何だ、ここは……と顔を顰めて呟いた。吹っかけやがって、あいつら……。単間(個室)の特別料金に布団の賃料にとか吐かしやがるからおとなしく払ったけれど……。何年も前から掃除していないような、こんな埃の溜まった中にいたら、治る病気も治らないよ。

いや、治りかけているんだ、と芹沢は言った。もう峠は越した……ような気がする。腹が減ったな……。今、何時だい？

二時半……頃ですかね。

午後のか、午前のか。

もちろん昼の二時半ですよ。芹沢さんは〈璞丹（はくたん）商旅〉に泊まっておられると聞いてきたので——。

そこから移ったんだ。

移っておられたんですね、と男は少々咎めるような口調になって言った。それで手間がかかってしまったんですよ、ここを突き止めるのに。港湾労務者就業組合の事務所に行っても記録がなくて、埒が明かず……。

あんたは、いったい……？

はあ、馮先生（フォン・シーサン）から言いつかって、お迎えに参りました。ぼくが肩を貸しますから、玄関前に停めてある車のところまで、何とか歩けませんか。どうです、無理そうですかね。

ようやく思い出した。もう丸一年も前のことになるが、フランス租界のあの小さな医院から浦東（プートン）の捺染工場まで、芹沢を荷台に隠して小型トラックで運んでくれたあの若者なのだ。

しかし、何と、ずいぶんお痩せになりましたねえ。あ、それから、忘れないうちに……と、若者はゆっくりと立ち上がり首を左右に曲げて関節をこきこきと鳴らしながら言った。馮先生（フォン・シーサン）からの言付けです。芹沢さんに伝えてくれとのことです、アナトリーが死んだ、と。

十七、映画館

ベッドから半身を起こした芹沢は、例のナイフの刃を引き出して朝陽にかざし、ダマスカス鋼のうえに浮かび上がるうねった紋様の官能的な絡み合いに無心に見入りながら、こんな安閑とした時間を過ごすのはいったいいつ以来だろうと訝った。ベッドが十も並ぶ安宿の大部屋では、ぎらりと光る剝き出しのナイフの刃をじっと見つめるといった振る舞いなど、相客の男たちの目にどれほど気味悪く映るだろうと思えばとうてい出来るはずもなかった。実際、ベッド一つ置かれた寝室をこんなふうに一人で占有すること自体、あの捺染工場の寮へ送りこまれて以来絶えてなかったことなのだ。いやもちろん、呉淞口(ウーソンカウ)での最後の宿のあの小汚い物置を別にすればの話だが、と心の中で付け加えてつい苦笑が洩れる。

太古の湖の水面に立った不思議な波紋がそのまま凍結したような、この繊細きわまる曲線……。その美は、ナイフの持ち主の運命がどう変転しようといささかも揺らぐことなく今も静かに眼前に在る。そこには人の世につきものの迷いも後悔も、恐れも恨みもない。そう改めて確認し、かすかな安堵とともにかちりという小気味よい音を立てて芹沢がナイフの刃を折り畳んだ、ちょうどその瞬間にノックの音がして、返事を待たずに馮（フォン）老人がドアを開けて入ってきた。芹沢はナイフを枕元脇の小机のうえにさりげなく置いたが、馮（フォン）が椅子を引き寄せて腰掛けながらそのナイフにちらりと目を遣ったのを見逃さなかった。

　芹沢がこの部屋に連れてこられたのは一昨日の午後遅くのことで、以来、うつらうつらしながら過ごし、何度か食事を運んできてくれた無口な中年の阿媽（アーマー）の顔しか見ていない。骨董時計商の老人とは、従ってほぼ一年ぶりの再会ということになる。馮（フォン）が最初に口にしたのもそのことだった。こんにちはも元気かもどうしていたもなしに、はあ、丸々一年か、と、芹沢とは目を合わせずに、馮（フォン）は溜め息混じりに、つくづく呆れたというふうに呟いた。

　一年……そう、あれはたしか、去年の二月初めでしたか、と芹沢はぼんやりと答え、もうそんなに経ってしまったのかという思いと、それでもまだたったの一年かという思いの両方が同時に込み上げてきてせめぎ合い、どちらを採ったらいいものやらとっさにはよくわからない。あのときも今とまったく同じように芹沢はベッドに臥せっていた。以来、丸々一年……その月日が不意に掻き消え、過去に向かって時間を飛び越えて、フランス租界のはずれのあの医院の一室にいきなり連れ戻されてしまったかのような徒労感、脱力感がないでもない。あのときは肋骨が折れ、ひどい頭痛に呻いていた。一方今は、突発的な熱病の名残りで全身が衰弱し、立ち上がって歩こうとするとまだ眩暈（めまい）がする。惨憺たる状態という点では似たようなもので、かつまたあのときも今も、おれのベッド脇の椅子にはこの老人が腰掛けている。孫悟空が觔斗雲（きんとうん）に乗ってさんざっぱら飛んで飛んで飛んで、世界の果てに行き着いたと思っても、実はお釈迦さまのてのひらから飛び立つことさえできなかった、そんなようなものか、という自嘲の念が湧いた。

ただし、今二人がいるのは一年前のあの医院の病室ではなく、馮篤生（フォン・ドスアン）の家の二階の客用寝室だという違いはある。医者にかかるかと訊かれ、いや、もう大丈夫だと答えると、運転手の若者は芹沢を馮（フォン）の自宅に真っ直ぐ連れ帰ってきたのだった。簡素なシングルベッド、枕元には小机、横の壁にぴったりと据えられた腰の高さほどの抽斗箪笥（チェスト）、家具と言えばそれだけの簡素な部屋だった。抽斗箪笥（チェスト）のうえに、寄り添って笑っている白人家族が写った額入りの白黒写真が置かれ、ベッドの向かいの壁に、雪の積もった街路を描いた小ぶりの油絵が掛かっていて、装飾らしい装飾はその二つしかない。

昨日は一日中まだ朦朧（もうろう）としていて、薄い粥を啜（すす）りこむのが精いっぱいだったが、今朝になってどうやら完全に熱が引き、阿媽（アーマー）はそれを見越したように、かりかりに焼いたベーコン、炒り卵、苺ジャムを添えた厚切りのトーストに熱い紅茶という英国ふうの朝食を運んできて、芹沢はそれを残さず平らげた。その後、教えられた浴室へ廊下の壁に手をつきながらよろよろと歩いて行って、熱いシャワーを浴びると生き返ったような気分になった。見苦しく伸びた不精髭を剃って、もう少しまともな風体になりたかったが、剃刀まで要求するのも気が引けた。

どんな一年だったんだ、芹沢さん、あんたにとって、え？

どうなんでしょうね、なかったも同然の一年だったのか、と芹沢は相変わらずぼんやりと答え、あのときも無一文同然で、今も同じで……と付け加えた。

掏摸にやられたという話は洪（オン）から聞いたよ。

馬鹿でした、と、あの若者は洪（オン）という名前なのかと思いながら芹沢は言った。

馬鹿だねえ。が、それは今に始まったことじゃあなかろうが、と、軽い口調ながら馮（フォン）が容赦なく決めつけてくるのを、

そうですね、と大して悪びれることもなく素直に受け、しかしそれ以上は何も言うことがないので黙っていた。

ともあれ、いろいろと苦労はしてきたようだな、と芹沢の顔をまじまじと見つめながら馮（フォン）は言った。

そんなこともないですけどね、とだけ芹沢はぽつりと呟いた。おれの坊主頭、頬のこけよう、髭づら、真っ黒な日焼けがこの老人の目にはいったいどう映っているのか。

迎えに来ましたと言ってみて、もし断られたら、ただそうですかと言ってすぐ帰ってくればいいよと洪(オン)には言っておいたんだが、案外あっさりとやって来たもんだ。

おめおめと、ということですか。あるいはぬけぬけと、というのか……。

そんなことは言っていない。

ちょうど二進(にっち)も三進(さっち)も行かなくなっていたときでしたからね。金を盗られ、病気になり……正直、本当に有難かった。それにしても、ぼくの居場所がどうしてわかったんですか。

なあに、わたしのところにはいろんな情報が入ってくるから……。

呉淞口(ウーソンカウ)の波止場でぼくを目撃して、顔を見分けた人が誰かいたということですか、と、頭の中に小さな警告灯がともるのを感じながら芹沢は重ねて尋ねてみたが、馮(フォン)はそれには答えず、話を逸らすように、

苦力(クーリィ)の人生か……と呟いて、いくぶん面白がっているような顔つきになった。それはそれで悪くはなかろうが、しかし……。

悪くはなかったですねえ。軀一つで自分の食い扶持だけ稼ぐ。単純で、爽快なもんです。それに、ある汽船会社の社員でちょっとぼくを気に入ってくれる人がいましてね。もう少ししたらその会社に拾ってもらえる可能性もありましたし。

じゃあ、何で洪(オン)に言われるまま、素直について来た?

ついて来たと言うか、抱きかかえられるように運ばれてきたと言うのか……。だから、さっきも言ったように、ちょうど二進も三進も……。それに、と言いかけて少しためらったが、結局は腹を括って、アナトリーのことを聞きましたから、と付け加えた。

馮（フォン）は腕を組み、椅子の背に軀を預けて、茫洋とした視線を窓の外へさまよわせた。戸外の寒さのせいで窓ガラスの内側に水滴が溜まり、下半分はすっかり曇っているが、透き通った上半分の部分を透かして、葉の落ちたマロニエの枝が見えている。しばらくして視線を芹沢の顔に戻し、低い声になって、

もうひと月ほど前のことになるか、と話しはじめた。共同租界のはずれにある男娼窟の一室で、あいつの死体が発見された。ヘロインを打ちすぎて心臓麻痺を起こしたらしい。主に外国船の船員を相手に営業している、相当、人気（じんき）が荒い、低級な店だよ。

芹沢は黙って頷いた。ヘロインというのは意外だった。芹沢の知っているかぎりでは、アナトリーは麻薬に手を出したことはなかったはずだ。ただ、彼が死んだと洪（オン）から聞いた瞬間に浮かんだのは、ジェスフィールド公園で発見され保護されたときのアナトリーの、殴る蹴るの暴行を受けた後の凄惨な軀と腫れ上がった顔だったし、何で死んだんだと尋ね返しても目を伏せ口を噤んだままだった洪（オン）の顔つきからしても、まあ平穏な死にざまではなかったに違いないと推量していたので、さしたる衝撃は受けなかった。馮（フォン）は、わたしも警察に呼ばれて事情聴取を受けたが——と話を続けた。ここ半年ほどはまっ

たくうちに寄りつかなくなっていた、と事実を言うしかなかった。その前だって、ただ孤児の境遇を哀れに思い、住まわせ、食べさせてやっていただけだからね。別にあれを養子にしたわけでもない。警察にはそう言った。警察としてもそれ以上はわたしを追及する何の理由もない。しかしまあ、一種の義理は感じたからな、遺骸は引き取ってやったよ。骨と皮ばかりになって、無慙(むざん)なものだった。母親と姉の墓の隣りに埋葬して墓石を立ててやった。

母親……？

アナトリーという子は、上海に流れてきたロシア人家族の生き残りでね……。そうか、あんたはあの子の生い立ちを何にも知らないのか。父親はもともとモスクワに住んでいた技術者だったが、貴族の血筋を引いていたのが禍(わざわい)し、赤色革命でボリシェヴィキの迫害を受け、妻と幼い娘を連れ、安住の地を求めて上海にやって来た、そういう人だった。ウラジオストクまでの道のりがすでに苦難の連続で、さらにそこから出る上海行きの汽船の切符を手に入れるのがまた、ひどく大変だったという一部始終を、いつだかじっくりと聞いたことがあるが……。ともかく何とか一家で上海まで辿り着き、虹口(ホンコオウ)のユダヤ人街に居を定め、専門技術を生かせる職も見つかった。翌々年にはアナトリーも生まれた。その頃、わたしはその一家とちょっとした縁が生じてね。

芹沢にとっては初めて聞くことばかりだった。彼の目がおのずと抽斗箪笥(チェスト)のうえの家族写真の方へ向けられたのを馮（フォン）は目ざとく見てとり、すぐ立ち上がってその額を取ってきて芹沢に渡した。

どこかの冬の公園で撮った写真のようだった。がっしりした四十がらみの黒髪の大男と、それよりいくつか若いと見える、神経の繊弱そうなほっそりした金髪の小柄な女が寄り添って立ち、男女二人の子どもを守るようにしている。大きな熊を思わせる髭づらの父親の片手は十一か十二歳ほどと見える娘の肩に置かれ、美少女の俤（おもかげ）を残す母親の方はたぶんまだ四、五歳の少年と手を繋いでいる。みな厚着に手袋、マフラー姿で寒そうだが、四人の笑顔には一見して和やかな幸福感が溢れんばかりに漲（みなぎ）っている。裸になった木々の隙間から水面らしきものがちらりと覗いており、どうやらここは黄浦公園で見えているのは黄浦江の川面なのではないか、と芹沢は思った。

あどけない笑みを浮かべたその少年の顔に目を凝らすと、それは紛れもなくアナトリーだった。姉が黒髪と意志の強そうなしっかりした顎を父親から譲り受けているのに対して、金髪のアナトリーの方は明らかに母親似で、神経質そうな線の細い顔立ちをしている。子どもの心と身体の奥底にはその後の彼が送る全人生の出来事の種子が収蔵されているという、ときどき芹沢の頭を去来する想念が、黒白写真の中のアナトリーのちっぽけな顔を見つめながら、今また不意に浮かんできた。アナトリーという人間について自分が知っているすべて、彼とともに体験したすべてが、まだ芽吹かない種子としてこのいたいけな幼児の身体の内部に胚胎されているさまを、まざまざと透視できるような気がしてならない。

しかし、それればかりではない。この幼児の顔の中には、自分の知っているアナトリーを超えたもの、それ以上のもの、ないしそれ以外のものさえ存在しているような気がする。この幼児の中にはまだあったけれども、十七歳のアナトリーからはすでに失われてしまったものがある。それも不思議なことではないのだ。人が成長するとは、日々様々な体験を重ね知識を増やし、つまりは既知の自己のうえに未知のものが付け加わって世界が広がってゆく過程である、とふつう考えられていて、むろんそれはその通りなのだが、他方また、成長するにつれて人は自分の中に眠っている数多(あまた)の可能性のうち、あるものを採り、あるものを棄てていかなければならないこともまた事実である。実を言えば十全に現実化しえた可能性などほんの少数でしかなく、芽吹かないまま失われてゆく種子、開花を待たずに摘み取られてゆく蕾(つぼみ)の方が大部分でさえあるかもしれない。そして、そうした種子、そうした蕾のすべてがこの幼児の顔の中には未だ手つかずのまま眠っているのだ。

成長とは選択である。人はこうなると自分で決めたものになってゆく。よんどころない外的事情でその選択が強制されることもあるが、結局のところ何を選び何を選ばないかは当人の意志で決まる。言葉を喋り出してきっとまだそう長くは経っていなかろう幼いアナトリーの口元のあたりには、たとえば母親譲りとおぼしいおっとりした善良と寛容の気が漂っていた。それは芹沢の知っているアナトリーの口つきにはまったくないものだった。その善良と寛容はこの写真を撮られた後に経過した十年余の歳月のどこかの時点で失われた、あるいはその歳月を通して徐々に失われていった何かなのだ。とはいえ、もし仮にこの善良と寛容を保持したまま十七歳になったアナトリーが眼前に現われていたとしたら、はたしておれはあれほど激しい情熱をその少年に注ぐことができたかどうか、疑わしいものだ、とも芹沢は思った。

父親が不意に失踪したのはアナトリーがまだ十にもなっていない頃だったか、と馮（フォン）が言葉を継いだ。ある朝、出勤のために家を出て、それきり煙のように消えてしまった。家族はむろん警察に捜索願を出したが、今に至るまで発見されていない。わたしにはそんな話はいっさいしなかったが、どうもあの男はモスクワ時代に何か政治的な結社なり運動なりに関わっていたのではないのかな。ご存じのように、ソビエト連邦の特務機関もこの町で案外活発な活動をしているからね。消されたか、シベリア送りか、まあそのあたりだろうなあ。母親の方は半狂乱になってね……。警察に通いつめ、そのうち言動が少々おかしくなってきて、警察の窓口でも相手にされなくなってしまった。精神科を紹介して、わたしが一緒に付き添っていってやったこともある。とにかく、夫の失踪で力を落としたんだろう、翌々年に結核で死んでしまった。残された姉弟の、姉の方がピアノの教師をして何とか生計を立てようとしていたようだが、二十歳にもなっていなかったその娘も結局、さして時日を経ずに母親と同じ病気で亡くなった。わたしは一人ぼっちになってしまったアナトリーを引き取って、ちゃんとした教育を受けさせてやろうとした。しかしあの子は結局、あんなふうになってしまったわけだ。わたしにはどうしようもなかった。

「あんなふう」というのがどういう「ふう」なのか、訊き返すには及ばなかった。芹沢のアパートのベッドに寝ころんで、錠破り(ピッキング)の道具を自慢そうに見せびらかしていたアナトリーの姿がまざまざと甦ってくる。

いやね、父親も母親も立派な人物だったんだよ、と馮(フォン)が弁解するように言った。赤色革命で財産を没収され、落ちぶれることになったが、元は二人とも裕福な家柄の出のおっとりした人たちだった。あの子だけがなあ、どうしてあんなふうに……。

ホテルの横の無人の駐車場であいつの頰を殴った、あれがあいつと会った最後の機会になってしまったか、何とも後味の悪い今生(こんじょう)の別れになってしまったものだ、と芹沢は改めて考えた。とはいえ、薄情すぎるとなじられても抗弁しようがないが、ヘロインに溺れて無慙な死にざまを遂げたと聞いても芹沢の心にはそれほど痛切な悲哀が込み上げてくるわけではなかった。アナトリーの死によって、芹沢を警察官だった頃の過去に繋ぎ留めていた最後の細い糸がぷっつり切れてしまったようで、そのことをむしろ有難く思う気持さえある。変死を遂げた少年には気の毒だが、むしろ一種不思議な爽快感のようなものさえ軀の底から立ち昇ってくる。おれは実は密かにあいつの死を願っていたのかもしれない、という思念が閃いて芹沢は慄(おのの)いた。

実はね、とまた馮(フォン)が喋りはじめた。死ぬ前の数日、いかがわしい風体の男たちが複数、アナトリーの籠もっていた部屋に出入りしていた形跡があったという。警察内では殺人の疑いも喋々(ちょうちょう)されたようで、つまりヘロインを自分で打ったのか無理やり打たれたのかという話になるが、店の側は知らぬ存ぜぬの一点張りだし、警察もまあ、本気で捜査する気はなかろうさ。いや、ひょっとしたら容疑者としてあんたの名前なんかも挙がっているかもしれないが……「関係者」として。

「関係者」、ですか。

事情聴取であんたのことも訊かれたからね。

何と答えたんです？　いきなり剣呑な話題になったので、不意を衝かれた芹沢は背筋がぞくっとそそけ立った。

何にも。ただ、何にも知らない、と。だって、その通りなんだから。

もう少し細かく尋ねてみたいことがあるような気もしたが、どうも頭がうまく働かない。そもそもこの老人はおれとアナトリーとの間にあったことをどの程度まで知っているのか。まったく知らないのか、知っていてとぼけているのか。「関係者」という言葉の発音の仕方には妙な含みがあるようだったが、気のせいだろうか。だが、芹沢には何よりもまず、警察が自分の名前を出して馮（フォン）から情報を得ようとしたという事実それ自体が気になった。工部局警察はおれのことを決して忘れていない。それなのにおれは租界の真っ只中にあっさりと舞い戻ってきてしまった。あまりに軽率だったろうか。そんなことに思いをめぐらせていた芹沢の沈黙の意味を馮（フォン）は正確に推し量ったようで、呉淞口（ウーソンカウ）にいればよかったと後悔しているのかね、と訊いてきた。

そうですね……。その方がよかったかもしれない。

むろん送り返してあげるとも、あんたがそうしてほしければ。しかしまあ、せっかくだから、アナトリーの墓参りくらいはしていけばいい。

ただ、ぼくを「迎え」に馮（フォン）さんが人をよこしたという、その理由をまだ聞いていませんね。

うん……。つまりね、あんたが荷揚げ人夫をやっていると聞いて……。ひょっとして、もう少し軀が楽な仕事をする気はないか、と何となく思ったものだから……。急に馮（フォン）の物言いが、何やら弁解気味の、ためらいがちで腰の引けた口調になった。馮（フォン）の真意がどこにあるのかにわかには見当がつかず、半信半疑のまま芹沢は、

楽な仕事、というと……やっぱり、闇社会の何かですか、ととりあえず茶化してみることにした。青幇（チンパン）に一人欠員が出た、とか何とか……。

一年前のあの医院での会話で芹沢の身のふりかたが話題になったとき蕭炎彬の名前が出たことを、馮は案の定忘れていなかった。

青幇？　いやいや、全然違う。以前、言っただろう。蕭炎彬は香港に逃げた……。いや、蔣介石の国民党政府の本拠地になった重慶に、もうあいつも移ったのだったかな。とにかく目端が利く男だよ。いずれにせよ、上海に戻ってくる好機を虎視眈々と狙っているんだろうが……。いやいや、そんな話じゃあないんだ。あんたは知ってるかどうか、わたしはある映画館を経営していてね。

話の方向が急転回したのに途惑いながら、はあ、それは知りませんでした、と芹沢は答えた。

そこの映写技師が、父親が死んだから故郷に帰ると言い出して、代わりを早急に見つけなくちゃならなくなった。欠員はそれさ。あんたはたしか、たいそうな映画好きだろう。そう聞いたことがあるのを思い出して――。

映写……映画の映写ですか？　ぼくはそんなこと、出来やしませんよ。

覚えりゃあ、よかろう。そう難しいことじゃない。最初のうちは見習いで……。

だって、たしかあれは、何か特別の免許が必要な仕事でしょう。

市の工部局が交付する免許かね。じゃあ、警察へ行って資格を取得してきてもらうか、と言って馮はにやりと笑った。

馮(フォン)の話はこうだった。維爾蒙路(ヴィユモン)に彼の骨董時計店があるが、その並びのそう遠くないところに、外国映画を専門に上映する〈花園影戯院(ガーデン・シアター)〉という映画館があり、それも彼の所有なのだという。そこで映写技師として働く気はないか。暗い映写室にずっと閉じ籠もっていればいいのだから、あんまり人目にはつきたくない身の上のあんたには、うってつけの仕事なんじゃないのか。常識的な額の給料は払うつもりだ。少なくとも苦力(クーリィ)の日当よりはよっぽど実入りが良いぞ。映写機にフィルム・リールを装着するやりかた、上映の手順、そういったことは見様見真似ですぐ覚えるさ。今いる映写技師には、代わりの者が仕事を覚えるまでは何とか辞めないでくれ、と因果を含めてある……。

芹沢はいきなりの話に当惑したが、荷揚げ人夫に比べれば楽な仕事だと言われれば、それはそうだろうと思わざるをえなかった。ただ、警察が自分の名前を出して情報を求めたという話を聞いた後では、馮(フォン)の申し出をただちに引き受けるのは躊躇(ためら)われた。

暗闇に閉じ籠もってとおっしゃいますが、しかしぼくとしては、ぼくの手配書が回っている租界の真っ只中に舞い戻って平然と暮らせるかということになると、やっぱり……。

租界は租界でも、フランス租界だよ。ここと同じだ。行政上は共同租界とは一線を画していて、工部局警察の縄張りではない。

フランス租界にだって公董局の警察がありますよ。

あるが、公董局にしてみれば、あんたの起こした事件はよその部局の管轄区内で行なわれたものだ。殺された巡査も同僚というわけではない。おのずから熱意というものが違うさ。

　そういうタテマエ論は楽観的すぎると芹沢は思った。たしかにどの官庁にもあるような縄張り意識が警察にも根を張っているが、同時にまた、警察官の社会にはこの職種に特有の、垣根を越えた連帯感というものも存在する。

　だって、馮(フォン)さん自身、一年前のあのときには、ぼくをこの家に入れるのさえあんなに警戒していたじゃないですか。ぼくの人相書きは上海市の全域に回っているはずですよ。

　一年前は一年前だ。人相書きと言うが、あんたの人相はずいぶん変わったよ。失礼ながら、もはや工部局警察巡査部長というご面相ではないな。人相書きに照らし合わせてあんたを見分けられる警察官なんぞ、いないのではないかな。もちろんごく親しかった知り合いにばったり出喰わすことにでもなれば話は別だろうが……。

　はて、どうしたものか。呉淞口(ウーソンカウ)埠頭での港湾労働者としての日々が悪いものではなかったというのは、決して嘘でも強がりでもなかった。しかし、阿媽(アーマー)に世話されながら静かな寝室に独りで横たわり、強い風にしなって揺れている裸になったマロニエの枝を窓越しに眺めていると、寒風の吹きすさぶ波止場でのあのきつい筋肉労働の生活に戻るのはどうにもかったるいなあ、という気持が徐々につのってくるのは否定のしようがなかった。おれも弱い男だな、またこの爺さんの世話になるのか、情けないな、という忸怩(じくじ)たる思いが込み上げてくる一方で、向こうの方からやって来る出来事に抵抗せずに身を委ね、おのずと流されるままに流れていけばいいんじゃないのか、という気もする。それで何かまずいことが起きたら、それはまたそのときのことだ。暁方の呉淞口(ウーソンカウ)埠頭で、世界が一つ一つくっきりと粒立った無数の個物の集合として感受された、あの不思議な瞬間の記憶がふと甦ってきた。射しそめた朝陽の中での、夢ともうつつともつかない、しかし極度に鮮烈だったことだけは間違いないあの奇妙な天啓体験が、ひょっとしたらおれのこの一年間の放浪生活の結論というか、締め括りみたいなものだったのではないか。貯めこんだ稼ぎの大半をいっぺんに失ったという災難も、このあたりがちょうど切り上げどきというサインだったのかもしれない。

そうですね……と芹沢は小声で呟いた。では、ぼくで良ければ、お役に立ちたいと思います。

それは有難い。いつから働けるかね。

いや、もう、明日からでも。……

馮(フォン)の持ち物だなどとは考えてみもしなかったが、骨董時計店から七十メートルほど北上したところにある〈花園影戯院(ガーデン・シアター)〉は、座席数二百五十ほどの小さな映画館で、芹沢も観客として何度か足を運んだことがある。曲線の多いテラコッタ装飾のファサードを持ろ、もっと広い映画館というよりむしろ伝統のある小洒落た老舗ホテルのような雰囲気を醸し出している。

辞めたいと言い出したという現在の映写技師は、よく喋りよく笑う親切な小太りの支那人の若者だった。芹沢は彼から簡単な教習を受けた後、三日ほど助手として機械の操作の現場に立ち会い、彼の仕事ぶりをじっくりと観察した。上映興行の終了後、ひと気のなくなった夜の映画館に残って、手順を一つ一つ確かめながらゆっくり時間をかけて繰り返し練習した。四日目には客の入ったホールでの本番の映写を芹沢が独りで行ない、ときどきもたつきながらも何とか大過なくやり遂げた。若者は横に立って、芹沢が間違えそうになるたびに細かな注意と指示を与えてくれた。

横並びの映写機が二台ある。一台の方にフィルムのリールを装着して待ち、開演時刻になるとベルを鳴らし、照明を落とし、スクリーンの前のカーテンを開け、機械を回して上映を開始する。ピントが合っているか、適正な音量でホールに音が流れているかどうかを確認する。もう一台の映写機に二巻目のリールを準備して待機し、一台目のリールが巻き上がった瞬間に、二台目の方に切り替える。そちらを映写している間に一台目の方のもう映写の終ったフィルムを巻き戻してリールを外し、三巻目のリールを装着し、切り替えの準備をして待つ。この交替手順を順次、映画の終りまで繰り返し、ぜんぶ終ってスクリーンに"The End"なり"Fin"なりの文字が映ると、カーテンを閉めホールの明かりを点ける。単純作業の集積だが、細部はけっこう複雑で、前後したり省略したりすることは許されず、厳密な進行表に沿って一つ一つ遂行していかなければならない。

五日目の朝、芹沢が映写室に入ると若者はすでに大きな二つの鞄に荷物をまとめて待っていて、最初の回にだけ立ち会い、それが無事に終ると、あんた、もうやれるよな、じゃあ、おれは行くから、と言った。映画は好きだしここの給料は悪くないし、おれは上海で暮らしていたいんだがなあ。親父が死んで田舎の実家の男手が足りなくなった、どうしても帰ってこいと兄貴が言い張ってきかないんだ。仕方がない。上海にはまた遊びに来るよ。まあ、元気でやってくれ。

いろいろ教えてくれて有難う、と言って芹沢が手を差し出すと、若者はその手をぎゅっと握り締め、

そうそう、ラジオはおれが買ったものだが、持っていけないからあんたにやるよ、と言った。有難う、と繰り返す芹沢に手を振って若者は去っていった。

そのラジオが置かれているのは、ホール脇の通路の突き当たりの螺旋(らせん)階段を降りたところにある、妙にだだっ広い半地下の居室で、若者が去った後を受け、芹沢はそこに住むことになった。ベッド、テーブル、箪笥など最小限の家具が置かれているだけの殺風景な部屋だが、シャワー室と便所、流しに小さなコンロまで備わって、ちょっとしたアパートメントになっている。一応地下室だが、窓の外には空堀があり、そこからある程

度陽が射しこんでくるので、当初案じたほど暗鬱な閉塞感に鎖されているわけではないことは、住みはじめてすぐにわかった。

新しい生活が始まった。芹沢は馮（フォン）が言うほどの映画ファンというわけでもなかった。ただ、横浜という「ハイカラ」な町で少年期を過ごし、西洋に憧れて英語やフランス語を学んだ青年として、人並みを少々上回る程度には映画館に通い、アメリカ映画やフランス映画を好んで観てはいた。〈花園影戯院（ガーデン・シアター）〉で主に上映しているのはまさにそのアメリカとフランスの作品だったから、たしかに趣味と実益を兼ねた良い仕事と言えば言える。くたくたになるまで軀を酷使し、粗末な食事をかっ込んではベッドにぶっ倒れてことんと眠りに落ちる、という今までの暮らしに比べれば格段に文化的になったものだと芹沢は苦笑した。ジョン・フォード監督の『駅馬車』のような西部劇、フランク・キャプラ監督の『我が家の楽園』のようなコメディ、ジュリアン・デュヴィヴィエ監督の『舞踏会の手帖』のような恋愛心理劇、どれも面白く、芹沢は光と影の戯れで語られる異国の物語の世界に浸りこんで忘我の時間を過ごした。ただ、ギャングや警察官が出てきて銃声が交錯する犯罪活劇だけは、あまり思い出したくない記憶の数々が刺激されてどうにも正視に耐えず、リールの交換を遺漏なく行なうように注意を集中しながらも、映写室の窓越しに見えるスクリーンからは目をそむけ、耳栓をつけ音響も遮断して上映時間を何とか耐えた。平日の昼間は客の入りが悪く閑散としていることが多かったが、夜の回や休日はおおむね満席になり、『駅馬車』のような痛快な活劇映画では立ち見の客も出て、両脇の通路までぎっしり埋まることもあった。日中戦争の情勢は日々悪化の一途を辿っているのに、上海租界というこの「陸の孤島」は安上がりな娯楽を楽しむ人々で溢れているようだった。それとも戦時の不安から逃れるためのいっときの避難所を求めて、人々は映画館に押し寄せるのだろうか。

最初のうち、そうした群衆のすぐ近くに身を置くことは芹沢にとっては恐怖だった。映写室の窓からホールを見下ろしながら、誰かがふと振り返り、こちらを見上げておれの顔に気づいたらどうしようと怯え、可能なかぎり映写室の明かりは消し、窓越しにスクリーンを見るときもカーテンの陰に半身を隠すようにしていた。この人々の中にはむろん日本人も少なからず混ざっているだろう。かつての同僚が家族連れで休日の気晴らしに映画見物に来ているということだって大いにありうる。人相判別のプロである警察官の目は鋭い。あんたの人相はずいぶん変わったなどと馮（フォン）は言ったが、そんな言い草は気休めにすぎないのではないか。

しかし、ひと月ふた月と経つうちに、芹沢の怯えは徐々に薄れていった。人々はスクリーンのうえに繰り広げられる物語に身を浸しにやって来る。一方、映写室はスクリーンの反対側、つまり彼らの背後にある。わざわざ振り向いて映写技師の顔をまじまじと見つめようとするやつなど、そうそういはしないのだ。フィルムの巻き付けが弛んでいてコマ送りがぶれたり、レンズのピント合わせが甘くて映像がぼやけたりするとき、映写室を見上げて大声で文句をつけるような観客もときにはいたが、彼らにしてみれば技師は顔も個性もない匿名の存在でしかない。人目にはつきたくない身の上の者にはうってつけの仕事、という馮の言葉を芹沢はなるほどと得心することになった。言ってみれば、おれは映写室の小窓から世間を覗くようにして生きてゆくわけか、それはそれで一つの人生のかたち、しかもおれにはいちばんふさわしいかたちなのかもしれない、という静かな諦念も生まれてきた。

　そうした中で、ふとこんな考えも浮かんだ。欠員が出た、代わりを見つけなくちゃならなくなったとか馮は言っていたが、実はそれは口実にすぎず、ひょっとしたら呉淞口で働いていたおれの身にいつの間にか捜査の手が伸びかけていて、どういう経路でかそれを察知した馮が、逸早くおれを救い出してくれた、そういうことだったのではないか。工員、それから波止場人足として働いていたこの一年ほどの間に、すっかり支那人労務者として通用するようになっていたつもりでいたが、どこまで身をやつしおおせていたかは、実のところ怪しいものだ。日本人に行き逢う機会ももちろんかなりあったし、もしかしたらおれの顔を見知っている誰かと気づかぬうちに顔を合わせるといったことも起きていたかもしれない。指名手配犯の芹沢一郎が呉淞江で目撃された――そんな情報がいつなんどき当局にもたらされていても、実は不思議ではなかったのだ。何かそういう危険がいつの間にか迫っていて、それを知った馮(フォン)が危ういところでおれを救ってくれた……。ありうるな、と芹沢は思った。なあに、わたしのところにはいろんな情報が入ってくるから、とあの老人は言っていた……。だが、そうなんですか、そうだったんですか、と訊いてみても、きっと馮(フォン)は、いやあ……とか何とか呟いてにやにや笑っているだけだろう。ともあれ、有難いことだ、と芹沢は思った。

この映画館の雇い人と言うと、映写技師の芹沢以外はみな支那人で、まず若いのと中年のと、二人の女が窓口係と切符のもぎりを交替でやっている。それに加えて経理係の老人、ポスターを作って貼り出したり看板絵を描く職人の手配をしたりといった宣伝業務に携わる中年男二人、さらに芹沢を呉淞口(ウーソンカウ)から連れ帰ってきたあの洪運飛(オン・ユンフィ)。洪(オン)は事務を執る以外に、芹沢を乗せてくれたあの小型トラックで映写用のフィルム缶の運搬にも当たっている。顔ぶれがしょっちゅう変わる臨時雇いの清掃員を除けば、それが〈花園影戯院(ガーデン・シアター)〉の職員のすべてだった。芹沢は事務室にはほとんど立ち入らず、自分の仕事場の映写室に閉じ籠もって同僚との交流は極力避け、明るい笑顔で挨拶は交わすけれどもそれ以上の深い交際には嵌まりこまないように気をつけた。

「どこか北の方、遼寧省の方」から来た「人付き合いの悪い沈(スン)さん」ということで押し通し、身の上話を語らなければいけない機会を避けることに心を砕いた。遼寧省は満州族に加えて回族、朝鮮族、モンゴル族、シベ族など多民族が混ざり合って住んでいる地域だから、芹沢の日本人臭い顔立ちや訛りのある支那語も、まあそんなものかと見過ごしてもらえるのではないかというのが芹沢の思惑だった。もっとも、同僚たちもそんな底の浅い与太には実は完全には騙されてはおらず、何か裏があるのではとうすうす感づいている気配もあったが、深いところを突っ込んでくる者はいなかった。あらかじめ馮篤生（フォン・ドスアン）から何か言い含められていたのかもしれない。馮（フォン）は週に一度か二度事務室に顔を出す程度だったが、彼に会うと職員の誰も顔にぱっと喜色がのぼるのが芹沢に強い印象を与えた。この老人に対しては誰もが篤い敬慕の念をもって接しているのが明らかで、ひょっとしたらその一人一人に、芹沢の場合に似た何かの恩義を馮（フォン）に負っているといった事情があるのかもしれなかった。

　働きはじめて一週間も経たないうちに、上映プログラムを選定し経営の全体を束ねているのは、若さに似合わず恐ろしく有能な洪運飛（オン・ユンフィ）であることがわかってきた。芹沢より一歳下の洪（オン）は目元の涼しいほっそりした顔立ちで、理知的な印象を与える額が少々広すぎるのを除けば相当な男前と言えないこともない、筋肉の引き締まった中背の青年だった。実際、無口で無愛想ながらも物腰は穏やかで相手への気遣いが繊細だから、見るからに女にもてそうで、その気になれば色恋の機会などいくらでも生じるだろうに、仕事が忙しすぎるのか仕事以外のことに興味がないのか、身辺に女の気配はまったくないようだ。他人にも自分にも倦んだような険しい色がときたま目の光に混じるのが、近寄ってくる女を結局は遠ざけることになるのだろうが、その険しい色に惹かれる女がいても不思議ではないのに、と芹沢はときおり訝り、つまりはそういう女との出会いがまだ彼の人生で起きていないということか、と思い直しもした。

とぼけて沈さん、沈さんと呼んでいるが、洪だけは芹沢の本名を知っている。指名手配されている殺人犯であることまではどうだかわからないが、少なくとも芹沢が日本人であり何かの事情で人目を忍ぶ身であることは承知している。だから他の職員には自分を鎖している芹沢も洪にだけは気を許し、ときどき一日の興行が終った後の映写室でビールを飲みながら、四方山話に耽ることがあった。話題のほとんどは映画で、作品の出来の良し悪しには芹沢にも自分なりの意見があったが、俳優や監督のゴシップ、映画界の表や裏の諸事情といった話になると、突然饒舌になる洪が一方的に喋りまくるのを聞いているだけだった。それが芹沢にはけっこう楽しかった。この一年、これほど屈託なく心を開いて人と付き合うなどということは絶えてなかった。自分の中でずっと抑圧され窒息させられていた人恋しさが、ようやく蘇生しかけているようだった。

洪はふだんは世間を冷然と見下すような仏頂面をしている青年だが、それは人から舐められまいとするために被った自衛の仮面で、その裏側にはナイーヴで温かい心を秘めていることが芹沢にはだんだんわかってきた。日頃は無口なのに、こと映画となると人一倍饒舌になる。デュヴィヴィエの『望郷』などよりジャン・ルノワールの『大いなる幻影』の方がはるかに優れているなどと熱弁をふるい、後者が日本の内地では反戦映画として上映禁止になったことに憤った。上海でもここ十年ほど、〈聯華影業公司〉や〈明星影片公司〉のような大きな映画会社が、世界市場に通用する質の高い作品を制作するようになり、この町が「チャイニーズ・ハリウッド」へと発展してゆく可能性さえあったのに、日本との戦争が勃発して以来、中国映画の勢いが衰えてしまったのは残念だ、と洪（オン）は繰り返し慨嘆した。そんなふうに芹沢の前でも遠慮会釈もなく日本人や日本軍の悪口を言ったが、芹沢個人の荷厄介な話題には立ち入らないよう繊細に気を遣っている気配があり、芹沢にはその配慮が有難かった。

同じ建物の中で二階の映写室と地下のアパートを往復するだけの芹沢の暮らしを憐れんでのことか、洪（オン）は毎週月曜の定例休館日に、ときどき芹沢を誘って例の小型トラックで郊外に連れ出してくれることがあった。黄浦江を遡り、ひと気のない川沿いの土手のうえや林の中で、川風に吹かれつつのんびりと散歩する時間を作ってくれた。小さな集落にある茶店で洪（オン）とビールを飲み、軽食をとって帰ってくる。それだけのことだが、吹きっさらしの埠頭で長江の広大な水景を前に働く日々からいきなり小部屋の暗闇に身を潜める生活に変わってしまった芹沢にしてみると、たまには戸外でのそんな気晴らしの機会でもなければ、息が詰まってやりきれない気持になったことだろう。洪（オン）の方も、芹沢と一緒に過ごすそんな休日を彼なりに愉しんでいるようだった。独身で恋人もいないらしい洪運飛（オン・ユンフィ）との間に淡い友情が生まれるのを芹沢は感じ、人間というのはやはり独りでは生きられないのだなといった凡庸な感慨を今さらながら噛み締めた。浦東（プートン）と呉淞口（ウーソンカウ）での苛酷な労役の月日の間に失った体重も、少しずつ戻ってきた。

それにしても、映画というのはつくづく不思議なものだ。一枚のぺらぺらの布のうえに深い奥行きを備えた立体世界がいきなり出現する。光と影の戯れで出来ているだけの人物たちが歩き、走り、接吻し、愛し合い、憎み合い、傷つけ合い、和解し、その一挙手一投足が観客の胸を締めつけ、陶酔させ、落涙させ、心を歓喜で満たす。では逆に、この現実世界もそんなふうに光と影で構成された錯視の幻だと考えてみたらどうなのか、と芹沢はふと思う。おれの背後のどこかで、もたもたしながら不器用に映写機を操作している誰かがいて、その光源から投射された光線が、眼前のスクリーンに当たって絶えず砕けている。もしそうだとしたらどうだ。人はふつう、ぶっても叩いても壊れない堅固な現実となまなましく触れ合っているつもりで暮らしているが、そんなものは錯覚にすぎず、実のところは薄っぺらなスクリーンのうえに繰り広げられる映像の戯れに、茫然と視線を投げかけているという、ただそれだけのことなのではないか。ときたまそんな妄念がとりとめなく去来し、すると何か甘美な安らぎが軀中に広がってゆく。

一本の映画を六日間興行し、休館日の翌日から新作に切り替わるという日程に芹沢が慣れ、映写の手順を無意識のうちに正確にこなせるようになってゆくうちに、季節はじりじりと移ろい、ホールに集う観客たちの服装から重いコートが消え、戸外では木々の枝が芽吹いて柔らかな若葉が萌え出した。その間芹沢が犯した失態と言えば、映画が始まってもホールに音が流れず観客が文句を言いに映写室まで駆け上がってきたことが一度あり（スピーカーのスイッチを入れ忘れ、苦情が来るまでそれに気づかずにいたのである）、リールの順序を間違え途中の二巻を後先逆に映写してしまったことがこれもまた一度（何だか変だぞと首をかしげた観客も多少はいたかもしれないが、筋立てがけっこうごちゃごちゃと込み入った映画だったのでそんなものかと納得してしまったらしく、最後まで見終って皆おとなしく帰っていってくれたので、芹沢は気が咎めながらも胸を撫で下ろした）――まあその程度だった。

いちばんおたおたしたのは、これもまた一度きりのことで、しかも芹沢の失策というわけではない小さな事故だが、映写機のランプの熱で発火してフィルムが燃え出し、途中でぷっつり切れてしまったことだった。たまにそういうことが起こるよと前任者から注意されていたので、対応は何度も繰り返し練習していた。少々お待ちくださいとホールにアナウンスをしておき、フィルムの溶けた部分を丁寧に切り取ったうえでコマがずれないように両端を重ね合わせ、強力な糊で貼り合わせる。接着した箇所が剝がれないように、温風機を当てて糊を手早く乾かし、映写機に装着し直す。緊張で手が震えたが、練習の効果があって手際よく処置し、ほんの数分で映写を再開できてほっとした。

春が過ぎて初夏の気配が空気の中に漂い出し、やがて梅雨の季節に入り、六月が終ろうとする頃のある週末、来週の映画は予定とは違うものに差し替えるから、と洪（オン）から突然言われて芹沢は驚いた。上映プログラムは二か月先まで決定しており、フィルムの借り出しと返却の日程を配給会社との間で厳密に詰めているはずだ。翌々週の作品あたりまでは、すでに宣伝の手配も済みポスターも刷り上がっている。上映開始の数日前になっていきなり差し替えなどということになれば、多方面にわたって沢山の関係者が迷惑を蒙ることになる。いったいどんな不測の事態が生じたのか。しかし、それを問い質しても洪（オン）は言葉を濁してはっきりした説明をしようとしない。

しかも、予定されていたアメリカの喜劇に替えて、〈聯華影業公司〉制作の支那映画を上映するのだという。もともと〈花園影戯院（ガーデン・シアター）〉は欧米映画専門の映画館で、支那映画をかけるなどというのは前代未聞のはずだ。狐につままれたような気分だったが、ともかく言われた通りにやるほかないと腹を括り、芹沢はいつも通りの準備をして火曜朝の初回の上映を迎えた。たぶんポスターも看板絵も間に合わなかったはずで、もともと平日の昼は客の入りが悪いのが常態だが、あちこちにぱらぱらと散らばった客は合計してもほんの十人にも満たない。前日、芹沢はリールの各巻の出だしを数十秒ずつ試写してみてはいたが、それはフィルム缶のレッテルと中身が合っているかどうかを確認しただけだから、映画の全体を通して観るのはこれが初めてだった。『落花有情』という題名から恐らく恋愛映画、それも悲恋の物語なのだろうという見当だけは何となくつけていた。

　映画はしめやかに雨が降る街路の夜景から始まり、あまり高級ではなさそうなキャバレーのネオンサインの大写しになる。その店の、紫煙が立ちこめた内部。乱酔して大騒ぎし、くだを巻いている客たち。不意に店内の照明が暗くなる。店の奥に小さな舞台があり、そこにスポットライトがぱっと灯り、気をもたせるような間が少々あり、客の騒ぎが静まってゆくと、光の中に支那服を着た美しい女が歩み出る。

　芹沢は息を呑んだ。それは美雨（メイユ）だった。まだ二十代後半だろうか、顔つきに今ほどの険（けん）がなく、頬がふくよかで、目に力がある。触れなば落ちんといった風情の、したたるような媚態（びたい）がある。しかしそれは美雨（メイユ）に間違いなかった。慌てて手元にある簡単な配役表を確認してみると、主演は楊紫薇（ヤン・ツヴェ）とある。

　キャバレーの歌姫はゆるやかな旋律に乗せて報われない恋を切々と嘆き、喝采を浴びる。楽屋に引っ込んだ後、脂ぎった初老の店長に言い寄られ、撥ねつける場面。通路で男前の給仕とすれ違い、店長の悪口を言い合う。二人はまだ恋人同士というわけではないようだが、互いに対して憎からぬ気持を抱いているらしい。場面変わって、ホールに日の丸の徽章をつけた日本軍の兵士の一団がどやどや入ってくる。丸眼鏡をかけちょび髭をたくわえた隊長の、下卑た好色そうな表情のクローズアップ。大声で酒を注文し、日本語の軍歌をがなる日本兵たちの傍若無人な振る舞いに、支那人の客たちは辟易（へきえき）し、そそくさと勘定を済ませ出ていってしまう者もいる。隊長は以前からキャバレーの歌姫に言い寄っているらしく、店長を呼びつけ、あの女に来させて酌をさせろとごねる。店長が断ると、軍刀の柄（つか）に手をかけて威（おど）す。店長は仕方なく歌姫に懇願し、歌姫もしぶしぶそれに応じ、仏頂面で日本兵たちのテーブルにつく。隊長、歌姫の膝に手を置き耳元で何か囁く。歌姫、隊長の顔に酒を浴びせ、席を立って逃げ出そうとするが、隊長もすばやく立ち上がり、歌姫の手を摑んで無理やり引き戻し、揉み合いになる。そこに割って入るのが、先ほどの男前の給仕だ。隊長、給仕を殴り倒す。床から半身を起こした給仕の、わなわなと震える唇の端から血がひとすじたらりと垂れた、怒りの形相のクローズアップ。その口から、「この日本鬼子（ザベングイズ）、くたばっちまえ！」という罵声が洩れる。隊長、激昂し、また刀の柄に手をかける。

そこから始まって、キャバレーでの滑稽などたばたとか、給仕と歌姫が初めておずおずと接吻を交わすとか、日本人の隊長が深夜、歌姫の寝室に忍びこもうとするとか、何やかやごたごたとあり、最後に隊長は給仕に階段のうえから突き落とされて重傷を負い、逃げようとした給仕は日本兵に撃ち殺される。傷心の歌姫は荷物をまとめてキャバレーを去り、冒頭シーンと同じようにしとしとと雨が降る中、駅のホームで夜汽車に乗る。もの哀しい嫋々（じょうじょう）たる音楽が高まる。もくもくと煙を上げ、尾灯を光らせつつ夜陰の中を遠ざかってゆく汽車の映像のうえに、「劇終」の字が浮かび上がる。

他愛のないメロドラマにすぎない。決まりきった類型化が施された人物像は浅薄だし、構図やショット割りは粗雑だし、大して出来の良くない作品であることは一目瞭然だ。しかし、楊紫薇（ヤン・ツヴェ）という女優が一種めざましい個性的魅力を備えていることは否定できない、と芹沢は思った。若くして人生の裏表を知り尽くしてしまったようなけだるい倦怠、勇ましい気丈さと優しげな脆（もろ）さとの不思議な共存、恋の手管に長けたあばずれのようでいて、ふとした拍子に表情や物腰のはしばしから窺われる、悲しいほどに初々しい純情——楊紫薇（ヤン・ツヴェ）はそれらを見事に演じきっていた。脚本や撮影がどれほど凡庸でも、脇役の店長や給仕や日本人隊長を演じた役者たちがどれほど大根でも、楊紫薇（ヤン・ツヴェ）の演技を見るためだけに映画館に足を運ぶ価値のある、そういう映画だと芹沢は感じた。自分がどう見えるか、他人（ひと）の目にどう映っているかに命を懸けるのが俳優なの——美雨（メイユ）が昂然と言い放ったそんなひとことが、芹沢の記憶の底から浮かび上がってきた。

最終回の上映の後、洪（オン）が映写室の戸口に顔を出し、虚脱状態で椅子の背にもたれている芹沢に、

迷惑をかけたな、すまん、と言った。

いや、謝られることなど、何も……。しかし、いったい何なんだ、急にこんな映画を……。

こんな映画ね、ふん。洪(オン)は中に入ってきて、椅子を引き寄せ、芹沢と向かい合って座りながら、馮先生(フォン・シーサン)の酔狂に振り回されてなあ、と呟くように言った。

老馮(ラアオ・フォン)の酔狂？　やっぱりな。だって、あの女優はあれだろ、老馮(ラアオ・フォン)の姪に当たる——？

洪(オン)は黙って頷いた。

彼女、本当に女優だったんだなあ、と芹沢は素直な嘆声を上げた。たしか、越劇(ユエジェー)の舞台に立っていたとは聞いたんだ。しかし、映画にも出ていたんだな……。ほう、あんた、美雨(メイユ)さんを知っているのか。一度……たった一度だけ、ちょっと話をしたことがある。

そうか。

じゃあそれで……なるほど、と芹沢は言った。馮(フォン)さんとしては、可愛がっている姪が出演した映画を上映してやりたいと……。気持はわかるが、それにしても、何だってこんなに出し抜けに……。ずっと前から決まっていたプログラムをぜんぶご破算にしてさ。ううむ……おれには、よくわからん。とにかく、馮先生(フォン・シーサン)から急に話があって、どうしても、と。ご老体、言い出したらきかないからなあ。結局、ご老体のわがままの尻拭いをする役回りになるのはおれさ。明日以降もまだまだ、あっちこっちに頭を下げて回らにゃあいかん。洪(オン)はそう言って、舌打ちしながら頭を振った。

美雨(メイユ)さんは、楊紫薇(ヤン・ツヴェ)という芸名だったんだな。他にもいろいろ映画に出ているのかい？

何本か主演作はあるはずだが……。しかし……なあ、『落花有情』、どうだった？

うん……そうだな、まあ、傑作というわけではないだろうが……。

当たり前だ！　どうしようもない愚作じゃないか、と洪(オン)は吐き棄てるように決めつけた。楊紫薇(ヤン・ツヴェ)主演の他のもまあ、これとおっつかっつの代物らしいよ、おれは観たことないけどな。

ははあ、ヒットはしなかった、と。それで、彼女、もう映画には出なくなってしまったのかい？

要するにね、こういうことさ、と洪(オン)は少々勢い込んだ口調になり、早口で話し出した。越劇(ユエジェー)の端役だった女優を見染めて、「暗黒街の帝王(キング)」が強引に自分の女にした、と。結婚を承知はしたが、それでも女の方には自分のやって来た女優業にまだ未練がある。帝王(キング)は愛しい新妻の願いを叶えてやりたくて、息のかかった映画会社の重役を呼びつけて、何とかしろと迫った。帝王(キング)には誰も逆らえない。で、楊紫薇(ヤン・ツヴェ)の主演作が何本か作られたが、どれもこれも不評で、収益は上がらず、それどころか大赤字。帝王(キング)にどれほど脅かされようが、会社としてもみすみす金をどぶに捨てつづけるわけにはいかない。まあ、帝王(キング)自身もずいぶん自分の金を出して映画の損を埋めたという話だが……。映画女優楊紫薇のキャリアはそれでおしまい、ジ・エンド。

そうか。

しかもだよ、それですっかり失意の淵に沈んだ楊紫薇は、愚かなことに、阿片に慰めを求めた。いっとき浮き世の憂さを忘れられても、繰り返せば中毒になり、中毒症状が進めばげっそりと肉が落ちる、顔は艶を失って土気色になる、目の下に隈が出来る、集中力がなくなるからむろんセリフも覚えられない。映画に出るどころじゃあない。ジ・エンドの本当の原因はそっちかもな。しかしまあ、本当に可哀そうな女だよ、美雨さんは。そりゃあ帝王としては、不機嫌になるよな、せっかく自分の肝煎りで妻を映画スターに仕立てあげ、人から羨まれるご満悦な身の上になりたかったのに、ことがうまく運ばず、大金も失った。そこで、失望のあまり、妻に辛く当たる。そのうえ、最初のうちはあんなに夢中になった初々しい新妻の軀からもだんだんと新鮮味が薄れ、飽きが来ずにはいない。愛しい新妻が鬱陶しい古女房になってゆく。まして、女が日がな阿片を吸ってうつらうつらして、碌にものも喰わずにどんどん痩せこけ、急速に色香が失せてくればなおさらだ……。

芹沢は呆気にとられた。洪がこんなふうに一気に喋り立て、棘のある口調で長広舌をふるうのを聞いたのは初めてのことだった。突然の上映作変更によって自分に降りかかってきた迷惑が、よほど腹に据えかねているのだろうか。

うっかり喋りすぎたと思ったのか、洪（オン）はいきなり立ち上がり、まあ、そういうこと、とおどけるように言って兵隊の敬礼の真似をしてみせた。そして、それが彼の癖の、首を左右に曲げ関節をこきこきと鳴らす仕草をしながら、自分に強いるように不自然な作り笑いを浮かべ、

沈先生（スン・シーサン）、そういうわけで、今週の〈花園影戯院（ガーデン・シアター）〉はこの駄作を上映します、どうかよろしく頼むぜ、と言い残して映写室を出ていった。

十八、再　会

ところが、『落花有情』の上映は四日しか続かなかった。公開三日目の午後、映写室に籠もっている芹沢の耳に、通路の奥の事務室で電話のベルが鳴る音がくぐもった響きとなって伝わってきて、それはいつものことだから気にも留めなかったが、しばらくするとまたベルが鳴り、それが繰り返される。やけに電話がかかってきているなと思っているうちに、やがて鳴りっぱなしになり、夕方になってぴたりと止んだが、それは事務室が対応しかねて受話器を外してしまったからだと後で聞いた。日本人を愚弄するような抗日映画を上映するのはけしからんという抗議が殺到したのである。個人からの不満、非難、罵倒には形ばかり平身低頭の謝罪をしておけばいいとして、商工会議所をはじめ在上海の様々な邦人団体からの正式な抗議と上映即刻中止の要求に対しては、洪も頭を抱えたらしい。むろん上海租界は日本軍の占領地ではなく――まだなく、と言うべきだろうか――独自の行政と司法が布かれている区域であり、そうである以上抗日映画、反日映画だからといってただちにその上映を禁じる法があるわけではない。しかし、風紀を著しく紊乱する行為が行なわれていると当局が判断すれば、上映禁止の行政措置がとられることもありうるし、ひいては映画館経営者の処罰に繋がる可能性さえある。

午後六時過ぎ、洪がいつものように、リール交換の合間を盗んで芹沢が小腹しのぎに頰張れるような簡単な夕食代わりの饅頭と麵を運んできてくれたとき、暗い顔でそんな話をするのを聞いて、芹沢はもうとうに消滅したと思いこんでいた禍々しい亡霊がふたたびぬっと眼前に出現したように感じ、厭な気分になった。抗日の情宣活動の取り締まり。言うまでもなくそれは、工部局警察公安課員としての芹沢自身がかつて直接従事していた職務である。

もし仮に、自分が今なおその職に就いていたとしたら、いったいどう反応しただろうと考えてみた。たぶん二日目の前半あたりまでは問題は大して広まらなかった。そもそも観客自体、きわめて少なかった。予告されていたアメリカ喜劇を見るつもりでやって来て、上映が急に支那語のメロドラマに変わっているのを知って帰ってしまった人も多かったに違いない。しかし、気を取り直してメロドラマを観る気になり、観て帰った人々の間からじわじわと噂が、とくに日本人社会に広まる。いくつかある径路のどれかを経て警察にも情報が伝わる。二年前の戦争勃発以来、映画会社が自粛してほとんど制作も配給もされなくなっていた、日本人を悪役として戯画的に描く映画の上映が、ふだんは欧米映画をかけているフランス租界の小さな映画館で突然始まった。これはいったいどうしたことだというわけで調査が始まる。まず、この出来事の背景を探ることから公安課は手を付けるだろう。映画館側の責任者、映画会社の配給部門の責任者、そのおのおのの思想的背景を調べ、抗日活動に関わった前科の有無を確認する。

当然、馮篤生（フォン・ドスアン）の名前が出てくる。馮（フォン）の存在はしかし芹沢の一件のときすでにクローズアップされ、ある程度詳しく調べ上げていたはずだから、ひょっとしたら〈花園（ガーデン）・影戯院（シアター）〉という映画館自体、以前から特殊なマークの対象になっていたかもしれない。そこで警察はどう考えるか。もしおれだったら、あまり儲かっていなさそうな映画館というのは隠れ蓑で、実は抗日の地下組織の拠点、あるいは連絡場所なのではないか、などと一応は疑ってみただろう、と芹沢は考えた。いや、もしそうなら、わざわざあんなあからさまな映画をかけて当局の注意を引くようなヘマを仕出かすはずもないか……。フランス租界の映画館は共同租界工部局の管轄外である以上、いきなり立ち入り捜査をするといった強引な挙に出ることはなかろうが、さしあたり誰か課員を派遣し、目立たぬよう私服で観客の中に紛れこませ、どんな映画なのかを確認させ、映画館の雰囲気を探らせるといったことくらいはするかもしれない。その誰かというのが、かつて芹沢が毎日のように顔を突き合わせていた同僚ということもありうる。そいつがロビーや通路をうろうろするのはもとより、もし事務室や映写室にもそれとなく探りを入れにきたらどうする。厭な気分が深まり、不安が軽い吐き気となって胸から胃にかけて重たるく滞った。

翌朝、馮との間にどういうやり取りがあったのか、『落花有情』は今日いっぱい上映してそれで打ち切りにする、と洪が宣言した。芹沢はとりあえず胸を撫で下ろした。その日一日、通路にひと気がないのを窺ったうえでそそくさと便所に行き帰りするのを除けば、映写室に閉じ籠もって過ごした。ホールとの仕切りの窓もカーテンでぴっちりと鎖し、スクリーンを確認するのもカーテンの狭い隙間からちらりと覗くだけにした。夜になって最終回の上映が終り、芹沢はともかくほっとしてホールの照明を点けた。映写室は暗くしたままカーテンの陰から顔を出し、何となくホールを見下ろしてみる。観客たちが夢から覚めたような表情で立ち上がり伸びをして(涙を拭いている者もいた、と映画の作り手の名誉のためには言っておくべきだろう)、ぞろぞろと通路から出口へ向かうところだった。夜の部も客足は伸びず、席は六割方しか埋まっていなかった。彼らの中に芹沢の存在などに気を留める者はむろんいない——いないはずだった。

ところが、中に一人、他の客から離れてスクリーン際の最前列に座り、他の人々がおよそ席を立ったのを見計らうように、一拍遅れて立ち上がった女がいた。その女が振り返ってふと顔をうえに向け、二階の小窓の奥に身を潜める映写技師の姿を探し求めるような視線を投げてきたのである。何気なくぼんやりと見たというのではなく、映写室の奥を見ようと真っ直ぐに瞳を凝らしてきたことが明らかな、そんな所作だった。彼女は一瞬、芹沢の顔を直視した。地味な洋装に黒縁眼鏡をかけているその女は、美雨に間違いなかった。

芹沢は反射的に軀を引き、細く開いていたカーテンをぴしゃりと閉めた。ほんの五秒ほどして、何も美雨の目からおれの姿を隠す必要はないのだと考え直し、しかし動悸の高まりが収まらないまま、映写室の明かりを点け、カーテンをさっと引き開けた。が、階下にはもう美雨の姿はない。ぐずる子どもをあやしながら荷物を取りまとめている家族連れが一組と、のろのろと立ち上がりかけている老人一人を除けば、ホールは空っぽになっていた。

暗い映写室の中の、しかもカーテンの陰に半分隠れている芹沢の顔を美雨が見分けられたとは思えない。だが、あたかもおれをおれだと明確に視認したかのように、あの女はかっきりと目を合わせてきたな、おれがここで働いていることを馮から聞いてきたのだろうか、と芹沢は訝った。すぐ飛び出して階段を駆け下りれば、ロビーなり玄関をすぐ出たところの歩道なりで捕まえられるかもしれない、さあどうする、と迷った。まだ梅雨が明けきっていない上海はその日も雨だった。雨の歩道を遠ざかってゆく美雨の跡を追いかけ、声をかけて振り向かせるところを想像すると、何だか今自分が映写したばかりの映画の一場面にするりと入りこんでしまうような、面映い気分に襲われる。

結局芹沢は怖じ気づき委縮して、映写室に閉じ籠もったままだった。三々五々帰ってゆく観客たちの中に警察関係者が潜んでいるのではないかという、自分でもやや被害妄想気味と思わぬでもない例の疑懼もその理由の一つだが、それよりもむしろ、洪が先日憐れむように——しかし、嘲るように、という響きもほんの少々ながら混ざっていなくもなかった——口走った、本当に可哀そうな女だよ、というひとことが妙に重く心にのしかかっていたせいでもある。自分の出演作をわざわざ観にきた彼女の心境も推し量りがたく、どういう顔で彼女と向かい合い、どんな言葉をかけたらいいのかわからない。あの一夜からずいぶん月日が流れ、そもそも彼女が自分のことを覚えているかどうかも疑わしいし、ともかく何かとんでもない失言をして彼女の気分を害してしまいそうな気がしてならなかった。

『落花有情』の興行は火、水、木、金の四日間で打ち切られ、映画館にとってかきいれどきの土日の週末は休館ということになった。洪は、何でもいいから代わりの映画を上映して多少なりと入場料を稼ぎたかったようだが、そうそう急にはプリントを調達することができなかったらしい。定例休館日の月曜の後、火曜からの新たな週には前々からの予定通り、ハリウッド製の西部劇が上映された。だが、その週が始まって早々、またしても洪が蒼い顔をして芹沢のところへやって来た。

この西部劇は予定通り今週末まで上映する、だが次の週以降の既定のスケジュールはすべて解約してほしい、と馮(フォン)が言い出したというのである。

解約してどうするんだ、と芹沢は尋ねた。

楊紫薇(ヤン・ツヴェ)主演の映画を三本、立て続けに上映する。七月十一日から十六日まで『胡蝶歌舞』、十八日から二十三日まで『塵世雨』、二十五日から三十日まで『五佳人』……。

ははあ、それはまた……。

楊紫薇(ヤン・ツヴェ)の主演作は結局、『落花有情』に加えてその三本の、ぜんぶで四本だけらしい、と洪(オン)は言った。今言った順序が制作年代順でもあるんだ。他に脇役として出たものが何本かあるというが……。馮先生(フォン・シーサン)は『落花有情』に続けて、残りの三本も週替わりで立て続けにスクリーンにかけようと言っているわけだよ。

「楊紫薇回顧映画祭(ヤン・ツヴェ・レトロスペクティヴ)」というわけか……。

いや、そういうことをやろうというのなら、それはそれでわからぬ話ではないぜ、と洪(オン)は言った。案外、面白い企画かもしれない。しかし、もしそれをやるなら、それにふさわしいお膳立てってものが必要だろうが。まず企画を天下に打ち出し、時間をかけて準備して、宣伝して、評論家にも何か書いてもらって冊子を作る。もっともらしい口実を作っておくというか、この企画には意義があるんだと、どう突っ込まれても跳ね返せるように防御を固めておく。なあ、いくらも言い抜けようがあるじゃないか、たしかに日本兵の描きかたには多少問題があるが、これは両国の文化の差異を喜劇的に表現する批評精神の所産であって、とか何とか……。

芹沢は思わず吹き出してしまった。洪(オン)も釣られて苦笑しながら、
たとえば、だよ、たとえばの話だ、と弁解するように言った。それが、こんなふうに、こっちの脇が甘い状態のまま、何の根回しもなくいきなり上映を始めてしまったから、あっちこっちから滅茶苦茶叩かれることになったんだ。

しかし……今からプリントを手配できるのかい？

それはまあ、可能だ。可能なはずだ。さっき電話したら少なくとも映画会社の担当者はそう言っている。なあに、楊紫薇(ヤン・ツヴェ)の主演映画をかけようという映画館なんぞ、今どきありゃあしないから、フィルムのプリントは何本も倉庫で埃をかぶって眠っているんだよ。何かの都合で『塵世雨』と『五佳人』の順序は逆にしてもらうかもしれないと言われたが、ともかくプリントは三本とも調達できる。だが、担当者の機嫌は良くはなかった。

そうだろうな。『落花有情』があんなふうに途中で上映中止になった、その直後に……。

担当者は一応、しぶしぶ了承した。が、今後、会社の上の方から指令が出て、やっぱり貸し出さないと言って来る可能性もあるだろうな。直前になってそんなことになったら、おれはいったいどうすりゃいいんだ、え？　またどたん場になって突然、差し替え

の手配に駆け回るのかよ。

うーん……。で、その三本には日本人や日本軍は出てくるのかい？

『五佳人』には出てくるらしい。どういう描きようになっているかわからんが……。他の二本については情報がない。だからまあ、とにかく『五佳人』を最後に回しておくのが無難だろうなあ。

芹沢は洪(オン)に、先週『落花有情』の最終上映回の観客の中に美雨(メイユ)の姿があったのを知っているかと尋ねてみようかと迷ったが、可哀そうな女だよと吐き棄てた際の洪(オン)の棘のある口調が思い出され、何か気後れがして口に出せなかった。洪(オン)も美雨(メイユ)の出現に気づいていて、あえて口を噤んでいるのかもしれず、もしそうならそれにはそれなりの理由があるはずだった。

『胡蝶歌舞』は場末の酒場の女給が主人公の喜劇だった。彼女目当てに通ってくる常連客が二人。一人は羽振りの良い中年の貿易商で、立派な身なりに口髭を生やし、ずっと前に妻を亡くして今は新しい伴侶を探しているという。もう一人はややくざっぽい雰囲気だが男前の若い絵描きで、自分の追求する美の理想を熱っぽく語る。恋の鞘当てのどたばたが蜿蜒(えんえん)と繰り広げられた挙げ句、二人のどちらもが正体を偽っていて、実は中年男は、四人も子どもがいる女房持ちの貧しい乾物屋店主でした、若い男は、水商売の女をたらしこんでは娼家に売り飛ばす詐欺師でした、という落ちがつく。警察官に引っ立てられてゆく詐欺師を見送った楊（ヤン）は肩を竦め、気を取り直して、素敵な恋の到来が待ち遠しいといった歌詞を朗らかに歌うところで映画は終る。幸いなことにこの映画には日本人は出てこなかった。

　会社の判断として、喜劇はどうやら楊紫薇（ヤン・ツヴェ）には向いていないということになったのか、『塵世雨』の方は一転してお涙頂戴の美談で、楊（ヤン）が演じるのは貧しい人々の住む地域の医院で働く看護婦だ。病や怪我に苦しむ不幸な境遇の患者たちに献身的に尽くす、仕事ひと筋の彼女は、青年医師が彼女に対して抱く恋心にまったく気づかないが、最後になってようやく愛に目覚め、医師の求愛を受け入れて一応のハッピーエンドになる。ここにはほんの少しだけ日本が登場する。患者の一人で、瀕死の重傷を負って運ばれてきた工員が、工場の機械の誤作動が原因だと説明するのだが、回想シーンでは門の脇に日の丸の旗が翩翻（へんぽん）とひるがえっていて、日本資本の工場であることが暗示されている。怪我で使いものにならなくなった工員はすぐ解雇して早く代わりを探せと言い放つ酷薄な工場長もたぶん日本人という設定で、ほんのひとことふたこと日本語を喋る箇所があるが、あまりに不快な戯画的表現は幸いなかった。

　この二本は大した問題を引き起こすことなく、上映日程は恙（つつが）なく消化された。もっとも、どちらの映画もそう面白くないという点では『落花有情』と大差のない代物だった。前者は喜劇にしてはテンポが悪いし、後者は悲惨と貧苦をこれでもかと誇張して描く大袈裟な人道主義がむしろ滑稽で、喜劇と言えば『胡蝶歌舞』などよりこちらの方がよほど喜劇的だと芹沢は思った。にしても、楊紫薇（ヤン・ツヴェ）は悪くない。というか、この女優の微妙な表情の移ろい、接吻シーンで見せる両の瞳の官能的な曇りよう、額に落ちてくる前髪を掻き上げる指の動きなどに芹沢は実のところすっかり魅了されてしまい、それは現実の美雨（メイユ）と連れ立って〈縫いものをする猫たち（ソーイング・キャッツ）〉へ行ったあの晩の数刻の体験――数えてみるともう一年九か月も前のことなのだった――が投影されてのことなのかどうなのか、そのあたりはよくわからない。自分が不意に女優楊紫薇（ヤン・ツヴェ）の熱烈なファンになってしまったことを、芹沢は狐につままれたような思いで認めないわけにはいかなかった。一日に五回、六日間でつごう三十回行なう映写のすべてについてそうしたわけではむろんないけれど、映写操作の片手間に芹沢も映写室の窓から一観客と化し、冒頭から結末まで通して見てしまうことがどちらの映画についても数回ずつあり、それでも決して飽きるということがなかった。

さて、残るは『五佳人』ばかりとなり、七月二十五日の初日が来た。季節はとっくのうに本格的な夏に入っており、映写室には映写機のランプの熱が籠もって、午後になると扇風機を二台回しっぱなしにしていても耐えがたいような蒸し暑さになる。初回の開映時刻である午前十時にはしかしまだそれほど気温が上がっておらず、芹沢は比較的落ち着いた気分で、三割程度入った観客のために映写を開始した。フィルムが届いたのは今朝方ぎりぎりになってからのことなので試写をやる余裕はなく、映画館側のスタッフはこの映画をまだ誰一人観ていない。芹沢は新しい楊紫薇作品を見られる期待で年甲斐もなく胸を高鳴らせ、一観客として映画の世界に浸ってやろうと身構えた。ところが、映画が三十分ほども進んだ時点になると、芹沢の額やこめかみには必ずしも暑さのせいばかりではない汗の玉が浮かび、それが筋を引いて滴り落ちはじめた。狼狽、というよりむしろ恐怖の感情に近いものに捉えられていた。

『落花有情』の焼き直しのようなものか、と芹沢はまず思った。『落花有情』では安キャバレーの歌姫だった楊紫薇は、ここでは豪華なダンスホールの歌手兼踊り子を演じる。胸の脹らみ、腰のくびれを際立たせる肩紐のないビュスティエの下に、黒い網タイツを穿いただけというきわどい姿で登場する冒頭シーンは、楊紫薇のファンにとっては願ってもない贈りものだった。四人の若い娘がバックダンサーを務め(『五佳人』という題名はここから来る)、ハリウッド・ミュージカルのラインダンスを少しばかり下手糞にしたような振り付けで、歌いかつ踊る。そこまでは一応良かった。その後はしかし、滅茶苦茶だった。

歌と踊りが終ってホールの客が拍手しているところへ、外から、子どもの声らしい「日本鬼子！　日本鬼子！」という叫びが伝わってくる。キャメラが外に切り替わると、日本兵の一隊が村に侵攻してきたところで、老人を軍刀で斬り殺す者あり、子どもの手を引いて逃げようとする若い母親の前に立ちはだかって、子どもを突き飛ばし母親の襟首を摑んで納屋の中に引きずりこもうとしている者あり、「ゲイシャ、ハ、ドコダ！ ゲイシャ！ ゲイシャ！」などと不自然な日本語を怒鳴りながら（支那人の俳優が演じているのだろう）家に火をつけて回っている者ありといった修羅場が展開される。そこに走りこんでくる「五佳人」。ついさっきまで歌って踊っていた彼女たちは、実は何と、武術の達人だった！ 鎖鎌を振り回す女あり、立て続けにナイフを投げる女あり、拳法だか空手だかの胡乱な型を決めて見得を切る女あり、短めの刀を両手に一本ずつ持って軀をくるくる回転させながら二刀流で戦う女あり（それが楊紫薇（ヤン・ツヴェ）だった）……。「五佳人」の活躍で日本兵たちはさんざんに懲らしめられ、斃され、生き残った者は退散してゆく。

繰り返し襲撃をかけてくる残虐で好色な日本兵との合戦が話の横糸、ダンスホールの支配人の色男を取り合って争う五人の女のコミカルな恋の鞘当てが縦糸で、それが一つに織りなされ――と言いたいところながら、二本の糸は終始ばらばらで、首尾一貫した物語などまったく織りなされていかない。筋の流れを脈絡なく断ち切って、歌と踊りのシーンが何度か挿入される。何もかもが見苦しく取っ散らかった、でたらめな映画だった。そもそも、田舎の村になぜ豪華なダンスホールなんぞがあるのか。戦闘シーンにせめて活劇の躍動感でも漲っているのならまだしも、京劇という偉大な身体技芸の伝統のあるお国柄なのに、殺陣（たて）の振り付けがあまりにぶざまで素人臭く（振り付けなど最初からなかったのかもしれない）、斬ったり斬られたり、殴ったり殴られたりの不器用な真似事がもたもたと続き、小学校児童の学芸会の水準を出ない。肌を露出させた若い女たちが飛んだり跳ねたりすればお色気を振り撒けるだろう、男の観客が鼻の下を伸ばすだろう、という程度の発想から出た企画だったとしか思えない。

　こんな映画に出演させられ、こんな役をやらされた楊紫薇（ヤン・ツヴェ）を芹沢は不憫に思った。楊（ヤン）の脇に四人の「佳人」を配するという発想は、容色の衰えはじめた楊（ヤン）に主役を張らせるだけでは映画が持たない、だから補いに、楊（ヤン）より若くてまだ肌に張りのある娘たちをぞろぞろ出して男の観客の好きごころに訴えようという、会社の上層部か脚本家か監督かの、そんなさもしい魂胆の産物でしかあるまい。ちょいと可愛い顔をしてはいるものの、四人の娘の中にまともな演技が出来る者など一人も混じっていない。

　映画女優楊紫薇（ヤン・ツヴェ）は何とも屈辱的な扱いを受けている、こんな愚作が最後の主演作になってしまったとは、美雨（メイユ）は何と不運な女優なのだろう、と芹沢は義憤に駆られた。なぜまともなマネージャーが付いて、彼女がもっと良い企画と出会えるよう配慮を尽くさなかったのか。四作の中では、第一作の『落花有情』が相対的にはやはりいちばん出来が良かった。あそこから出発して、もし優れた脚本家や冴えた演出家とめぐり逢い、女性心理の機微を繊細に描くような作品に出演しつづけていたならば、いずれは大スターになっても不思議はない資質を備えていた女優なのに。

つまり、こういうことだったのではないか。映画会社は蕭炎彬（ショー・イーピン）から圧力をかけられ——洪（オン）の話を信じるならば、だが——仕方なく楊紫薇（ヤン・ツヴェ）主演の低予算映画を作ってみた。あくまで仕方なくだから、会社としては半信半疑で熱意もなく、脚本にも演出にも撮影にも共演キャストにも一流どころを揃える気など最初からなかった。宣伝に力を入れるということもしなかったに決まっている。結果的に不評に終っても、それ見たことかとあざ笑い、どうせ興行的損失は「暗黒街の帝王（キング）」が穴埋めしてくれるのだからと高を括り、作品の失敗の理由を真剣に反省する気もなかった。楊紫薇（ヤン・ツヴェ）に名誉を挽回させてやろうと考える者などどこにもいなかった。蕭（ショー）自身にしたところで、自分の持ち物である妻を人々の憧れるスターにしたいという虚栄心に駆られていただけで、映画の出来不出来も、妻の女優としての才能や資質の在り処も、実は本当には理解していなかったのだろう。というか、そういうことにそもそも興味もなかったのだろう。最終的に、『五佳人』のような滅茶苦茶な愚作への出演というところまで美雨（メイユ）は追い詰められ、安いまとめ売りの対象にされ、とことん侮辱され、かくして楊紫薇（ヤン・ツヴェ）の映画女優としてのキャリアは空中分解した。まあ、本当に可哀そうな女だよ、という洪（オン）の言葉……。

ただし、そんな愚作の中でも美雨（メイユ）は美雨（メイユ）なりに一生懸命演じている。「この村のみんなの命は、あたしが守る！」なんぞという三流脚本家の手になる安っぽいセリフを、馬鹿にして軽く流したりせず、気持を籠めて真剣に喋っている（残りの四人の女たちのセリフ――そう多くはないが――はすべて投げやりな棒読みなのに）。健気なものだ、女優としての彼女なりの矜持があるのだ、と芹沢はしんみりと考え、もし仮に美雨(メイユ)と再会することがあっても、安直な憐憫は言葉にも表情にもいっさい出すまいと肝に銘じた。

　だが、当面芹沢の心を占めているのは、女優楊紫薇(ヤン・ツヴェ)の悲運をめぐる感慨などではなく、『五佳人』に描かれている日本軍の兵士のすさまじい醜態だった。彼らは残虐で好色であるばかりでなく、救いがたく滑稽だった。逃げ回るうちにズボンのベルトをぷっつり切られ、ズボンがずり下がり、尻を丸出しにして俯せにばったりと倒れる者……。武闘家の女たちに囲まれ、もうこれまでと観念し、テンノーヘイカ、バンザーイと妙な抑揚の日本語で叫んでハラキリをしようとするが、怖じ気づき手がぶるぶる震えてどうしても刀を腹に突き立てられず、とうとう刀を放り出し、土下座して命乞いする者……。下半身だけ丸出しのまま局部に手を当てて慌てて家から飛び出してきて（何をしていたところなのか容易に想像がつく）、地面に転がっていた旭日旗を腰に巻きつけて右往左往する者……。これがユーモアか、日本人を愚弄しているとか何とかいう以前に、あまりに下品で卑俗だと思い芹沢は顔を顰めたが、観客はけっこう喜んでいて容赦のない笑い声が上がっている。

　ともかく『落花有情』よりもひどい。これは物騒な悶着の種になるぞと芹沢は怯えた。騒ぎが大きくなれば、今度こそ確実に警察が動くだろう。映画館の従業員全員を呼び出して事情聴取するといったことにもなりかねない。そこまでやらないにしても、一人一人の身元を克明に洗い出すといったことくらいは始めるかもしれない。映写技師の沈昊（スン・オー）、ほほう、これはどういう人ですか、いつから働いているのですか、映写機操作の免許はどこでいつ取ったのですか……。

即刻、上映中止――それしかあるまい。一回目の上映の後の休憩時間に、芹沢はそう言いに事務室へ赴いた。皆難しい顔をして黙りこくり、重苦しい空気に鎖されている事務室に、しかし洪運飛（オン・ユンフィ）の姿はなかった。馮篤生（フォン・ドスアン）と相談しに出かけたのだという。芹沢はすごすごと映写室へ戻り、二回目、三回目、四回目と映写の仕事を続けるほかなかった。日が暮れるにつれてどんどん観客の数が増えてくるのが恐ろしかった。夕食の差し入れにはいつもの洪（オン）ではなく切符のもぎりの係の女が来てくれた。

最終回の後、椅子にへたりこんでいる芹沢の前へ、真っ青な顔をした洪（オン）がようやく現われた。

どうするんだ、と芹沢は強い調子で言った。上映中止だろ？　もう窓口に貼り出したか？

洪（オン）は黙って首を振った。

えっ……？　明日もやるのか？　あんた、正気かよ。

馮先生（フォン・シーサン）に言ってくれ、と洪（オン）は弱々しく呟いた。おれはもう、知らん。

老馮(ラァオ・フォン)は何と言ってるんだ？

どういう映画かはよく知っている、上映は続ける、予定通り六日間やる、何があろうと中止しない、と。

狂ってるよ。警察の捜査が入るかもしれないぞ。

『落花有情』を途中で打ち切ったのを後悔している、とも言っていた。情けないことをしてしまった、今度こそ最終日までちゃんと上映する、誰にも邪魔させない――そう言って、握り締めたこぶしでテーブルを力いっぱい、がんと叩いたよ。何か凄い目つきだった。おれは、あんな怖い目をした馮先生(フォン・シーサン)を初めて見たよ。

芹沢は溜め息をついた。馮先生(フォン・シーサン)の酔狂、と洪(オン)は言った。酔狂を押し通そうとするのは馮(フォン)の勝手だが、それに巻き込まれてこっちの身が危うくなるのは願い下げだ。馮(フォン)はこの雇い人たちの間で人望が篤い。経営者の馮(フォン)がどうしてもやると言い張れば、洪(オン)も含めみな結局はそれに従うだろう。従うほかはない。

そんな力こぶを入れて力むほどの映画か！という芹沢の声が思わず上ずった。これが人を心底感動させるような、まともな抗日映画の秀作、傑作なら、それはそれで話はわかるよ、と声を荒らげて言いつのった。どういう圧力がかかろうと上映する、文句をつけるやつがいたら言論と表現の自由の権利を侵害する気かと反論し、徹底的に戦う――それはむろん正論だ、立派なことだ。おれだって進んで協力することにやぶさかではない。しかしこいつは、お尻丸出しのお笑い映画だぞ。ゲイシャ、テンノー、ハラキリなどと妙な日本語でわめき散らしているお粗末な喜劇、抗日反戦の志なんかかけらもない、卑賤な大衆感情におもねった低俗な見世物だぞ。これがもし戦禍の悲惨を告発し、平和の願いを天下に訴えるといった真剣な反戦映画ならば、それはそれでおれも尊敬するし、上映に携わることを誇りにさえ思うかもしれない。しかし、日本人をあんなに一方的に戯画化し、滑稽を誇張して――。

それで良いのだと馮先生は言うのさ、と芹沢の言葉を遮って洪は言った。あの滑稽、あのお粗末、あれで良い、というよりあれが良いのだ、あれだからこそ――ああいう馬鹿馬鹿しい映画だからこそ上映する意味があり価値があるのだ、と。どういうことですかと訊き返すと、じゃあ、洪、おまえは日本という国の今の振る舞いを滑稽とは思わないのか、と逆に訊き返されたよ。満州事変、上海事変から、南京攻略、重慶爆撃に至る一連の出来事、あれは喜劇でなくていったい何なのかね、と。

悲劇ですらない、そういうことか、と芹沢は思った。喜劇の舞台に無理やり引き出され、貧寒としたお笑いギャグを演じることを強要されるようにして、あんなに沢山の人々が死んでいった――ばかりでなく、今なお死につつあり、これからも死んでゆく。馮はそう言いたいのか。あれはいつのことだったか、在支時代の北一輝との交流を回想していたとき馮の顔に浮かんでいた、敬意と讃嘆の表情が芹沢の脳裡になぜか脈絡なく甦ってきた。あのとき馮（フォン）は、北一輝は右目が失明していたんだよと言いながら、木箱の中から精巧な義眼の一つをつまみ上げ、自分の右目のうえに押し当ててみせた。そしてこう言ったのだ――芹沢さん、両目とも晴眼の人間には見えなくて、片目しか見えない人間にだけはかえって見える、そういうものが世の中にはあるんじゃないのかね。心の中に閃光が走るように、芹沢は不意に悟った――あの老人は今、絶望しているのだ、と。しばらく沈黙した後、彼は、

予定通りということは、しかしあと五日間あるんだぞ、と念を押した。五日は長いぞ。どうしてもやるのか？

やる。仕方がない。

この建物に火をつけられてもか。

まさか、と言って洪（オン）は目を剝いた。

おれは厭だよ。おれはやらない。いや、やれない。代わりの映写技師を見つけてくれ。

あのなあ……と、今度は洪（オン）の方が長い溜め息をついた。そんなこと、今さら無理に決まってるだろう。なあ、おれはもう十分、厄介な問題を抱えこんで、溺れかけてるんだ。足が立たない深みにはまって、あっぷあっぷしながら、何とか顔だけ水面のうえに出して辛うじて息をしている。そんな状況なんだ。あんたにまでそんなことを言い出されると……。どうかこれ以上おれの悩みの種を増やさないでくれよ。

しかし……。

なあ、どうかおれを助けて、この窮地を切り抜けさせてくれ。あと五日……たったの五日、とも言える。おれはこれから、苦情への抗弁を、どういう抗議が来たらどういう返答で対応するかを、徹底的に考える。そして明朝、それをここで働く全員に周知させる。窓口の女の子が怯えてしまってなあ。さっき、途中でホールから飛び出してきて、帰りがけに窓口に物凄い剣幕で怒鳴り散らしていった日本人の客がいたらしい。怯えているのはおれも同じだよ、と気持を鎮めるようにしながら芹沢は言った。みんな怯えている。もちろんおれもだ。しかし、馮(フォン・シーサン)先生がやるというなら、やるしかない。

芹沢にはそれ以上何も言うことがなかった。

二日目。電話を外してしまうのはかえってまずいというのは、洪(オン)と芹沢の共通の判断だった。馬耳東風で好き勝手にやっていると見なされると、買わないでもよい反感まで買う危険がある。事務室の電話はむろん鳴りっぱなしだった。応対のさままでは芹沢の耳には届いてこなかったが、可能なかぎり下手に出て、当館には政治的な意図はいっさいありません、映画自体もただのどたばた喜劇で思想的主張などいっさいありません、作中に一部不用意な誇張表現があることについてはまことに遺憾に存じます、不快など気分にさせて申し訳ございません、等々と、言葉のかぎりを尽くして弁明に努めているはずだ。弁明を聞いて、そうですか、それならわかりました、了解しましたと素直に引き下がる者などいるはずもないが、怒鳴られようが罵倒されようがとにかく相手に喋りたいだけ喋らせ、それで少しは気が晴れて受話器を置く気になってくれるのを待つしかない。気の毒なのは事務員の一人の中年の胡(ウー)さんで、なまじ片言の日本語が喋れることが禍(わざわい)し、日本語がわかるやつを出せと電話口の相手が言い出すと、すべて彼にお鉢が回ってくることになった。しかし、日本人にしてみると、外国人から不器用な日本語で一生懸命に詫びられるという状況には、どこか優越感をくすぐられるところがあるのか、最初のうち激昂している日本人も、真面目いっぽうの胡(ウー)さんが貧しい語彙を駆使してたどたどしく、しかし誠心誠意、謝罪の言葉を繰り返すうちに、不思議と宥められてしまうらしかった。ただし、抗議や苦情は電話ばかりではなかった。蒸し暑さをこらえてぴったりと閉めきったままの映写室のドア越しに、一階の通路やロビーから大きな怒鳴り声が何度か伝わってきた。事務室に直接乗り込んできた個人や団体の代表も二、三いたという。

三日目。風向きはいよいよ悪くなったが、洪(オン)たちが頑張って、ともかく何とか夜の部まで漕ぎつけた。ただ、最終回の上映の途中、日本兵が局部を隠そうと旭日旗を腰に巻きつけておたおた、うろうろする例の場面で、とうとう腹に据えかねたか、座席を蹴立てて通路に出てきた老人がいた。それだけならいいが、そのままおとなしく帰るのでは気持が収まらなかったのか、通路に立ちはだかり、暗闇の中で映画の中の音響に負けずに声を張り上げ、観客に向かって日本語で演説を始めたのだ。芹沢が慌てて事務室に知らせ、洪（オン）と胡（ウー）が駆けつけて、頭をぺこぺこ下げながらその老人を懸命に宥めようとした。客の大半はもちろん支那人で、スクリーン上の日本兵のぶざまな醜態に大喜びしているから、わが皇軍を侮辱するにもほどがある、こんな不敬な映画は即刻上映中止せよ、云々と叫んでいる老人の方が、その場の力関係においては旗色が悪い。うるさい、黙れ、出ていけといった支那語の野次が飛び、さらには、楽しみを阻害されて苛立った客の中から、日本鬼子（ザベングイズ）、死ね、などという罵声さえ投げつけられた。映画の中の声と音楽にかぶさって日本語と支那語の怒声が交錯し、ホール内はいっとき騒然となった。下手をすると、血の気の多いやつが老人に飛びかかって乱闘騒ぎまで起こしかねない殺伐とした空気が漲った。そんなことになればただちに警察沙汰になる。現に、今この場に、ひょっとしたら私服に身をやつした公安課の巡査が何人か張りこんでいる可能性もあるのだ。

有難いことに、洪（オン）や胡（ウー）の手を振り払いながらも老人が案外素直に出口へ向かったのは、自分に向けられた群衆の血腥い敵意を肌がひりつくような圧力として感じとったからかもしれない。老人はロビーで洪（オン）たちをなおひとしきり怒鳴りつけ、このままでは済まさんぞ、首を洗って待っていろ、という捨て台詞を残してようやく帰っていったという。警察沙汰にならなかったことに、とにかく芹沢はほっとした。

しかし、五日目の午後になってとうとう警察が大っぴらに出動する事態になった。車体の横に真っ赤な字で〈大日本麟鳳愛国会〉と大書した小型トラックが〈花園影戯院（ガーデン・シアター）〉の真ん前に居座り、反日映画の上映に抗議するという旨の日本語、支那語、英語の演説を、大音声で蜿蜒と続けたからである。荷台のうえに日の丸の鉢巻きを締め目を血走らせた男たちが数人立ち、メガホンを手に入れ替わり立ち替わり怒声を張り上げつづける。トラックがいっかな動かないので交通が滞り、また騒音に対して近所から苦情が出て、とうとう警察官が駆けつけ説得に当たるという騒動になった。芹沢は映写室の中で軀を縮こまらせていた。〈大日本麟鳳愛国会〉とやらの連中がこの映写室にまで闖入してきて、上映を力ずくで阻止しようとするのではないかと思うと、生きた心地もしない。いや、それだけならまだいい。その連中を排除しようと、警察の一隊までここに雪崩込んでくるといったことでも起きたらどうする。トラックは追い払われても追い払われても何度も舞い戻ってきて演説を続けたようだが、映画館の中まで闖入してくるということは幸いなくて終った。警察官たちは洪（オン）たちに対しても露骨に不機嫌な態度を示し、映画館側も社会的責任というものをわきまえるべきではないのか、と叱責口調で詰め寄ったという。ただ、洪（オン）がひたすら低姿勢で、あとほんの一日だけで終りますからと繰り返すと、不興げな表情でしぶしぶ引き揚げていったという。

もう一つの問題は、この日の朝、映画会社から電話があって上映中止を求め、プリントを引き揚げたいと言ってきたことだった。なぜこんな映画を上映するんだという怒りは、遡ってそもそもなぜこんな映画を作ったんだという憤りに転じ、〈聯華影業公司〉の方へも有形無形の圧力がかかったのだろう。しかし、この要求は洪（オン）が、契約通りの賃貸期間を変更する気はないと、毅然とした態度で突っ撥ねた。突っ撥ねられて会社が思いのほかあっさり引き下がったのは、洪（オン）がさりげなく付け加えた、この映画はしかし、今や相当の金になりますよというひとことのせいだったかもしれない。

皮肉なことに、『五佳人』は芹沢がここに勤めはじめて以来最大のヒット作となった。事前には碌に宣伝もしなかったのに、口から口へ噂が伝わったのか、二日目以降、どの回もどの回も大入り満員で、四日目になると立ち見客までぎゅうぎゅうに詰め込んでもホールに入りきらず、溢れ出した客には平身低頭して帰ってもらうことになった。最初の公開時には丸っきり当たらなかった映画なのだろうが、以後経過した数年の間に時代状況は大きく変わり、戦場は拡大し戦況は著しく険悪化して、日本と日本人に対する支那人の憎悪は以前とは比べものにならないほど増大した。今やこの映画は上海の民衆に大喜びで迎えられ、喝采を浴びている。芹沢は複雑な気持だった。

七月三十日が来た。上映六日目、最終日である。午前中、あの右翼団体のトラックがまたやって来てひとしきりがなり立てたが、そうしつこく居座らずに帰っていった。そして、午後は意外に平穏だった。事務室の電話もそう頻繁には鳴っていないようだ。どうやら、ここまでのところで、文句をつけたい連中はおおよそ全員文句をつけ、それでとりあえず気が済んだのではないか。上映を中止しろと捻じ込んでも、はい、今日でもう終りですと言われてしまえば、もうそれ以上抗議を続ける気勢も削がれてしまう。少し気が弛んだ芹沢は、午後以降は映写室のドアを開けっぱなしにしておいた。ここまで何とか耐えてきたが、このドアを閉めきったままでいると、室温が上がって地獄のような暑さになる。

日が暮れて、最終回の映写が終った。観客が全員帰り、清掃人が入って簡単な清掃を終えて出ていったのを確かめ、ホールの照明を消し、芹沢が虚脱状態で椅子にへたり込んでいると、そこへ洪（オン）がやって来た。芹沢は洪（オン）に労（ねぎら）いの笑顔を向け、安堵の思いを共有しようとしたが、洪（オン）の背後からもう一人の人物が現われたのを見て、笑みがこわばった。

芹沢さん、いや沈（スン）さんか、まあどっちでもいいさ、と馮篤生（フォン・ドスアン）が言った。ご苦労さまだったねえ。あんたにも心配をかけたろう。いや、申し訳ないことだった。心からのお詫びを、それからお礼も言います。

洪（オン）と馮（フォン）は椅子に腰掛けて芹沢と向かい合った。三人の間に落ち着かない沈黙が下りた。

その沈黙を破って、

まあ……何事もなく、というわけにはいかなかったけれど、と芹沢はとにかく漠然と言ってみた。予定通り、終了しましたね。楊紫薇（ヤン・ツヴェ）主演の全四作の上映……。

そう、わたしのわがままを聞いてもらった。洪にも感謝している、と馮が言って洪の顔を見た。洪は黙ったまま頷いた。

どうしてもこれをおやりになりたかったのですね、と芹沢は言った。まあぼくなりに、馮さんの心境は何となくわかるような気もしますが――。

今度は馮が神妙な顔で頷いた。

……わかるような気もしますがしかし、と芹沢は言葉を継いで、こういうふうにあっちこっちと衝突し、攻撃され、難癖をつけられ、それでもなおあえてやるほどの意味のあることだったのか、どうか……。

まあ、そうだろう、常識的に言えばね、その通り、と馮が案外あっさりと認めたので、芹沢は少々拍子抜けした。が、馮は、しかしね、と言葉を継いだ。しかしね、上映の最後のあたり、昨日や今日は、どうせ観客は支那人ばかりになったろう？　中身がわかっていて、わざわざ不愉快な気分になるためにあんな喜劇を見に来る日本人などいるはずがない。要するに、観客が喜び、金を払っただけのことはあったと満足する。何はともあれ、映画で大事なのはそれだ。違うかね？　満員札止めの盛況で、映画館側にも映画会社側にも不満はない――。

不満は大いにありますねえ、と芹沢は口を尖らせた。おれにも、洪君にも。洪なんかずっと胃に穴が開きそうな気分だったに違いないし、それに、ずいぶん沢山の連中が頭から湯気を立てて怒っている。

うん、それはね、少々まずいことに……と馮（フォン）は口を濁し、一応恐縮しているような表情を浮かべてみせたが、芹沢はその表情をまったく信用していなかった。

怒らせたかったんでしょう？　怒らせて、面白がっていらした。そうなんじゃないですか？

馮（フォン）はその質問には直接は答えず、芹沢がまったく予想していなかった話を突然始めた。

それでね、芹沢さん、まあおっしゃる通り、ちょっとした騒ぎになってしまった。衝突、攻撃、難癖と先ほど言われた通りでね……。で、そのこととも関係があるんだが、わたしはこの〈花園影戯院（ガーデン・シアター）〉を明日以降、何か月か休業しようと思うんだ。

えっ……。

お察しだろうが、風当たりが相当きつくなってねえ。多方面で軋轢（あつれき）が生じて、わたしに腹を立てている人がいる。

だって、そんなのは、やる前から十分予想がついていたことでしょうが。

まあそうだ、その通りなんだが……。ともかく、少し時間を置いて、激している連中の頭が冷えるのを待った方が良いと判断した。それで、一時的に休館にする。

芹沢は洪（オン）の顔を見た。

うん……。おれも昨夜、馮先生（フォン・シーサン）から急に言われてね、と洪（オン）は迷うような表情で言った。まあたしかに、内装に少し手を入れた方が良い時期ではある……。発条(ばね)が壊れている椅子が幾つもあるし、スクリーンにしても、新品に交換すべき時期をもうとっくに過ぎている。スクリーンの前のカーテンもひどく汚れているし……。

　はあ……そうですか、と芹沢はぼんやりと言った。

　いや、率直なところを言おう。馮(フォン)はそう言って少し姿勢を正し、芹沢の顔を正面から見据えた。わたしはね、この映画館をもう他人(ひと)に譲ってしまおうと思っている。何もかもが面倒になってしまった。昨夜、洪(オン)にその話をして、おまえ、買い取ってくれないかと頼んでみたが……。

　おれにそんな金があるわけがないでしょうが、と洪(オン)は苦笑しながら言った。

　……そういう返事だった。それで、心当たりがないわけでもないから、これから何人かの興行主に打診してみようと思っている。そういうわけで、後継の経営者がすぐ営業開始すると言えば、九月か十月か、そのあたりにはもう新装開館ということになるかもしれない。買い手がつかなければ、休業期間はもっと延びるかもしれない。今のところ、ちょっと見通しがつかない。新経営者がきっと洪(オン)も、それから芹沢さん、あんたも、続けて雇ってくれるのではないかな。

　いや、しかし、ぼくは……と芹沢は呟いて言葉を切った。あなたからの申し出だったからこそ、おれはそれを受けてこの職に就き、今こうしてここにいるのだ、と芹沢は言いたかった。あなたと縁が切れるなら、おれはもうここにいる理由がない。それに、新しい経営者というのがどういう人かわからないが、どこの馬の骨とも知れず、何の身分証明も持たない、いやそもそも映写技師の免許自体を持たないこのおれを雇いつづけてくれることなど、まずありうるものか――そんな思いが心中に渦巻き、そっちから誘っておいて、今になっていきなりこんなふうにあっさり放り出すというのも、ずいぶん冷たい仕打ちではないか、というかすかな怒りと恨みも湧いた。

職員たちはとりあえず解雇ということになる、と馮(フォン)が話しつづけている。来月ひと月ぶんの給料に加えて、勤務期間に応じてそれなりの退職金も払う。今、あんた以外のみんなを集めてそういう話をして、納得してもらってきたところだ。あんたにももちろん――。

いや、そんなことはどうでもいいんです、と芹沢はぴしゃりと言った。ねえ、馮(フォン)さん、率直に言わせてもらいます。邪推かもしれませんが、こういうことなんじゃないですか。今回の連続上映で風当たりが強くなり、休業することにしたという今のお話ですが、ぼくにはどうも素直には信じられませんね。話は逆で、もうこの映画館を閉めようとまず心を決めた、それで最後の最後に、どういう騒ぎが起ころうが、もう何でもやってやれと思い、楊紫薇(ヤン・ツヴェ)の主演映画を強引にかけさせた……。

「鼬(いたち)の最後っ屁(ぺ)」という日本語の言い回しも思い浮かんだが、支那語でどう言うかわからない。馮（フォン）は一瞬黙りこみ、腕を組んで、ふふっという笑いを洩らし、うん……洪（オン）にもね、実はすぐにそう言われたよ。いや、正直なところ——と言いかけたが、そのとき突然、通路の闇の中からドアが開いたままの戸口をくぐって、もう一人の人物が映写室の中に入ってきた。

花のようなものが、美雨（メイユ）が、近づいてくる。この女が近寄ってくる場に立ち会うのはこれが三回目か、と芹沢はぼんやりと考えていた。接近によって距離が徐々に縮まるにつれて、アキレスと亀のあの有名な競走のように、時間と空間が無限に分割され、吹きつけてくる花粉の感覚から始まって、萎靡（いび）と衰頽の気配、さらに動物的な凶暴の腥さまで、美雨（メイユ）はあえかに移ろってゆく音調、ないし色調のグラデーションを一挙に踏破しおおせ、気がつくともう馮（フォン）老人の椅子の背の後ろに立っていた。アキレスが亀に追いつくのは論理的には不可能だと証明しようとして、鈍重な数学者たちが込み入った数式をもたもたと書き連ねているうちに、アキレスは何も考えずただ颯爽と疾走して一挙に距離を縮め、亀に追いつき、追い越してしまう、その不思議を芹沢に思い知らせるように、美雨（メイユ）はもうすでに、いきなり彼の眼前にいる。飾りのない地味な薄茶のワンピースは、『落花有情』を観にきたとき着ていたのと同じ服かもしれない。しかし、あのときの黒縁眼鏡は今日はかけていない。

芹沢さん、お久しぶりですね、と美雨（メイユ）は言った。

こんばんは、お元気ですか、と芹沢は他に何も思いつかなかったので平凡な挨拶を返した。

そう元気ではないわね。

それは困りましたね、と答えながら、たしかに〈縫いものをする猫たち（ソーイング・キャッツ）〉の晩のこの女の軀からは野生の獣の強い精気のようなものがもっとなまなましく、むうっと馥（かお）ってきたのではなかったか、と思った。あのときよりもさらにいっそう痩せたようだし、化粧で上手に隠しているが目の下に黒々とした隈があるのは明らかだった。この数週間というもの、スクリーン上で生き生きと歌い喋り笑う、これより数年若い美雨（メイユ）の姿を見つづけていただけに、それとの対比で今の彼女がまとっているはかなげな脆弱と生気を欠いた倦怠のさまがいっそう際立って見え、その落差に芹沢は胸を衝かれた。

でも、芹沢さん、あなたもあんまり元気そうには見えないけれど。

そうですね……。あの晩以来、いろんなことがあって——と言いかけたが、その話には深入りしたくないという意思表示か、美雨（メイユ）は芹沢の言葉を無遠慮に遮り、

あたしの映画を映写して下さったのね、どうも有難う、と言った。

どういたしまして。

で、どうだった、あたしの映画は？　どう思いました？

芹沢は一瞬躊躇ったが、上っ面の社交辞令のたぐいで済ませるわけにはいかない——

済ませてはならない――大事な場面だということだけは直感的にわかっていた。

最初の『落花有情』がやはりいちばん良いのではないですか、と芹沢は慎重な口調で言った。あなたの資質にはああいった物語が合っていると思う。『塵世雨』も、美談調が少々鼻につくものの、決して悪くはない。一方、喜劇はあなたには向いていないのではないかな。だから『胡蝶歌舞』はちょっと……。ただまあ、単に脚本の出来が悪いだけかもしれないが。それから、『五佳人』は駄目だと思いました。

美雨（メイユ）の表情が少し弛み、詰めていた息を目立たないようにほうっと吐き出した――芹沢の目にはそんなふうに映った。さりげなく尋ねたように見えたが、芹沢がどんな感想を洩らすかということに、実は密かにひどく神経を尖らせていたのではないか。うっすらした微笑の裏側にかなりの緊張を隠していたのではないか。しかし、芹沢の率直な批評に美雨（メイユ）は安堵したようだった。芹沢が口当たりの好い浅薄なお世辞を口走るのではないかという予感に、実は彼女はいちばん怯えていたのかもしれない。芹沢には何となくそんな気がした。

あなたは『五佳人』には出ない方が良かった、と芹沢は重ねて言った。彼女の不興を買う危険は承知のうえであえてそう口にしたのは、芹沢自身のうちに、あれでは美雨（メイユ）があまりに可哀そうだ、あんなものに出演したのはあまりに軽率すぎる選択だったという、心底からの痛惜の思いがわだかまっていたからでもある。

そうね、今となってみればあたしもそう思います、と美雨は冷静に答えたが、頰にかすかな赤みが差したことに芹沢は気づかないわけにはいかなかった。それに続く、でもあの当時、これには出る、あれには出ないなんて、あたしが自分で選べる立場じゃあなかったから、という言葉は聞こえるか聞こえないかというほどの低い呟きだった。

一流の脚本家、一流の監督に恵まれたら、あなたは大スターになっていたかもしれない、と芹沢は言った。いや、今からでも決して遅くはないでしょう……。美雨は何も言わず、ただ首を左右に振っただけだった。その表情の中にある何かが、その話題をこれ以上続けない方が良いと芹沢に警告した。洪が立ち上がって、自分が座っていた椅子に座るよう、身振りで美雨に促したが、美雨は首を振り、馮の椅子の背後に黙って立ち、芹沢の目を真っ直ぐに見つめ返していた。

いやいや、『五佳人』はまことに味わい深い映画だよ、と、すっかり暗くなったその場の重たるい空気を一掃しようとするような、本気とも冗談ともつかぬ陽性の声を馮が張り上げた。わたしは好きだねえ。あの忒无聊了(どうしようもない馬鹿馬鹿しさ)、何ともしょうもないアホ臭さ……。

そうですね、まあ、そうも言える、と、急に楽な気持になった芹沢もにやにや笑いを浮かべてあっさり同意した。洪の方を見遣ると、少し首をかしげながらも彼も口元をほころばせている。何はともあれ予定通りの上映スケジュールをこなしきったという祝賀気分が、美雨(メイユ)はどうかわからないが、他の三人の心を軽くしていたことは間違いなかった。だから、映画館の休業という話を馮(フォン)がまた蒸し返しても、芹沢はもはや大して深い屈託の中に落ちこまなかった。

芹沢さん、〈花園影戯院(ガーデン・シアター)〉が休館に入っても、あんたはここに住みつづけていればいい、と馮(フォン)が言っていた。あの地下のアパートは自由に使ってもらっていっこうに構わないんだ。

しかしですねえ、と芹沢は首をかしげた。これまでは洪(オン)君が何かと食料を調達してくれたから、何とか喰いっぱぐれもせずに済んでいたけれど、ここに独り取り残されることになると……。ぼくは大っぴらに外を出歩いて生鮮市場あたりに買い物に行ける身でもないし……と独りごとのように呟き、しかし人目を避けなければならない自分の身の上に美雨(メイユ)がどこまで通じているのか、それはまだはっきりとはわかっていないとただちに思い当たって、つい軽率なことを口走ってしまったかと臍(ほぞ)を噬(か)んだ。曖昧に口籠もってしまった芹沢の沈黙を取りなすように、洪(オン)がすぐさま、

いやあ、あんたの食料や生活に必要なものは、もちろんこれからだってぼくが——と言いかけた。すると、それを遮って不意に美雨(メイユ)が、

じゃあ、あたしのうちに来て住めばいいじゃないの、とさらりと言った。虚を衝かれた芹沢は思わず目を瞠ったが、ご飯なんか召使に作らせるわよ、と美雨(メイユ)は言葉を継ぎ、

空いている寝室がいっぱいあるし、いいでしょ、ね？　そう言って彼女は洪（オン）の顔を見た。

洪（オン）は芹沢には意味のとれない何か複雑な表情を浮かべ、それでもこくりと頷いた。なぜ洪（オン）の同意を求めるのだろうという芹沢の疑問に先回りして答えるように、

いや、実はぼくもあの家に居候させてもらっていてね、と洪（オン）は芹沢から視線を逸らしつつ、やや決まり悪そうに言った。それは芹沢には初耳のことだった。

いいえ、居候でも食客でもなくて、と美雨（メイユ）はすぐに言った。いつまで経っても蕭（ショー）は帰ってこないし、給料が滞ってしまったから当然だけど、使用人たちも大半が辞めて、男手がなくなってしまった。男のいない家は何しろ物騒だから、洪（オン）にはこっちから頼んでボディガードとして住みこんでもらってるの。

それは亨利路（ルート・ポール・アンリ）にある、あの蕭炎彬（ショー・イーピン）の公館のことですよね、と芹沢は一応念を押してみた。

もちろんですとも。ボディガードが増えるのは、あたしにとっては大歓迎なの。ね、芹沢さんもうちへいらっしゃい。

十九、翠(みどり)の鬼火

水はもうなかった。

二つの棟からなる蕭炎彬(ショー・イーピン)の宏壮な公館の、表側というのか亨利路(ルート・ポール・アンリ)に面した側の棟の、玄関ホールの床にめぐらされていた水路——富と権力と優雅な美的趣味をどうだとばかり、誇示するようにしつらえられていたあの酔狂な屋内水路は、すでに乾ききっていた。流れが絶えてよほど長い時日を経ているかに見える。水路に水を送り出していたホール中央の大きな泉水盤の縁に近寄って中を覗いてみると、罅(ひび)割れの目立つ水盤の底はからからに乾涸びて、これもやはり乾涸びた汚い雑巾のようなものが二、三きれ、無造作に転がっているばかりだ。

芹沢が嘉山と一緒にこの家を訪れたのは、一昨年の十月初めのことだった。あの夜、しゃらしゃらと涼やかな音を立てて水がめぐり流れるこの空間に足を踏み入れたとたん、戦火に脅かされ難民が街路に溢れる上海の埃くさい現実が、玄関扉の外にいきなりぴたりと締め出され、何か浮き世離れした『千夜一夜物語』の世界にでもふらりと迷いこんでしまったようで、狐につままれたような当惑を覚えたものだが、そんなお伽噺めいた非現実感も趣味的な風流も官能的な雅趣も、もはやこの空間からすっかり掻き消えてしまっている。外界の荒廃はこの屋内にまで容赦なく浸透し、このたびひょんなことから食客だかボディガードだかとして招き入れられることになった芹沢に、この乾涸びた家に安息など求めても無駄だとあらかじめ思い知らせているかのようだった。

だが、思い返してみれば二年近く前になるあの晩、実はもうすでに、なるほど華美や奢侈が大袈裟に演出されている、されてはいるが、しかしここには何か暗く寂しい影が射している——そんなふうに感じられたものだった。単に掃除が行き届いていないという、それだけのことだったのかもしれないが、どこがどうとははっきりとは言えないものの、豪壮なシャンデリアにも調度品にも何か薄汚れた、荒れた感じが付きまとい、水路を流れる水も心做(こころな)しかかすかに饐えたにおいを発しているようだった。家の全体から陰鬱と寂寥の気がそこはかとなく迫ってきて芹沢を落ち着かなくさせ、甘美な退行幻想に心ゆくまで浸りきりお伽噺の世界に遊ぶことを妨げたものだった。人の暮らしの現場につきものの活気やぬくもりの痕跡が、空気の中にまったく感知されなかったからでもあったのか。それともホールを通り抜けた先でついにこの家のあるじに会い、その見るからに骨相の悪い、野卑で油断のならない人柄に接して、そこから受けた悪印象がひるがえって家全体の印象にも投影されたのか。

水の流れの音の絶えたホールの突き当たりの扉を抜けると、そこから伸びる渡り廊下が表の棟と裏の棟を繋いでいる。あの夜蕭炎彬（ショー・イーピン）との短い会見が行なわれたのも、その会見の後ずいぶん待たされ、挙げ句にようやく何か物憂げな上の空の風情でゆるゆると階段を降りてきた白いドレス姿の美雨（メイユ）と出会ったのも、その裏の家の方だった。今回、芹沢があてがわれたのもその棟の、三階の奥の小さな寝室だった。同じ階の、階段を挟んで廊下の反対側の奥にあるのが洪（オン）の部屋で、美雨（メイユ）自身の寝室は二階にあるのだという。

芹沢が着替えの服や下着を詰めた鞄一つを手にこの家に越してきたのは、『五佳人』上映の最終日の後、〈花園影戯院（ガーデン・シアター）〉がいつまで続くとも知れぬ休館状態に入って数日経った週末のことだった。急に手持無沙汰になってしまったその数日を芹沢は、「あたしのうちに来て住めばいいじゃないの」という美雨（メイユ）の突然の申し出をどこまで真に受けていいのかはかりかね、半信半疑のまま漫然と過ごしていた。洪（オン）から聞いた美雨（メイユ）の阿片常習癖の話も頭にあって、あれは衝動的な気紛れにすぎず、思いつくまま後先見ずにあれこれ言うが、口にする端から忘れてしまう、そんな女なのではないかとも疑われた。だが、結局それはその場かぎりのでまかせでもなかったらしく、土曜の朝になって洪（オン）が急に、じゃあ今夜きみを亨利路（ルート・ポール・アンリ）の家まで送っていくから、荷物をまとめておいてくれ、と言ってきたのだ。

　休館とともに不意に仕事がなくなってしまい、半地下の部屋に引き籠もって暇を持て余していた芹沢にしてみると、行く手に何が待っているのか見当もつかないという不安よりむしろ好奇心の方が勝ち、ともあれこれで生活が変わるのは有難いという解放感が先に立った。半地下の部屋と薄暗い映写室との間を往復する暮らし自体、半年も続けばもういい加減飽きが来たというのが本音だった。〈花園影戯院〉(ガーデン・シアター)を閉める、と馮(フォン)から言われたときには不意を衝かれたが、翌日になると早くももう、それはそれで良いかもしれない、おれにとっても潮どきかもしれないな、という心境になっていた。

蕭炎彬(ショー・イーピン)の屋敷――それは一昨年の秋以来の彼の運命の劇的な転変の、いわば出発点となった場所だ。そこへ舞い戻ってゆく……。いや、ただ舞い戻るだけではなくそこへ行って住む……。意想外の成り行きに途惑うよりは、むしろそれを無責任に面白がる気持の方が強かった。それだけ芹沢の心に余裕が戻ってきたということだろうか。もう八月に入っていた。夜になっても収まらない暑熱の中、市街を横切って走ってゆく小型トラックの助手席に座った芹沢は、久しぶりに見る市内の夜の雑踏に珍しげな視線を投げながら、誰かに自分の顔を見咎められるのではという怯えが、自分の心にもうまったくと言っていいほどなくなっていることに改めて気づいた。そのあっけらかんとした無警戒、無防備を他人事のように面白がっている図々しさに、我ながら少々呆れないでもない。余裕というよりこれはむしろ一種の自暴自棄なのではないか、諦念ゆえのだらしない無頓着なのではないか、ともふと思う。運転席の洪（オン）は黙りこくっていて、何を考えているのかわからない。

公館前に乗りつけてすぐ気づいたのは、以前は警備のために何人もの武装警官が門の脇に張りつき鋭い目を光らせていたのに、それが一人もいなくなっているということだった。洪（オン）は車を降りて自分で鉄柵を開け、車を敷地内に乗り入れるとまた降りて閉めにいった。鉄柵の隙間から手を差し入れて掛け金を外すとすぐ開くのだから、施錠もされていないということだ。この家はもう、武装警官やら幾重もの錠前やらでがっちりと防備された鉄壁の要塞、堅固な城ではなくなっているのだ。洪（オン）が鉄柵を閉めて車に戻ってくるのを車窓越しに見ながら、芹沢の脳裡には前回その開け閉めをやった猪首の小男の記憶が甦ってきた。芹沢が巻き込まれた面妖な事件が最悪の結末へ向かってなだれ落ちてゆく、その決定的な動因の一つにもなった、疫病神のようなあの朝鮮人……。

運転席に戻って車のドアを閉めた洪（オン）に、芹沢は、

なあ、蕭炎彬（ショー・イーピン）の秘書みたいなことをやっていた、猪首の、何かカブトムシみたいな感じの男がいただろ、と言ってみた。朝鮮人らしいが、ほら、李映早（リー・ヨンジョ）とかいう……。

カブトムシ……ふん、そう言えばいたな、李（リー）という男、と洪（オン）は答えた。

あいつは今、どうしてるんだ。

さあ、知らんな。たぶん蕭（ショー）に付いて香港へ行ったんじゃないか。美雨（メイユ）さんがあいつを

えらく嫌っていたからな。こそこそした、いけ好かない男だとか言って。

洪（オン）は車止めに小型トラックを停め、二人は家に入った。家の玄関扉にも鍵は掛かっていない。屋内には最小限の明かりしか灯っておらず、どこもかしこも薄暗い。水の流れも人の気配も絶えたホールを索漠とした気持で抜け、渡り廊下も抜け、裏の棟へ入った芹沢は、洪（オン）に導かれるまま三階の一室に通された。ここを使ってくれ、とだけぼそっと言って洪（オン）が出てゆくと、小さいながらも天井が高く、大きな銀縁の鏡が掛かっていたりマホガニーの箪笥が置かれていたりするその部屋に芹沢は独り取り残された。贅沢な調度に目をぱちくりさせながらぽつねんとベッドに腰を下ろし、落ち着かない気持でいるうちに、しかしほどなく、年寄りの小柄な阿媽（アーマー）が夕食の支度が出来たと知らせにきた。

一階まで階段を降りきったところに、洪（オン）と美雨（メイユ）が待ち受けていた。美雨（メイユ）が髪を高く結い上げ、枇杷襟（びわきん）で裾は足首まで隠れるほど長い、絹の真っ白な旗袍（マンダリンドレス）を着込んでいるのを見て、この暑さだからどうしようかと迷ったが安物ではあれ一張羅の背広を一応着て降りてきてよかった、と思った。ネクタイはもともと持っていないから勘弁してもらうしかない。洪（オン）もネクタイまでは締めていなかった。

お世話になります、と言って芹沢は美雨（メイユ）に頭を下げた。美雨（メイユ）は黙ったままにこやかに頷き、先に立って食堂に案内した。そこにもシャンデリアが下がり、調度はあくまで豪奢で、やや気圧されながらも「成り金趣味」という言葉がどうしても心に浮かんでこざるをえない。真っ白なクロスの掛かった、十数名は席につけそうな長方形のテーブルが部屋の中央にどんと置かれている。その端に美雨(メイユ)が座り、両側に洪(オン)と芹沢が座ると、阿媽(アーマー)と若い女中が炒め物を幾皿かとスープを運んできて、食事が始まった。芹沢は箸を使いながら、

しかし……と、軽い驚きを押し殺しつつ言ってみた。しかし、ぼくら三人だけなんですか？　他の人たちは？

他の人たちって？　と美雨(メイユ)が首をかしげて訊き返す。

いや、わからないけど……と芹沢は言いさし、端に三人が固まって座っているだけで、それ以外には無駄に広く長く伸びているテーブルの余白部分を漠然と指し示しながら、だってこんな大きな家だから、もっと沢山の人が住んでるのかと思っていました、と言った。

住んでいたの。でも、みんな出ていってしまった、とだけ美雨(メイユ)は言い、それ以上は何の説明もしようとしない。

はあ、そうですか、という以外に何と言っていいかわからず、芹沢は口を噤んだ。彼が漠然と知っていたのは、この家の表の棟には蕭(ショー)の第一夫人が、この裏の棟には第二夫人と第三夫人の美雨(メイユ)が暮らしているということだけだった。第一夫人は養子を迎えている、第二夫人との間には男の子が出来たが、父親と反りが合わず思春期のうちに家出し

てしまった——そんな話をどこかで聞いたような記憶もある。一方、美雨には子どもはいない。

しかし、その三人の妻のそれぞれには、親きょうだい、親戚などがぞろぞろいるだろう。そういう連中の何人か、あるいは十何人かまで食客として抱えこみ、大家族の頂点に君臨する蕭が、家長としてこの家で皆の面倒を見ている——芹沢の頭にあったのはそんなイメージだった。いや、家族だけではない。これほどの規模の住居なら、家事を切り盛りしている使用人もかなりの数にのぼるだろうし、蕭のボディガードを務める青幇の下っ端のうち、この家で寝起きしている者もいないはずはない。秘書役のあの李だって、そうした住み込みの手下の一人だったのだろう。そういう連中のすべては、いったいどうしたのか。

しばらく黙って食べ物を咀嚼していた美雨はやがてぽつりと、

ほら、よく言うじゃない、船が沈没しそうになると鼠たちがいっせいに……って。まあ、それよね。奥方たちは二人とも実家へ帰ってしまった。子分たちはと言えば、親分が帰る日を待ちながら粛々と組を守っている——というのはタテマエで、実際のところは戦々兢々として、別の組への乗り換えの画策やら何やら、あたふたと走り回っているところでしょう。それこそ下水管を這いずり回るどぶ鼠みたいにさ。もっとも、蕭が不意に上海に戻ってきて、また組織を固め直すようなことにでもなったら、裏切り者を赦すはずもない。つまり生きてはいられないってこと。じゃあ、どうするか。悩ましいところよね。連中、思案投げ首で、近頃は夜もおちおち眠れないでいるんじゃないかしら。

じゃあ、今この家に住んでいるのは……？

阿媽（アーマー）と女中二人、料理女と庭師の夫婦、それにこの三人。それだけ。

そうなんですか。みんなこちらの棟に？

こっちの棟、あたしたちは裏家（ウライエ）と呼んでいるんだけど、あたしの身の回りの世話をしてくれる阿媽（アーマー）の部屋は、この裏家の一階の厨房の脇にあるの。残りの四人の召使は、表家（オモテイエ）の二階に寝起きしています。

表家（オモティエ）か……。ところで、あのホールにもう水は流れていないんですね。

馬鹿馬鹿しい仕掛けよね、と美雨（メイユ）は顔を歪めて吐き棄てた。家の中が湿っぽくなって、健康に悪いじゃないの。あんなこけおどしを作らせて、見栄ばかり張りたがる男なの、あたしの夫は。

それには答えず、芹沢は話題を転じて、

では、今やあなたが采配をふるって、この大きな家を切り盛りしているわけですね。それは大変だ、と言ってみた。

別に、采配なんかふるっていません、と美雨（メイユ）は不機嫌そうな口調で呟いた。あたしも本当は、二人の奥方同様、もうここからさっさと逃げ出したい。

逃げ出さないんですか。

だって、あたしの実家はもう、「お帰り」と言ってあたしを温かく迎えてくれるような居心地の良い場所ではないから。長兄の連れ合いというのが権柄ずくの嫌な女で、向こうもあたしをひどく嫌っている……。

すると洪（オン）が、

馮先生（フォン・シーサン）の家に行けばいいではないですか、と口を挟んだ。先生（シーサン）もそれを望んでおられると思いますよ。どうやらあなたのことが可愛くてたまらないらしい。

そうね……。でも、あたしにもあたしなりの志気（ズーチー）ってものがあるし。

志気（ズーチー）(意地)、というのは？　と芹沢は反射的に問い返したが、美雨（メイユ）はそれには答えず、やや尖った表情になり、自分の皿に取った八宝辣醤（バッボーラジャン）を半分以上食べ残したまま、箸を置き、煙草に火を点けた。個人的な事情に深入りしすぎたな、と後悔した芹沢は、そうですか、それは大変だ、と先ほどの言葉をむにゃむにゃと繰り返してごまかしながら、食べることに専念した。やがて、沈黙を破って美雨（メイユ）が、

たしかに……。たしかにそろそろ、限界かもしれないわね、と自分に言い聞かせるように呟いた。

限界？

蕭（ショー）が香港へ出発する前に、この家の管理を頼んでいった男がいるのよ。人当たりと愛

想だけは好い、ぺらぺら喋りまくる不動産屋。困ったことがあったら何でも言ってくれと、揉み手しながらあたしには言い、以前は御用聞きみたいに毎週のように顔を見せていたけれど、それが一週おきになり、月に一度になり、ふた月に一度になり……ここ何か月かは丸っきり姿を見せなくなった。

そうですか。

何だか、みんなが蕭（ショー）を見捨てはじめているみたい。そりゃあそうよね、抗日ゲリラとか何とか、人気取りを狙って気焔を上げているうちは良かったけれど、いったん戦況が不利になってくるや、あいつ、真っ先に、尻に帆を掛けて逃げ出したんだから、あの女を連れて……。

つい口を滑らせたとでもいうように、そう言いさして美雨（メイユ）は口を噤んだ。あの女というのが誰なのか、訊き返すことは憚られたが、やはり姚儷杏（ヨー・リーアン）のことだろうか、と芹沢は思った。女優としてかなり有名だった姚（ヨー）を蕭炎彬（ショー・イーピン）は第四夫人として娶（めと）り、こことは違う別宅に住まわせていた。蕭（ショー）は第三夫人の美雨（メイユ）を映画スターにしそこねた後、その失敗を取り返そうとするかのように、復讐戦を仕掛けていったん負けたいくさに何としてでも勝とうとするかのように、女優としてすでに名声のあった姚儷杏（ヨー・リーアン）を妻にした。この女なら今度こそ間違いないというわけだ。失敗、挫折という観念に耐えられない執念深い男なのだろう。使い古しの玩具は押入れに放り込んでもうそれきり顧みず、新しい玩具で嬉々として遊ぶ幼児の残酷なエゴイズム。美雨は手ひどい侮辱を受けたという思いでさぞかし打ちひしがれたことだろう。

それればかりではない。妊娠できない軀になった美雨を尻目に、第四夫人は蕭の子を産んだ。その女児が誕生したとき、蕭は上海中の名士や有名人を招いて大祝賀会を催した。金に糸目をつけないその大盤振る舞いの模様を面白おかしく書き立てた新聞記事を、芹沢は工部局警察の記録課の資料室で読んだのだった。第一夫人との間には養子しかおらず、第二夫人が産んだ子どもには背かれ、美雨との間には子どもが作れなかった。だから美貌の女優姚儷杏との間にその女児が生まれたとき、さぞかし蕭は大喜びで、また得意だったのだろう。プライドを踏みつけにされた美雨の鬱屈を思いやる気など、彼にはさらさらなかったに違いない。

芹沢は一瞬のうちにそこまで考え、とはいえ「あの女を連れて」蕭が香港へ逐電したというその女が、必ずしも姚儷杏であるとはかぎるまい、とも思い直した。たとえば、以前芹沢が〈百楽門舞庁〉の前の歩道で蕭と一緒にいるところを目撃した、髪をボブカットにした、まだ二十歳そこそことしか見えなかったあの娘……。どんな新品の玩具も、遅かれ早かれ手擦れがしてくるし、そうなるとまたすぐに新しいのが欲しくなる。きりがない。

その「女」というのは誰のことですかともし尋ねたとしても、美雨は不機嫌そうな表情のまま、案外さっぱりと、率直な答えを返してくれるのではないかという気もしたが、いずれにせよ芹沢は、もうこれ以上彼女をささくれだった気持のままにさせておきたくなかった。それで、

ともかく、この家を維持してゆくのがなかなか面倒だという話ですよね、と明るい声を張り上げてみた。じゃあ、ぼくも働きますから、何でも言いつけてください。料理は駄目ですが、掃除くらいならいくらでもやれるから。

いいのよ、そんなこと、と言って美雨の表情がかすかにやわらいだ。そんなことをしてもらおうとして、いらっしゃいと言ったわけじゃあないんだから。

しかし、どうせぼくには、何もすることがないんでね。暇を持て余して、居たたまれないような気持になるんじゃないかなあ。映写技師は失職してしまって仕事はないし、ぼくはもうこの家に閉じ籠もっているしかない。老馮から何かお聞きになっているかもしれませんが、ちょっとした事情があって、ぼくは今のところ白昼堂々と往来を歩ける身の上ではないので――。

美雨と洪がちらりと目配せを交わしたように見えたのは気のせいだろうか。美雨は芹沢の「ちょっとした事情」なるものを深追いしようとはせず、

じゃあ、この家でのうのうとしていればいいじゃない、とだけ言った。あなたに掃除なんかしてもらいたくないの。あなたをお友だちとして招待したんだから。

朋友（バンユー）、ですか……と、不思議な呪文でも唱えるようにその言葉を口の中に転がし、その味わいを芹沢がじっくりと確かめていると、その様子がよほどおかしかったのか、美雨（メイユ）はつい今しがたまでの仏頂面を一変させて顔をほころばせ、華やかな笑い声を上げた。

そう、お友（バンユー）だち！　お友（バンユー）だち！　そう言われると心外ですか、芹沢さん！　いえ、今は沈（スン）さんでしたっけ、まあ、どっちでもいいわ。元警察官でいまは映写技師、そして映画批評家でもある沈（スン）さんは、あたしのお友（バンユー）だち！　だからあたしの家に好きなだけ、のんびりと滞在してくださいな。

映画批評家！　嫌だな、からかわないでほしいな、と言いながら芹沢の口元も自然な笑みにほころび、気がつくと声を上げて笑っていた。そうしながら、おれがこんなふうに自然に笑うのはいったいいつ以来のことだろう、と頭の隅で訝っているもう一人の自分がいる。先夜、映写室で、女優美雨（メイユ）についておれが口にした寸評が、美雨（メイユ）にはやはり嬉しかったのだなと改めて思い当たった。美雨（メイユ）が満ち足りた朗らかな表情を見せると、芹沢の気持もたちまち浮き立った。

いやあ、この半年というもの、沈（スン）君とはずいぶん映画の話をしたけれど、と洪（オン）が言った。この男は映画に関しては、なかなか筋の通った一家言を持っている。うん、きみは映画批評家を名乗ってもいいぞ、おれが許す。そう言って洪（オン）は、自分の胸の前に右手のこぶしを持ってきて、親指を立てて見せた。

　そうか、映画館経営者のきみが上映する作品を、映画批評家のおれが褒めちぎり、客を呼び込む、と。これからはそういう分業で行くか、などとでまかせを言いながら、そんな気軽な冗談が自分の口からすらりと出るのも芹沢には新鮮な驚きだった。

　空気がなごんだところへちょうど阿媽（アーマー）が茶を運んできた。

　まあともかく、と美雨（メイユ）が香りの高い凍頂（とうちょう）烏龍茶を啜りながら、少し改まった口調で言った。のんびりしていてくださいな。退屈したら本でも読んでいればいいでしょ。蕭（ショー）が人と会うのに使っていたそこの部屋――と言いながら美雨（メイユ）は片手を挙げて廊下の奥を示した――、あそこを自由に使ってくださって構いません。本棚にけっこう沢山、本が詰まっています。蕭（ショー）は読書なんかするような男じゃないのに、見栄を張るためだけに手当たりしだいに高い本を買い集めて、飾ってあるの。あれを実際に読んでくださる人がいれば、本の方だって嬉しいでしょう……。

　その言葉の語尾に重なるようにして美雨（メイユ）が小さなあくびをしたのを機に、蕭炎彬（ショー・イーピン）公館での芹沢の最初の夕食が終り、めいめいが自分の部屋に引き揚げることになった。

　そんなふうに滑り出した蕭（ショー）公邸での滞在は、芹沢にとって何とも名状しがたい奇妙な日々となった。朝食と昼食はおおむね独りでとる。朝目覚めて、適当な時間に階下へ降りて食堂に入り、テーブルにつくと、気配を察して女中が朝食を運んできてくれる。

最初の日に朝食に何を食べるかと訊かれて、コーヒーとトーストかなと答えると、その後は毎朝同じものが出てくるようになった。むろんそれで芹沢には何の不満もなかった。美雨さんはと訊くと、まだ寝ていらっしゃいますという答えが、洪君はと訊くと、もうお出かけになりましたという答えが返ってくる。いつも決まって同じ答えなので、数日経つともう尋ねるのはやめた。〈花園影戯院〉がどうなるのか、経営者が替わってまた映画館として営業を再開することになるのかならないのか、その新体制に洪自身が関わることになるのかならないのか――それもこれもまだ何もわからないが、ただ、以前から気にかかっていた設備の老朽化や不具合はいろいろあり、この機会にそれはひと通り修繕しておきたいのだと洪は言っていた。〈花園影戯院〉の売却話にも洪の知識が必要になる場面があり、それで休館以降も引き続いて、けっこう忙しい日々を送っているらしい。

昼食にも美雨はほとんど降りてこず、たまに二人で卓を囲んで麺を啜るようなことがあっても、部屋着のガウンを羽織ったままの美雨は何か険しい表情をしていてほとんど口を利かなかった。薄化粧をしてはいるが、不自然なほど顔に血の気がないのがそれでは十分に隠せない。低血圧のせいなのかどうなのか、寝起きは体調が良くなくて眩暈がするのだという。

同じ家に住んではいるが好き勝手なことをしている三人が揃う唯一の機会が夕食だっ

た。それは美雨（メイユ）にとって、毎日必ず執り行なわれなければならない大事な行事、というか儀式に近い何からしく、席に三人が揃うまで決して食事を始めようとしなかった。洪（オン）の仕事が長引いて帰宅が遅れると不機嫌になり、傍目（はため）に苛立ちが透けて見える表情で、ひっきりなしに煙草を吸いながら待ちつづけ、しかし恐縮至極という体で頭を掻きながら洪（オン）が食堂に駆けこんでくると、うって変わって晴れやかな顔になる。洪（オン）さん、まあ残念だったわねえ、遅いからあなたのぶんまで全部食べちゃった、もう何にも残ってないの、今夜はあなた、お腹を空かせたまま寝るしかないのよ、何て可哀そうなこと、などと優しく冗談を言ってころころと笑う。夕食の席の美雨（メイユ）はいつも正装に近い恰好で、入念な化粧をして唇には真っ赤なルージュを引くが、化粧をするまでもなく見るからに血色が明るく、気分も体調も良さそうだった。

年恰好がほとんど同じ三人の男女は気が合った。話題はほとんど映画だったが、日支戦争の成り行きに話が及んで三人とも暗い顔に沈むこともあり、すると美雨（メイユ）が『五佳人』の撮影現場で起きた滑稽な出来事を披露し、また笑い声が戻ってくる。芹沢は自分が人目を避けて逃げ回る成り行きになった顛末を、この二人になら事細かに語って聞かせてもよいと思ったが、二人はその話題にだけは触れるまいと気を遣っているようで、話し出すきっかけをなかなか摑めなかった。そこで横浜で過ごした子ども時代の出来事、日本の風景や風俗や流行、上海に初めて来たとき驚いたこと楽しかったことなど、思い出すままとりとめなく話すと、日本に行ったことのない二人は面白そうに耳を傾けてくれる。

芹沢は美雨の言葉に甘え、昼の間は蕭の執務室を勝手に使わせてもらうことにした。あんたも変態の仲間なんじゃあるまいな……。鎧が固いねえ、そう警戒しなくてもいいんだよ……。あの夜、この部屋で蕭から言われた言葉が断片的に甦ってくる。おれを追い出して二人きりになった後、嘉山と蕭はいったいどんな密談をしたのだろう、というこれまで何度も何度も反芻してきた問いがまたふっと浮かぶが、しかし無駄に心を煩わすのはもう止めようと、その問いは意識の奥に押し戻し、光の届かない底の方に封じこめる。

それにしても、おれの災厄の起点となったこの部屋に戻ってきて、こんなふうに好き勝手な時間をここで過ごすことになろうとは、と思えば、いささかの感慨があり苦笑も浮かぶ。蕭が毎日のように座っていたはずの柔らかな革張りの椅子に座り、だらしなく腰をずらせ、手を首の後ろで組み、蕭が毎日のように仕事をしていたはずの大きな紫檀の机のうえに両足を乗せて、奇妙なことになったもんだ、と心の中で呟いてみる。

客として迎えられた家での振る舞いとしては礼を欠くが、好奇心を抑えきれず、部屋の中をひと通り調べて回らずにはいられなかった。青幇のボスの執務室に入るという恩寵のような好機を得て、とっくに棄てたはずの警察官としての本能と習癖が、かすかながら突然目覚めたようでもあった。しかし、近づいてくるかもしれないドアの向こうの足音の気配に耳をそばだてながら、机の袖抽斗や抽斗箪笥（チェスト）の中身を手早く検（あらた）めてみた結果は、まったくの無収穫だった。実質上、どこもかしこも空っぽかそれに近い。そう言えば美雨（メイユ）はここを、蕭（ショー）が人と会うのに使っていた部屋とだけ言って、執務室とも書斎とも呼ばなかった。蕭（ショー）はこの家には仕事はまったく持ち込まなかったのかもしれない。この立派な机も、仕事をするためのものではなく、やって来た客に敬意を払わせるための小道具でしかなかったのかもしれない。それでも、彼の稼業に関係のある書類や何かが多少はあったに違いないが、香港への出発の際にすべて処分していったのだろう。そもそも、もしそんなふうに空っぽでなかったとしたら、気紛れで奔放な美雨（メイユ）もさすがにこの部屋に芹沢を出入りさせたりはしなかったろう。芹沢が蕭（ショー）の秘密に近づけば、蕭（ショー）よりもむしろ芹沢自身の身に危険が及ぶ——当然、そう考えたことだろう。

結局、芝居の書き割りのような部屋なのだ。私室というものには元来、何か癖のある体臭のようなものの痕跡が、あるじの留守がどれほど長引こうと、けっこうしつこく残留しつづけているものだ。その体臭は棚の端に取り残された安い置き物、本のページの手擦れ、いつも腕を当てていた箇所だけ塗りが剝げてしまった机の縁、壁に張った暦を留めていた画鋲の跡など、ほんの小さな細部に妙になまなましく籠もって、不在のあるじの存在感を際立たせつづける。ところが、この部屋にはそうした個人のにおいがまったく漂っていない。家具も書画も骨董も本もすべて上っ面の飾りでしかなく、そのどれ一つとして部屋のあるじ自身の目や手によって慈しまれた形跡がない。

ほどなくそれを理解した芹沢は、以後、こんなふうに他人の私室にこっそり忍びこみのうのうとしていていいものかといった罪悪感を、いっさい覚えなくなった。奥方から許可も出ている、好きにさせてもらおうと心に決め、机に向かったりソファに寝転がったりしながら、美雨(メイユ)の言った通りたしかに書架にぎっしり詰まっている本を手当たりしだいに引っ張り出し、読みちらして暇を潰した。

その中に、『詩経』以来の古詩(グースー)、すなわち漢詩を集めた大部の全集があった。中学の漢文の時間に習った李白、杜甫、王維、白居易などの有名な詩を読み返すのが意外に楽しいことを芹沢は発見し、詩を味わうなどという優雅な閑暇を持てるような境遇に不意になった自分の運命の変転を、改めて不思議に思った。最初の晩に美雨(メイユ)に言った通り、無為の時間は芹沢にとってひたすら楽しいとばかりは言えず、こんなところで閑文字(かんもじ)を読み耽っていていったい何になるという苛立ちが込み上げて、やりきれないような気分になることもある。だが、そんな気分がつのる中で読むと、千年以上昔の詩人が謳い上げた悲嘆のうちに、今現にこの国で進行中の血腥いいくさの惨禍が不意に透視されてきたりもするのだった。杜甫の長詩「兵車行(へいしゃこう)」は、

車轔轔　馬蕭蕭　　車轔轔　馬蕭蕭
行人弓箭各在腰　　行人の弓箭　各々腰に在り
耶嬢妻子走相送　　耶嬢妻子　走って相送り

と始まる。兵車ががらがらと走り、馬が悲しげに嘶く。出征する兵士たちはそれぞれ腰に弓矢を帯び、父母も妻子も走りながら見送る……。この詩の最後は、支那西部の青海省にある塩湖、青海湖のほとりに白骨がちらばるいたましい情景だ。

君不見青海頭　　君見ずや　青海の頭
古来白骨無人収　　古来　白骨　人の収むる無く
新鬼煩冤旧鬼哭　　新鬼は煩冤し旧鬼は哭し
天陰雨湿声啾啾　　天陰り雨湿うとき声の啾啾たるを

見るがいい、青海湖のほとりには昔から白骨が転がり、拾ってくれる人もいない。新しい亡者は悶え恨み、古い亡者は哭き叫んで、暗い空から雨が降ってくるような日には、しくしくと啜り泣く声が地に満ちる……。まったく、絵空ごとの閑文字どころではない。一昨年の空爆で倒壊した建物の復旧が進み、難民の流入も一段落して以降、一見不気味なまでの平穏を取り戻した上海租界だが、この「陸の孤島」の外に一歩出れば、この古代の戦場と似たり寄ったりの惨たる光景があちこちに広がっているはずだ。この大陸に生きる人々は、古来ひっきりなしに繰り返されてきたこうしたむごたらしい戦禍をしぶとくくぐり抜け、営々と子孫を残し、増やしてきた図太くふてぶてしい民なのだ。

『漢詩大全』のページを行き当たりばったりに繰っているうちに、芹沢はまた、杜甫より少々下った時代に生き二十代半ばで夭折した李賀という奇妙な詩人の作品に行き当たり、その異形の想像力に魅了された。

幽蘭露　　幽蘭の露
如啼眼　　啼ける眼の如し

という簡潔な三字の連で始まる「蘇小小歌」は、蘇小小という伝説上の歌姫を称えた詩だという。露の玉を置いた幽き蘭は、涙をたたえたその美姫の眼のようだという。寂しい原っぱに孤独をかこつ若い詩人は、美姫との逢瀬を空想し、幻視の中で草は愛を交わすしとねとなり、松は車の幌となり、風はきぬずれの音となり、水は女が腰につけた玉飾りが触れ合ってしゃらしゃら鳴る響きとなる。

草如茵　草は茵の如く
松如蓋　松は蓋の如し
風為裳　風は裳と為り
水為珮　水は珮と為る

そして、冷ややかな翠の燐光を放つ鬼火があたりを飛び交い（なぜなら歌姫はとうに死んだ亡者であるから）、その疲れた耀いであたりを明るませているのだという。それが消えると後にはただ、暗い風雨が吹きすさんでいるばかり。

冷翠燭　冷ややかなる翠燭
労光彩　光彩を労す
西陵下　西陵の下
風雨晦　風雨　晦し

西陵とは杭州の西湖にかかる西陵橋のことだ。この上海からそう遠く隔たった地ではない。

新聞雑誌の社説や報道記事、政治や経済や社会についての論説、そんな性格の文章の支那語ならかなり自由に読みこなせるようになった芹沢だが、文学はやはり難しい。文学の中でも、物語の展開についていければそれなりに楽しめる小説ならばまだしも、詩の場合は漢字一つ一つが特有の重さ、色彩、匂い、味わいを帯びているから、意味の細かな陰翳に理解がもう一歩届かないのがもどかしい。さらに昔の詩の場合、古語が使われていたり当時の特殊な風俗が出てきたりするからなおさら読みづらい。そもそも芹沢程度の支那語の能力では音律の美を十分に味わいきれないことは明らかだった。訓読して日本語の文脈に置き換えてしまえばそれなりに意味はわかるし、日本人は昔からそんなふうに「翻訳」して漢文を読んできたのだが、定型韻律で書かれた漢詩にはむろん、支那語の声に乗せなければ感じとれない「言葉の音楽」が鳴り響いているはずだ。それがもう一つ明瞭に感じとれないのが悔しくてならない。

漢和辞典がないかと書棚を漁ってみたが、当然見つからない。どこかで一冊手に入れてきてくれと洪(オン)に頼んでみようかともちらりと考えたけれど、すでにいろいろ世話になっている忙しい洪(オン)に、これ以上のわがままを言うのは憚られた。そもそもの話、辞書を引き引き悪戦苦闘しながら自分独りで読みこなそうとするよりは、詩や文学一般に詳しい支那人と一緒にこれを読んだらどんなに楽しいことだろう、と芹沢は思った。自分には理解が届かない細部や意味のニュアンスを教えてもらい、支那語の朗読で音律を味わわせてもらい、そのうえで互いに感想を言い合う。

支那人なら誰でもいいというわけではなく、やはり言葉の素養と文学的感性を備えた人物でなければならない。洪(オン)や美雨(メイユ)では、申し訳ないがどうも心許ない。夕食の席で話題に出してみても、昔の詩に対する二人の反応は鈍かった。それより芹沢の頭にすぐ浮かんだのは馮篤生(フォン・ドスアン)その人だった。老馮(ラアオ・フォン)は今、映画館の売却話で奔走中で、詩の話をしませんかなどと持ちかけたら一喝されるだろうか。それとも、案外面白がって時間を作ってくれるだろうか。

ともあれ、漢字を見つめているのはつくづく面白いと芹沢は思った。魔力、神力とまでは言わないにしても、何か超自然的な力を――単なる伝達の具の実用性を越えた何やら名状しがたい威力を帯びた、こういう不思議な記号を発明した民族は、やはり大したものだ。しかしその一方で芹沢は、浦東(プートン)の木賃宿で見つけた古い日本の新聞をふと開いて、漢字と平仮名の混淆の字面が目に飛びこんできた瞬間に感じた、言いようのない懐かしさと心の震えを忘れることができなかった。漢字は、強いな、と彼は感嘆した。この強さがおれを魅了する、としみじみ思う。漢字は剛直で堅固で、密度が高い。滅多なことでは揺るがない、壊れない、磨り減らない。自己主張が強く、梃子(てこ)でも動かない頑固さがある。

それに比べると、日本人が創り出した仮名は、はかなくてもろい。円やかで優しくてうそうそとしていて、形も音も美しいがあまりにやわで、押せばすぐ歪む、曲がる、へこむ。放っておけば、風に吹かれただけでたちまち掠れ、滲み、消えていってしまう。仮名は、弱い。台風や地震ですぐ潰れ、火事に遭えばすぐ燃えてしまう、木と紙で出来た日本の家のように弱い。それはおれ自身の中にも根深く居座った弱さなのだ、と芹沢は思った。漢字ばかりの本の世界に没頭しながら、一字一字金属板に彫り込んだような その硬さ、強さに感服しながら、芹沢は頭の片隅で仮名の柔らかさ、弱さをしきりに懐かしんでいた。その弱さが恋しかった。虫の良すぎる考えだとは思いながらも、おれ自身の中にも潜むその弱さを誰かが、あるいは何かがそっと慰撫してくれないものか、と激しく願っている自分に気づいてたじろいだ。

弱いものがしかし、必ず負けるとはかぎらない。木と紙の家が台風で潰れようが火事で燃えようが、大してめげもせずにたちまち同じものを建て直してしまう比類のない楽天性で、何とかかんとかここまで生き延びてきたのが日本人だ。ひっきりなしに襲いかかってくる自然や歴史の惨禍を、その楽天性とあっけらかんとした忘れっぽさで辛うじて凌ぎつづけてきたのである。力ずくで押し返されれば素直にしりぞき、退けと言われる前にあっさり譲る、そんな弱さが、しかし同時にそれ自体一種の強さでもあるような、ある意味では恐ろしくしぶとい民族なのだ。ところが、日本人がこの大陸で始めてしまった今回の戦争には、そういう賢智はまったく認められない。ただ闇雲に強さを主張し、漢字の刻まれた金属板をそれよりもっと硬い鉄の槌で叩き壊そうとしているようなものだ。強い漢字を弱い平仮名で柔らかく受け止め、力を逸らし、強さを飼い馴らし、それによって漢字だけ、仮名だけの世界よりももっと豊かな意味と価値が漲る第三の世界を創り出してきた、本来の日本民族の知恵がそこには発揮されていない。強ければ勝つ、弱ければ負ける、軍人の心を雁字搦め（がんじがらめ）に縛り上げているそんな硬直した固定観念しかそこにはない。日本人は柄にもないことを始めてしまったのだ、という暗澹とした思いが改めて込み上げてくる。

では、朝鮮はどうなのか、という思いがそれに寄り添った。あの国では硬さと柔らかさの関係はどうなっているのか。日朝のあいのこと罵られようが、おれはまったく傷つかないが、ただ父の母国である朝鮮の歴史や文化については、これまでおれは何の興味も持たずにきて、まったくの無知同然だ。それはやはりまずいだろう、勉強すべきことがまだ沢山ある、という粛然とした殊勝な思いが湧きかけ、しかし何もかもが面倒だというけうとさ、懶さ（ものうさ）がそれをただちに押し流す。

蕭炎彬（ショー・イーピン）の裏家（ウライエ）に暮らしはじめて十日ほど経ったある日の午後遅く、ソファに寝転んで本を読んでいると、ドアに軽いノックの音がして不意に美雨（メイユ）が入ってきた。芹沢が身を起こそうとするのをそのまま、そのままというふうに片手で制止する身振りをしながら、美雨（メイユ）はソファの向かいの肘掛け椅子に腰を下ろした。相変わらずしどけないガウン姿のままだった。深い青一色のその絹のローブは部屋着というより寝間着なのかもしれないが、しかしそれを無造作にまとった美雨(メイユ)は清潔で凜としていて、だらしなさ、見苦しさの気配はかけらもない。

どうですか、読書を楽しんでいらっしゃいますか。

楽しんでいますとも、と、それでも上半身を起こして座り直しながら芹沢は答えた。漢詩を読みつづけていますよ。とても興味深い。

詩ねえ……。李白(リーバ)も杜甫(ドゥーフー)も、あたしには、学校で暗誦させられてうんざりした記憶ばかり。

ぼくもそんなものだった。しかし、今回改めて、支那の文化の伝統は大したものだと思いました。心に響いてくる詩がいっぱいある。

それは良かったわ、と言って美雨(メイユ)は素足にじかに履いていたスリッパを無造作に脱ぎ捨て、両脚を床から上げて尻の下に斜めに折り畳み、椅子のうえに横座りになった。脹(ふくら)脛(はぎ)の白さが思いがけないほどのまばゆさで芹沢の眼に映じた。

沈黙が挟まった。

正直なところ、とそれを破って芹沢は言った。来る日も来る日も、日がな詩を読みつづけるなんていう優雅な暮らしができるなんてね。まるで、夢を見てるみたいなものです。呉淞口(ウーソンカウ)の埠頭で荷揚げ人足として働いていた日々のことを思えばねえ……。

では、いつまでも夢を見つづけていらっしゃればいいわ。まあ、わたしの生活だって、夢の中で過ぎてゆくようなものだから。

いつまでもってわけには行きませんよ。まあ、漢詩を読むのにもだんだん飽きてきたし……。

じゃあ、別の本を読めばいい。こんなに沢山あるんだから。そう言って美雨（メイユ）は幾つか並ぶ書架の方を漠然と手で示した。

いつか必ず終りが来るからこそ、夢は夢たりうる。そう思いませんか。

終りなんて、来なければいいのに、と美雨（メイユ）は口を尖らせ、甘やかされた子どもが駄々をこねるように言った。

終りは必ず来るでしょう。たとえば、あなたの夫が結局、腹を括って、上海に戻ってくるかもしれないし。

そうね。たしかに、蕭（ショー）はもう明日にでも戻ってくるかもしれないわ、と美雨（メイユ）は冗談ともつかない脅すような口調で言った。

ときどき連絡はあるんですか。

まったくないわね。

蕭（ショー）がこの家に帰ってきたら、ぼくは追い出されるんでしょうね、当然?

さあ、どうでしょう。

まあ、腹を立てるでしょう。留守中に、若い男が二人、彼の許可もなく引っ越してきて、まるで自分の家みたいに好き勝手にしている……。

いいんじゃない？　あたしが招待したんだから。

青幇（チンパン）のボスが腹を立てたらどうなります？　追い出されるくらいで済めばいいけれど、たとえば、コンクリートの重しをつけて、黄浦江の底に沈められる、とか……？　つい調子に乗って笑いながらそう言い、しかし芹沢はけっこう真剣に美雨（メイユ）の反応を見守った。黄浦江の底に――というのは実際、この家に来て以来ときどき芹沢の頭をよぎる想念だった。すると美雨（メイユ）は、

ん……そういうことも、ないとは言えないわね、と至極あっさりと、平静な声で言ってのけてにっこりした。冗談だと念を押すための笑みなのか、単に反射的に浮かんだ意味のない笑みにすぎないのか、芹沢には判断がつかなかった。

それは、嫌だな。

まあ、蕭（ショー）に見咎められずにあなたがここから逃げ出せる余裕くらい、何とか作ってあげるから、安心していらっしゃい。

どうかよろしくお願いいたします、と言って芹沢は大袈裟に一礼してみせた。

それをしおに美雨（メイユ）は脚を下ろし、スリッパを履き直して立ち上がり、じゃあ、と手を振りながら出ていった。

その夜、芹沢はいつまでも寝つかれず、ベッドのうえで輾転反側（てんてんはんそく）していた。ことさら

に暑い盛夏の一日で、深夜になっても気温がまったく下がらないうえに、湿度も高いので汗が乾かない。湿ったシーツが肌にべたべたとまとわりついてきて鬱陶しい。蚊が入ってくるので窓を閉めておかざるをえず、空気の動きはまったくない。

昼間美雨（メイユ）と交わした会話の中で出た、黄浦江の底に……という部分が妙に胸にわだかまって、うっすらした恐怖のざわめきで芹沢の心を波立たせつづけた。少し頭のねじの弛んだ女の気紛れな思いつきについうかうかと乗って、アリジゴクの巣のようなとんでもない奈落に墜ちてしまったのかもしれない、とふと思う。洗い立てのシーツを敷いたふかふかのベッド、躾（しつけ）の行き届いた女中にかしずかれながらとる、量のたっぷりした美味しい食事、詩を読んで過ごす閑雅な午後……。一見、何不足ない楽園のようだが、実はやはりすべてが夢まぼろしで、ここは地獄の入り口なのではないか。

鼻が曲がるような悪臭の記憶が甦ってきた。重しをつけて沈められていたそうしたしかばねを、芹沢は実際に見たことがあったのだ。黄浦江の上海埠頭よりも数キロ上流の岸辺近くを漂っていたところを漁師が発見したその若い男の素裸の死体は、手首と足首が荒縄で固く縛り上げられていた。たぶんその足首にさらに石かコンクリートの重しが結わえられて川に放り込まれたのが、何かのはずみに結び目がほどけたか、縄じたいが切れたかして、浮かび上がってきてしまったのだろう、という結論になった。体内から腐爛して溜まったガスで全身が青黒く膨れ上がり、いたるところを魚に喰い荒らされ、一見しただけでは年齢はもとより性別さえわからなかった。眼球がなくなって眼窩（がんか）がうつろな穴ぼこになっているのは魚に喰われたからだろうが、両手両足の生爪がすべて剥がされているのは生前の拷問によるものだという。解剖を行なった検屍医によれば、顔を中心に全身をひどく殴打され（どれほど殴られたり蹴られたりしたのか、ちょっと想像しただけで吐き気がする、と彼は芹沢に声をひそめて囁いた）、鼻、肋骨、指、腕、腿など骨折も多数ということだった。それでも水に沈められたときにはまだ生きていたはずだという。溺れ死ぬ苦しみを味わわせるために、瀕死状態のままわざと生かしておいたのだろう。死後二週間から三週間ということだった。

芹沢たちが現場に到着したときには、引き上げられたばかりのその腐爛死体はびしょ濡れのまま、川べりに敷いた筵のうえにまだごろりと横たわって、ひどいにおいを放っていた。掛けられていたシートを捲ると、たちまち蠅の群れがたかってくる。芹沢は辛うじて吐き気を胃の底に押し戻し、嘔吐して同僚や上司の前で恥をかかずに済んだ。青幇（チンパン）か、と誰かが呟いた。しかし、たしかその男の身元は結局判明しなかったのではないか。

真夜中過ぎにようやく浅い眠りの中に滑りこむことができたが、色のついた混乱した夢が次から次へと移り変わり、どれほど時間が経ったのか、何かのはずみに不意に目が覚めてしまった。外はまだ真っ暗だ。咽喉が渇いたな、水を飲みに行くか、しかしそれも面倒だな、などとうつらうつら考えているうちに、細く高い喘ぎ声のようなものがどこかから伝わってくるのに気づいた。

　誰かが苦しんでいるのか、とまず思い、いやあれは愛戯の最中の女の声だ、とすぐ考え直した。いつ始まったのかはわからない。たぶんずっと前から聞こえていて、無意識のうちにそれに心がかき乱され、目が覚めてしまったのだ。声はなかなか止まず、最初のうちは聞こえるか聞こえないかというほどだったのが、だんだん大きくなり、今はもうあたりを憚らない叫びのようなものまで混ざりはじめている。

　このままじっと軀を固くして床にとどまり、声が止むのを待つべきであることは明らかだった。しかし、結局芹沢はベッドを下り、パンツだけ穿いた素裸のうえに、滞在当初に阿媽（アーマー）が使ってくれと言って置いていった白いタオル地のローブを羽織った。戸口まで行ってノブをゆっくりゆっくり回し、蝶番（ちょうつがい）が軋まないように細心の注意を払いながらドアを開けて、部屋を出た。足音を忍ばせて階段のところまで行き、三階の廊下から階下の暗闇に目を凝らす。声はそこから立ち昇ってくる。引き返すべきだろうか。むろんそうに決まっている。

　まだ半ば眠りの中にいるようだった。では、いつまでも夢を見つづけていらっしゃればいいわ、と昼間彼女は言った……。これも夢の中で起きていることなのかもしれないな、という考えが頭をよぎる。まあ、わたしの生活だって、夢の中で過ぎてゆくようなものだから、とも言った……。ちらりと見えた美雨の脹脛のあのまばゆいほどの白さ、その耀き……。夢遊病の患者のように茫然としながら、しかしその一方、冴え返った意識の中で、段から足を踏み外さないように注意しなければ、と一心に考えてもいた。慎重な足取りで真っ暗な階段をひたひたと降りてゆく。二階まで降りきる二、三段手前のところで段板がぎいとかすかに軋み、びくりとして足を止めた。十数秒ほども軀をこわばらせていたが、伝わってくる喘ぎ声にまったく変化がないので、また足を踏み出し、ようやく二階の廊下に降り立った。これほど高まればこの声は一階で寝ている阿媽の耳にも届いていないはずはないと心配になり、いや、あの婆さんは少し耳が遠いのだった、とすぐに思い出した。

　軀の奥底で官能が激しくかき乱され、それに操られる自動人形のようになってそろそろと歩き、美雨の寝室に近づいていった。頭の中は真っ白になっていて、その白い闇の中に間歇的に、引き返せ、引き返せという弱々しい声も閃かないではないが、そんな声など、快楽を貪る女が忘我の中で洩らす甲高い喘ぎ声にただちにかき消されてしまう。いつの間にかドアの前まで来ていた。喘ぎ声はその奥から聞こえてくる。いや、女の声だけではない。よくよく耳を澄ませると、明らかに男のものと思われる野太い唸り声もときどき混じっている。ドアの前で芹沢が立ち止まったとたん、しかし声はぱたりと止んだ。

静寂が広がった。五秒、十秒と時間が過ぎてゆく。気づかれたのだ。羞恥で頭に血がのぼり顔を火照らせた芹沢が、自分の部屋へ引き返そうとして軀の向きを変えた瞬間、来て、と命じるかぼそい声が部屋の中で静かに立った。声じたいはかすかな呟きに近いものでしかなかったが、真夜中の屋内を支配する静寂を貫いて、それはひと筋くきやかな音となって走り、芹沢の耳に、というよりむしろ脳の内奥に真っ直ぐに伝わってきた。かっと頭が熱くなり、くらりと眩暈がして、冷たい翠(みどり)の燐光をほんのりまとった鬼火が一つ、眼前をすうっとよぎって墜ちてゆくのが見えた。

同時に、閉まったドアの向こう側で、露でぐっしょり濡れた幽(かそけ)き蘭の花がゆっくりと花弁を開いてゆくさまも、――涙の溜まったまなこともつかず獰悪(どうあく)な女陰ともつかぬものが猥(みだ)りがわしく見開かれ、自分を真っ直ぐに見つめ返してくるさまも、なぜかまざまざと見えた。

二十、「其相姦シタル者」

ためらいがちにドアを少しばかり開けかけるやその細い隙間から、部屋の中にうっすらと立ち込めた阿片のにおいがただちに流れ出してきて、芹沢の鼻孔をなぶった。夢うつつの心もとなさをさらにいっそう深めるようなそのとろりとした甘ったるい香りが、彼のためらいを消した。

部屋はほとんど真っ暗で、明かりと言ってはただ、壁際の卓のうえに小さなオイルランプが灯っているだけだ。その揺らめく炎に浮かび上がっている白いものが、ベッドのうえの美雨の肢体の一部分だということはすぐわかったが、彼女がどちらを向いてどういう姿勢をとっているのかは、とっさには見分けがつかない。

ドアを閉めて。こっちに来て。

少し掠れているが落ち着き払ったその美雨の声に素直に応じ、いや自分の意思より先に反射的に軀が反応するように、後ろ手にドアを閉めるやゆらりと前へ肩がのめって、蒸し暑い重い空気をかき分けながら、二歩、三歩と足を踏み出していた。

上半身を起こし脚を折り畳んで座った美雨(メイユ)がこちらを向き、芹沢の顔を真っ直ぐに見つめているらしいのが気配から察せられたが、彼女の顔は影の中に入ってしまっているので、どんな表情を浮かべているのかわからない。

脱いで。

芹沢は自分が着ているタオル地のローブが肩からするりと床に滑り落ちるのを感じた。自分の手で脱いだというよりローブの方からひとりでに脱げて落ちたかのようだった。すると美雨(メイユ)は胸をゆるゆると前へ傾け、両手を突き、腰を上げ、四つん這いになって前へじりっと、少しばかりにじり進んでから、躯をぺたりと平たく倒して俯せになった。そのままごろりと横ざまになり、

来て、と感情の籠もらない平坦な声でまた言った。

美雨(メイユ)の背後の男——彼女が上半身を起こしていたときにはその影に入って見えていなかった男の躯に、今やランプの火影(ほかげ)が揺らめいていた。壁際の枕のうえに頭をのせ、仰向けに寝ている男の両足がこちらに向かって伸びている。その片方の足首のうえに、男と互い違いになって躯を伸ばし横ざまになった美雨(メイユ)は首をあずけ、もう一方の脚の脹脛に片手の指を這わせながら、芹沢の顔を真っ直ぐに見つめ返している。先ほど美雨(メイユ)が尻を上げたとき、固く勃起した男根が膣からずるりと抜ける濡れた音が聞こえたような気

がしたが、幻聴だったかもしれない。男の顔は闇の中に沈んでいるが、洪（オン）以外の男であるはずはない。

今度はおれが美雨（メイユ）に近づいてゆくのだ、と思った。美雨（メイユ）がおれに近づいてくるときの、微分化された時間の中でのあの不思議な変移……吹きつけてくる花粉……枯れしおれてゆく植物の感触……それと入れ替わるようにむうっと膨れ上がる動物的な精気……。美雨（メイユ）はそのすべてを一身に受肉しているような女だが、ではおれの場合はいったいどうなのか。素裸になったおれがじりじりと接近してくるのを彼女はどのように感受しているのか。漂ってくる花粉を浴びるように感じているのか、腥い動物の呼気を嗅いでいるのか、それともおれの身体は何も発散していないのか。美雨（メイユ）が躯を倒したので、ランプがのっている卓とはベッドを挟んで反対側にある卓のうえにも蠟燭の小さな炎がちらちら揺らめいているのが見えるようになった。小皿のうえに飴状の阿片の塊が置かれ、その脇には、緑色と緋色の混じり合う高級品の翡翠を刳（く）りぬいて作った、長さ三十センチほどのパイプが転がっている。

天蓋付きの豪奢な広いベッドだが、周りの垂れ幕は目いっぱい引かれて、ぐるり四方がすべて開け放たれた状態になっている。パンツだけになった芹沢は、天蓋を支える紫檀の柱の一つに手を掛けてベッドのうえに這い上がり、ごろりと身を横たえた。不思議に何の緊張もなかった。廊下を歩いてきてドアの前に立ったとき感じた羞恥も、部屋に入った当初の身の置きどころもないような困惑も、美雨の平静な口調と滑らかな身のこなしがきれいに拭い去ってくれたようだった。空気の中に漂う阿片の香をごく微量吸いこんだのも、それなりの効能を発揮したのかもしれない。

洪の軀を挟んで片側に美雨、もう一方の側に芹沢が横たわるかたちになった。芹沢は枕元に向かって軀をずり上げていった。想像していた通り固く勃ち臍のうえに反り返っている洪の男根に、指先でそっと触れてみる。ぴくりと跳ね上がるのを押さえるようにてのひらの中に収め、やんわりと握って軽く上下にしごいてみる。美雨の愛液か洪自身の噴き上げた精液の名残りか、あるいは両者の混じり合ったものか、おびただしい粘液にまみれ、ぬらついている包皮のうえを手が滑る。手の中のその硬いものがぴくん、ぴくんと派手に跳ねた。くすぐったさからの反射的な反応なのか、それともわざとやって面白がっているのか。枕元の方からくすりと笑う小さな声が聞こえてきた。そちらを見遣ると、だいぶ暗がりに慣れてきた芹沢の瞳は枕からちょっと頭を上げてこちらを見ている洪の笑顔を見分けたが、やはり面映いのか、洪はすぐ頭の下から枕を取ってそれで自分の顔を隠してしまった。そうしながら首を左右に曲げて関節をこきこきと鳴らす。

洪の男根に顔を寄せると、交合の直後、ないしその最中であることを示す酸っぱいような腥いようなにおいがむっと鼻をつき、空気中の阿片の香りを一瞬かき消した。この熱り立ったものに唇で触れたいという強い欲望が沸き立ち、しかしいきなりそれをするのはさすがにどうかという自制が働いた。芹沢は男根の根もとに滑らせた手を陰毛に這わせ、もう一方の手で洪の汗まみれの腹から胸へと撫で上げていった。体毛の薄い芹沢とは異なって、洪は見た目はすんなりした優男なのに腹も胸もけっこう毛深い。

不意に、近頃はとんと思い出さなくなっていた死んだロシア人少年の記憶が甦ってきて、思いがけず感情が昂り、涙腺がゆるみかけさえしたのに芹沢は当惑した。それが今のこの成り行きに触発されてのことであるのは明らかだが、脳裡に浮かび上がってくるのは、かつて二人一緒にかなりの回数にわたって体験したこれに似た淫靡な場面ではない。むしろ何気ない日常のはしばしにあいつが見せた、子どもっぽいやんちゃな笑顔が鮮明に甦ってくる。屋台で夜食の水餃子を頬張っていた芹沢がその一個を箸の間から滑らせて、下ろし立ての白いズボンの膝のうえに落とし、酢醤油の染みを作ってしまい、舌打ちしていたとき、あーあと嬉しそうな嘆声をあげて傍らで笑い転げていたアナトリー。レコードで聞き覚えたシャンソンを歌ってみせるので、フランス語の発音がいいぞと褒めてやると得意満面で肩をそびやかしていたアナトリー。

込み上げてくるものをくくっと咽喉を鳴らしてこらえ、落ち着こうと深呼吸をして鼻から荒い息が出たとたん、その動揺ぶりを誤解したのか、

まあ、沈さん、失礼ねえ、と美雨がわざとらしく傷ついたような、笑みの籠もった低い声を投げてきた。あたしもちゃんとここにいるのに、目に入らないの。薄い帳の向こ

う側から伝わってくるような何かくぐもった、反響しない声だが、聞き取れることは聞き取れる。

いや、そうじゃない、違うんだ……。

何が違うのよ。

つまり、その……。

何でもいいから、そんなものをいじくって興奮していないで、こっちへいらっしゃい。

芹沢は向きを上下逆に変え、ベッドの裾の方に頭を回して軀を倒した。美雨（メイユ）と同じように片腹を下にして横ざまに寝て、洪（オン）の武骨な二本の脚を間に挟み、彼女と顔を見合わせるかたちになった。何と言ったらいいのかわからず黙っていると、やがて美雨（メイユ）が無表情を崩さないまま首を伸ばしてきた。軽く接吻する。乾ききった唇を彼女がわずかに開けると、肺に残っていた阿片の煙の腥い余香が洩れてきた。唇の隙間から舌がちろりと出て、やはりかさかさに乾いている芹沢の唇をそっと舐めた。

抱き合って、唇を軽く付けたり離したりしながら、互いの背中から尻にかけて緩慢な愛撫を繰り返す以外にはほとんど軀を動かさないまま長い時間が過ぎていった。というよりむしろ時間の流れの外にいるようだった。分秒の感覚が失せていた。芹沢の脳裡に浮かんではかき消え、しかしまたしきりと甦ってくるのは、空の高みを旋回する鷗たちの光景だった。長江の滔々（とうとう）と流れる水の量塊を前に、朝まだきの呉淞口（ウーソンカウ）の波止場に立ち尽くし、びゅうびゅう吹きつけてくる冷たい風を浴びながら見上げていた、あの鷗の群れ……。いつの間にか二人の軀の間から洪の脚が消えていた。芹沢がそれに気づいたとき洪はもうすでに美雨の背後にいて、長い豊かな髪が渦を巻く首筋に頭を埋めながら彼女を後ろから抱きかかえていた。洪の手が彼女の胸を這い、それはやがて芹沢の背中にも回され、さらに芹沢の穿いているパンツにも指を掛けてきた。

芹沢は自分でそれを脱ぎ捨てて素裸になったが、勃起した男根が美雨の滑らかな腹のうえを掠るのを感じたとたん、小便でも洩らすようにいきなりどっと射精してしまった。いったいいつ以来のことだろう。呻きながら軀を小刻みに痙攣させている芹沢の髪に美雨は指を差し入れ、小さな柔らかなてのひらで彼の後頭部を抱えこんで自分の胸にしっかりと押しつけた。その間、洪のこれも優男に似合わず指の太い骨張ったてのひらが芹沢の背中を優しく撫でてくれている。不始末を仕出かしておののいたものの、寛大な大人たちから叱責されるどころかかえって慰めてもらっている思春期の少年のように自分を感じ、二人に感謝して、このお返しに自分の出来ることは何でもしようと芹沢は思った。

射精によってもほとんど萎えなかった芹沢の男根は、すぐにまた力を取り戻した。軀を起こして美雨を下に組み敷き、彼女と何とか軀を繋ごうとする。なかなか出来ず、自分の不器用を恥じておたおたしているうちに、ぎゅっと瞑った美雨の目尻から涙の玉が滲み出て、彼女の両肩がかすかに震えているのが目に入り、落ち着き払った口調と挙措は実は見せかけで、その陰に実は尋常ならざる動揺や興奮を隠しているのだと思い当たった。隠しているものの一つに、不安もあるのかもしれない。この女もよるべない子どものように何かを疑い何かを懼（おそ）れ、震えているのだと悟ったとたん気持が不意に鎮まり、躯が繋がった。美雨（メイユ）の躯の中は温かい。自分の部屋を出て階段を降りこの寝室の前まで来る途中ずっと聞こえていたあの喘ぎ声が、今度は芹沢の耳もとで立ち、間近から鼓膜を震わせはじめた。二胡（アルフー）の奏でる啜り泣くような調べに似たその細い声は、途切れ途切れにいつまでも続き、芹沢の官能を掻き乱した。

おれの尻を爪が喰いこむほどぎゅっと摑んでいるのは美雨（メイユ）の両手だろう、だとすれば——と芹沢は熱した頭でぼんやり考えていた。だとすれば、おれの背をゆるゆると撫でつづけているのは傍らに横たわった洪（オン）の手に違いない。目を開けて顔を横に向ければすぐそこにその洪（オン）の顔があるに違いない。しかし、いったい彼がどんな表情を浮かべているのか、この撫でようの優しみから見てまさか性交を中断されて腹を立てているはずもあるまいが、では共犯者同士のような目配せを送ってくるのだろうか、照れ隠しのような面映い笑みを向けてくるのだろうか、それともあからさまな好奇と興奮に顔を火照らせ、ぎらぎらした好色の光を目にたたえているのだろうか、それとも憐れみを籠めた見下すような視線を投げてくるのだろうか。そのどれであっても、きっと何か居たたまれないような気持になるに違いない。確かめたくないが、確かめずにいるのもまたどうにも気になって落ち着かず、ついに芹沢は目を見開いて顔を横に向けてみた。洪(オン)は目を瞑って安らかな表情を浮かべていた。どうやらうとうととまどろみながら、芹沢の背にのせた手をただときどき機械的に動かしているだけのようだった。洪(オン)は相変わらず忙しい日々をおくっていて、とくにここ数日は目の下にかすかな隈ができているのが傍目にもはっきりとわかり、夕食の席でも食欲がないのに無理に食べものを口に押し込んでいるような印象を芹沢は受けていた。よほど疲労が溜まっているのに違いない。

　芹沢は顔を戻して美雨(メイユ)の首筋に唇を押し当てた。浦東(プートン)から呉淞口(ウーソンカウ)へと流れつづけていた日々の間に、誘われて安い淫売宿へ二、三度足を運んだことがあったが、侘しさと疚(やま)しさと徒労感しか残らなかった。性欲が昂じて悶々とするということもおれにはとくにない、おれは人の軀に触れなくても生きていけるのだ、と改めて肝に銘じたものだった。しかし、こうして繋がって自分がこの女に包みこまれ、翻ってまた自分がこの女を包みこんでいるのを感じていると、言いようのない安息が軀のうちに広がってくる、おれはやはりこれを欲していたのか、と思った。

　女の軀というのも不思議なものだ、という今さらのような愚かしい感慨も湧いた。肉が薄いしなやかなアナトリーの体軀には男臭さ、男らしさのようなものはまったくなく、一方、美雨(メイユ)もまた小さな乳房の下に肋骨が痛々しく浮くほどに痩せていて、女性的という形容にふさわしい円やかさもふくよかさもまとっていない。中性的という印象は二人に共通しているのに、美雨(メイユ)はやはり女だった。どこからどこまで女だった。痩せているなりに尻にはやはりそれなりに手応えのある肉がつき、ぎゅっと摑むと芹沢の指を弾き返してくる。それはやはり女の尻だった。それに、アナトリーとの性戯に付きものだった押しひしいだり押しひしがれたりといった猛々しいパワーゲームがこの交わりにはいっさいない。アナトリーに対しては容赦する必要はなく、アナトリーの方も芹沢に容赦がなかった。それは芹沢自身が進んで欲したことでもあった。ところが美雨(メイユ)は軀にも心にも力を加えすぎると壊れてしまうような危うい脆さをまとっていて、この細く高い声を決定的に途絶えさせることなく持続させるには、その脆さまでをも侵害することだけはしないよう、細心の注意を払わなければならない。芹沢はそのことを本能的に直感していた。女というものをおれはこれまで本当には知らなかったのかもしれない、と彼はふと思った。

　もっと若くふっくらした頰をしていた頃の美雨(メイユ)の演じた様々な役柄の映像が、がちゃがちゃと音を立てるように頭の中を騒々しく駆けめぐり、それが鎮まってふと真っ白な画面になったとき、例の晩に〈縫いもの(ソーイング・キャッツ)をする猫たち〉で、ねえ、もう行こうよお、いいところにさあ、二人だけになれるところにさあ、朝まで一緒にいようよお、と囁きかけてきた美雨(メイユ)の塩辛声と、傍にいた乾にまで媚(こび)を売るような下品な科(しな)の作りようが甦ってきた。何だ、つまんない、ケチ、と吐き棄てたえげつないふくれっ面も浮かんできて、それが今現に芹沢の腕の中にいて頭をのけぞらせ、それをゆるゆると左右に振り、白い咽喉を見せている女と改めて重なり合ったとき、芹沢の心の底から恍惚と言ってよいものが湧き起こってきて、その恍惚はそのまま別の記憶に飛び、呉淞口（ウーソンカウ）の埠頭の、鷗たちが舞い飛ぶ寒々とした空の広がりの中に静かに放散し溶融していった。

分秒の観念を失い、いつまでもいつまでもゆっくりと腰を使って、長江の水面めがけて鷗が急降下し水中の魚をはっしと銜（くわ）えこむや、また勢いよく羽ばたいて上昇に転じ、同時に美雨（メイユ）の喘ぎがひときわ高まった瞬間に、芹沢も大きな声をあげてその夜二度目の射精をし、今度こそ生命力のすべてを一滴も余さずこの女の中に注ぎこんだと感じた。しばらくそのままでいてやがて汗まみれの美雨（メイユ）の軀の脇に頽（くずお）れ、荒い呼吸が鎮まるのを待った。

いつの間にかまどろんでいたらしい。ぬめぬめと濡れたものが唇に押し当てられるのを感じ、薄目を開けてみると洪（オン）の顔が間近に迫っていて、暗がりの中だからはっきりとは見えないものの、ともかくそこには先に芹沢が見るのを恐れていたどの表情も浮かんでいないことだけはたしかだった。その無表情を冷たさから救っているのは内側から仄かに滲み出ている寛容で、彼のその寛容を芹沢は、あの呉淞口（ウーソンカウ）の宿の無慚な納戸部屋に迎えにきてくれたとき以来の付き合いの、様々な場面で身に沁みて知っていた。我知らず両手が上がって洪の後頭部に回りかけたが、一度接吻すると気が済んだのか洪の顔はすぐ離れていった。芹沢もそれ以上は追わずに手はだらりと垂れ、目も自然にまた閉ざされた。久しぶりの性交で躯がというよりむしろ心が疲れきり、緊張の発条が伸びきってしまったようだった。欲望が満たされ尽くしたわけではない、きっかけさえあれば欲望はまだ滾々と湧いてくる、封印がひとたび取り払われればおれの欲望はどこまで膨れ上がってゆくかわからない、そんな怪物染みたものがおれの中には棲んでいる、と改めてつくづくと思い知ったように感じ、その発見は芹沢をおののかせずにはいなかったが、ともあれ今この瞬間はどんな新たな欲望が誘発されても、もうそれに躯がついていかないように感じていた。

それでも、もし洪が何か仕掛けてくる気なら応じないわけにはいかない、いやぜひ応じてみたいとは思い、待ち受けているうちにまたとろとろと眠ってしまったらしい。次に目覚めたのは、美雨がいつの間にかまた例の喘ぎ声をあげはじめているのに気づいたときだった。ちらりと横を見遣ると、また美雨は仰向けになった洪のうえに馬乗りになりゆるゆると腰を振っている。これが美雨の好みの体位なのだろうか。ではさっき、のしかかってくるおれを下から受け止めてくれたのは、迎え入れてくれたのは、おれへのもてなしだったのだろうか。その思念が慰藉となって芹沢の全身を隅々までほっこりと温め、そのぬくもりに包まれて彼はまたまどろみの中へ滑りこみ、さらにもっと深い眠りの中へ落ちていった。

汗みずくになってはっと目覚めたときには午前もだいぶ遅くなった時刻だった。芹沢はベッドの裾の方を頭にしたまま眠りこんでしまっていた。窓には分厚いカーテンがぴっちりと引かれているが、隙間から洩れ入ってくる光の強さで、盛夏の日はすでに高くなっていると知れた。美雨（メイユ）は枕元の方に頭を向け、シーツにくるまって俯せになっている。洪（オン）の姿はなかった。

妙な爽快感で軀が軽くなっているのを我ながらあさましく感じ、おれも恥知らずな男だなと苦笑しながら起き上がり、ともかくシーツの間に丸まっていたパンツを見つけ出して穿いた。ベッドから下りて床にだらしなく落ちていたローブを拾い上げて腕を通し、昨夜は暗がりだったのに加え、ともかく無我夢中だったので何一つはっきりとは見分けられなかった美雨（メイユ）の寝室を、初めてじっくりと見回した。

日本ふうに言えば十五畳ほどもある広い部屋だった。精緻なガラス細工のシャンデリアをはじめとして、込み入った浮き彫りを施した一枚板の衝立（ついたて）、分厚い段通の絨毯、黒檀の重厚な抽斗簞笥（チェスト）など家具調度は豪華だが、この部屋には蕭（ショー）の家のいたるところに見られる空疎な成り金趣味は感じられない。それは飾り棚に並ぶ陶磁器にせよ、壁に掛けられたどれも淡彩の風景画や静物画にせよ、他の様々な装飾品にせよ、買い集めた人の趣味が一貫しており、そこに身を置いて自分がいちばん自分らしくしていられる空間を創り出そうという、はっきりとした個人の意思が随所に染み透っているからだろう。書棚には手擦れの跡のいちじるしい大判の画集が並んでいる。

芹沢は窓際に置かれた大きな卓に近寄ってみた。小ぶりな地球儀、青銅製の日時計、大小の毛筆を吊した竹の筆掛け、紅色の蓮の花を生けた青磁の一輪挿しなどに混ざって、4Bの鉛筆数本、消しゴム、絵の具チューブの揃い、パレット、スケッチブックなど、水彩画の用具が雑然と散らばっている。芹沢はベッドの方をちらりと見て、呼吸につれて肩のあたりがわずかに上下するのを除けば、美雨（メイユ）が身動き一つせず死んだように眠り惚（ほう）けているのを確かめたうえで、スケッチブックを手に取って窓際のカーテンの隙間に近寄り、陽光に翳（かざ）しながら中を手早く繰ってみた。果物、野菜、壺や皿、花や草といった身近なものを描いた水彩画、というか鉛筆のスケッチにごく淡い彩色を施した絵が数十枚にわたって並んでいる。正確で狂いのない最小限の線も、無色すれすれのきわめて仄かな色の染みの絶妙な置きかたも美しかったが、芹沢の心を何より揺さぶったのは、それら線と色の絡み合いのうえに、描き手がその描いている対象に対して抱いている愛おしみの情、慈しみの情が、ひっそりと、しかしまざまざと滲み出ていることだった。美雨（メイユ）はこの部屋で画集を眺め、絵を描き、阿片を吸って一日の大部分の時間を過ごしているのだ。

改めて部屋を見回してみると、壁に掛かっている何点かの水彩画も同じ作者の手になるものであると容易に察せられた。ただ、壁の絵には南京路らしい繁華街の雑踏の風景や黄浦江らしい広々とした水景も混ざっているのに、芹沢が手にしているスケッチブックには、身の回りのささやかな静物の絵しか収められていない。かつては外へ伸び広がっていた美雨（メイユ）の心は、あるとき以降内に向かって収縮し、ついにこの部屋一つの内部に鎖されることになってしまったのではないか、と芹沢は思った。おれのようによんどころない事情で屋内に閉じ籠もっているというわけでもなかろうが、美雨（メイユ）は美雨（メイユ）で、彼女もまた一種の幽閉の身の上なのではないか。おれとは違って自分で選んでそうした境遇に身を置いているのではないか。

　それにしても阿片だけは止めさせたい、と芹沢は心から思った。が、そういう差し出がましいことを口にして女主人の機嫌を損ねたくはない、とも思う。窓を開けて空気を入れ替え、寝室に漂う阿片の残香を追い出してしまいたかったが、そういう勝手な振る舞いをするわけにもゆくまい。芹沢はスケッチブックを卓のうえの元あった場所にそっと返してからベッドに戻り、マットレスを揺らさないよう細心の注意を払いながら端に腰かけ、次いでまたごろりと横たわった。

　思いがけない成り行きになってしまったな、という言葉がまず浮かび、いやそんな無責任な言いぐさは自分自身を欺く気休めの口実でしかないか、と思い直した。無意識のうちにうすうす期待していた出来事が、案の定、実現してしまった。そういうことではないのか。

間男という、どこか滑稽でさもしいあの言葉が頭に浮かぶ。滑稽でさもしいだけならまだいいが、この地の法でどうなっているかはともかく、日本の刑法では「有夫ノ婦」の姦通はれっきとした犯罪であり、もし夫が告訴すれば妻はもちろん、「其相姦シタル者」つまり間男の方も「二年以下ノ懲役」に処せられる(むろん夫の方は妻以外に妾を何人作ろうが女郎買いに入れ揚げようが、何の処罰も受けないのだが)。言うまでもなく洪(オン)だって同罪だ。だがすぐに、ふん、殺人罪を犯して逃げ回っている男が、今さら姦通罪で告発されるのではとはらはらしている図など、笑い話みたいなものではないかと思い直し、唇の端が皮肉な笑みで歪んだ。

美雨(メイユ)の隣りにローブ姿で軀を伸ばした芹沢は、何だかおかしくなり、腕を上げて大きな伸びをしてから、手を伸ばして彼女の軀に掛かっているシーツを足元の方からそおっとめくり上げてみた。急に子どものいたずらみたいなことをしてみたくなったのだ。

美雨(メイユ)の脹脛に指を触れ、ひかがみ、太腿、尻へと、肌理(きめ)の細かいしっとりとした真っ白な肌をゆっくり撫で上げてゆく。美雨(メイユ)はぴくりともしない。阿片の吸引後の眠りはやはりよほど深くなるのだろうか。今この瞬間に廊下へ通じるあのドアがいきなりばたんと開き、蕭炎彬(ショー・イーピン)が憤怒に歪んだ形相で闖入してきたら、さあどうする。それはそれで面白いじゃないか、という反射的に浮かんだ啖呵(たんか)もまた、少しばかり自分に正直になってみれば、やはりただの気休め、ただの虚勢にすぎないとすぐわかる。おれはそんなに肝っ玉の据わった男ではない。青幇（チンパン）組織が長い歳月をかけて洗練させてきた残酷きわまる手段で拷問され処刑され、黄浦江の底に沈むことを考えると竦み上がらざるをえない。

それでも芹沢はいたずらっ子のような反抗的気分で美雨（メイユ）の太腿と尻を撫でつづけた。起こしてしまうことを恐れる一方、起こしてしまって腹を立てられ、嫌がられ、鬱陶しいわねえ、触らないでよとしかめっ面で手を振り払われてみたいという気持もないではない。うるさがられているのを承知のうえでかまってほしくて母親の腰にまとわりつく幼児のように、こっちに注意を向けてほしい、わがままを、甘ったれを叱ってほしいと心のどこか片隅で望んでいる。美雨（メイユ）の肌は今朝は不思議と汗ばんでいなかった。

やがて階下で鍋釜がぶつかる炊事の音が聞こえ、女中たち同士の笑い合う声もくぐもった響きとなって伝わってきて、それで我に返った芹沢は、美雨（メイユ）の軀にシーツを元通りに掛けると、静かにベッドを下りて戸口へ向かった。ドアにぴったり耳を付けて廊下が無人なのを確かめたうえで、少しだけ開けたドアの隙間からするりと滑り出て、足音を殺しながら足早に三階の自分の部屋へ引き揚げた。

夕刻、芹沢が食事に降りてゆくと美雨（メイユ）はもう席について煙草を吸っていた。ちらりと目を合わせるなり、洪（オン）さんはまた帰りが遅くなるんですって、日曜なのに、何なのいったい、といきなり不機嫌そうに吐き棄て、それきりそっぽを向いて口を利こうとしない。

今夜の彼女は目の覚めるように鮮やかな群青色の旗袍（マンダリンドレス）を着て髪を高く上げ、頬に濃いめの紅を刷いているが、その紅は、今夜はとりわけ蒼ざめた血の気のない顔をしているのを隠すためであるような気がする。そうですか、それはそれは、と芹沢は間の抜けた返答をして、仕方なく同じように煙草を取り出して火を点けるほかはなかった。どういう話題を試してみるか。互いの頭にあるのはむろん一つに決まっているのだから、昨夜は——と思い切って切り出してみるか。しかし、昨夜は——いったい何なのだ。どういう言葉の続けようがありうるのか。昨夜は——素敵でした？　嬉しかった？　鼻先でせせら笑われるのが関の山ではないか。では、芹沢の実感にいちばん近い、昨夜は有難う、というのはどうだ。阿呆以外の何ものでもあるまい。

　気まずい空気は洪（オン）が謝りながら食堂に駆けこんできてようやく食事が始まった当初まで続いたが、それが料理が次々に出てくるにつれて徐々に薄れ、美雨（メイユ）の口元に笑みが浮かぶようになったのは、ひとえに洪（オン）の道化（クラウン）ぶりによるものだった。洪（オン）が猛烈に照れていて、羞恥心で身の置きどころもないような気持でいるのが火を見るより明らかだった。彼はとにかく喋りまくった。浮き足立った早口で、次から次へと新しい話題を出し、誰かが感想や意見を差し挟もうとしてもその半分も喋らせずにうん、うん、うんと頷き、たちまち別の話題に飛んで、話がとりとめなく横滑りしてゆく。芹沢とも美雨（メイユ）とも目を合わせようとしない。

しかし、なあ、このところの法幣の暴落ぶりはひどいもんじゃないか、と洪は誰に言うともなく早口でまくし立てる（法幣は蔣介石政権下で政府系銀行が発行した銀行券である）。対英四ペンス台をとっくに割って、三ペンス十六分の十五、十四くらいにまで下がっているらしい。何しろとんでもないインフレが起きてるよ。とくに輸入品の価格暴騰は驚くべきものだ。天井知らずだ。馮先生の扱っているような骨董ものの相場がどうなっているのか知らんが、アメリカ製の新品の時計や写真機なんか、普通の勤め人にはもう手が出ないだろう。食料品だってほんの数日で二割も三割も……リプトン紅茶、砂糖、バター、それからガソリンも……。家賃の上がりようも凄いぞ。乞食の餓死者がまた増えはじめているらしい。日本軍の占領区域内では、対英六ペンス台を維持している華興商業銀行発行の華興券が、今やもっぱら流通しているというが——。

ほう、そうかね、と芹沢が合いの手を入れても洪の耳には入らない。おれの知っている情報なんかもう古くなっているだろうが、たしか日本政府の金融政策としては当面、日支合弁の銀行を幾つか設立して——。

うん、うん、うん。ところで、こないだ結ばれた満独の貿易協定だがな、あれはやっぱり、相当重大な影響を持つんじゃないか。ドイツは満州国を承認して、本格的に支援する腹を固めたんだろうな。日本の内地では大喜びしているらしいぞ。文化枢軸、政治枢軸に続いて経済枢軸達成、東亜の新秩序建設への新たな一歩、とか何とか言って……。

ヒトラーは中国を見捨てて日本に乗り換える気なんだな。ドイツと日本が結託して、いったいどういうことをやらかす気なのか……。しかし、ヒトラーの当面の関心事は何と言ってもポーランドだろう。あいつ、ヴェルサイユ条約でドイツがダンツィヒを失い、自由都市になってしまったのが悔しくてならない。世界平和とか民族自決とか猫撫で声で言っているが、ダンツィヒを手掛かりにポーランド全体を分捕りたいというのがあいつの本音だってことは、世界中のみんなが知っている。問題は英国やフランスがそれにブレーキをかけられるかどうか、だ。昨日あたりからモスクワで英仏ソの三国軍事会談が始まっているはずだが、その三国だって腹の中にはそれぞれえげつない魂胆を秘めているわけだろう。交合（ジョーハ）の成り行きしだいでは……。

洪（オン）はそこで口を噤んで顔を赤らめ、へどもどしながら、

いやつまり、交渉（ジョーザ）の成り行きしだいでは……と言い直したが、美雨（メイユ）が抜かりなく聞き咎めて、

えっ、交合（ジョーハ）？ あなた、今、交合（ジョーハ）と言わなかった？

言いませんよ。交渉（ジョーザ）と言ったんです。交渉（ジョーザ）して、決めてもらわなくちゃいけない。英国、フランス、それに……えーと……何だ……。

ソ連でしょ。

ソ連です。軍事会談……モスクワで……。ドイツの領土拡張の……野心を封じるため

に……。

あなた、交合(ジョーハ)と言ったわ、と美雨(メイユ)が国際政治情勢の解説に耳を澄まして聞き入っている真剣な表情をまったく崩さずに、はっきりした声で言った。この女には少々意地が悪いところがある。

いいえ、言いません、言いません。うん、うん……。ともかく、ともかくですね……それにしても……この物価の上がりようはどこまで行くのか……。ん、ん……失礼、ちょっと咳が出そうになって、風邪を引いたのかな……。

夜、汗をいっぱいかいて、ちゃんと拭かずに寝ちゃったんじゃないの、と美雨(メイユ)はすかさず口を挟む。洪(オン)はナプキンで口を押さえて激しく咳きこんだ。芹沢は吹き出しそうになったのを何とかこらえて、真面目腐った表情を取り繕った。洪(オン)はそのナプキンで額の汗を拭いながら、

いや、大丈夫、大丈夫です……。とにかく法幣(ファビ)の価値下落で、何もかもどんどん高くなり……。今日、維爾蒙(ヴィユモン)路の茶館へ行って親父と喋っていたんですが、親父の言うには、今や香港あたりと比べても、物によっては上海の方が高いんじゃないか、と。香港の最高級のホテル、たとえば〈半島酒店(ペニンシュラ・ホテル)〉のラウンジで紅茶を一杯飲むとするでしょう。すると――。

そこでまた美雨(メイユ)が口を挟んだ。

ペニンシュラ、ね。ねえ、知ってる？　半島（ペニンシュラ）って言葉はもともと、海に向かって突き出したという意味なんですって。男の人のペニスと語源が同じなんですって。

はあ、そうですか……。それは知りませんでした……。洪（オン）の顔は真っ赤になった。口をもぐもぐ動かしているが何も言葉が出てこない。もう三十になろうかという男にしてはあまりに純情すぎて、情けなくもなるが、彼にしてみれば相手が美雨（メイユ）というところが問題なのだろう。芹沢はペニンシュラの語源説は怪しいものだと思ったが、話がもつれると洪（オン）がいよいよ動揺しそうなのが気の毒で黙っていた。

ほら、香港の九龍（クーロン）半島って南支那海に突き出しているじゃない、と美雨（メイユ）は真面目腐った顔つきでしつこく言いつのる。ねえ、まるでペニスが突き出すみたいに。

はあ、そう言えば……。

で、その〈半島酒店（ペニンシュラ・ホテル）〉で、何なの、紅茶を飲むのね？

そうです……。ペニン……とにかくそのホテルではとても高いのです……。紅茶たった一杯で……。いや、高いのですが、今は上海の物価が暴騰しているので……。比べると……。つまり茶館の親父が言ってたんですが、ええと、何だったかな……。

美雨（メイユ）が破顔して華やかな笑い声をあげた。食卓にはもうお茶が出ていた。美雨（メイユ）は立ち上がって洪（オン）の背後に回り、背をかがめて彼の肩から腕を回し、顔を彼の耳に寄せて、洪（オン）さん、あなた、好い人ねえ、大好きよ、と心に染み透るような優しい小声で言った。

そして、片耳に大きな音を立てて口づけするなり、さっと身を翻して食堂から出ていった。

洪は真っ赤に上気した顔で椅子の背にぐったりと軀を預け、こめかみに滲み出していた冷や汗を指で拭いながら、今夜初めて芹沢の顔を真っ直ぐに見て、

参ったなあ、へへっ、と照れ臭そうに笑った。

彼女には敵わない、と芹沢も自然な笑みが自分の顔に浮かぶのを感じながら言った。

そう、誰も敵わない。おれはね、彼女、何しろ阿片が禍して健康を損ねかけているようだし、気の弱りもあるようだし、このところはらはらして見ていたんだ。しかし、強いね。芯の強い女だ、あの人は。

そりゃあ、第三夫人とはいえ、暗黒街の顔役の奥方だもんな。女帝の座を張ってきた女だ。並みたいていの神経じゃあ務まらないだろう。

うーん……。女傑というのか、女丈夫というのか。先手を取られっぱなしだ。いやはや何とも、情けない。あのな、今日はねえ、どういう顔できみらと向かい合い、飯を喰ったらいいのか、どう頭をひねってもわからず、びくびくしながら帰ってきたんだよ。

それはこっちもご同様だ。きみが帰ってくるまで、彼女はつんけんして口も利いてくれないし。まあ、しかし、よかった……。なあ、きみと彼女は……以前から……？　ぜひとも訊いてみたいが切り出すのはなかなか難しかろうと思っていた質問が、自然な笑

みの延長ですんなりと口から出た。

おれと、美雨さん……？　洪はとんでもないことを言われたというふうに目を丸くして、いやいや、そういうことはまったくない。いっさいなかった。おれがここに住み込みはじめたのはふた月ほど前からだが、いや昔の話をすれば、もう十年このかた彼女を知っているが、艶っぽいことなど一度もなかった。なあ、昨夜はびっくりしただろう？　おれも驚いたよ。まさかああいう展開になるとはなあ。

そうか。

そのとき厨房の方で物音が立ち、思わずびくりとして二人はそちらを見遣った。その後は阿媽や女中たちの耳を警戒して声をひそめた会話になった。

いや、真夜中近く、阿媽がおれの部屋にやってきて、奥様がお呼びですという。それで何ごとかと思い、急いで行ってみると、何のことはない、たまには一緒に、一服どうですかという話でな。阿片だよ。おれはふだんはああいうものには近づかないようにしてるんだが、何が何でも嫌だというわけでもない。何か不快なことがあると、気分直しにたまには煙館でひと吸いということもある。で、まあ世話になっている美雨さんの誘いだし、道学者みたいに鯱張って断るのも何だと思って、部屋に招き入れられ、ちょっとだけお付き合いすることにした。で、頭がぐるぐる回り出し、ぼんやりしているうちに、いつの間にかああいう成り行きに……。まあしかし、途中できみが現われたのにはびっくりしたが……。ひょっとして、きみも呼ばれていたのか？

違う、違う。おれは声を聞きつけて、何となく吸い寄せられて……。痴漢、覗き魔みたいな卑しい真似をして、恥ずかしいと思っている。すまん。申し訳ない。

謝ることなんか、何にもない。

しかし、きみたちの邪魔をしてしまって……。

邪魔と言うのか、何と言うのか、と言って洪（オン）はふふっと含み笑いをした。ことの次第をひと通り口に出してしまって気が落ち着いたのか、上っ調子の早口はもう収まって、いつもの洪（オン）に戻っていた。笑いを消して真面目な顔になると、洪（オン）はいきなり、なあ、小沈（シャオ・スン）、彼女、本当はおまえのことが好きなんだと思うよ、と言った。

えっ……。

おれの直感だが、おまえのことが好きで、だからおれを呼んだんだ。

……わけのわからないことを言うじゃないか。

わからないのか。鈍い男だな。彼女にとってはおれの存在感の方が軽いんだ。気安いんだ。それでおれを呼んだ。いいか、おれ一人だけだったときには何にもなかった。おまえが来て、こういうことが起きた。それがどういうことかわかるか？　この一週間、彼女が妙に機嫌が良かったのには気づいていただろ？

いや、おれはその前を知らないから……。

機嫌が良かったんだ。体調だって見るからに良さそうだった。顔にも血の気が戻っていたし……。おまえがそばにいるのが嬉しいんだよ。

どうだかな……。何か、よそよそしい感じだがな……。

そうなんだって。こういうことではおれの直感は外れない。ともかくおれの方が彼女をよく知っている。なあ、かまってやれよ。かまってやってくれ。もう一度言うが、おれと彼女は恋人でも何でもない。昨夜みたいなことがあっても、ああいう行為じたいはあの女(ひと)にとっては何でもないことなんだよ。阿片一服の楽しみみたいなもんさ。孤独な女(ひと)だ。しかしきみに対する気持には、何か特別なものがあるような気がする。付き合ってやれよ。それで、機会を捕まえて、麻薬はいい加減止めろと言ってやれ。

それは、おれだって、たしかに言ってやりたいが——。

芹沢がためらいがちにそう呟きかけたとき、食堂に阿媽(アーマー)が入ってきて、奥様からですと言って小さな紙を洪(オン)に手渡した。洪(オン)はそれを見て破顔し、肩を竦めて、もう止めよう、この話は、と言いながら紙を芹沢に渡した。そこには、「わたしのことを話の種にして面白がらないように。さもないとお二人ともこの家から出ていってもらいます」と書いてあった。

食堂から退出しながら、しかし洪(オン)は芹沢の肩に手を掛けて、なあ、ちょっといいかな、もう少し話したいことがあるんだが、と言った。そこで二人は、芹沢が本を読むのに使っている蕭炎彬（ショー・イーピン）の執務室に行って明かりを点けた。向かい合って腰を下ろすと、洪（オン）は少し居住まいを正し、

ところで……今日がどういう日か知ってるか、と、やや硬い口調で言った。

今日は日曜だろ。

そうだよ。それから……？

それから……今日はたしか十三日だったな。八月十三日……さあ、何だろう、何かの記念日だったか……。

何の記念日か、ということさ。

さあ、わからない。

ほら、二年前の今日——。

あっ、と芹沢は思った。すっかり忘れていた。二年前の今日、虹口（ホンコウ）の日本人居住区を包囲した支那軍が日本軍の陣地へ向けて機銃掃射を開始し、やがて上海事変と呼ばれるようになったものが始まったのだ。昭和七年一月に租界周辺で起きた軍事衝突を最初の事変と考えれば、第二次の上海事変ということになる。それは、日本政府も陸海軍統帥部もその堅持を公言する「不拡大方針」とやらにもかかわらず、いかなる要因によってかも誰の意志によってかもはっきりしないまま、ずるずるべったりの拡大を続け、今や全面的な日支戦争の様相を呈するに至っている。今日八月十三日は上海戦勃発二周年の

記念日なのだ。

街中の様子はどうだった、と尋ねる芹沢の声もおのずと硬くなった。

うん……。虹口(ホンコオウ)ではお祭り騒ぎだったらしい。人から聞いた話だが、大場鎮(だいじょうちん)の表忠塔や日本海軍の忠魂碑には、大勢の人々が詣でて哀悼の意を捧げたという。上海神社では戦死した将兵や在留日本人殉難者の慰霊祭が執り行なわれた。新公園に集まった日本人の群衆は、黙禱の後、楽隊の演奏する行進曲に合わせて市中を練り歩いたんだと。だが、蘇州河のこちら側はひっそりしていた。

そりゃあそうだろうな、と芹沢は言った。こちら側でそういうことをやる勇気のある日本人はさすがにいないだろう。

外灘(バンド)も南京路も不気味なほど静かだった、と洪(オン)も頷いた。当局は、日本人の慰霊祭に刺激されて抗日テロが起きるのではないか、と神経を尖らせていたんだろう。恐らく当局からのお達しで、日曜なのに〈大世界(ダスカ)〉も〈新世界〉も休業して、盛り場の路上にも人の姿がほとんどなかった。戒厳令でも布かれたような雰囲気だった。十字路にはトーチカが築かれ、装甲自動車や機関銃隊があちこちに配備されていてね。休日の楽しみに浮かれるなんていう気分になんか、誰もなるはずがない。おれはつくづく気が滅入ったよ。

そうか……と芹沢は呟いた。もし相変わらず工部局警察に勤めていたら、きっとおれも動員されて警備か監視の任に当たっていたに違いない、と思った。このところ大昔の支那の詩の世界にとっぷり浸っていて、この町のそんな殺伐とした現実など頭の中からきれいにかき消えていた。

日曜なのに、それから阿片の影響が残って頭がガンガンするのに、今日おれが朝からわざわざ出かけていって〈花園影戯院〉に詰めていたのも、一応警戒の目を光らせていてほしいと馮先生から頼まれたからなんだ。何しろああいう成り行きで休業状態に入った映画館だからね、開戦二周年という日に、どういう連中がどういう勘違いから何か仕掛けてこないともかぎらないから、と。夕食の席ではあんまり持ち出したくない話題だったから、黙っていたんだが……。どうも美雨さんは、楊紫薇主演映画の連続上映が原因であああいう騒ぎが持ち上がったことに心を痛めているようでね。それがきっかけとなって〈花園影戯院〉が休業することになった成り行きにも、少しばかり責任を感じているらしい。

洪が道化を演じたのは、ただ彼の純情とお人好しだけによるものではなかった。その陰には彼なりの屈託があり、日本人のおれに対する気配りがあり、また鬱陶しい現実を締め出して自分の世界に閉じ籠もっている美雨に対する気遣いもあったのだな、と芹沢は思い当たった。さっきは洪をからかう美雨の尻馬に乗って、遠慮会釈なく彼を嗤うような態度を取って悪かったな、という後悔の念が湧いた。

で、〈花園影戯院〉の周辺では何か不穏なことが起きたのかい？

何もなかった。まあ、もう休業というより廃業という雰囲気を漂わせたあんな小穢(こぎたな)い映画館めがけてテロを起こすようなやつなんか、いるもんかい。

そうだろうな。

馮先生(フォン・シーサン)の杞憂にすぎないとおれは最初から思っていたよ。しかし先生(シーサン)、近頃何だか、いよいよぴりぴりしていてね。今日、映画館の事務室でずいぶん長いこと彼と話したよ。キタ・イッキとかいう日本人の思想家の話を熱心にしていた。キタ、知ってるだろ？

ああ。

銃殺刑になったんだって？　大した男だったと言っていた。ああいう男を処刑する今の日本はどうかしてる、と……。

そうだな。おれもそう思う。

おれは馮先生(フォン・シーサン)が好きだ。心から尊敬してもいる。だからなおさら、昨夜美雨(メイユ)さんとあんなことになってしまったことがもし先生(シーサン)の耳に入ったら、と思うと、おれは……。

老馮(ラアオ・フォン)は気にしないだろう、案外、面白がるかもしれないよ、と芹沢は半ば本心から言った。美雨(メイユ)だってもう少女という歳でもないんだし。彼女のためにはむしろ良かった、と……。

まさか。おい、ちょっと待ってろ。少し飲もうじゃないか。今夜は酒でも飲まないことには、どうにも……。

洪(オン)は席を立って部屋を出ていき、しばらくするとジョニー・ウォーカーの黒瓶とグラスを二つ持って戻ってきて、ソファに腰を下ろしつつ、こういうのももうこれからはだんだん手に入りにくくなってくるぞ、と言った。

その夜、ウィスキーを生(き)のままでちびりちびりと飲み交わしながら、芹沢は洪(オン)の生い立ちを初めて詳しく聞いた。両親を失い孤児院で育って、馮篤生(フォン・ドスアン)に引き取られ、学校を出させてもらったのだという。アナトリーと言い洪(オン)と言い、馮(フォン)はそういう慈善を趣味のようにしているのだろうか。恩人の姪に手を出すなんてなあ、おれは糞野郎だ、と洪(オン)がしきりに言うので、蕭炎彬(ショー・イーピン)のことは気に掛からないのか、彼が怖くはないのか、と芹沢は自分の小心を少々恥じつつ訊いてみた。ないね、というのが洪(オン)のにべもない簡潔な返答だった。続けて、蕭(ショー)はおれなんか比べものにならないほどの糞野郎だ、何でまた美雨(メイユ)はあんな男と、と吐き棄てるように言った。おれが初めて美雨(メイユ)に会ったのは、彼女が蕭(ショー)と結婚する直前だった。こんな美しい女がこの世にいるのかと思ったもんだが……。

二人ともそう手ひどく酔っぱらうつもりはなく、長くは飲まずに切り上げることになったが、最後に洪(オン)がちらりと洩らしたひとことが芹沢には気になり、その後長いこと不安の種となって残った。その日馮(フォン)は洪(オン)に、そろそろ上海に見切りをつける潮時かもしれない、と言ったのだという。行くところまで行かないとこの事態は収まらない、それにはまだ長い時間がかかる、と。

行くところまでって……どういう意味だ？　と芹沢は途方に暮れて訊き返した。

さあ、わからんな。先生（シーサン）にもわかっていないんじゃないか。

長い時間、か……。

そう。それまで、何もかもが悪化しつづける、今のうちに見切りをつけた方がいいかもしれない、そうしないと後になって心底後悔することになるかもしれない、と。

その謎めいた話をしおに、グラスをかちんと触れ合わせて残りを飲み干し、互いの部屋に引き揚げることになった。階段を三階まで昇りきったところで笑顔を交わし手を挙げて左右に分かれたが、昨夜芹沢が洪（オン）の勃起した男根に触れ、それにあわや唇で触れそうにさえなったこと、その後洪（オン）は洪で芹沢の唇に自分の唇を押しつけてきたことには、何か暗黙の了解のようなものが働いて、二人とも結局ひとことも触れずに終った。

翌日からはまた何事もなかったような日常が始まった。よそよそしい笑顔を向けてくる美雨（メイユ）の態度は以前とまったく変わらず、ああいうことが一度あったからといって恋人のように気安く戯れかかったり、馴れ馴れしく軀に触れたりすることが赦されるような雰囲気はいっさいなかった。ただ、むしろ芹沢の方にある変化が生じた。あの出来事をきっかけに、彼の心の中で急に何かが変わったようだった。時間潰しに漢詩を読んでいるようなのんびりした気持にはおれはもうなれない、と芹沢は感じ、洪（オン）に頼んで出来るかぎり新聞を持ち帰ってきてもらい、それを熟読することを毎夜の日課にするようになった。また、〈花園影戯院（ガーデン・シアター）〉の半地下の部屋に前任の映写技師が残していった例のラジオも持ってきてもらい、暇さえあればニュースを聞くように心がけた。現実へ戻っていかなければ、と彼は自分に言い聞かせた。

女主人の男妾（おとこめかけ）のような身分に充足し、美味いものをたらふく食べ、大昔の閑文字を読み散らし、気ままな暮らしにうつつを抜かす。ひょっとしたら阿片吸引の習慣さえ身につけてうつらうつらと日々を過ごす。それはそれで人から羨まれるような境遇なのかもしれないが、そうした懶惰（らんだ）や安逸はしかし、おれの人生ではない、と芹沢は思った。では、どういう人生がおれの人生なのかと自問しても、さしあたって答えは見出せない。ただ、やはり何か仕事をしなければ、と思う。働いて金を稼ぐ。人間にはそれが必要だ。その金で何をしたいか、何を買いたいかなどというのは二の次だ。働くことで自分を社会に繋ぎ留め、現実に関わらせる。それによって人は自分の人生に意味を与えなくてはならない。おれは警察官という職業によってそれを行なおうと学生の頃心に決め、それを試み、それに失敗した。では今のおれが、殺人容疑で手配中の逃亡犯が、いったいどういう仕事に就けるのか。犯罪者であることを隠したまま堅気の社会に戻っていって、自分にふさわしい席をそこに見つける。そんな旨い話など、そもそもあるはずはないということか。

出頭して処罰を受け、何年になるかわからないが懲役刑に服し、罪を償う。そんなこ

港湾労働者の日暮らしの港湾労働者
とをする気はおれにはてんからない。真っ平ご免だ。では、その日暮らしの港湾労働者へまた戻ってゆくか。名前を隠し身元を偽り、誰とも深い付き合いはせずむろん友だちも作らず、社会の外縁で、というより半ば社会の外へはみ出した場所で這いずり回って生きるあの生活へ。それはそれでありうる選択だろうが、それもしかし、何か人生の道程を無意味に後戻りするようで、懶くて、かったるくてならない。あれはあくまで仮初の仕事でしかなかった。社会に、現実に帰ってゆく心の準備が出来るまでの時間稼ぎでしかなかった、と今になってつくづく思う。たぶん、今やその準備はもう整った。では、仮初ではない人生、本物の人生を取り戻すにはいったいどうしたらいい。

魚の行商人だろうが自動車の修理工だろうが何でもいいのだ、と思う。しかし、この上海ではそれは絶対に無理だろう。では、どうにかして内地に帰るか。それも気が重いな。易々と言葉が通じ気持も通じ合える人々がそこには生きている。彼らの間に立ち混じり、喋り合い笑い合い、しかし自分が犯罪者であることだけはひた隠しに隠し、始終怯え、逃げ回りながら生きてゆく……。それは辛いな。最初のうちはいいかもしれないが、時が経つにつれてきっと心がだんだん腐れてゆくだろうな。

ではいっそ、どこか外国へ飛んで、まったく知らない町でまったく新しい人生を切り開く、というのはどうだ。たとえばフランス、とふと思う。フランス語を多少勉強したのもシャンソンの音盤を買い集めたのも、あの国に対する憧れが子どもの頃からずっとあったからだ。東京外国語学校で専攻したのは英語だが、それは職業生活での実用を第一に考えたからで、ぜひとも行ってみたい国の随一は、アメリカよりも英国よりもやはりフランスだったし、暮らしてみたい都市の随一はパリだった。花の都、芸術の都パリ……。ドイツやアメリカは、現実政治の舞台で日本との間に生じる利害関係の緊張や葛藤があまりになまなましすぎる。ドイツ語や英語は、国際関係の成り行き如何(いかん)でいつなんどき敵性言語と化すかわからない。そこへ行くと、鼻母音の女性的な柔らかな響きが耳に快いフランス語は、何よりもまず美と恋愛を語り人生の哀歓をしっとりと歌う、優しくてインティメイトな言語と思われた。何とかして密かに国境を潜り抜け、フランスに入ることはできないものか。腥い現実の緊張からも葛藤からも逃れて、パリの片隅に居を定め、ルノワールやモネの絵に描かれているような、浮き世離れした美と恋の陶酔にうつつを抜かして後半生をおくる……。

そんな夢想がぼんやりと頭の中を揺曳(ようえい)することもないではなかったが、そのたびに芹沢は、いや、そんなものは子ども騙しの夢物語にすぎまいな、と気を引き締め直した。嘉山は何と言っていた？　何しろフランスは素敵な国ですよ、とはいえ、そのフランスもいずれ遠からず、わが国の敵国になるかもしれない……。そのリアリズムが正しい、と芹沢は改めて考えた。ごつごつした腥い現実とは無縁の甘美なユートピアなど、今やこの地球上にあるはずがない。心地良い夢想に逃避していっとき楽しむのは良いが、そんなものはお伽噺でしかない、と頭の片隅では冷静に心得ているべきだ。フランス共和国は、いま現在のこの苛酷な世界状況を巧みに泳ぎ渡っている、したたかに外交上手な強国でもある。

逃げ場所などこの現実世界のどこにもないのだろう、どこに逃げようが結局「罪」は付いて回るのだから。それではやはり、それを「償う」ということをしなければならないのか、という考えも芹沢の心にしばしば立ち戻ってきた。しかし、あれはやはり「罪」なのだろうか。仮に「罪」だとしても、そもそもそれを「償う」などということがはたして可能なのか。「罪」とはいったい、刑務所に何年、あるいは十何年服役するだけで償えるような、なかったことに出来るようなものなのか。おれの手は血で汚れているのだから、と芹沢は改めて肝に銘じた。その血の染みは一生落ちることがない。塩湖のほとりに数多の白骨が散らばる光景が浮かんでくる。新鬼(しんき)は煩冤(はんえん)し旧鬼(きゅうき)は哭(こく)し、天(てん)陰(くも)り雨湿(あめうるお)うとき声(こえ)の啾啾(しゅうしゅう)たるを……。

二十一、ダンツィヒ陥落

とにかく肉体を鍛え直さなくてはならない。苦力（クーリィ）生活の最後の頃はがりがりに痩せこけ、顔の肉もすっかり落ちて頬骨が浮き上がり、落ち窪んだ目にぎらぎらした光をたたえる坊主頭の異相の男を鏡の中に見て、これがおれかと苦笑していたものだが、苛酷な筋肉労働から遠ざかってかなりの月日が経過して、今や腹のあたりに贅肉のようなものさえうっすらと付きかけ、妙にぽってりした軀つきになりはじめている。とろんとした丸っこい顔に柔和な表情をたたえた、そんな惰弱な男に成り下がりつつある。ボーカーの折り畳みナイフは、この家に越してきた晩に箪笥の抽斗（ひきだし）の隅に投げこんで、そのまま一度も手を触れていない。

芹沢は腕立て伏せと腹筋運動を朝晩の日課にしはじめた。最初のうちは少しやるだけで息が切れ、軀が本当に鈍（なま）っていることがわかった。飽きずに続けてだんだんと運動量を増やし、筋肉をつけてゆくほかはない。外に出てひと走りしてきたい、鉄亜鈴が欲しいといった思いも湧くが、無いものねだりをしても始まらない。芹沢はいっとき読み耽っていた分厚い『漢詩大全』を片手に一巻ずつ両手に摑み、直立姿勢から膝の屈伸運動を繰り返した。詩集を物体として、ただその重量だけが意味を持つブツとして扱うことに、妙な快感を覚える。浮き世離れした詩歌の世界に遊ぶのは面白いが、度を超すと頭がふやける、軀がやわになる。夢まぼろしに浸ってしみじみと感傷に耽っているうちに知らず知らずおれは腐れてゆく、いじましく発酵して甘いにおいを放つようになってゆく。そう芹沢は考えた。もう中身は読まない。詩の本を鉄亜鈴の代わりに使って、それで軀を鍛えるのだ。

日中軀を酷使することには、夜になって熟睡をもたらす効能もあった。あの一夜以来、ややもすると目が冴えて、どうしても寝つけなくなることがある。階を一つ下りれば美雨(メイユ)の寝室があり、そこには今この瞬間にも翠(みどり)の鬼火が飛び交い、阿片の快楽にほとびた恍惚の園が広がっているはず、などとつい考えはじめてしまう。あの細く高い喘(あえ)ぎ声が、また深夜の空気を伝って届いてこないかと期待してふと耳を澄ましてしまう。かまってやれよ、かまってやってくれ、と洪(オン)は言ったが、芹沢はみずから進んで美雨(メイユ)との距離を縮めようとする気にはどうしてもなれなかった。澄まし顔の美雨(メイユ)は美雨(メイユ)で、よそよそしい笑みを強固な楯にして自分を守りつづけており、なまじっかな気持で芹沢が手を差し伸べてもぴしゃりと撥ねつけられるばかりだろう。

いや、そうでもないのだろうか。彼女は実はおれの隙をついて楯の縁からちらりちらりと顔を覗かせ、おれの表情を窺いながら何かとんでもないこと、おれには想像もつかないことを考えていたりするのだろうか。ひょっとしたら、楯を強引に剝ぎ取って、無理やり手をずんずん差し入れてゆくと、そこには露でぐっしょり濡れた幽(かそけ)き蘭の花が咲き、溢れんばかりに涙をたたえたまなこが見開かれているのだろうか。そこに身を浸し、うっとりと溺れてゆくことを、彼女はおれに存外たやすく許してくれるのだろうか。

おれには女はわからないのかもしれないな、と芹沢は思った。それとも、女がわかる男などもとより一人もいないのか。どうしてもわからないと残酷に思い知らされることの息苦しい享楽をむしろ求めて、男は女に恋をするのだろうか。いいように翻弄されたものの、アナトリーはもっとずっと単純だった……。そんなことを考え出すと意識はますます冴え返り、軀が熱くなり、きれぎれの浅い眠りの中を魑魅魍魎(ちみもうりょう)が徘徊する原色の夢の連鎖に魘(うな)されつづけ、まだ夜が明けるか明けないかといった時刻だというのに、頭の芯に重苦しい疲労を凝(こご)らせたまま目覚めてしまって、もうそれっきり眠りから見放されてしまう。

詩集を鉄亜鈴の代わりに使って軀を鍛えるのは、そうした不快、混乱、欲求不満を自分にもたらしたものに復讐するような爽快感があった。筋肉は単純で正直で素朴だ、と思った。とにかく、まずは筋肉だ。腕立て伏せ、腹筋運動、屈伸運動で軀をへとへとに疲れさせておけば、頭を枕にのせるやことんと深い眠りに落ちていける。そういう単純な男なのだおれは、と芹沢は自分に強いるようにして考えた。そう考えることにした。当面、恍惚よりも爽快を追求する。単純な男にはそれがふさわしい。

八月も下旬に入ったとある深夜、維爾蒙（ヴィユモン）路にある馮篤生（フォン・ドスアン）の骨董時計店が空き巣に遭った。休業状態に入り無人のまま放置されてかなりの月日が経つ店内には、もともとがらくた同然の品しか残されておらず、被害の総額は大したことはなかったらしいが、犯人たち（複数と推定される）の意図は窃盗よりもむしろ嫌がらせにあったようだ。こじ開けられた表通りに面する玄関ドアに、遠目にも目立つほど大きな「天譴漢奸（ティエンチエンハウーケェ）」の四字が真っ赤なペンキで書き殴られ、その同じペンキが屋内の床や壁にもぶちまけられていたという。「漢奸（ハウーケェ）」すなわち日本贔屓（びいき）の売国奴を天が懲らしめたというわけだ。早朝同じ通りの〈花園影戯院（ガーデン・シアター）〉に出勤しようとしていた洪（オン）が、行き過ぎるバスの車中から窓ガラス越しにその落書きに目を留めて、降りてすぐ駆けつけ、店内の惨状を確認して警察に通報したのだという。

帰宅した洪（オン）からその話を聞いて芹沢は気を滅入らせたが、それから数日経った日の夕刻、その芹沢宛てに馮篤生（フォン・ドスアン）当人から電話がかかってきた。女中に呼ばれて、広間の隅の壁に据えられた電話機まで案内され、受話器を取って耳に当てると、

おお、小沈（シャオ・スン）、どうしてる、元気かね？という案外のんびりした声が流れ出してきた。

はあ、おかげさまで、と身をかがめ電話機の送話口に口を寄せて答える。何しろ退屈してますよ。することもないので……。しかし、空き巣は災難でしたね。

まあねえ。

ずいぶん被害を受けたのですか。

いやいや、もともと空き家同然だったからな。めぼしい品はとっくのむかしに搬出済みだった。柱時計の大きいのが幾つか、運び出すのが面倒でそのままになっていて、そいつをぜんぶ持っていかれたが、どっちみち大して高価なもんじゃない。あとは壺だの絵だの——しかしどれもこれも、二束三文の紛い物ばかりさ。

それにしても、気味の悪い話じゃないですか。何か、嫌がらせの落書きを残していったとか。

ふん。表のドアだけじゃない、家の中だって、抽斗の中身をぶちまけられるわ、ペンキを撒き散らされるわ……。しかし、それも若い衆たちがだいたい片づけてくれた。どうだい、見に来ないかね。

えっ……。そうですね……。

家に閉じ籠もりっきりじゃあ、あんたも気持がくさくさするだろう。軀にも悪い。たまには外出したっていいだろう。

いや、でも、やはり……。

もうそろそろ日が落ちる。暗くなってからならいいじゃないか。

えっ、今晩、これからですか？

あんたたちの夕食は何時頃なのかな。それが終ったあたりを見計らって車を迎えにやるから、出ておいで。なあ、小沈、たまにはあんたとも話をしてみたい。

その気持は芹沢も同じだったので、結局、半信半疑のまま応諾することになった。馮先生は近頃いよいよぴりぴりしてきてね、という先日の洪の言葉も念頭にあった。そういう精神状態のところへもってきてこんな事件が起きたのだから、電話口での喋りかたは穏やかだったが、内心ではきっと衝撃を受けているに違いない。それに、情けないようだが、頼れる相手と言っては他に誰も思い当たらない以上、今後の自分の身のふりかたについて彼に相談してみたいという気持も芹沢にはあった。しかし、この呼び出しはただの世間話が目的なのか、それとも何か具体的な思惑があってのことなのか。まさか、映写技師に続いて、今度はおれに時計屋をやれなんぞという話なんじゃあるまいな……。

通話が切れて声の絶えた受話器を手にしたままぼんやり立ち尽くしているところへ、階段を降りてくる足音がしたので振り返ると美雨だった。受話器をフックに掛けて事の次第を話すと、ちょっと首をかしげたが何も言わなかった。ほどなく帰宅した洪にも馮から電話があったこと、今晩夕食後に呼び出されていることを伝えたが、彼もふーんと面白そうな顔になって頷いただけだった。

どうなんだ、老馮（ラァオ・フォン）、相当参ってるんじゃないのかい、と訊いてみると、どうなのかな、と洪（オン）は迷うように呟く。いや、あの朝、おれの通報で警察の連中がやって来て、むろん馮先生（フォン・シーサン）もすぐ駆けつけてきたんだが、洪（オン）、おまえに任せるよと言うなりすぐ帰ってしまってね。警官たちは事情聴取をしたいから待てと引き留めようとしたが、事情なんか何にも知るもんか、おれは老人だ、重い持病を抱えている、それなのにわざわざ来てやったんだぞ、気分が悪くてもう限界だ、老人を殺す気か、と凄い剣幕でまくし立ててなあ。そう言って洪（オン）はくすりと笑った。

ははあ……。

あの怒鳴り声の迫力からして、今にも死にそうな老人とは誰の目にもとうてい映らなかったが、ともかくそれで警官ども、気を呑まれてしまってね。何か聞きたいことがあるなら午後になってから家に来い、とびしっと言われて、はっ、と最敬礼なんぞしていたよ。先生（シーサン）とはそこで別れて、おれもその後は会っていないんだ。まあ、あんまり元気じゃあなかろうよ。しかし、そうひどく気落ちしているというわけでもあるまい。行ってくれればいいじゃないか。電話で言ってたという話の通り、久しぶりにきみの顔を見てみたくなった、単にそれだけのことだろう。

夕食後、身支度を整えて自室で待っていると、お車が参りました、と阿媽（アーマー）が呼びに来た。芹沢は阿媽（アーマー）に先導され一階に降り、蕭（ショー）の執務室の向かいにある客間に入った。月初めにこの家に転がりこんできて以来、一度も足を踏み入れたことのない部屋だが、以前ここに入ったことがないではない。二年前のあの十月の晩、李映早（リー・ヨンジョ）に案内されるまま、美雨（メイユ）とともにこの部屋のフランス窓からテラスに出て、庭園に下り、芝生と木立ちを抜けたところに待つ自動車に乗り込んだのだった。今夜の芹沢も正確にその行程を辿って駐車場まで導かれることになり、妙な既視感が湧いて少しばかり動揺せざるをえない。

　キューピッド像の置かれたこの洋風庭園自体にはこのところ日に一度くらいは必ず出て、躯を伸ばし、気晴らしにぶらついたりちょっとした体操をしたりしていたから、馴染みの場所になっていた。そこに出るにはいつも台所の横の通用口を抜けさせてもらっていた。ふだんは閉め切ってまったく使っていない黴臭（かびくさ）い客間のフランス窓を抜けて庭園に下りるのは、今回の滞在では初めてのことで、思いは当然、あの夜の出来事へと誘われる。時刻もちょうど今時分、あるいはもう少々遅いくらいだったか。

　もっとも、あれは冷たい霧雨が降る肌寒い秋の晩のことで、猛烈な残暑が未だに収まらない八月の終りの今日とは季節感はだいぶ違う。ここ十日ほど一滴の雨も降らず、ちょっとした夕立でも来てくれればこの暑さも少しはやわらぐのにという期待も空しく、日が落ちても暑熱が籠もったままの重苦しく湿った空気が、べたべたと躯中にまとわりついてくる。しかし、庭園を抜けた先の駐車場で芹沢を待っていたのは何やら見覚えのある黒塗りのキャデラックで、それで不穏な既視感がいよいよ掻き立てられ、心があの雨降りの秋の晩へ連れ戻されてしまう。この車に乗るのはどうも気が進まないが、まあ仕方あるまい。

お礼を言って阿媽（アーマー）を家に帰す。すでにエンジンが掛かっているその車のどの席に乗ろうかとちょっと迷ったが、すぐに心を決めて助手席に乗り込んだ。キャデラックの後部座席にはもう金輪際乗りたくない。ハンドルを握っている男はそれを気にするふうもなく、自分の横に乗り込んできた芹沢にただ、沈（スン）さんですねと確かめ、芹沢が、是的（ズァ）(そうです)と答えながらドアを閉めるとすぐ車を発進させた。家の脇をぐるりと前庭へ回り、鉄柵が開けっ放しになっている門から通りに出て、そのまま夜の街へ分け入ってゆく。運転しているのは芹沢の会ったことのない若い男だった。馮（フォン）が電話で言っていた、彼の配下の「若い衆たち」の一人なのだろうか。

あのね、この車、このキャデラック……と芹沢はちょっと尋ねてみる気を起こした。

はい？

これは元は蕭炎彬（ショー・イーピン）の自動車なんじゃないのかな。

さあ……どうでしょう、ぼくにはわかりません、という素っ気ない言葉が返ってきただけだった。上海の街の光景は久しぶりで、車の走行中、芹沢は店々の看板や人の行き交いを食い入るように見つめつづけた。恐らくおれはもうこの先一生、上海と言えば夜の街しか見られないのかもしれないな、という思いがふと湧いて、それはたちまち仄(ほの)かな悲哀の色に染まる。夜の街、しかもそれだって、結局は車窓のガラス越しに眺めることしかできないのではないか。二年前の秋のあの夜、この車かこれとそっくりのキャデラックかわからないが、とにかくやはり蕭炎彬(ショー・イーピン)の公館から走り出した自動車の後部座席から、おれは霧雨を透かして夜の上海をぼんやり眺めていた……。横に座った美雨(メイユ)の軀から甘い馥(かお)りが漂ってきておれの鼻孔をくすぐった……。警察官(ジンツァ)！ 警察官(ジンツァ)！ 警察官(ジンツァ)！ とおかしそうに小さく叫びながら美雨(メイユ)がやや神経の昂ぶったけたたましい笑い声をあげた……。あの晩、おれの前にはまだ広大な自由の時空が広がっていた。少なくともそう信じることができた。ところが、そのキャデラックで〈縫いものをする猫たち(ソーイング・キャッツ)〉へ行ったことをきっかけにおれの星回りは狂い出し、様々な因縁の糸の絡まり合う運命の転変に弄ばれた挙げ句、今やその自由の幻想は掻き消え、おれの未来はすっかり闇に鎖されてしまっている。あのときおれはふとした気紛れで、〈縫いものをする猫たち(ソーイング・キャッツ)〉へ向かってくれ、と口に出してしまったのだ。ほんのささやかな気紛れ……。もしそう言わなかったとしたら、以後のすべてが違っていたのだろうか。

　いずれにせよおれの上海は今やもう闇の中にしかない、という哀切な直感に刺し貫かれ、芹沢は吐息を洩らした。昼日中、何憚ることなくのどかな気分で南京路をぶらぶら歩きしたりすることなど、もう死ぬまであるまい。いやこうして車に乗って夜の街へ出てゆくのだって、本当はかなり危険なことなのだ。たとえばこの道路の先に何か事故でもあって、交通整理をしている巡査に車の停止を命じられ、車中を覗きこまれたらどうする。いや、今車を運転しているこの男自身が交通違反をやらかすか事故を起こすかして、フランス租界の公董局警察が出動してきて、工部局警察の交通課へ連絡が行くようなことにでもなったらどうする。乾留吉は交通課所属だった。殺害された乾の死を悼む同僚たちは未だに鵜の目鷹の目で、手配写真が出回っている容疑者の風貌に目を光らせているかもしれない。

しかし、キャデラックは夜の街を滑るようになめらかに走って維爾蒙路(ヴィユモン)に折れ、何ごともなく馮(フォン)の骨董時計店に到着し、その前でぴたりと停まった。芹沢はすぐには車から降りようとしなかった。初老と見える白人の男女の二人連れが、こちらに向かって歩道を歩いてくるのが見える。和らいだ表情でとりとめのない談笑に耽っているようだが、あるいはそう見せかけているだけかもしれない。芹沢がドアを開けようとせず、シートに背をぴったりつけて首を竦(すく)めているので、運転手が訝(いぶか)しそうな表情で、着きましたよ、と促すように言った。いや、ちょっと待ってくれ、と芹沢は呟き、四方を見回してキャデラックに注目している通行人が誰もいないのを確かめた。維爾蒙路(ヴィユモン)には等間隔で街灯が設置されているが、二年前の戦争勃発以来の電力制限で、脇道は今なお夜も消灯したままになっているのは好都合だった。近づいてくるその白人カップル以外には近くに通行人の姿もない。カップルが通り過ぎ、しばらく行った後でこちらを振り返ったりしないのを確認したうえで、芹沢は運転手に礼を言ってすばやく車から降りた。足早に歩道を横切って店の前まで行く。「漢奸(ハゥーケェ)」への罵倒がペンキで書き殴られていたと聞いていた正面のドアは、すでに白いペンキできれいに塗り直されていた。

ドアを開けると店内には薄暗がりが広がっていた。天井の明かりは点いておらず、奥の壁際にフロアライトが一つぽっと灯っているだけだ。その傍らの肘掛け椅子に座っている白い半袖のワイシャツ姿の馮(フォン)が芹沢に向かって手を挙げ、

やあ、ちょうどお茶を淹れたところだよ。まあこっちへ来て、お座り、という声を投げてきた。

そこへ近寄りながら周りを見回してみたが、何やら乱雑で片づいていない印象はあるものの、あれこれぶちまけてというような狼藉の痕跡はとくに見当たらない。それより、二年前に比べると空っぽになってしまったな、という印象がまず迫ってきた。大小無数の骨董時計がひしめき合っているのが少々異常な印象を与えるような空間だったのに、きれいさっぱり何もなくなってしまっている。

向かい合って芹沢が腰を下ろすと、馮(フォン)は茶壺(チャフウ)から二つの茶杯に茶を注ぎ分け、その一つを芹沢の方へすっと押しやった。

きれいさっぱり、何もなくなってしまいましたね、あんなにぎっしりといろんな物が詰まった、「驚異の部屋（ヴンダーカマー）」のような小空間だったのに、と芹沢は言った。彼は自分が最後にこの店に来た午後のことを思い出した。ルビコンを渡るような意気込みで、馮（フォン）に蕭炎彬（ショー・イーピン）への仲介を頼みに来たのだった。愚かなことをしたものだ。

そう。さっぱりしたよ。残っていた最後のものまで泥棒たちが始末してくれた。かえって有難いようなもんだ。

ペンキが撒かれていたということですが――。

どろどろになってしまった絨毯は捨てた。壁にぶちまけられていたのはどうしようもないが……と言って馮（フォン）が指さす方を見ると、たしかに漆喰壁に大小の毒々しい真っ赤な染みが残っているが、明かりが暗いので言われるまで気づかなかった。染みが目につかないようにわざとフロアライト一つだけの薄暗がりにしているのかもしれない。店内に入ったときから嗅覚を刺激していたかすかな異臭はそのペンキが原因なのだ、と芹沢はようやく気づいた。

表のドアは塗り直してしまったんですね。

「天譴漢奸（ティエンチエンハウーケエ）」なんていう落書きが往来にさらされているのを、そのままにしておけるわけがないじゃないか。何とも下手糞な、でかい字でね。無教養な馬鹿が書いたんだな。それとも悪意からわざと下手糞に書いたのか……。

犯人の目星はついたのですか。

さあ、どうなのかね。そもそも警察に、どこまで本気で捜査する気があるのかもわからん。このペンキの字は証拠品ですから、塗り直されては困ります、なんぞと吐かす。馬鹿を吐かせ。あんな恥さらしな罵倒を天下にさらしておけると思っているのか。証拠品だと言うのならくれてやるから、ドアごと外して持っていけ。その代わり、新品のドアを費用は警察持ちで取り付けてもらうぞ——そう怒鳴りつけてやったら、まあ、仕方ありませんかな、写真は撮ってありますし、なんぞともごもご言って引っ込んだよ。

いや、証拠品なのはたしかなんでね、と、自分が警察の肩を持つのは変な話だがと思いながら、芹沢は弁解するように言った。ペンキの成分を分析すれば、製造会社を突き止めることが可能です。近頃の鑑識課はなかなか優秀で、その手の解析技術も急速に発達しています。製造会社から販売店へと辿って、そこから購入者を特定し——。

それなら、そこの壁にまだ残っているペンキを削り取って顕微鏡ででも何でも調べたらよかろう。警察の現場検証に立ち会っていたうちの若いのに聞いてみたら、検証なんて言っても大雑把なものだった、そういう細かなことをやっていた気配はなかった、というよ。だからペンキまみれの絨毯だって、こっちで勝手に処分させてもらった。いや、徹底的な捜査をやる気なんぞ、やつらにははなからなかろうとわたしは踏んでいる。大したものは盗られていないよ、と言ったら連中、とたんに拍子抜けしたような顔になったしな。

そうですか、と呟いて芹沢は熱い茶を少し口に含んだ。しかし、どうなんでしょう、警察の捜査なんかよりも先に……。たとえば、今回盗られたというその柱時計ですが、そういうのはいずれそのうち、闇のマーケットみたいなところに出て売り捌かれ、そこからまたどこかへ流れてゆくわけでしょう。そういう流通経路は、警察なんかよりひょっとしたら馮（フォン）さんご自身の方が詳しかったりするんじゃないですか。もしかしたら警察より先に馮（フォン）さんの方が犯人の正体に辿り着けるのでは……。

ん……どうかねえ。おわかりと思うが、故買品の市場は非常に特殊な、鎖された世界だからねえ。わたしなんかには、磨りガラス越しに内部の気配が伝わってくる程度さ。もちろん、つてをたぐれば、中をちょっぴり覗けないわけでもない。だが、いったん中を覗くとずるずると引きずりこまれて、底の見えない奈落に墜ちていきかねない。

むしろそれは蕭炎彬（ショー・イーピン）の漁場ですか。

そうそう。汚泥の悪臭が立ち込めた漁場でね。一見、魚がうようよ泳いでいて、豊漁を約束されているかのようだが、入れ食いみたいにどんどん釣れて喜んでいると、その獲物のどれも、よく見ると片目がなかったり、足が生えていたり、気味の悪い畸形魚ばかり。まあ金輪際、近づかない方がよかろうな。それに、わたしなどは蕭（ショー）との間にご存じのような縁があるだけに、連中の方でかえって警戒して、なかなか中を見せてくれない。

そういうもんですか。しかし、ぼくは思うんですが、「天譴漢奸（ティエンチエンハウーケエ）」というのも変な話ですよね。だって、あなたがオーナーであるところの〈花園影戯院（ガーデン・シアター）〉では、ついこの間、日本を愚弄する反日映画を連続上映した。支那人の観客が大喜びした一方、日本人は腹を立てて、かなりの騒ぎが起こった。その騒ぎに怯まずプログラムのすべてを最後まで上映し通したことに、支那人は喝采を送るべきでしょう。「漢奸（ハウーケエ）」どころか、勇気ある愛国者の、英雄的な振る舞いではないですか。

それは犯人に言ってやってくれ、と呟いて馮（フォン）は見るからに人の好さそうな、好々爺（こうこうや）然とした微笑を浮かべた。知らない人が見たら、善意に溢れる親切そうなお爺さんと信じこんでしまいかねないな、と芹沢は密かに考えておかしくなった。その一見無邪気な温顔のまま、

変な話……そうだよなあ、あんたもそう思うだろう、と馮（フォン）は言葉を続ける。まったく、わたしはねえ……。反日だと言われてあっちからは叩かれ、親日だと決めつけられてこっちからは蹴りつけられ……まったく、立つ瀬がないよ。わたしはただ、みんなが仲良く、幸せに暮らしてほしいと思っているだけなのに。

どっちなんですか、と芹沢は試しに訊いてみた。

え……？

反日なのか、親日なのか、どっちなんです？

その問いには馮は答えず、作りものの微笑を張りつけたままの口元に茶杯を持っていって、ふうっと吹いて冷ましながら茶を啜った。しばらく間が空いて、
いや、それはどっちでもいいですが、と芹沢は話題を変えることにした。蕭との縁、と先ほどおっしゃったでしょう。その話で言うと、ここに押し入った連中はずいぶん良い度胸をしていますね。

その言葉にも馮はすぐには返事をしようとせず、腕を組んで目を逸らす。

あなたは蕭炎彬の義理の伯父でしょう、と芹沢は改めて言い直した。そのあなたに対してこういうことを仕掛けてくる。まったく、命知らずの連中と言うほかはない。

何にもわかっていない阿呆どものしわざなのかもしれないよ。

さあ、どうでしょう。連中、あなたを漢奸呼ばわりして、天誅を加えたのだという。漢奸という言葉はまったく筋違いだが、とにかくあなたが日本と日本人に対してわりと好意的であることは事実でしょう。古くは北一輝との親交から始まって、このところぼくにあんなに親切にしてくださったこと一つ取ってみてもね。犯人はそういう事情に多かれ少なかれ通じているということですね。ならば、あなたが青幇の有力な頭目の縁故者であることだって知っていて当然だ。なのに、こういう荒っぽいことを仕出かした。まともな神経の持ち主なら、蕭炎彬からどんな復讐に遭うかと考え、反射的に竦み上

がって、あなたに手出しなどできるはずがない。

すると馮（フォン）は両のてのひらで包みこむように持った茶杯の中に目を落としながら、つまりね、逆に言えば、それだけ蕭（ショー）の力が弱まっているということなのさ、と小声で言った。

ははあ……なるほど……。

蕭（ショー）は今、重慶にいる。あそこに本拠を移した国民党政府の内懐に飛びこんで、何やかや画策しているのかもしれないが、よくわからない。わたしの見るところでは、単に庇護を求めて蔣介石にすり寄っていっただけのような気もするがね。いずれにせよ、彼の不在はずいぶん長引いている。対日戦争が続くかぎり蕭（ショー）は上海に戻ってこないのではないか、というのが今や世間一般の風評だ。では、いずれ戦争が終って、まあどんな終りかたをするのか今のところ見当もつかないが、ともかく平和が戻ってきて、そのときやつはどの面（つら）下げてこの町に帰って来られるね？　戦禍がいちばんひどいときに逃げ出して、他処（よそ）でのうのうとしていて、火が消えて静かになったから戻って来ましたよ、さあおれがまた闇社会のボスですよ、おれに平伏し、おれを崇め奉ってもらいますよ。上海に踏みとどまって辛酸を舐めていた連中に、そんな言いぶんが通じるものか。蕭炎彬（ショー・イーピン）は臆病者だ、卑怯者だ、いや彼こそ漢奸（ハウーケェ）そのものだ——そう公言する手合いさえ、実はちらほら出はじめている。

そこまで来ているのか、と芹沢は呟いた。まあそれに近いことは美雨(メイユ)さんから聞いていたけれど……。

すると馮(フォン)は芹沢に、青幇(チンパン)内部の分裂や抗争の現状についてひとくさり講釈してくれた。もしおれがまだ公安課所属の巡査部長だったら、咽喉から手が出るほど欲しかった情報が今ふんだんにおれの頭に流れこんでいるわけだ、と芹沢はぼんやり考え、運命の皮肉に苦笑せざるをえなかった。上海租界の治安と秩序の維持、正義の貫徹、そんなことはもうどうでもよくなってしまった。今のおれはただ、ほう、へえ、と感心しながら聞き流すばかりだ。人はそんなに酷薄に、あるいは陋劣(ろうれつ)になれるものなのか、そんなに簡単に恩人を裏切ったりできるものなのか、などと。

ははあ……と芹沢はとうとう小さなため息を洩らし、蕭炎彬(ショー・イーピン)こそ漢奸(ハウーケェ)だと、そういうことなんですね、と言った。では、蕭(ショー)の眷属(けんぞく)である馮篤生(フォン・ドスアン)だって当然その仲間だろう、とやつらは考えた……。

オナジアナノムジナ、とか言うんじゃなかったかね、と馮(フォン)がまた不意に達者な日本語を交えて芹沢を驚かせた。

では、今回の狼藉は青幇(チンパン)絡みだと、そうお考えですか。

わたしはそう睨んでいる、とついに馮(フォン)は確信の籠もった力強い声で言って、芹沢の目を真っ直ぐに見据えた。しかもその漢奸(ハウーケェ)云々も、どこまで本気で為された罵倒なのか、疑わしいな。なるほど「天讙漢奸（ティエンチエンハウーケエ）」なんぞとでかでかと書かれていたが、そんな大義は口実にすぎないのではないかな。これは反日の愛国者による示威行為でも、抗日ゲリラによるテロでもない。かと言ってまた、チンピラのこそ泥がけちな悪事を自己正当化しようとして、「天讙漢奸（ティエンチエンハウーケエ）」などと棄てぜりふを残していったわけでもない。さっきも言ったように、青幇（チンパン）には今、蕭（ショー）以外に有力な頭目が二人いてそれぞれの組を率いている。そのどちらかの組が、――ないし二つの組が結託して、ついに本気になって、まだ根強く残っていないわけではない蕭（ショー）の影響力を霧散させにかかった。その小さな表われの一つが今回の事件だった。わたしはそう思っている。

なるほどね。では、恫喝（どうかつ）ですか。

そういうこと、と呟いて馮（フォン）は椅子の背に軀を委ね、ため息をついた。いきなり何歳か老けこんで、軀もひと回り縮んでしまったように芹沢には見えた。

しかし、恫喝だとするなら……。小さな表われとおっしゃいましたが、もっと大きいものがこれから起きるかもしれない。

そう。

本丸は、ぼくが今住まわせてもらっている、亨利路（ルート・ポール・アンリ）の蕭（ショー）の公館でしょう。

そう。

あそこにも何か襲撃のようなことが起こりうる、と……？

それをいきなりやるほどの勇気は、とりあえずまだなかろうさ。で、周縁から、たとえばわたしあたりから、じわりじわり締め上げて、ということなんじゃないのか。しかし、今後はどうなってゆくかわからない。

馮はそこで言葉を切り、しばらく黙っていて、それから少し早口になって喋りはじめた。

一時間後に迎えに来るように言ってあるんでね。本題の用件をまず手みじかに言おう。なあ、小沈、あんたは今後、どうするつもりなんだ。

どうする、と言われても……。

あの悪趣味な屋敷にいつまでも逼塞しているつもりかね、いきなり帰ってくるかもしれない蕭の影に怯えながら。核心をずばりと突いた馮の言葉にたじろぎながら、

それはそう……なんですがね……と、芹沢は口籠もった。

やはり日本へ帰るのか。

そういうわけにも行かないでしょう。ではどこへ行くか……。官憲の追及の手が及ばない、しかも戦火の広がりからも無縁な、そんな新天地がどこかにありますかね。まあ、世界は広いけれど……。たとえばの話、何とか国境を越え、ビルマかどこかの山奥の村にでも落ち延びて、そこで野菜でも作りながらひっそり暮らす、とか……。それは芹沢が思いをめぐらせていた選択肢の一つだった。

わたしは今度のことでいろいろ考えたんだが、と馮(フォン)は言った。いや、前々から考えていたことを実行する決心がようやくついたと言った方がいいか。要するに、こういうことだ――わたしは上海を棄てて、香港へ居を移そうと思っている。

え……？　棄てる……？

美雨(メイユ)と洪(オン)は連れてゆく。上海を棄てるというのは蕭(ショー)との縁を棄てるということでもあるが、そのこと自体には美雨(メイユ)はべつだん異を唱えまい。二人にももうだいたいのところは話してある。あとは、親戚を数人、使用人を数人……。美雨(メイユ)は自分の阿媽(アーマー)はどうしても同行させようとするだろうな。当座はせいぜい十人くらいの面子になるか。声を掛けてみて、今は決心がつかず断っても、後になって気が変わってこの町を脱出してくる親戚や友人もいるかもしれない。そういう後続組も受け入れてやりたい。受け入れられるような根拠地を早急に香港に作っておきたい。でね、小沈(シャオ・スン)、いや芹沢さん、あんたも一緒に来ないか、香港へ。

馮(フォン)は身を起こし、芹沢の目を真っ直ぐに覗きこんでいた。驚きが収まらないまま、様々な疑問が芹沢の心の中に渦を巻いた。香港――芹沢のまったく知らない土地だった。馮(フォン)は香港でいったい何をやるつもりなのか。事業でも起こそうというのか。その手伝いをおれにさせようということか。いったいどれほどの金がかかるだろう。馮(フォン)はよほどの資産家なのだろうが、戦況の進展しだいでこれからどういう椿事(ちんじ)が出来するかもわからない。ハイパーインフレ……通貨切り下げ……。巨額の資産が一夜にして紙屑同然になってしまうこともありうる。問題は金だけではない。馮は新生活に入ってゆくに当たってその寄る辺となるような人脈を現地に持っているのか。十人、十何人かの一族が未知の都市に住み着いて根を下ろす。それはかなり大変なことだ。しかもその一族を率いる家長とも言うべき馮はもう七十代の老人だ。はたして大丈夫なのか。それとも根を下ろすというほど大層な話ではなく、単に一時的に香港に避難し、戦争の成り行きによってはまたふたたび上海に戻ってくる可能性も残しておくということか。……次から次へ湧き起こってくる様々な疑問を馮にぶつけてみて、それらに対する答えをじっくりと吟味し、そのうえで、「あんたも一緒に来ないか」という当初の馮の質問に諾か否かを返答する、というのが常識的なことの順序というものだっただろう。が、芹沢は、二十秒ほど沈黙して漠とした思念をあれこれめぐらせた挙げ句、それらの思念をいったんぜんぶ忘れ去ることにして、

好的(いいですね)、ぜひ同行させてください、とだけ簡潔に答えた。馮はおれに、芹沢さんと本名で呼びかけた。その気持に応えなければならない。

そうか、と馮は言い、見るからにくつろいだ表情になった。椅子の背にまたゆるりと身をあずけたが、その首筋から肩にかけての線にも緊張の弛んだ気配が見え、そこから翻って、おれに断られるのを馮は実はかなり恐れていたのではないか、と芹沢は推察し

た。今夜の馮(フォン)の物言いにいつもの憎々しげで皮肉な調子が影を潜め、自分への態度が妙に懇切で優しくなっていることに芹沢は胸を衝かれた。おれなんぞを頼りにするほどこの老人は気が弱っているのか。だとしたら、それを喜ぶべきなのか、悲しむべきなのか。

二人の間に沈黙が下り、それは一分間ほども続いた。芹沢が口を噤(つぐ)んでしまっていたのは、尋ねたいことはいろいろあるがそれは後日にしようといったん心を決めてしまうと、不意に話題が何も頭に浮かばなくなってしまったからだが、一方、馮(フォン)が黙って何を考えていたかは見当がつかない。

まあねえ……と、やがて馮(フォン)は問わず語りのように喋り出し、芹沢は質問も意見も差し挟まずに、そのとりとめのないお喋りに耳を傾けた。彼の地に従弟がいるから何かと相談に乗ってもらえるはずだということ。無報酬の形式上の役職だが、ずいぶん前から自分は香港に本社のある貿易会社の役員に名前を連ねていて、そこの連中も何かと世話してくれるだろうということ。〈花園影戯院(ガーデン・シアター)〉の売却話がまだ決着していないし、自宅をはじめ不動産を処分する、香港に新居を用意するといった段取りを考えると、この先まだかなりの時間がかかるだろうということ。しかし可及的速やかに準備を進めて、出来れば今年の暮れか来年の初めあたりをめどに上海から離れたい、来年の春節は香港で迎えたいということ。……そういったお喋りが何となく途切れかけた頃合いを見計らって、

芹沢は、

ただ一つだけ、と切り出した。一つだけ、ずっと気にかかっていたことがあるんです。例の、嘉山少佐という人物……。

嘉山ね。陸軍参謀本部の「謀略課」だったか、という馮(フォン)の言葉に芹沢は頷いた。

ぼくの人生がこういう成り行きになったこと、それはむろん自業自得というやつです。愚かだったと言うほかはない。その愚かさから、人を一人、殺してもいる。おぞましいことですが、実を言えばその行為自体にはさしたる後悔はない。だから、警察に出頭し司法の裁きを受けようとも思わない。警察も司法ももうこれっぽっちも信用していないし、敬意を払ってもいませんから。だから、過去を振り捨て、上海を見限り、あなたについて香港へ行く。それは良いのです。いや、良いなどというより本当に有難いお話で、過分なご厚意には感謝の言葉もありませんが、それでも、どうしても気になってたまらないことが一つだけある。ぼく自身の浅慮と過失からすべてが起きた。そうも言えるが、発端は要するに嘉山です。ぼくの前にあの男さえ現われなければ……。上海を去る前に、ぼくは一度でいいから、何とかして嘉山に会いたい。

会ってどうする？

どうしようというわけではありません。復讐……といった思いがまったくないと言えば嘘になりますが、何か暴力をふるおうという気持はまったくありません。ただ、尋ねてみたいことが幾つかある。言ってやりたいこともある。彼との関係に何らかの決着をつけなければ、ぼくの気持は収まらない。整理がつかない。

それは止めておいた方がよかろうな。

なぜ？

なぜって、当たり前じゃないか。あまりに危険だ。面と向かってふざけるなと怒鳴って、場合によっては二、三発、顔でも殴って、それであんたの気は晴れるかもしれん。しかし、あんたと別れるや、やつはただちに警察に通報するよ。そうなれば、工部局警察は本腰を入れて徹底的な捜索を再開し、あんたの身柄を確保しようとやっきになる。しかし、どっちみちぼくはもうそれっきり上海から姿を消すのですから。

沈黙が下りた。やがてそれを破って、

ふん、そうか、と馮（フォン）が呟いた。気持はまあ、わからんでもない。しかし、どこでどうやってその少佐と会うつもりなんだ。

それは今のところまったく考えていないのですが……。彼は上海にはちょくちょく来ているはずで、ただ、その動向や行動日程を知る手立てもないし……。

まあ、考えておこう。ひょっとしたら、役に立ってあげられるかもしれない。

どうも有難うございます。

それで「本題」は済んだようで、後は雑談になった。時計の話、戦況の話……。蕭（ショー）の公館での暮らしぶりについて馮（フォン）が幾つか質問し、芹沢がぽつりぽつりと答えているうちに、表に自動車が近づいてくる音が聞こえ、店の前まで来てエンジン音が止まった。

迎えが来たな。さてと……では行くか、と腕時計を見ながら言って馮(フォン)は立ち上がった。

芹沢も立ち上がりながら、
あの黒いキャデラックですが、あれは蕭炎彬(ショー・イーピン)の持ちものだった車ではないですか、と訊いてみた。

そう、その通り。蕭(ショー)が出発前に、自由に使ってくれと言ってくれたので、そうさせてもらっている。なあ、小沈(シャオ・スン)、すまんが茶壺と茶杯をそこの流しでちょっとすすいでおいてくれないか。

お安いご用です。

芹沢が流しで出がらしの茶葉を捨て茶壺と茶杯を洗っているうちに、馮(フォン)が店の入り口の方へ向かう気配があった。

後はそこのフロアライトだけ消してきてくれればいい。わたしは一足先に外へ出て空気を吸っているよ。どうもここは安ペンキの臭気が籠もっていて、長いこといると気分が悪くなる。

わかりました、という芹沢の声はがちゃりとドアを開ける音に重なったので、馮(フォン)の耳に届いたかどうかは定かでない。

使われて洗われないまま流しに放置されていた茶杯やコップが幾つかあり、芹沢はそれもついでにすすいだ。店の外の街路で何やら会話が交わされているのは耳に入っていたが、閉まったドア越しなので意味は聞き取れない。広げた布巾のうえに洗った器のすべてを伏せ、それからフロアライトのところへ戻って、スイッチの場所を探してまごまごしている最中、外から響いてくる声の調子に漲っている不穏な緊張感がようやく意識にのぼって、おや、と怪訝に思った。と、次の瞬間、うわっという大きな叫び声が上がり、芹沢は入り口のドアに突進した。

ドアを開けてまず目に入ったのは、歩道にぴったりつけて、店よりやや北寄りのあたりに停車している自動車を背にして立つ、二人の痩せぎすな支那人の男の姿だった。二人と目が合ったことはたしかだが、点けっぱなしになっている自動車のヘッドライトのまばゆさで目を射られ、その逆光の陰に入った二人の顔立ちも風体もはっきりとは見定められない。黒いランニングシャツを着ている男の方の上腕に筋肉が隆々と盛り上がっていることに何よりもまず注意を奪われた。少し背の低いもう一人はこれもやはり黒っぽい、長袖のシャツを着ている。ズボンも二人とも黒。次いで、自動車が濃いグレーの中型車で、蕭（ショー）の黒いキャデラックではないことに気づいた。店内にいた馮（フォン）と芹沢は近づいてきて停まったエンジン音だけ聞いて、てっきり迎えの車が来たものと早呑込みしてしまったのである。

二人の男と目を合わせていたのはほんの二秒くらいのことだろう。二人の間の地面に据え置かれた動かないかたまりが蹲っている人の肉体であることに芹沢が気づいたのは、さらにその次の瞬間になってからだった。白いシャツに辛子色のズボン。老馮（ラァオ・フォン）。地面に倒れている。こういう場面で芹沢の口から反射的に出るのは、コラアッという日本語の恫喝だ。芹沢がそう叫んだ瞬間、ランニングシャツの男が馮（フォン）の腹か背中かを蹴り上げるのが目に映った。市場の肉屋が牛の脛肉の大きな塊を床に投げ出すときに立つような鈍い音。芹沢は足で地面を蹴ってダッシュし、距離を一気に詰め、飛びかかりざま男の顎にパンチを叩きこんだ。それはきれいに決まり、男は後ろによろめいて自動車の車体にぶつかった。が、歩道に頽（くずお）れることはなく車体に背をあずけたまま、顔を俯けて顎をさすっている。

　殴りつけた方の芹沢は勢い余って、一、二歩たたらを踏んだが、何とか踏みとどまり、馮（フォン）の様子を見るためにかがみこもうとした。しかし、その瞬間、背中に強烈な打撃を受けて息が止まった。腰の少し上、腎臓のあたりを、長袖の男の方が黒革の手袋をはめた左右のこぶしで続けざまに二度、殴りつけてきたのだ。人体の急所をよく心得た、喧嘩慣れした殴りかただ、ととっさに思った。芹沢は前にのめって、倒れかけ、踏みとどまったもののがくりと膝が折れて、歩道に右膝をついた。息ができないまま、口を大きく開け空気を求めてあえぐ。しかし弱みを見せないように、即座に右のてのひらで地面を強く突き、その反動を利用して跳ね起きて、後ろに向き直る。長袖の男は身を低く構え、間合いを測り、飛びかかってくる機会を窺っている。ランニングシャツの男が頭を振って、車体から背中を離し、ゆらりと体勢を立て直すのが目の隅に映った。こいつの方も黒の革手袋をはめている。相手は二人、しかもどうやらどちらも素人ではないらしい。これはまずい。きわめてまずい。

そのとき、強い光が維爾蒙路(ヴィユモン)の向こうから急速に近づいてきた。かなりの速度で突っ込んできた黒い大型車がブレーキ音を軋ませて急停車したが、灰色の中型車の後ろで完全には停まりきらず、ばんという衝撃音とともに衝突した。蕭(ショー)のキャデラック。どちらの車もバンパーが少し凹む程度の軽い衝突だったはずだが、それでも中型車ははずみで前方にどんと一メートルほど押し出された。一メートル飛び出しただけで持ちこたえたのは駐車ブレーキを掛けてあったからだろう。

二人の男の間に目配せを交わす気配があり、ぴったり呼吸を合わせるように同時に身を翻すや、長袖が中型車の運転席に、ランニングシャツが助手席にすばやく乗り込んだ。すぐさまエンジンが掛かって、車は金切り声のような音を立ててタイヤを軋ませながら急発進し、あっという間に走り去った。車はシトロエンのトラクシオン・アヴァンだったのではないかと後になってから芹沢は考えたが、確信は持てなかった。

馮(フォン)が軀を起こそうとしていた。芹沢が駆け寄る。一拍遅れて、キャデラックから飛び出してきたあの若い運転手も血相を変えて駆けつけてきた。

いや、大丈夫……大丈夫、だと思う。馮は、両足を前に投げ出し上半身だけ起こした姿勢で、気丈にそう呟いてみせたが、左手で右の手首を押さえたとたん、うっと呻いて頭をがくりと下げた。

動かないで、と芹沢は強い口調で言った。安静にしていてください。横になっていた方がいい。

だが、馮は横になろうとはせず、ゆっくりと足を動かして路上に胡坐をかき、何度か深呼吸を繰り返してから、はっきりした声で、

この手首は折れているな、と言った。

今、救急車を呼びますから、と芹沢は言って運転手の方を振り返ろうとした。が、馮が即座に、

待て、と強い声で制止し、傷ついていない左手で芹沢の上腕を摑んだ。いいかね、救急車の必要はない。

しかし……。

いや、大丈夫。頬を殴られたが、そちらの方は大したことはない。頬骨も折れていない。倒れた拍子に思わず地面に右手を突いて、それで手首がぽっきりいってしまった。それだけのことだ。

それだけのことって……。でも、その後、蹴られていたじゃないですか。

いやいや、それも大したことはない。ちょっと手を貸して、立たせてくれ。ともかく車の中に入ろうじゃないか。そして、ただちにこの場から離れた方がいい。ほら、もう野次馬が集まり出している。

馮の言う通りだった。ここ四、五分、たまたま通行人の絶えていた維爾蒙路には、右からも左からも徐々に足を速めつつ幾つもの人影が近づいてこようとしている。

芹沢と運転手が左右から馮の腋の下に手を入れて上腕を支え、よいしょと引き上げると、こめかみに脂汗を滲ませ蒼白な顔になった馮は、呻き声を上げながらよろよろと立ち上がった。キャデラックの後部座席に乗り込ませ、芹沢がその隣りに座る。若い男が運転席に乗り込んでドアを閉めると、馮は、

とにかくすぐ車を出せ、と命じた。まず、蕭炎彬の公館へ行け。そこで沈を降ろす。それから医者のところへ行く。例の医院だ、知ってるな？

車が走り出した。

ぼくのことなんか後回しでいいから、まず医者のところへ行きましょう、と芹沢は言ったが、馮は譲らなかった。

いや、あんたをまず送り届ける。あんたをこんなふうに外に呼び出したのはわたしの失態だった。申し訳ない。こういう厄介事にあんたを巻き込むわけにはいかない……。

では、救急車を呼ぶのを断ったのも、騒ぎが大きくなるとおれの顔が人目に触れる、

おれの身の上が危うくなるという配慮からのことだったのだ。そう思い当たって芹沢の心に温かな感謝の念が湧き起こった。

しかし、あいつら、何だったんですかね。見覚えのある連中ですか。

いいや、初めて見る顔だった、と答えてから、馮(フォン)は運転手に、おい、そんなに速度を出さんでいい、ゆっくりと安全に行け、と声を投げた。それから改めて芹沢の方へ向き直り、起きたことを説明しはじめた。……馮篤生(フォン・ドスアン)だな、とまず訊かれ、そうだと答えると、この漢奸(ハウーケェ)野郎、恥ずかしくないのか、とか何とかいう話になったわけだ。二人で交互に、何かいろいろ吐かしていたな、空疎なたわごとを。まとまった話じゃない、単純な罵言、スローガン……。例の天譴漢奸(ティエンチエンハウーケェ)、それから消滅漢奸(ショーミエハウーケェ)なんぞとも、怒鳴っていたな。で、ここに空き巣に入ったのはおまえらか、と訊いてみると、急に無表情になって黙ってしまった。わたしは話を長引かせて誰か通りかかるのを待とうとしたんだが、そのうちに、漢奸(ハウーケェ)に天誅を！とか何とかわめいてあの背の高い方が殴りかかってきた。倒れたところに、あんたが出てきてくれた。まあ、そういうわけさ。

もっと早く出てくれればよかった。申し訳ありません。

いや、おかげで助かった。ひと気がないのをいいことに、もっと痛めつけるつもりだったに違いない。倒れた後、蹴られたが、わたしは頭を縮め、両腕を躯にぎゅっと巻きつけて躯を庇っていたから、あのひと蹴りは二の腕に当たって腹には直接喰いこまなかった。しかし、あんな程度で済ませるつもりだったはずはない。あいつらはプロだよ。

そうですね、ぼくもそんな印象を持ちました。

一念に凝り固まった狂信的愛国者、という感じではどうもなかった。日本憎しのお題目をひと通り並べてみせたが、薄っぺらな紋切り型だった。教えこまれたセリフを言っているようで、声に確信がない。だから、ほら、さっき話したように——。

青幇（チンパン）ですか。

そういう気がしてならない。

先日の空き巣もやはりあいつらですかね。

さあ、どうかな。ともかく今日の二人は間違いなく青幇（チンパン）の下っ端だろう。ただ、殺気は感じなかった。あくまで恫喝、脅しが目的で、致命傷を与えるつもりはなかったはずだが、ああいう連中はひと蹴りで内臓を破裂させてしまうような技術を持っているからな……(左の腎臓のあたりが鈍痛で重く痺れたままの芹沢は、それを聞いて一瞬ひやりとした)。もののはずみで、それくらいのことはやりかねなかった。あんたが立ち向かってくれたおかげで、ほんの一発、最初の軽い挨拶程度のことで済んだんだ。礼を言うよ。

いや、そんな……礼を言われるようなことじゃありません。そう言いながら芹沢は、だからこの車には最初から乗りたくなかったのだ、このキャデラックは何か縁起がひどく悪いのだ、と考えていた。これに乗ると碌なことが起きない。

蕭炎彬（ショー・イーピン）邸の前で降ろされた芹沢は、走り去るキャデラックを見送った後、家に入るや階段を駆け上がって洪（オン）の寝室のドアを叩いた。洪（オン）はもうベッドの中に入っていたが、芹沢の話を聞くと血相を変え、ただちに身支度をして、美雨（メイユ）には知らせるなよと言い残して飛び出していった。

翌朝、芹沢が食堂に降りて、美雨（メイユ）さんはと阿媽（アーマー）に尋ねると、まだ寝ていらっしゃいますといういつもの答えではなく、お部屋に引き籠もっていらっしゃいますという答えが、心配そうな表情を浮かべた阿媽（アーマー）の口から返ってきた。早朝に洪（オン）から電話がかかってきて、美雨（メイユ）は昨夜の出来事をひと通り聞いたらしい。

芹沢もその日は一日ベッドで横になっていた。殴られた部位は紫色に腫れ上がり、ひどく痛むが、ただの打撲にすぎないことはわかっていた。血尿も出ないし、腎臓が傷つくといった深刻なダメージはむろん受けていない。美雨（メイユ）は午後になって気を取り直して起き出し、伯父の見舞いに行ってきたという。夕食の席では沈痛な表情の三人が食卓を囲み、言葉少なに食事をとった。馮（フォン）の手首は単純骨折で、老人だから治りが遅いにしても、ギプスで固定して安静にしていればまあふた月ほどで骨は付くだろうというのが医師の診断だそうで、二人からそれを聞いてともかく芹沢は一応安堵した。

香港か……。さあ、これから大変だ、と洪（オン）が溜め息をついた。

あたしは良い話だと思う、と美雨(メイユ)が言った。もうとにかく、ここはうんざり。この家にも、上海にも。

そりゃあぼくだってうんざりだし、昨夜のようなことがあると、もう上海には見切りをつけた方がいいと馮先生(フォン・シーサン)が言うのは、もっともなことだと思いますよ。思いますがしかし、いろんなことの整理、始末、準備……いやあ、本当に大変だよ。

来年の春節までに、と老馮(ラアオ・フォン)は言ってたよ、と芹沢は言った。一月初めあたりに出発する。そう考えれば、まだ四か月以上あるじゃないか。

四か月ねえ。四か月なんて、あっと言う間だぜ、と洪(オン)は首を振っている。ともかく、明日あたりからもう動きはじめないとな。怪我をしている老人は安静にしておいてあげたいが、そんなことは言ってられない。馮先生(フォン・シーサン)とじっくり相談して、手順を決めて……。いやあ、大騒ぎになるぜ、これは。

数日が過ぎた。蕭(ショー)邸には重苦しい空気が垂れこめ、芹沢は読書にも運動にも身が入らなくなった。何も手につかず、上の空で家の中をうろうろしているうちにするすると無為の時間が経ってゆく。美雨(メイユ)も同じようなものだった。夕食の席の洪(オン)の顔に、日に日に焦慮と憔悴の色が濃くなってゆくのも心配だった。おれに出来ることは何でもするぜ、何でも言ってくれ、と言ってみても、うん、うん、という洪(オン)の返事自体もどこか上の空だった。

九月二日の午後、馮(フォン)からまた芹沢に電話が掛かってきた。お怪我の具合はいかがですか、という問いかけに馮(フォン)は返事をせず、これまで芹沢が聞いたことのないような張りつめた暗鬱な声音で、ポーランドで何が起きているか、聞いたかね、といきなり訊いてきた。

聞きました、という芹沢の声も暗く沈みこんでいた。前夜、"GERMAN ARMY ATTACKS POLAND; CITIES BOMBED, PORT BLOCKADED; DANZIG IS ACCEPTED INTO REICH"という大きな見出しを一面に掲げた九月一日付けの『ニューヨーク・タイムズ』を洪(オン)が持ち帰り、二人でその話題で夜遅くまで話しこんでいたのだった。九月一日、それまで友好訪問と称してグダニスク湾に停泊していたドイツ戦艦シュレスヴィヒ・ホルシュタインが、突如としてダンツィヒのポーランド軍駐屯地に激しい艦砲射撃を浴びせはじめた。いよいよナチス・ドイツはポーランド侵攻に乗り出したのだ。自由都市だったダンツィヒはすでに制圧され、第三帝国の支配下に入ったという。

欧州で大きな戦争がほどなく始まる、いや、すでにもう始まっている、と、緊張した、しかし内心の興奮を抑えこもうとしているせいか妙に抑揚のない口調で馮(フォン)は言った。その余波が何らかのかたちで極東に波及して来ないわけがあるまい。今年の暮れか来年一月初めをめどに、と先夜は言ったがな。あの直後に暴漢に襲われ、さらに昨日、ダンツィヒ陥落のニュースを知って、考えが変わったよ。あと四か月もぐずぐずしている余裕はない。一個号頭以后(イアオウドウイウオ)(ひと月後)——そう思っていてくれ。わたしたちはひと月後に上海を発つ。

二十二、出発の準備

ひと月後——と期日が突然早まったことで、芹沢の心に多少のためらいが生じた。馮(フォン)の一族と一緒に香港へ行く。はたしてそれで良いのか。「わたしたちはひと月後に上海を発つ」——馮(フォン)の口にしたこの「わたしたち」という主語に、芹沢を奮い立たせるような効果があったのは事実だ。よくわからないがともかくおれはあの老人から受け入れられたらしい、のみならず何やら頼りにされてすらいるらしい。そう思うと仄かに甘美な誇らしささえ胸の中に広がりかけ、しかし、するとただちに、待て待て、そんなボーイスカウトみたいな純情ぶりでどうする、おれはもともとそんな感激屋ではなかったはずだ、という抑制がじわりと働く。芹沢は生来、小心で用心深い男だった。そのはずだった。警察官としての職歴を通じて培われてきた猜疑の習性の名残りもある。

ことに当たって、じっくり考え抜いたうえで慎重に決断する。もともとそういう性(たち)だったからこそ勤め先に警察を選んだのだが、その一方、自分の心の奥底にはどろどろした熱いマグマのようなものが滾っていて、それがいつ何時いきなり噴出するかわからない、そんな怯えをおれは始終抱え、腋の下に冷や汗をかきながら生きてきたのだ、と芹沢は改めて思った。慎重と用心の箍が不意に撥ね飛んで、溢れ出した闇雲な衝動にいきなり身を委ねてしまうのではないかと密かに恐れ、またそんな怯えや不安があればこそ、慎重に慎重にという行動準則をいつも自分に言い聞かせていた――そういうことだろう。実際、少年時代から、いやひょっとしたらすでに幼児期から、心のどこかにくすぶっていたとおぼしいその怯えの対象が、思いがけないかたちでとうとう現実化し、結果として、今ここにこんなふうにしておれはいる。上海の暗黒街のボスの家に寄食し、その女房と男女の仲になるといった体たらくにさえ陥っている。

そして、事態はさらに意想外の方向へ動いて、香港へ――という話が持ち上がり、それがひと月後という近い将来に迫っている。いいですね、ぜひ同行させてくださいとあっさり応じてしまったのは、これもまた闇雲な衝動の発露かと、少々呆れながらも、おれはどこか安気な気分で無責任に面白がっているらしい。自己放棄して衝動に身を任せることの快さへの耽溺が、習い性となりはじめているらしい。だが、そんなことで良いのか。

「わたしたち」の一人としておれを受け入れると馮篤生がとうとう心に決めた。そうだとして、ではもしかしたら、蕭との面談という出来事をきっかけにこの二年間にわたっておれの身に起きた紆余曲折のいっさいは、その決心の可否をめぐって馮(フォン)がおれに課してきた試練の連鎖だったのではないか。これまで考えたこともなかった思念がふと浮かび、そんな些細なことからも疑心暗鬼の薄靄(うすもや)は広がりはじめる。警察官と青幇(チンパン)の頭目との間の口利きという、考えてみればかなり異様で危険な依頼に馮(フォン)が応じたこと、それが引き金になって起きた芹沢の失職、殺傷沙汰、傷つきよれよれになって馮(フォン)の家の戸を叩いた彼を保護し、浦東(プートン)の捺染(なっせん)工場の職を斡旋してくれたこと、呉淞口(ウーソンカウ)の安宿の納戸部屋に沈みこんでいた彼を拾い上げ、映写技師の仕事をあてがってくれたこと——そうしたすべてを通じて、おれはあの老人から試されていたのかもしれない。予期せぬ場面にいきなり置かれたおれがその中でどう行動するか、降りかかってくる厄難の数々にどう反応しどう対処するか。それを馮(フォン)は遠くから近くから、あの皮肉で冷徹な目でじっと観察していた……。その挙げ句、合格点を与えてもいいという気持になって、「わたしたち」の中におれを受け入れようとようやく決断した……。

　いや、それならそれでも良い、と芹沢は改めて考え直した。自分に強いてそう考えようとした。警察官の職への未練はもうとっくのとうになくなっている。生まれ育った内地を棄て、六年間を過ごしたこの上海も棄て、新しい土地に移り新しい人生のステージに足を踏み入れる。そのきっかけを馮(フォン)が提供してくれるというのなら、今のおれにそれを歓迎しない理由はない。自分のうちで凍結し凝(こご)っていた生命力が、この夏の間にようやくゆっくりとほとびて、ふんだんに流露しはじめたように芹沢は感じていた。もっと生きたい。そう強く思う。芹沢は数えでまだ三十一だった。

が、しかし、馮に言われるまま彼らの後に付いて香港に行くのとは別の選択肢は、はたしておれにはないのか。上海にとどまって後半生を過ごすという途がありえないのは明らかとしても、馮に頼らず自力で上海脱出の可能性を探ることはできないか。何とかして国境を越え、日本からも支那からも離れ、どこか外国の街で、あるいは街でなければ田舎で、原野で、馮を含めこれまでの人生で関わりを持ったすべての人々と縁を切って暮らす……。

支那は広い。満州事変以来日本が侵略し辛うじて制圧した地域などそのほんの小さな一部分にすぎない。日本軍駐屯地を迂回してバスを乗り継ぎ、西へ西へと突き進んで、かつてのシルクロードの経路を辿り、中近東の国々まで突き抜けてみたらどうか。アラビア語を覚え、絨毯の売り買いの仕方でも勉強し、イスタンブールの裏街で小さな店でも開いて……。明かりを消した寝室で、寝つかれないままベッドで輾転反側しているようなとき、現実味に乏しいことがあまりにも明らかなそんなとりとめのない夢想が暗闇の中を揺曳する。

階段を降りればすぐ行き着ける、同じ家のつい目と鼻の先の寝室に横たわっている美雨の匂やかな肉体の存在が、はっきりと意識にのぼらないまでも識閾下の無意識の部分を絶えず刺激しつづけるせいだろうか、そんな深夜にはまた、馮（フォン）が自分を試していたのではないかとの疑いからさらに派生して、美雨（メイユ）と自分の間にあの夜起きた艶っぽい椿事もまた、実はその試しの一環なのではなかったかという妄念めいたものまで、ついでのようにふと頭をよぎる。それは芹沢にとって決して愉快な考えではなかった。阿片に溺れ、やや病的な痩せこけようがかえっていびつな官能をそそる自分の姪の真っ白な肉体を甘い餌にして、芹沢をおびき寄せ罠の中に誘いこみ、雁字搦（がんじがら）めに縛り上げ、身内の中に取りこんでしまおうという狡猾なたくらみ……。いやいや、まさか、いくら何でも、それは何の根拠もないまったくの妄想、邪推にすぎない、と芹沢はすぐさま首を振った。第一、美雨（メイユ）がそんな下品な策謀の片棒を担ぐはずがないではないか。おれはどうかしているぞ、しゃんとしろと芹沢は自分に言い聞かせた。

たしかに今もって得体の知れないところのある喰えない爺いだが、そんな陰険な罠を仕掛けてくるような人物ではない。蕭炎彬（ショー・イーピン）が馮（フォン）を罵ったときも、警察の事情聴取で石田や大河原が馮（フォン）の人物に疑念を呈したときも、おれは一貫してあの老人を弁護してきた。その確信まで手放してしまうのは止めよう、と芹沢は考えた。何もかも失ってこんな場所まで堕ちてしまったが、それでもわずかに残ったものはある。というより、失ったものの代わりに手に入れたものがある。馮（フォン）、洪（オン）、そして美雨（メイユ）との友情だ。おれが手を血に汚し傷つき泣きついてきたあの晩、馮（フォン）は最初のうち、おまえの自業自得だ、自分まで巻き添えにされるのは迷惑だと言わんばかりの冷たく突き放した態度を取りながら、結局は芹沢を医院に送りこんでくれ、さらには浦東の潜伏先さえ手配してくれた。香港に一緒に来ないかという今回の誘いも、あそこから始まった流れの自然な延長と素朴に考え、その底にどんな下心があるかなどと変に勘繰ったりはしまい。いや、どうやら馮は——勘繰りと言えばこれもまた別種の勘繰りかもしれないが——芹沢の人生が蕭炎彬との関わりによって一挙に壊れてしまったことに、何がしかの憐憫の情を、そしてたぶん多少の責任感をも、抱いているのではないだろうか。「わたしたち」の仲間におれを加えてくれると申し出てくれた彼の好意を、ともかく今は素直に信じることにしよう。根も葉もない夢想や妄想は一掃し、彼がおれのために開いてくれるという未来に賭けることにしよう。そうはっきりと決めると心が軽くなり、ためらいは消えた。

それにいずれにせよ、ひと月後というゴールが設定されたことで、芹沢の周辺は日を追うにつれ急激に慌ただしくなり、ためらいだの何だのと言っている余裕など、たちまちなくなってしまった。

その慌ただしさの中でいちばん大変な役回りを演じることになったのは、もちろん馮の筆頭秘書の位置にある洪だった。馮の決断を受け、大掛かりな引っ越しの準備を短期間で整える大仕事が双肩にかかってきた洪は、今や朝から晩まで目の色を変えて奔走し、人と会い、電話を掛け、電報を送りつづけているようだった。帰宅が夕食に間に合わず夜半過ぎになり、美雨（メイユ）の機嫌を損じることがたび重なった挙げ句、九月の中旬に入ると彼は、もう自分は蕭（ショー）の公館を引き払い、馮（フォン）の家に戻りますと言い出した。行き帰りの時間が惜しいのだという。もとはと言えば、夫から見棄てられたようにがらんとした家に取り残されている美雨（メイユ）の身の安全を心配した馮（フォン）が、護衛役として洪（オン）を送りこんできたのだろう。しかし馮（フォン）も洪（オン）も、もうそんなことにかまけている余裕はなくなったということらしい。

のみならず、その大仕事の一部にほどなく芹沢自身も動員されることになった。馮（フォン）の制作した人形が、ニューヨークの大手の画廊を介し、一括してアメリカ人のコレクターに売却されることになった、ついては梱包と発送の手伝いをしてくれないか、という話が持ちこまれてきたのだ。むろんいいですとも、と答えた芹沢は、夜の街をあのキャデラックで送られて、汶林路（ルート・ウィンリング）に面する馮（フォン）の私邸に久しぶりに赴いた。

ギプスで固めた右手を首から吊った痛々しい姿の馮（フォン）が、弱々しい笑みで芹沢を迎えた。アトリエとして使われている半地下の広い部屋に通された芹沢は、それぞれ思い思いの恰好でねじくれた奇異な姿態を誇示している少女人形たちと二年ぶりで再会した。馮（フォン）の好意に甘えるようにして休日になるとこの家を気軽に訪問し、遊び半分にこの人形たちの写真を撮って楽しんだりしていた頃のことを思い出すと、痛惜の念とないまぜになった言いようのない懐かしさが込み上げてくる。戦前――という言葉がふと浮かび、軽い衝撃を受ける。そう遠い昔ではないが、あの頃の上海はまだ、戦前の上海だったのだ。

では、売ってしまうんですね、と芹沢は眉を顰め、いくぶんなじるような口調で言った。

もう売ってしまったんだ、と馮は呟いた。あんたは不満かもしれんが、もう遅い。そりゃあわたし自身、今もって未練がないわけではないが……いやいや、今さらそんなことを言ってみても始まらない。もうこうなっては仕方ない、手放すほかはない。

馮の説明によれば、ニューヨークの画廊の催したオークションで富豪のコレクターが落札し、契約が結ばれたのは実はずいぶん前で、この春先に遡るのだという。六月中には作品を発送しなければならない約束になっていたのに、修理が必要になっただの、運送保険の手続きに手間取っているだの、何のかのと口実をもうけて、馮は発送をずるずると引き延ばしつづけてきた。当然ながら落札者は腹を立てていて、手付けは払ってあるのにどういうわけだ、訴訟も辞さないと弁護士を介して通告してきているという。

「この春先」という言葉に芹沢はかすかな衝撃を受けた。それでは、財産を処分して上海を離れることを、馮はすでにもう、その頃から計画していたのか。

いやあ、この子たちといざ別れるとなると、何だか悲しくなってねえ、と馮はしみじみした口調で言った。何と言っても、自分の娘たちみたいなものだからな……。

なるほど、この老人が自分の子どもとして持ちたかったのは、こういう小さな怪物のような少女たちだったのだな、他人の目には怪物と映るに決まっているこの怪異な娘たちが、彼にとっては天使だったのだな。そう考えると芹沢の心に素直な感嘆が広がった。やはりこれはなまじっかな人物ではない、とうてい敵（かな）わないな、と思う。たしか今年七十三歳になるはずの馮（フォン）が、これまでの人生で心底愛したのは、たぶんこの少女たちだけなのだ。血が通い温かな肉を備えた人間——女だろうが男だろうが——が愛の対象になったことなど、恐らく彼には生涯を通じてただの一度もなかったのだ。自身の過去をほとんど語らない馮（フォン）だが、結婚というものは結局しないで終ったねえ、幸運なことに——とちらりと洩らしたのを芹沢は一度だけ耳にしたことがあった。そりゃあ、当然だろうな、こういう美しい怪物を彼のために産んでやれる女など、この世に誰一人いるはずもないのだから。

一（イエ）、二（リャン）、三（セー）……九個（ジューア）ありますね、と芹沢は言った。口にしたとたんに、九人いますねと言うべきだったかと後悔し、その後の言葉は、ぼくが写真に撮ったのは八人だけでしたが、と続けた。

うん。あの後、もう一人加わったんだ。それだよ、と少し嬉しそうになった声で馮（フォン）が指さした台を見ると、たしかに、芹沢が一度も見たことのない新しい娘がいた。

芹沢は近寄って、四方からじっくりと眺めてみた。黒髪を腰に届くほど伸ばしたその美少女は、右脇を下にして横ざまに寝転び、二重瞼の大きな瞳を見開いて、どこを見つめているとも知れぬ茫漠とした視線を投げている。四肢のパーツ一つ一つを取り上げてみれば、それぞれ一応尋常な作りになってはいる。が、ただし、左腕のあるべき場所にすらりとした右脚が伸びており、その代わりに、右脚の付け根であるはずのところからは見るからに繊弱そうな左腕が生えている。ぶっちがいに交換されているが、手足の数は合っているから、それでよい、そういうことか、と芹沢は心の中で呟いた。

身長一メートルほどに縮小されているので、頭部は大ぶりの林檎ほどの大きさだ。年齢は十を幾つも越えていないと見えるが、唇はその年頃にそぐわず官能的で厚ぼったい。一方、露わに開かれた鼠蹊部（そけい）——というか左脚と左腕の付け根のはざまだが——に巧緻に作りこまれた性器は、逆に幼女のそれのようで、むろん恥毛は一本もない。ぶっちがいに生えている二本の脚の先に、艶やかに黒光りするエナメル革のハイヒールを履かされている。

ほう、靴ですか、珍しいですね、と芹沢は言った。馮（フォン）の作る人形はこれまでどれもまったくの素裸で、服も靴も、人工物はいっさい身に着けていなかった。

うん、と馮（フォン）は相好を崩して頷いた。この子にはこれを履かせてやりたくてねえ。どうだ、似合うだろう。そう言いながら彼は少女の右足の方の靴を指でつまみ、上下左右にゆっくりと動かしてみせた。左肩から生えているすんなりした腿と脛が、馮（フォン）の手の動きにつれてくねくねと伸び縮みし、様々な淫靡（いんび）なかたちを宙空に描いた。彼の人形は軀のすべての関節に球体の樹脂が仕込まれているので、前後上下左右、どの方向にも曲げられる。生身の人間には不可能な角度に折り畳むこともできる。

こんな小さなハイヒールをよく見つけてきましたね。特注品ですか。

なに、それもわたしの手作りさ。何度も何度も作り直した。いやあ、手間がかかったよ。

ほう……。

あんたが呉淞口（ウーソンカウ）の波止場で荷揚げ人夫としてコンテナの揚げ下ろしをやっていた間、わたしはその小さな小さなエナメル革の靴をこつこつと作っていたというわけさ。なあ、人間の労働にも何と、いろんな種類があるもんじゃないか。

芹沢は苦笑しながら、
しかし、可愛いですね、と呟いた。お世辞ではなかった。これを可愛いと感じるおれもまた馮（フォン）と同類の変態と人から呼ばれるなら、変態けっこう、それでいっこうに構わない。

可愛いだろう……。でね、これを含めてぜんぶで九体、まとめて売ってしまった、と言いながら馮（フォン）はアトリエの中をぐるりと手で示した。怪物のような天使たち、ないし天使のような怪物たちが九人、高低さまざまな台のうえに立ったり座ったり寝転んだりしている。

惜しいですねえ。なぜ取っておかれなかったのですか。うん……。もう、いいかな、と思ったんだ。この九人目の子がわたしの最後の人形で、これ以上はもう作る気もないし……。どのみちわたしは今後もう、そう長くは生きん。わたしが死んだら、この子たちがその後どうなることやらわかったもんじゃない。いっそ今決断して、この子たちを心からいつくしみ、愛と敬意をもって大切に所蔵してくれる人がもしいるのなら、もうその人に預けてしまおうと思った。いやね、オークションの場での展示用にせめて一体くらいは実物を預けてほしい、と言われたが、それは拒み通した。写真なら送ってやる、それを見せて買い手を探せ、買い手がつかなければそれで結構、と。結局、あんたが以前撮ってくれたような写真を沢山撮ったうえに、九・五ミリのパテベビーで短い映画を撮影して、それも付けて送ってやった。そうしたら、九体一括ならば買う、という男が現われた。オークションで落札したそのアメリカ人というのは、業界では有名な百万長者の美術愛好家で、投機目的の商売人ではないそうだ。フィラデルフィアの郊外の豪邸に引き籠もって世捨て人のような暮らしをしている、独身の中年男という話だが……。

ほう、なかなか良い感じじゃないですか。

ふふん、まあねえ。そういう男のところに、ばらばらにならず、九人まとめて引き取っていかれるというのは、この子たちにとっても幸せなことなんじゃないか。

芹沢は黙って頷いた。「この子たち」の幸せを気遣う馮(フォン)の倒錯的な――いやほとんど滑稽な感傷を、嗤(わら)う気にはなれない。この男は今、みずからの半生をかけて育んできた愛の対象と訣別しようとしているのだ。

それに、たとえわたしの人生に今後そう長い時間が残されていないとしても、と馮(フォン)は言葉を継いだ。それでもわたしは、英領香港で心機一転、新しい生活に入っていきたい。捨てるべきものはぜんぶ捨てる、売れるものはぜんぶ売ってしまう。それで良い。この人形たちに関しても、下絵、素描、顔だの手足だの出来損ないのピースの数々、最初期の習作や失敗作、いろんなものが山のようにあるが、ぜんぶ焼き捨ててしまうつもりだ。完成品はこの九体、これがすべてさ。たったの九体と言われるかもしらんが、ともかくこれがわたしの後半生の、というのも大袈裟か、しかしともかくここ二十年ほどの歳月の純粋結晶だ……。ところで芹沢さん、ほらこれ、ちょっと見てごらん、と言って馮(フォン)は一冊の薄い本を差し出した。

受け取ってみると、表紙には〝LA POUPÉE(人形)〟というフランス語のタイトルがある。ページをめくるにつれて次から次へと眼前に繰り広げられる少女人形の写真に、芹沢はすっかり魅了された。馮(フォン)の人形に似ていないでもない。ねじれた姿態を見せつけ、四肢の一部が欠損していることも多い無表情な少女たち。芹沢はもう一度表紙を見直し、ベルメーア、いやベルメールというのかな、と呟いた。

ハンス・ベルメール。もともとはドイツ人だが、ナチスを逃れて今はフランスに亡命している男らしいよ。パリで評判の、例の超現実主義一派の一人だそうだ。

ん……。似ているけれども……と、あらためて中のページをめくりながら呟きかけて、芹沢は口籠もった。残酷、背徳、凌辱、恐怖、それと絡み合ったスキャンダラスなエロティシズム。それは馮の人形と共通しているようでもあるが、よくよく見るとやはり違う。

うん、わたしの人形と似ているようで、少々違う、と馮は言った。いや、相当違う、とわたしとしてはむろん言いたいところさ。言うまでもなく、わたしは自分の人形の方が好きだ、この男の作る人形はわたしにはとうてい愛せない。そう言って馮は破顔した。

そう、愛の有無かもしれない、と芹沢は考えた。このベルメールという男自身は自分の作った人形を愛しているのだろうか。むしろ、憎んでいるのではないか、と、写真集に収められた少女たちのグロテスクに誇張された成人女性のような性器——まるで使いこまれた娼婦のそれを思わせる——を見ながら芹沢は直感した。先ほど馮の人形を前にして、可愛いですね、という言葉が自分の口から思わず知らず洩れたのは決して嘘ではない。馮の人形がまとっている本質的な、透明な、まさに天使的な可憐——それがここにはない。加えて、これは明らかに白人の少女だった。馮の黒髪の少女たちの中には西洋ふうの娘も混ざっているが、その場合でもしかし必ずどこかオリエンタルな香りがある。日本の市松人形の端正な佇まいを仄かに想起させる優美な風合いもある。「この子たち」を馮はやはり心底愛しており、その愛は見る者にも伝わって心の奥底の何かを共振させる。ただし、逆に言えばハンス・ベルメールの人形には、強烈な憎悪のみが波及させうる独自な力と衝撃が漲っており、それは馮の人形にないものだ。そういうことのすべてはとっさには言葉にならず、

たしかに、とだけ芹沢は呟いた。しかし、ともかくこれもまた出色の作品だ。ほう、こういうドイツ人がいるんですか。さすがヒトラーという化け物を産み出した国だけのことはありますね。そう言いながら写真集の奥付を確かめると、一九三六年とある。三年前だ。

解説によると、と馮が言った。ハンス・ベルメールは一九〇二年生まれだそうだ。まだ三十七歳かそこらか。わたしの歳のほぼ半分の、まあ若造だ。人形を作りはじめたのは一九三三年頃、つまり六年くらい前からだというから、申し訳ないがわたしの方がだいぶ年季が入っているね。最初の子を作ったのは、もう二十年かそこら昔に遡るから。

年齢をめぐってちょいと話がくどくなったのは、何につけても余裕綽々、冷笑的で皮肉屋のさすがの馮も、この亡命ドイツ人の芸術家に対しては、何がなし競争心を煽られないわけにはいかないのだな、と考えて芹沢は少しおかしくなった。が、まあ無理もあるまいな、と考え直し、

馮(フォン)さんの人形のことを、パリやニューヨークの美術界は知っているんですかね、と尋ねてみた。

さあ、どうかねえ……。まあ、今回買ってくれたそのコレクターの男や、間に立った画廊とかが、これから何か考えるんじゃないか。展覧会でもやりたいというのなら、勝手にやればいいさ。しかし、わたしはもう、どうでもいいんだ。こういういっさいは、もう終ったことだから。その最後の言葉を、馮(フォン)はじっくりと嚙み締めつつ自分に言い聞かせるように、強い語気を籠めてゆっくりと、またきっぱりと言った。

そうですか。

それで、だ……。それで、ともかくもういい加減、梱包して発送してやらなくちゃならない。先方は相当怒っていて、これ以上引き延ばすと本当に裁判沙汰にもなりかねん。船便だと長い航海の間に何が起こるかわからんから、まあ特別扱いの航空貨物にするんだろうな。買い手も矢の催促だし、どうせ運送費は先方持ちだ。で、芹沢さん、この九体の人形を安全に送るにはどういうふうに荷造りしたらいいか、考えてくれんかな。

これはよほど慎重にやる必要がありますね。

そう。この石塑(せきそ)粘土はかなりの硬度があって、ちっとやそっとの衝撃ですぐ砕けてしまうというほどやわなものではない。しかし、どんなに手荒に揺さぶられても大丈夫というほど堅固なものでももちろんない。とくに指とか手首とか、細いところは簡単にぽつきりいってしまうだろうさ。ざっと古新聞でくるんで段ボール箱に入れて送るというわけにはいかん。なあ、芹沢さん、わたしはこれを運送会社に任せる気にはなれんのだ。そりゃあ、その手の会社には梱包の専門家もいるだろうが、この子たちへのわたしの気持に何の理解もない第三者の手には委ねたくない。そういう連中には手を触れてほしくない。いやそもそも、面白がってにやにや笑いを差し向けてくるに決まっている下司な手合いに、この子たちを見られると思うと、それだけでもう苦痛でならんのだ。

芹沢はその頼みを引き受け、以後数日にわたってその作業にかかりきりになった。運送会社、木材店、建具屋などと電話で細かなやり取りをしつつ、梱包の仕方をじっくりと考えた。本当なら街の雑貨屋や運送会社の資材倉庫まで出かけていって梱包材料を実際に見て回りたかったが、それは叶わない。しかし目星をつけた見本を手間賃をはずんで持ってこさせ、比較考量したうえで、おおよそこれで大丈夫という計画が出来上がった。

いちばん問題なのは緩衝材だが、これは幾つかの種類を併用する。まず、もめん綿をふんだんに使って一体ごとに人形をくるむ。手指、足指などの繊細な部分はとくに念入りに手当てする。それを二枚重ねにした厚手のプラスチック袋の中に入れ、人形の周りには細かく砕いたパルプ樹脂をぎっしり詰める。さらに二枚の袋の間にポンプで空気を注入して膨らませ、空気の層を作る。そのうえで空間に余裕のある大ぶりの頑丈な木箱に入れるのだが、木箱自体もむろん人形一体ごとにそれぞれ別の、縦横高さがぴったり合った寸法のものを用意する。最後に、プラスチック袋と木箱の間に、袋に詰めたものとは別種の、もっと粒子が粗く硬度も高いパルプ樹脂を詰めて、それを最後の緩衝材とする。たぶんこれで何とかなるだろうと思われた。荷ほどきの際に事故が起こりかねないと思った芹沢は、解梱の手順とその際注意すべき点を英文で箇条書きにした指示書を作りさえした。

出来上がった九つの木箱を運送会社に取りに来させ、発送の手続きをして、それでともかく人形の件は片づいた。本当は飛行機に積み込む現場に立ち会いたかったが、まあ運送会社を信頼しようと自分に言い聞かせた。

しかし、それが終ればお役ご免ということにはならなかった。馮(フォン)の家に山積している引っ越し準備の雑事処理に、おのずと芹沢も巻きこまれ、またそれは彼の望むところでもあった。たとえば馮(フォン)が口にしていた例の人形関係の反故(ほご)やがらくたをはじめ、焼却処分すべきものが大量にあって、それを芹沢は庭に据えたドラム缶の中で灯油をかけ、日がな気長に燃やしつづけた。その中には書類や帳簿の詰まった何箱もの段ボール箱も含まれていた。

そう大掛かりな税金逃れをやっていたわけではないけれど……と馮(フォン)はいたずらっ子のような顔になって、目元をくしゃくしゃっとさせながら言ったものだ。しかし、こういう帳簿類の中にはまあ、今さらお役所の目には触れさせたくないものも多少はあるのでねえ。

　また、人形の件で運送会社とやり取りがあったのがきっかけとなって、引っ越し貨物の荷造りにも結局芹沢が采配を揮うことになった。九月の後半は恐ろしいような早さで過ぎていった。馮の家にはひっきりなしに来客があり、馮は書斎に籠もって長時間話しこみ、客が帰るとあちこちに電話を掛け、相手に応じて時にはやんわりとたしなめ、時には威丈高に怒鳴りつけていた。

　荷造りやごみの始末など、様々な雑事を引き受けることになった芹沢は、連日通っているうちに、洪同様、そのまま馮の家に泊まりこんでしまう夜が増えた。そんな日が続くと、美雨が心配だから帰ってやってくれないかと馮の方から言い出し、芹沢は背中を押されて送り返されるように、蕭の公館に戻って夜を過ごすことになった。そんな夜には、家中が寝静まった真夜中にふと目覚め、洪のいなくなった今、この家の二階にはただ美雨一人が寝ているだけだ、階段を一つ降りさえすれば——という考えが浮かび、胸苦しい欲望が膨らむことがないではない。今や洪の耳を憚ることなく、何でもできる……何でも……。しかし、情けないようだが、美雨に対して自分から何か仕掛けてやろうという勇気はどうしても奮い起こせなかった。結局、どんどん迫ってくる上海出立の期限に急き立てられ、落ち着かない精神状態が昼も夜も続いて、色恋沙汰に心を向ける余裕がなくなっていたのである。

一方、美雨(メイユ)はと言えば、泰然としかつ冷然として、浮き足立っている男たちをどことなく小馬鹿にしている気配があった。

この家からあたしは、何一つ持ち出すつもりがないから、と彼女は最初から宣言していた。もちろん、私物は別よ。何着かの服、帽子、装身具、画帖……。でも、蕭(ショー)に買ってもらったものはぜんぶ置いていきます。トランク一つに身の回りのものを詰めれば、それでいつでも出られます。

それにしても、あなたがいなくなるとこの家はどうなるんですかね、と他人事ながら心配になって芹沢は尋ねた。

さあねえ。蕭(ショー)がこの家の管理を任せている不動産屋がいるというのは、いつだか話したわね。その男が何とか考えるでしょうよ。まあ、どうでも良いんじゃない？　もうここには実は、金目のものなんかほとんどないの。大仰に飾られている書画骨董のたぐいなんか、見掛け倒しの安物ばっかり。

あなたがこの家を出るということは、その男にはもう伝えたのですか。

まだ何も言っていません。何か言えばきっとすぐ蕭(ショー)に伝わる。すると、蕭(ショー)がどう反応するかわからない。蕭(ショー)に忠実な連中は、まだ上海にも沢山いるし。

そういう連中がここに乗りこんできて、力ずくであなたを引き留めにかかりますか。

さあ、どうでしょう……。ともかく不動産屋にはぎりぎりまで何も言わないつもり。最後の最後にひとこと電報でも送っておいてやればいいわ。真っ青になるかもしれないわね。わたしがいなくなれば、この家に関するすべての責任が彼の肩にかかってくるわけだから。この町での蕭（ショー）の影響力が衰えはじめているとはいえ、それでもまだあいつ、蕭（ショー）のことが怖いはずだし。

もう蕭（ショー）に何かが伝わっている可能性はないのですか。何しろ馮（フォン）さんの家の引っ越し作業は本格化していますからね。彼の家に複数の業者がおおっぴらに出入りしているのが、隣り近所の人たちの目についているはずだ。馮（フォン）さんは財産の処分や登記の書き換えも始めている。馮篤生（フォン・ドスアン）がついに動く——そういう噂を聞けば、姪であるあなたも一緒に、という可能性は誰でも考えるでしょう。蕭炎彬（ショー・イーピン）のような男は、たとえ上海から遠く離れていようと、この町に細かな情報網を張りめぐらせていないわけがないし……。

さあ、どうなのかな、と美雨（メイユ）は首をかしげた。実のところ、蕭（ショー）はもうこの公邸のことなんか眼中になくなっているんじゃないかしら。もちろん、あたしのことも含めて。

へえ……そうですかね。

あの男が愛麦虞限路（ヴィクトル・エマニュエルⅢ）に家をもう一軒構えて、姚儷杏（ヨー・リーアン）を住まわせているのはご存じでしょう。

知っています、と芹沢は感情の籠もらない平坦な声を出すべく努めながら言った。

姚儷杏は蕭炎彬の第四夫人である。

もし上海に戻るとしたら、今度はいっそもうそっちに住み着く気持でいるんじゃないかしら。それとも、さらにもう一軒、別に構えるつもりかも。だって今はまた別の、新しい女と一緒にいるんだから。第一夫人、第二夫人に続いてあたしまで蕭を見棄てて出てゆくというのは、彼にしてみれば実は、体の良い厄介払いかもしれないのよ。そりゃあ好都合なことでしょうよ、手切れ金を一元も払わずに別れられるんですもの。

はあ……そういうものですか。

そういう男なのよ。

蕭がもう自分に未練を残していないとみずからはっきり認めるのが、美雨にとって苦痛なことなのかどうかは、彼女の恬然とした表情からはまったく読み取れなかった。むろん、心の傷の在り処を容易に察知されてしまうような迂闊な女ではもともとない。だが、案外さばさばとしているのではないか、という気が芹沢はした。蕭に飽きられ、見放されることにはもはや怒りも悲しみもなく、それどころかむしろ、有難い、これでようやく縁が切れるといった心境に今やなっているのではないか。

九月も下旬に入ると数日にわたって雨が降りつづき、しつこかった残暑がそれをさかいにようやく薄らぎ、季節がはっきりと秋に入ったという実感があった。ある夕暮れどき、物置の整理や荷物の箱詰めが一段落した芹沢が、少し休憩しようと庭に降り立ち、庇の下に雨を避けて煙草を吸っていると、どこからともなくふらりと洪（オン）が現われ、出発の日が決まったよ、と言った。

いつ?

二段階で行く。まず、馮先生（フォン・シーサン）、その親戚、使用人たち——十人ほどの一行だが、これは十月八日の船に乗る。先生（シーサン）は腕のギプスが取れないまま香港に行くことになるが、仕方がない。残るはおれ、きみ、美雨（メイユ）さん、美雨（メイユ）さんの阿媽（アーマー）の四人で、こっちはその一週間後、十月十五日の出発だ。もともとおれは後始末や、最後にいろいろ確認しなくちゃいけないことがあるんで遅れて出発するつもりだったんだが、美雨（メイユ）さんもそれなら自分も後続組にすると言い出してね。トランク一つでいつでも出られるなんて公言してたくせに、いざとなったらやっぱり荷造りが間に合いそうもないというんだ。だから、悪いがついでにきみも付き合ってくれ。

いいとも。

結局、当初のもくろみよりは少々ずれこんでしまったが……。

いやいや、短期間でよくもまあ、こんな大仕事をまとめられたもんだ。きみもしかし、大変だったな、と芹沢は洪（オン）をねぎらった。

まあ、なあ……。船の予約はもう済んでいる。おれたちは〈メサジュリー・マリティーム〉というフランスの海運会社の船に乗る。〈エウラリア号〉という汽船だ。〈エウラリア号〉は外灘(バンド)の桟橋から夜十時半に出航する。十月十五日日曜の、二十二時三十分。そのつもりでいてくれ。

わかった。

出発の日時を芹沢に伝え終ると、緊張が一挙にほどけたように、洪(オン)はふうと大きな溜め息をつき、とにもかくにも、終りが見えてきたな、と小さく呟き、おい、おれにも一本くれ、と芹沢に煙草をねだった。二人はしばらく黙りこくって紫煙をくゆらしていた。夕闇が濃くなってきた。

雨は良いな、と洪(オン)がぽつりと言った。おれは雨の音が好きだよ。気持が休まるな、と芹沢は頷いた。

香港の気候はどうなんだ。雨は多いのか。

さあ。ここよりかなり南だから……ということは……。いやいや、全然わからん。大した違いはないんじゃないか。

おれは上海以外、どこも知らないから、と嘆く洪(オン)の声音は本当に心細そうだった。ときどき不安でたまらなくなる。あっちは言葉も広東語だろう。おれは全然、出来ないしなあ。どういう暮らしになることやら……。まあ、今からそんなことを言っていても始まらないか。それにしても、疲れたな。

疲れた……。なあ、この家の家具はどうするんだ。ぜんぶ処分してしまうのか。

いや、かなりの部分はこのまま残しておく。馮先生（フォン・シーサン）は結局、この家は今すぐには売らないと決めたんだ。だから、家の中を完全に空っぽにする必要はない。戦況の帰趨（きすう）にかかわらずもう上海には戻ってこないと彼は言っていて、それは相当な覚悟のうえの本心のようだが、ただその一方、この先何が起こるかわからないし、上海に何らかの足掛かりだけは残しておきたいという気持もないではないらしい。二重、三重に安全策を講じておきたい、保険を掛けておきたい、と。それは正しいね。おれも賛成だよ。

〈花園影戯院（ガーデン・シアター）〉はどうなった。買い手はついたのか。

売却話がまとまりかけている、と言う洪（オン）の声には安堵が籠もっていた。ぎりぎりになりそうだが、たぶん十月十五日の出発前に契約まで持って行けるだろう。

それは良かったな。じゃあ、維爾蒙路（ヴィユモン）のあの骨董時計店は？

いや、あそこはなあ……。あれも売りに出しているんだが、「天譴漢奸（ティエンチェンハウーケェ）」の一件があるからな。ああいうケチのついた物件は、縁起が悪いとして当然忌避される。あの地所と建物を売り捌くのは難しいよ。後を不動産屋に任せて出発してしまうほかはない。しかし今後、たとえ買い手が現われても、こっちが上海を見棄てたかたちで千二百キロも離れた土地にいるんじゃあ、どうせえげつなく買い叩いてくるに決まっている。まあ、必要ならおれは話をまとめに、独りでまた上海に戻ってくるつもりだが……。

そうか。

実は先生(シーサン)はもう一つ、郊外の虹橋(オンジョ)地区にかなり広い土地を持っていてね、畑を小作人に貸している。それも売ってしまおうとしたんだが、ここも買い手がまったくつかん。考え過ぎかもしれんが、どうも馮先生(フォン・シーサン)に関して水面下で何か悪い噂が流れているんじゃないか、とおれは……。

馮篤生(フォン・ドスアン)という男には関わり合いにならない方が良い、といったたぐいの……？

そう。何か祟りがあるぞ、某筋から睨まれることになるぞ、とね。だとすれば、「天譴(ティエンチエン)漢奸(ハウーケエ)」と書き殴っていった連中は見事、自分たちの目的を達したってことさ。

それに、どうかわからんが……と芹沢は考え考え言った。老馮(ラアオ・フォン)が手首を折った、あの暴行事件だって……。われわれは警察にも届けず、表沙汰にしなかったが、あのとき目撃者がまったくいなかったわけではなかろう。二十メートルほど離れたところにはたしかに人目があった。ああいうことも世間で密かに噂になっているのではないかな。耳から耳へ囁かれているうちに話に尾ひれがつき、誇張されて……。

ありうるね。力で押してくるやつらが結局は勝つのか。厭(いや)な世の中だな……。まあそういうわけで、この家を売らないことになったし、移住に当たっての資金が見込み額に届かなくて、やや苦しいんだが……。あ、そうそう、きみに言うのを忘れていたが、昨日、人形の代金の残額がぜんぶ振り込まれたよ、先生(シーサン)の口座に。例のフィラデルフィアのコレクターが送金してきた。

おお、そうか、と小さく叫んだ芹沢の顔に喜色がのぼった。じゃあ人形は、どこも損傷せず、ちゃんと無事に届いたのか。良かったなあ。きみが手間暇かけて丁寧に発送してくれたおかげさ。いや、現金の工面がちょっと難しくなりかかっていたから、その入金は本当に有難かったんだ。それにしても、あれがすんなり売れて本当に良かった。なあ、あの九個の人形にいくらの価格がついたか、知ってるか？

いや、と芹沢は首を振った。

すると洪（オン）はある数字を口にして、どうだ、びっくりしたかという思い入れで芹沢の目を覗きこんだ。

ほう、それはたしかに大金だが……と小声で呟いて芹沢は口籠もった。大金は大金だが、それがあの人形たちに見合うものかどうかということになると、さあどうだろう、と心の中で首をかしげる。

まったくなあ、アメリカ人の金持ちの中には酔狂なやつがいるもんだ、と言って洪（オン）は肩をすくめた。

酔狂というかまあ、あの人形コレクションを所有したい、自分だけのものにしたい、そう熱烈に思い詰めてしまった。それだけのことだろうさ。

そうなんだろうな。それにしても、写真でしか見ていないものにあれだけの金をぽんと出すとは……。まったく、ヤンキーってやつは……。

芹沢には釈然としない思いが残った。どうやら洪（オン）はフィラデルフィアのコレクターを、美術の鑑識眼も何もないが金だけは唸るほど持っている物好きな変人くらいに思っているようだ。そういうヤンキーをうまいこと騙くらかして、とんでもない大金をふんだくってやった、と。他方、あの人形たちがアメリカに渡ってしまうこと自体を惜しむ気持は彼にはまったくない。それが芹沢にはもどかしかった。あの人形たちへの情熱を馮（フォン）、アメリカ人コレクター、それにおれの三人は共有しているのに、洪（オン）はその外にいる。少し悲しくなった芹沢は、

なるほど、それはたしかに大金だが、とさっき言いかけた言葉を繰り返し、その後を続けて、なあ洪（オン）よ、しかしあの人形たちはいずれそのうち、そんな金額とは桁が二つか三つ違うような、途方もない価値を持つことになるかもしれんよ、と言ってみた。

さあ、どうだかな。にやにや笑っている洪（オン）が芹沢の言葉を冗談としか受け取っていないのは明らかだった。

翌朝、数日ぶりで雨が上がり、上海の上空に澄んだ爽やかな、秋らしい真っ青な色が広がった。

一方、その間も欧州戦線は拡大を続けていた。欧州での戦乱の余波が極東に波及して来ないわけはない、という馮（フォン）の言葉は正しいと芹沢は直感していた。少なくとも日本は

明らかにそれを望んでいる。日本の新聞に戦争を憂えるといった沈鬱な論調が稀薄で、全世界が動乱の時代へ突入しつつあることを歓迎するような勇壮なトーンが紙面全体に鳴り響いていることが、芹沢の気を重く沈みこませた。支那の弱小軍など簡単に捻り潰せるという開戦時の思惑は裏切られ、重慶に立て籠もって抵抗を続けている蔣介石政府はいっかな白旗を揚げようとしない。その間、日本の中国侵略に対する欧米の批難の声は高まりつづけている。この膠着状態への苛立ちが「世界大戦」への待望へと転化され、日本人の無意識の中で膨張してきている心的過程が、芹沢には手に取るようにわかった。

　夏前からすでに日本のジャーナリズムには「欧州大戦」という言葉が紙面に躍っていた。「欧州大戦勃発の可能性に鑑(かんが)み……」「切迫せる第二次欧州大戦の危機にいかに処すかを……」などなど。ところがふと気づいてみると、「欧州大戦」はいつの間にか「世界大戦」「世界戦争」という言葉に掏(す)り替わっている。「英仏両国の対独宣戦により、欧州の天地は愈々(いよいよ)第二次世界戦争の渦中に突入することとなり……」云々。欧州での戦争勃発を契機に時局が一気に動き、それが支那大陸での膠着状態を打破し突破口を開いてくれないか。日本人はそう密かに、あるいは大っぴらに期待しているのだ。

　ある日本の海軍少将が、独英戦争の帰趨をめぐってこんな意気軒高とした談話を発表していた――「今仮に一万の独軍機が各十発の百瓩(キログラム)の毒瓦斯(ガス)弾を搭載し空爆に向かったとしよう。たとえその半数しか目的地に到達しえなかったにせよ、敵国の首府は五万発の毒瓦斯弾に見舞われる訳である。さすれば、さしも幾百年の海外搾取によって築き上げられ、亜細亜・阿弗利加人民の膏血を絞って得た財で今日の栄耀栄華を享受する倫敦市街といえども、一夜にして焦土と化し、住民の大部分が死滅する事は必定であろう」云々と。欧州の「旧秩序」を代表する英仏など、「新秩序」建設に邁進するドイツの敵ではないというのだ。そして——と芹沢は思った——、その「欧州新秩序」はむろん日本主導の「東亜新秩序」とも連動し協調し、足並みを揃えて発展し、最終的に「世界新秩序」へと統合されて完成する。そういうことだろう。

化学兵器や細菌兵器の使用を禁じるジュネーヴ議定書に、日本は署名だけはしているが未だにそれを批准してはいない。だから毒ガス使用を指嗾するこうした勇ましい発言も、公然と活字になるし、それを読んで喝采する読者もいる。だがそれにしても、人口の密集する大都市の市街に無差別に投下された毒ガス弾が、どれほどの地獄絵図を現出させるか、この少将は想像したことがあるのか。具体的に想像しようと試みたことが一瞬でもあるのか。軀の内側から焼け爛れ、自分の咽喉をかきむしり、苦しみながら死んでゆく無力な女たち、いとけない幼児たち……。「新秩序」のうちに収まりきらない人民は、女子どもまで含め、殺虫剤で害虫でも抹殺するように、いちばん効率的なやりかたで、ただ殲滅してしまえ。そういうことを考える軍人がいることは理解できる。またそれを彼らが仲間うちで得々と語り合っているさまもまざまざと目に浮かぶ。しかしそうした話を、識者から拝聴したご高説のようにして無批判に活字化する新聞記者や御用評論家の存在は、理解を超えている。芹沢はそう思った。

「欧州大戦」が「世界大戦」へ拡大する可能性を見越しているのは、もちろん日本ばかりではない。あれはドイツ軍がポーランド侵攻を開始する以前の八月中のことだったか、芹沢は新聞の埋め草記事でルーズヴェルト大統領の談話を読んだことがある。米大統領は「極東乃至（ないし）ヨーロッパに」近く戦争の危機が到来することは考えられることであり、その場合には来年一月の議会閉会を待たずに特別議会を召集せねばならなくなるであろう、と語っていた。アメリカ合衆国の政治家の頭の中にはその時点ですでに、戦乱の場として極東と欧州とが並存していたのだ。

十月八日、第一陣が出立する日の朝、馮（フォン）は芹沢を呼び、沈昊（スン・オー）名義の偽造旅券や出生証明書などの書類一式を手渡した。

もうこれからは、あんたは沈（スン）さんだ、と馮（フォン）は言った。沈昊（スン・オー）という名前の中国人に生まれ変わったと、自分でも信じこんでしまうがいい。芹沢一郎という名前はもう忘れなさい。わたしも忘れて、もうあんたを沈（スン）さんとしか呼ばないことにする。

芹沢は黙って頷いた。

汽船の出航を見送りに行った洪（オン）に、芹沢は当然同行できなかったが、一行は無事に旅立ったと翌朝彼から聞いて胸を撫で下ろした。数日後には馮（フォン）自身から芹沢に電話がかかってきて、とりあえず落ち着いたよ、香港島の閑静な一郭にある、あまり大きくはないがなかなか良い家だ、という朗らかな声が受話器から流れ出てきた。こっちの連中がいろいろ懇切に支度を整えておいてくれた、これから買い揃えなければならないものが沢山あるが……。やっぱり、こっちの空気は違うな。上海のどこか固い、強張った、殺伐とした空気とは質の違う、柔らかな空気が流れているよ。馮（フォン）はそんなことを陽気とさえ言える明るい口調で喋り、あんたたちの到着を待っている、無事な船旅を祈る、と締め括って電話を切った。

そして、ついに十月十五日、芹沢たちの出発の日が来た。その日一日をどう過ごしたのか、芹沢は後から考えてもよく思い出せなかった。馮（フォン）の家で手伝えることはもうなくなり、蕭（ショー）の公館にとどまって、しかしそこでもとくに仕事も用事もなく、例の『漢詩大全』をところどころ漫然と読み返したり、自分の部屋に戻ってわずかな荷物を鞄に収め、また出して詰め直したりして時間を潰していたのだろうか。

午後七時半を少々回った頃、宵の口のうちに軽い夕飯を済ませた芹沢と美雨（メイユ）は、もういつでも出発できるように身支度を整え、表家（オモティエ）の玄関ホールの片隅の椅子に並んで座って待機していた。気忙しい嵐が気がつくと不意に終っていて、手持ち無沙汰な空白が時間の中に突然ぽっかり生じたかのようだった。洪（オン）が合流するのを待って出かける手筈になっているが、少し遅れそうだという電話が一時間ほど前にかかってきて、その後連絡がないので、二人は少々苛立ちはじめていた。もっとも、十時半に出航する〈エウラリア号〉への船客の乗船開始は九時からだそうで、船着き場までは車を飛ばせば三十分もかからず行けるはずだから、焦る理由はない。早く着きすぎて、船客や見送り人でごった返している桟橋のあたりで、人目にさらされながら時間を潰さなければならなくなることを芹沢はむしろ恐れていた。

芹沢の手荷物は使い古した中型のボストンバッグ一つだけだった。美雨の荷物は、前々から自分で言っていたようにトランク一つというわけにはさすがに行かなかったが、嵩張る荷はすでに別便のコンテナで発送していたので、今は彼女の足もとにも白い小型のスーツケース一つしか置かれていない。丹念に化粧し唇にルージュを引いた美雨は、濃いグレーの地味なスーツに踵の低い靴という出で立ちで、夏の間伸ばしつづけた髪を後ろで無造作に束ね、広い額を見せていた。横の丸テーブルのうえには黒い薄手のコートが置かれ、さらにそのうえにはやはり黒の、柔らかな布製のカプリーヌ帽がのっている。コートをはおり帽子を被れば即座に出られる態勢になっている。

住み込みの雇い人たちとはすでに別れの挨拶を交わし、自室に引き取らせていた。不安げな表情を隠さない彼らを美雨は言葉を尽くしてなだめ、これまでの仕事ぶりをねぎらってかなりの金額とおぼしい礼金を包んで与え、今後の給料は管理に当たる不動産屋が毎月必ず届けに来るからと懇切に言い含めていた。阿媽は自室で旅支度をしているはずだった。

芹沢は真っ白な空虚の中にいきなりぽんと投げ出されたようなとりとめのない気分で、茫然と宙を見つめていた。無我夢中で過ごした日々はいつの間にかもうすでに終って、過去の奥処(おくが)に遠ざかりはじめており、他方、前方に広がる未来は完全な空白で、新天地も新生活も手の届きようのないはるかな彼方にあるような気がする。つばの広いこのカプリーヌ帽を被った美雨(メイユ)の姿を眺めてみたいな。そんな漠とした益体(やくたい)もない思いがぼんやり浮かぶのを除けば今、頭の中には何もない。やり残したことが沢山あるようだが、それが何なのか具体的には何一つ思いつけない。脇で煙草をやたらに吹かしている美雨(メイユ)はいったい何を考えているのか。

何分も続いた沈黙が重苦しくなってきた芹沢が、美雨(メイユ)の方を向き、何でもいいから何か口にしようとした瞬間、美雨(メイユ)の瞳がつと動いた。振り返ってその視線の先を見ると、いつ現われたのか、困惑の表情を浮かべた阿媽(アーマー)が少し離れたところに立ち、何かもの言いたげにしている。

なあに？　あなたの準備は出来たの？　と美雨(メイユ)が、この少々耳の遠い女に対していつも差し向ける、ひとことひとことはっきり区切った声で訊くと、阿媽(アーマー)は、

はい、もう、いつでも出られます、と答え、それからためらうような口調で、あのう……洪(オン)さま宛てに電話が掛かってきております、と言った。

二十三、I'm Getting Sentimental Over You

——一九三九年十月十五日夜

洪（オン）はまだ来ていないの、と美雨（メイユ）は苛立たしげな尖り声で言った。遅れるという連絡がさっきあったから。あなたも知ってるでしょう。

はあ、存じております、と、自身ももう旅装の出で立ちになっている阿媽（アーマー）は申し訳なさそうに言った。そう言ったんですが、相手が何だかとてもしつこくて……。急用だと繰り返して、洪（オン）さんがいないのなら沈（スン）さんを出してくれ、と……。

誰ですか、相手は、と芹沢は口を挟んだ。

楊（ヤン）……小鵬（ショーバン）とか、言いましたか……。

芹沢はその名前にかすかな聞き覚えがあった。洪（オン）の使いっ走りで小遣い稼ぎをしている少年たちのうちの一人のような気がする。

では、ぼくが用件を聞いてみましょう、と言って芹沢は立ち上がり、阿媽（アーマー）に先導され、

渡り廊下を抜けて裏家(ウライエ)のホールに入った。壁に据えられた電話機のところまで行って受話器を取り、耳に当て、

はい、沈(スン)ですが、と送話口に口を寄せて言うなり、受話器から安堵と焦燥がないまぜになったような急(せ)きこんだ声が流れ出し、その子どもっぽい声を聞くと、まだあどけなさを残した楊(ヤン)の顔が眼裏(まなうら)にくっきりと浮かんできた。洪(オン)には彼を慕って後をついて回り、呼び出されると嬉々として駆けつけてくる、雇い人というよりはむしろ子分のような若衆が何人かおり、十五、六の楊小鵬(ヤン・ショーパン)もたしかその一人、というかその中の末弟のような存在だったはずだ。

ああ、良かった、沈(スン)さん、あのですね、見つけたんですよ、静安寺路(バブリング・ウエル・ロード)で。あっと思ったけど、おれ、目を合わせないように、知らん顔してすれ違ったうえで、後戻りして、距離を置いて後をつけていったら、〈国際飯店(パーク・ホテル)〉に――。

待て待て、と芹沢は遮って、見つけたって、何を見つけたんだ。

あの日本人ですよ。カヤマと言いましたか? 馮先生(フォン・シーサン)や沈(スン)さんが探しているっていう……。

カヤマ?……嘉山少佐か、日本陸軍の?

少佐……かどうか、おれはよく知らないけれど、そうです、そのカヤマです。軍服ではなくてスーツにネクタイ姿でしたが、渡されていた写真に顔がそっくりで、まず間違

いありません。競馬場へ向かって、のんびりした歩きかたで、ぶらぶらと、散歩でもするみたいに静安寺路を上って、〈国際飯店〉へ入っていったので……。

よりにもよって、と芹沢は思い、歯を喰いしばった。よりにもよって今日この日の、それもさあいよいよ出発しようというこのぎりぎりの時刻になって、嘉山の姿が目撃されたというのか。上海を去る前に一度でいいから嘉山に会いたい——骨董時計店で馮に会ったあの夜、おれはそう言い、役に立ってあげられるかもしれないと馮は答えた。自分で言い出しておきながらその問答をすっかり忘れてしまっていたのは、問答を交わした直後に暴行沙汰が起きて馮が手首を折り、ついで香港移住の話が急始動し、雑事の渦に巻きこまれ、目の回るような日々が続くという成り行きになったからだ。しかし、馮は忘れなかったのだ。彼は洪に言い、洪は子飼いの少年たちに指令を発し、上海市街での嘉山の動向を探らせていた。そういうことだろう。どのようにしてかわからないが嘉山の写真を入手し、洪はそれを配って情報を集めようとしたが、いっこうに反響がなく、それで、こんなやりかたではどうせ見込みがなかろうと半信半疑になり、だから無駄な期待を持たせないためにおれにはひとことも言わなかった。そういうことに違いない、と、めまぐるしく頭が回転してほんの半秒ほどの間にすぐ見当がついた。いや、あえて言わなかったわけでもなく、洪自身、九月初め以来の繁忙に取り紛れてしまったのだろう。嘉山を見つける——芹沢にとってそのことにどんな意味があるのか彼にはよくわからず、大して重大なこととも思わず、いつしか洪(オン)自身もすっかり忘失してしまったに違いない。

気がつくと、阿媽(アーマー)が心配そうな表情のままだ芹沢の後ろに立っているので、大丈夫、というように作り笑いを浮かべて頷いてみせた。それでもあまり安心したようではなかったが、とにかく阿媽(アーマー)は軽くお辞儀をして自室の方へ戻っていった。

その男、嘉山は、独りだったかい？と芹沢は電話の向こうの楊小鵬(ヤン・ショーバン)に尋ねてみた。

独りでした。連れはありませんでした。で、ホテルに入ってどこへ行くか見届けようとして、おれも続いてロビーに入ったんですが、ベルボーイに見咎められて、手荒に追い出されちまって……。

彼、ホテルの宿泊客みたいだったかい？

さあ、どうでしょう。もし部屋をとっているなら、その番号を突き止めようと思ったんですよ。でも、駄目でした。昇降機の方へ真っ直ぐに行く後ろ姿を見たのが最後で……。で、ともかく一刻も早く洪(オン)さんに伝えようと……。

それはいつ頃のことなんだ？

そう……三十分くらい前ですかね。今日はいつもの相棒と一緒じゃなかったんです。相棒がいれば見張りに残しておいたんだがなあ……。おれはこの公衆電話を見つけるのに苦労して、そしたら、今度は小銭がなくて、金を崩すのにも手間取って……と、楊(ヤン)少年は申し訳なさそうな声になった。

よし、わかった。ご苦労だったね。いや、本当に有難う。洪にも伝えておくよ。

よかったです、報告できて。おれ、ホテルに戻って玄関を見張っていましょうか？

ひょっとしたらもうあの男、出てきてしまったかもしれないけれど……。

いやいや、それには及ばない。ともかく、感謝する。有難う。

芹沢は受話器をフックに掛けて通話を切ると、興奮が全身に満ちてくるのを感じながら、強いてそれを抑えるような無表情を取り繕って、美雨のところへ戻り、元の椅子に座り直した。

何なの、と美雨が言った。

いや、何でもありません。どうでもいい、ちょっとした連絡で……と芹沢は早口で言い、煙草を一本取り出し、マッチの火を煙草の先に持っていった指先がかすかに震えているのに美雨が気づかなければいいが、と願いながら火を点けた。ひと息大きく吸いこんだ煙をことさらゆっくり吐き出しながら、つまらない話でね、とさらに念を押すように付け加えたのは、ひとこと多すぎたかもしれない。美雨が怪訝そうに片眉を上げたからである。

そう、と呟いて美雨は目を逸らした。

沈黙が下りた。そっぽを向いてぼんやりしたふうを装いながらも、芹沢の頭の中にはいろいろな思いが渦巻いていた。嘉山が上海に来ている。将校とはいえ一軍人が超高級な〈国際飯店（パーク・ホテル）〉に宿泊していることはまずありえない。休暇中なら別だが、この時期、参謀本部詰めの将校が休暇で上海に滞在しているなどということも考えられない。当然、宿泊は虹口（ホンコウ）の軍舎のはずだ。いや、ジェスフィールド路にある例の謎めいた剣呑（けんのん）な「機関」、あれについて乾は何と言っていたか。実質上はもちろん「嘉山機関」だよ――嘲るようにそう言ってのけた乾の声が耳元に甦ってくる。楊（ヤン）少年によれば、嘉山は静安寺路（バブリング・ウェル・ロード）を競馬場へ向かって歩いてきたという。では、その歩行の出発点はその「嘉山機関」だったのかもしれない。嘉山はいかめしい鉄扉に鎖されたあの黒灰色の建物に寝泊まりしていて、そこから出発し、ジェスフィールド路を静安寺（ジンエンズー）まで歩き、さらに静安寺路（バブリング・ウェル・ロード）に入り、ずっと進んで〈国際飯店（パーク・ホテル）〉まで歩いてきた。そういうことかもしれない。芹沢は無意識のうちに、うん、と深く頷いていた。美雨（メイユ）がこちらを横目でちらりと盗み見したことに気づいたが、何か取り繕うようなことを言うなり態度で示すなりといった気持の余裕がなかった。

では、何の目的で〈国際飯店（パーク・ホテル）〉へ？　女を連れ込んでお楽しみの一夜を……？　いやいや、と芹沢は内心で首を振った。あれはそういう振る舞いはしない男だ。直感にすぎないが、そのことには芹沢はほとんど確信があった。

では、仕事上の用件で誰かと会おうというのか。しかし、のんびり散歩でもするような歩きかただったという話から、芹沢には思い当たることがあった。競馬場前に二十二階の威容を誇ってそそり立つ〈国際飯店（パーク・ホテル）〉には、上海随一とも言われる上等なフランス料理を出すレストランがある。

芹沢はまだ在職中だった頃、嘉山について興味を持ち、身上調査を試みたことがあった。東京警視庁の知り合いを通じて陸軍省の人事局に接触させたが、ガードが固くて碌な知見は得られなかった。それでもあちこちから手を回して情報を掻き集め、生年月日や本籍地、簡単な学歴、軍歴以外に、個人的な事柄について多少わかったことがある。その一つに、部下を引き連れて呑み歩くということもしない無趣味な男だが、あえて趣味らしい趣味と言えば唯一、葡萄酒とフランス料理を好み、独りで食べ歩いて楽しんでいる食通、美食家だというのがあった。美食への嗜好は、陸軍から派遣されて欧州で勤務していた頃に身に着けたのだという。たぶんそれなのではあるまいか。芹沢は壁に掛かった時計を見た。七時四十五分。ちょうど夕食どきだ。その芹沢の視線の動きを美雨（メイユ）がさりげなく追っている気配を感知しつつ、それには気づかないふりで、芹沢はふた口、三口しか吸っていない煙草を灰皿で揉み消し、さっと立ち上がった。

ちょっと、洪（オン）に電話してきます。あいつ、何してるのかな……。

そして、美雨（メイユ）の返事を待たず、彼女の顔を見ないようにして、電話機のある裏家（ウライエ）の広間へそそくさと向かう。

まず馮(フォン)の家へ、次いで〈花園影戯院(ガーデン・シアター)〉へ掛けてみたが、呼び出し音を十数回鳴らしても誰も出ない。洪(オン)がいる可能性は低いと思いつつ、念のために維爾蒙(ヴィユモン)路の骨董時計店の番号にも掛けてみたが、ここは呼び出し音さえ鳴らない。たぶん電話回線をもう取り外してしまったのだろう。他にはもう洪(オン)の立ち寄り先の心当たりは芹沢にはなかった。

何も聞こえない受話器を耳から離し、それをぼんやり見つめながら芹沢は何秒かの間思いをめぐらせた。楊(ヤン)の話を聞き、美味い葡萄酒とフランス料理への期待に口元を弛めながら〈国際飯店(パーク・ホテル)〉のロビーへ入ってゆく嘉山の姿が思い浮かんだ瞬間から、もう一度だけあいつに会いたいという猛烈な衝動が軀の底から沸騰してくるのを感じていた。これが間違いなく、あいつに会える最後の機会だ、これを逃したらもう死ぬまで、二度とふたたびあいつの顔を見ることはあるまい、という痛切な思いが込み上げてきて、その衝動に寄り添った。

ここから〈国際飯店(パーク・ホテル)〉まで……ほんの三キロかそこらだろう。タクシーで十分程度だ。あいつの胸ぐらを摑んで、言ってやりたいことを言い、訊き出したいことを訊き出す。十五分か、せいぜい二十分もかかるまい。それですぐまたタクシーを飛ばして外灘(バンド)の桟橋へ向かう。まだ八時前だ。船が出るのは十時半。時間の余裕はたっぷりある。

いやいや、と首を振りながら芹沢は受話器をフックに掛けた。この期に及んで何を馬鹿なことを、と自分に言い聞かせる。

　渡り廊下を抜けて表家(オモテイエ)の玄関ホールに戻ってゆく途中も、芹沢はずっと首を振りつづけていた。嘉山が食事をとりに来たなどというのはおれの推測にすぎない。たとえば、彼は散歩の途中、〈国際飯店(パーク・ホテル)〉の煙草売り場に単に葉巻を買いに寄っただけかもしれない。あの男の愛好している高級品のミニシガーはどこの煙草屋でも売っているといった代物ではない。もしそうならさっさと葉巻を買って、今頃はもうとっくにホテルから立ち去ってしまっているだろう。また、レストランで夕食をとるのが目的だったとしても、彼は独りではなく、たとえばそこで日本軍将校たちの会合でも開かれているのだったらどうする……。しかし、レストランの入り口まで行ってそんな気配を察したら、すぐ引き揚げてくればいいではないか。そもそも嘉山は平服姿だという。もし軍関係の集まりなら軍服を着て現われるはずだ。だからやはり……いやいや、危険を冒すわけにはいかない。もし何か不慮の事態でも起きたら、ここまで手間暇をかけておれの上海脱出のお膳立てを整えてくれた馮(フォン)にも洪(オン)にも顔向けが出来ない。洪(オン)に相談し打ち合わせをしたうえでというならまだしも、彼を捕まえることはできなかった。こんなぎりぎりの場面で、あらかじめ洪(オン)に話を通しもせずいきなり発作的な衝動に身を委ね、勝手に振る舞って、自分だけ別行動をとって独りで船着き場へ向かうなどという段取りにしてしまったら、彼をどれほど心配させるかわからない。いやいや、無理だ、不可能だ。何と馬鹿馬鹿しい考えが浮かんだものかと、自分の愚かさに対して思わず洩らしてしまった失笑で口元を歪めさえしながら、芹沢は美雨《メイユ》のところへ戻って、彼女の正面に立ち、自分を見上げながら煙草を燻《くゆ》らしている彼女の不安げな瞳を覗きこんだ。と、次の瞬間、ぼくは、ひと足先に出て……という小さな掠れ声が我知らず自分の口から出てしまったことに、芹沢は虚を衝かれた。しかし、いったんそう言いはじめてしまうと、もう抑えようがなかった。ひと足先に出て、ともう一度、しっかりした声で言い直し、ちょっと寄り道をしてから行きます、と言葉を続けた。

えっ、寄り道って……。

嘉山少佐という日本人が〈国際飯店《パーク・ホテル》〉へ入っていった、と、さっき楊小鵬《ヤン・ショーパン》という洪《オン》の子分の小僧っ子が知らせてきたんです。ぼくは上海を離れる前にその嘉山という男に会っておきたい。この機会を逃すわけには行かない。そいつに会い、ちょっと話をしてから、そのまま船着き場へ直行します。

カヤマって、誰なの？

それを話すと長くなる。その男がすべての始まりにいて……いや、今は時間がない。出航時間までには必ず桟橋に行きます。ぼくの切符は乗船手続きの係のところに預けておいてくれればいい。洪《オン》にそう伝えてください。

美雨《メイユ》は火が点いたままの煙草を灰皿に置き、芹沢の目を見据えて、勿要去《ヴァヨオチー》(止めなさい)、と言った。それは止めておきなさい。ここに座ってちょうだい。

美雨（メイユ）は自分の隣りの椅子を手で指し示し、一緒に洪（オン）を待ちましょう、と言った。

いや、時間がないのです。洪（オン）と話ができればよかったが、彼がどこにいるかわからない。あなた方は先に乗船していてください。必ず後から合流しますから。

美雨（メイユ）は立ち上がった。一瞬、彼女の瞳が燃え上がるような強い輝きを帯び、その射竦めるような視線の強さに芹沢はたじたじとなった。

止めなさい。

いや、どうしても行かなくては。

数秒間、睨み合いが続いた。先に目を逸らしたのは芹沢だった。

行かなくては、と呟くように繰り返し、足もとに置いてあったボストンバッグを取るために身をかがめた。

軀を起こしたときにはもう美雨（メイユ）は芹沢にぴったりと身を寄せていた。芹沢の背に両腕を回し、一瞬息が詰まるほど強く抱き締めてから、濡れた目で見上げ、

怖い顔をしてる、と言った。

そうですか、と芹沢は掠れ声で答えた。

ずっとあなたのことが怖かった。礼儀正しくて真面目で、でもどこか怖いところのある人だと思っていた。でも、こんなに怖い顔になったのを見たのは、初めて。

芹沢は黙っていた。何も言えなかった。怖いと言われた表情をやわらげるために微笑

もうとしてみたが、うまくいかなかった。美雨（メイユ）の目が濡れている。涙だろうか。この誇り高い女が泣くのか。いったい何で泣くことがある。

怖くなかったのは、あのときだけ。あのときのあなたは、淋しさに耐えかねて震えている子どもみたいだった。

どの「とき」のことを言っているのか、芹沢にはすぐわかった。美雨（メイユ）は続けて、あなたと一つになって、包みこんで、淋しさをなくしてあげたかった、と囁いた。あなたも淋しかったのではないですか、という芹沢の声もほとんど囁きに近かった。美雨（メイユ）はそれには答えず、さらにもっと細くて低い、聞こえるか聞こえないかというほどの声で、

またしたい、とあどけない声で囁いた。

その言葉は芹沢の耳に、闇夜の中にさまよい出し、道に迷って途方に暮れたよるべない孤児が、自分を励まそうとして口ずさむ懐かしい子守り歌の旋律のように響いた。二人の唇が合わさった。美雨（メイユ）のぎゅっと瞑った目の目尻から涙が小さな玉になって溢れ出し、細い筋を引いて頬を伝った。幽蘭の露、啼ける眼の如し……そんな詩句が甦ってくる。

唇が離れたとき、見開かれた美雨（メイユ）の瞳にはもうすでに平時の彼女の目の色が戻っていた。芹沢の唇に移ったルージュの痕跡を手早く自分の指で拭い去ると、

馬鹿ねえ、と高飛車な強い声で決めつけた。十時半、必ず来るのよ、きっとよ。きっと行きます、約束します、と言い、一つ大きく頷き、身を翻して玄関へ向かおうとした。が、そのとたん、右手で握り締めていたボストンバッグの取っ手をいきなり美雨（メイユ）に捥（も）ぎ取られ、芹沢は思わずよろめいた。

　これは預かっておきます、と美雨（メイユ）は言ってぎこちない笑顔を見せた。あなたが約束を守る保証として、質に取っておくわ。先に船に積みこんでおくから、あなたは身一つでいらっしゃい。お金は持っているの？

　芹沢は苦笑しながら頷き、背広の内ポケットに入っている財布を布地のうえから押さえた。映写技師の仕事をしていた間、大して高給ではなかったが馮（フォン）は毎月一定額の金を支給しつづけてくれていた。ほとんど使うあてもなかったのでかなりの額が貯まっている。それから、ふと思いついて、

　そうだ、申し訳ないが、ネクタイを一本、貸してくれないかな、と言った。〈国際飯店（パーク・ホテル）〉は格式が高い。ネクタイを締めていった方がもっともらしいし、すんなり入れそうだから——。

　美雨（メイユ）は頷いて足早に家の奥に姿を消し、ほどなく細長いボール紙の箱を持って戻ってきた。箱を開け包み紙を乱暴に破り、箱も紙も無造作に床に投げ捨てると、細密なペーズリー織りの、明るい青色のネクタイが現われた。

いつだったか、夫への贈り物にしようと思って買っておいたの。大昔の話。あげる機会がなくてそのままになってた。役に立って嬉しいわ。船に乗る前にどこかで捨ててきてちょうだい。

芹沢はそれを受け取り、丸めてポケットに突っ込むと、じゃあ、と手をあげると今度こそ本当に身を翻し、振り返ることなく玄関を出た。

タクシーはすぐに拾えた。夜の街を走り出す。窓外を流れ去ってゆく夜の街の雑踏が、何か夢の中で見ている光景のような気がする。それも、今現に見ている夢でさえなく、かつて見た夢が記憶の深みから甦ってきているようだ。ついさっきまで、あと数時間もすれば船に乗っているという考えだけが頭を占め、嘉山のことなどほとんど忘れていたのに、いきなりこんな成り行きになってしまった。これはいったい現実なのだろうか。だが、どうしようもなかった、おれはこうするほかなかったのだ、という言い訳めいた言葉が胸のうちに繰り返し反響する。

福煦路（フォッシュ）を越え、それをさかいにフランス租界から共同租界へ入った瞬間、芹沢のうちで緊張がぐっと高まり、目に映じる窓外の風景からも夢幻めいたとりとめのなさが消えた。ここから先はもう、どんなおまわりとも顔を合わせるわけにはいかない。タクシーの中で手早く締めたネクタイが、気持をしゃっきりと立て直す効果があった。カヤマの三つの音を電話口で聞いた瞬間から血がのぼってかっと熱くなっていた頭が少し冷え、戦略というほどではないが、もし仮に嘉山と対峙することができたらどういう態度を取るべきかを冷静に考えるゆとりが生まれた。ただ高圧的になじったり罵ったりするのは意味がない。あの男が身にまとっている鎧にはそんなことでは掠り傷一つ付けられない。上からおっかぶせるように追及しても、鎧はますます硬く厚くなり、あいつはその陰に身を潜めて薄笑いを浮かべているだけだ。では、どうしたらいい？

〈国際飯店(パーク・ホテル)〉の正面入り口の前で車が停まると、制服姿のドアマンが駆け寄ってきて車のドアを開け、最敬礼した。芹沢は運転手に料金を払い、車を降りて、可能なかぎり悠然とした身のこなしを演じつつホテルの中へ入っていった。服も靴も安物だが、一応ネクタイは締めていてそれは高級品だ。おっとりした歩調とやわらいだ表情を保っているかぎり、そう周囲から浮き上がって見えはしまい。

ゆっくりとロビーを横切ってゆくうちに、奥の方に矢印を向けたELEVATORという表示がすぐ目についた。

扉が開いたままだった昇降機に乗りこんで、レストランは、と訊くと、操作係のボーイは、はい、十四階、〈月光餐庁(クレール・ド・リュンヌ)〉でございますと答え、機械はすぐ動き出した。

十四階に着いた。レストランの受付に立っているマネージャーとおぼしい人物が、ご予約でいらっしゃいますかと問いかけてくるのに、いや、予約はない、待ち合わせなんだがね、相手が来ているかどうか、ちょっと見て回ってきていいかな、とせいぜい鷹揚な口調と笑顔で言い、マネージャーが頷くのを確かめて店内に入る。広い豪奢なレストランで、着飾った中高年以上の年輩の白人客でテーブルは七割がた埋まっている。アジア系、アラブ系の男女もちらほら見えるが、どうやら日本語の会話は聞こえてこない。通路をゆっくりと往復しつつ注意深い視線を投げてみたが、嘉山の姿は見当たらない。受付に戻って、

まだ来ていないようだ、ぼくはちょっと時間を潰してまた戻ってくるから、と言い、さりげなく、ええと、別に個室はあったんだったかな、と訊いてみると、いいえ、ございませんという答えが返ってきた。

さて、どうする。何となく昇降機のところへ戻り、迷っているうちに、ランプが点いてたちまち機械が到着してしまった。英国人らしいタキシード姿の中年男二人と同年輩のイブニング・ドレスの女が降りた後、中のボーイが物問いたげに芹沢の顔を見つめてくるので、仕方なくふらふらと中に乗りこんでしまったが、その瞬間、ふと思いついて、バーは、と言ってみた。はい、二階、〈ソリロクィ〉でございますという返事とともに、昇降機はゆっくりと下りはじめた。二階に到着する前に芹沢は、とにかくバーを見よう、そこでもし嘉山を発見できなかったらもう諦めよう、と考えを決めていた。あやふやな情報をもとに、矢も楯もたまらず、衝動的に飛び出してきてしまったのはやはり愚かな振る舞いだった。こんなふうにうろうろしているうちに、おれの顔を見知っている誰か

とばったり出喰わしてしまったら、いったいどうする。しかし、嘉山はそこにいた。

分厚い木の扉を押して〈ソリロクィ〉の薄暗がりに足を踏み入れたとたん、カウンターのいちばん奥のスツールに座ってグラスを手にしている、濃紺の三つ揃いのスーツに身を固めた陸軍少佐の横顔がすぐ見分けられた。しかも、その横は三つほど続けて空席になっている。これ以上は望むべくもないという理想的な状況だった。カウンター以外にはテーブルが四つか五つしかない、さして広くもない店内をすばやく一瞥する。他に東洋人の客はいない。軍服姿の男もいない。私服で張りこんでいる刑事はそれと即座に見分けられる自信が芹沢にはあったが、そうした怪しげなやつも見当たらない。

芹沢は真っ直ぐ嘉山に近寄り、隣りのスツールに腰を下ろしながら、目を向けてきた英国人のバーテンダーに、スコッチ・アンド・ウォーター、と言った。横を向いた嘉山と目が合った。嘉山は口元を一、二度ぴくりと引き攣らせた以外には表情を変えず、数秒間芹沢を見つめた後、さりげなくグラスの中に目を落とし、

何と、勇気がある人だ、こういう場所に堂々と出入りしていらっしゃるとは、と、わざとらしい敬語を薄ら笑いが籠もったような声に乗せて呟いた。久しぶりに耳にする日本語が新鮮だった。スーツは地味なのに朱色と紫色の交互する太縞模様のネクタイを締めている。こいつは派手な柄のネクタイが好きなのだ。

あんたに会いたくてなあ、と芹沢もあざ笑うように言った。

わたしがここにいるのがどうしてわかりました？　それとも偶然ですか？

おれにも情報網がある。情報将校のあんたに引けを取らないくらいかもしれんぜ。

はあ。情報網ね。上海の底辺のどぶ泥の中を這いずり回っているうちに、青幇(チンパン)の団員にでも採用されましたか。あれから、ええと……。

二年、と芹沢はぶっきらぼうに吐き棄てた。

そうか、もう二年も経ってしまったのか。いやね、芹沢さんは近頃どうしてるのかなと、ときどき思い出さないでもなかったのです。しかし、まさかまだ上海共同租界の真っ只中にいらっしゃるとはねえ……。

想像もしていなかったか。

まあ、そうですね。やっぱり内地に帰ったんだろうなあ、と思ったり……。ずいぶん痩せましたね。いったい、どこにどうやって潜伏していたんです？

芹沢は黙っていた。スコッチの水割りが来た。芹沢はそれをひと口啜った。バーテンダーが離れるのを待って、嘉山は、

それに、今だってもちろんまだ、潜伏中の身の上でしょうが。こんなところに大っぴらに顔を見せていいのかな。二年間ではまだ短すぎて、ほとぼりが冷めるというにはとうてい足りませんよ。

へえ、おれを気遣ってくれるのかい。

いや、そういうわけでもない。現に、今わたしが思案中なのは、あのバーテンダーを呼びつけて、すぐ警察に通報してくれ、ここに指名手配中の殺人犯がいるぞ、と大声で言おうか、どうしようか、ということなんですからね。

いや、あんたはそれはやらないね。

自信たっぷりに言いますねえ。その自信がどこから来るのか、わたしにはさっぱり――。

いいか、嘉山、と芹沢は声をひそめて言った。あたりを見回し、この低い声音なら誰の耳にも届かないと確かめたうえで、言葉を続ける。気取った社交辞令を応酬し合う、ちゃらちゃらしたフェンシングみたいなことはもう止めだ。おれはもうおまえとゲームをする気はない。おれはたしかに殺人犯だよ。成り行きで、おまえの子分の乾を……。だから、毒喰らわば皿まで、で、ついでにおまえも殺ってしまってもいい……。

久しぶりに話す日本語が最初のうちときどきつっかえて、もどかしかったが、だんだんと滑らかに出てくるようになった。嘉山が少しばかりたじろぐ気配があった。ズボンのポケットの中のボーカーの折り畳みナイフを握り締めながら口にした「ついでにおまえも……」という言葉には、それなりになまなましい迫力が籠もっていたのだろうか。いや違う、と芹沢はただちに考え直した。こいつの眉が今ぴくりと動いたのは、殺しの脅迫にたじろいだのではなく、「おまえの子分の乾」という言葉に反応したのだ。こいつは、死ぬ前に乾がおれにどの程度のことまで明かしたのか、正確には知らない。おれが何を知っているのか、何を知らないのか、何を疑っているのか、わかったものではないと考え、迂闊には口を開くまいと改めて肝に銘じたのに違いない。毒喰らわば皿までなんぞと妙に威勢の良い開き直った物言いをしているものの、乾についても蕭(ショー)についても実はこいつにはあやふやな疑いしかなく、だからそれとなく鎌を掛けて本音を聞き出そうとしているのではないか——そんなこと考えているに違いない。そして、逆におれに鎌を掛け、おれがどの程度まで知っているかを探り出そうとするはずだ。

芹沢たちの背後、テーブル席の奥でピアノの演奏が始まった。振り返ってみると、ピアニストは角張った黒縁の眼鏡をかけた小柄で禿頭の、年寄りの白人男だった。曲は“I Can't Give You Anything But Love, Baby”だった。久しぶりに聞く生演奏のジャズをしみじみと懐かしんでいる余裕はなかった。ともかく話し声がピアノの音に紛れるのは有難い。頭の向きを戻しながら芹沢は、感情を昂ぶらせたふりをする必要がある、と思った。宿敵を発見し面と向かって話す機会が訪れたことに動揺し興奮し、この種のやり取りでは感情を昂ぶらせた方が負けだという常識さえ失ってしまっている——そう見せかけるのだ。芹沢は上目遣いに嘉山を睨みつつ、

こうなったら、一人殺(や)るも二人殺るもおんなじだからな、と小声で凄んでみせた。おまえは卑劣な男だ。おれを嵌めて、こういう境涯に追いやって……。殺されて当然なん

じゃないか？　乾が死んでおまえが死なないってのは、不公平なんじゃないか、え？　その不公平をおれが正してやる。それが正義ってもんだ。そもそもおれは警察官だ。正義の遂行はおれの職務だ——。

あんたはもう警察官じゃないよ、と嘉山はすばやく口を挟んだ。それどころか、警察官に捕まる側の人間だろうが。

そうだな。なら、それでもいい。おまえを殺して、それで捕まる。現行犯逮捕される。それもいいさ。逃げ回るのにももう疲れたし……。そう言いながら芹沢はかくりとうなだれて、虚空をじっと見据えるような仕草をしてみせた。疲労、憔悴、自暴自棄に骨の髄まで冒され、もう駄目になってしまった男として嘉山の目に映らなければならない。殺してやると脅されて嘉山が本気で怯え、身を護るために本当に警察を呼ぼうと試みられたりしては藪蛇だが、こいつは間違いなく、高を括っているはずだ。人目の多いこんな場所でおれがこいつに対して凶行に及ぶことなど可能なわけはないと、そう思いこんでいるはずだ。こいつの目に映っているおれは、甲斐もない恨みごとを垂れ流しながら、単に虚勢と強がりから、現実味のない脅しをかけている、堕ちるところまで堕ちたチンピラ警察官だろう。それでよい。みずからの優位への確信は油断を誘う。気が弛み、本音をつるりと洩らしやすくなる。

わたしを殺す？　そんなことをして何になる。なあ、芹沢さん、たしかにあんたは割りを喰ったが、過去は過去のこととしてもう忘れたらどうだ。あんたに誘いがあったはずだよ。なぜそれに応じなかったのか、わたしにはわけがわからないよ。

ジェスフィールド路の、例のあれか？

そう。

あの特務機関みたいなのに、おまえも一枚嚙んでいるのか、と芹沢はわざと猜疑心を剝き出しにした探るような目つきで言った。乾が何もかも吐いたわけではない、と思いこませなくてはならない。

いや、あの組織に関わらないかという誘いもあったがね……。わたしの身のふりかたはわたし一人で決められるわけでもないし……と、嘉山は口を濁した。

京城へ行かないかと言われたよ、と芹沢は吐き棄て、しかし、京城なんて、おれは……と口籠もってみせる。

あんたがなぜそうしなかったのか、わたしにはまったく理解できんね。警察を穏やかに依願退職して、あんたの能力がもっと発揮できる諜報活動の世界に入ってゆく。そうすれば八方が円満に収まった。そうじゃないのか。あの乾という巡査、あれはわたしの手下でも何でもないが、あの男も死ななくて済んだ。

そりゃあ、そうかもしれんが、あのとき、おれは……と、芹沢はグラスの中に目を落とし、独りごとのようにぼそぼそと呟いて口籠もった。ついさっきまで、おまえを殺すと興奮してまくし立てていた男が、不意に弱気になって顔を俯け、後悔や自責を滲ませる言葉を口にしている。もし嘉山が尋問術の初歩に通じている男なら、被尋問者の言動のこの不安定ぶりは自我が瓦解しかけている兆しだと解釈するに違いない。そう思わせ、嘉山のガードをいよいよ低くする。それが芹沢の狙いだった。

なあ、芹沢さん、今からでもひょっとしたら遅くないかもしれんよ、と嘉山は案の定、猫撫で声で言い出した。何だったらわたしが間に立って口を利いてあげてもいい。あの特務機関の申し出を受けたらどうだ？

芹沢は黙っていた。

工作員になって朝鮮へ行く。面白いかもしれんぞ。あそこはあんたの父祖の地だ。それが今は日本の領土へ統合されている。何しろ日朝が手を携え、融和し一体化して、東亜新秩序を築き上げていこうとしている時代だ。日朝混血という出自を持つあんた自身こそ、いわばこの融和と一体化の時代の趨勢を一身に体現した、極めつきの申し子みたいなものじゃないか。そのあんたが京城へ乗りこんでいって、日朝融和の新秩序を覆そうとしている狂信的な朝鮮独立主義者どもの陰謀を粉砕する。武装したテロ集団の解体と犯罪者の検挙に挺身する。何と痛快なことじゃないか――。

アイコク的の要務の件です、か……。

え、何？　と嘉山は訊き返した。

いや、何でもないよ、と言って芹沢はグラスを口に持っていき、水割りをごくごくと飲んだ。相変わらず弁の立つ、大したクワセ者だなと感心しながら、何でもない、何でもないと呟いた。そのうえで、それでだな、とさりげなく切り出した。デクノボウのようなどんよりした表情を浮かべつつ、さてここからが本題だ、と内心では鋭く緊張する。それでだな、その話はまあ、考えておいてもいいが、と芹沢はぼそぼそと言った。おれがどうしても知りたいのは、おれはいったい、どういうことに利用されたのかっていうことなんだ。

利用……？

おれは利用された。違うか？　蕭炎彬（ショー・イーピン）との面談の場をしつらえろ、とあんたは言い、おれは唯々諾々（いいだくだく）と従った。そして当夜、ひとたびその場に至るや、面談自体におれが立ち会うのをあんたは何としても阻もうとしたな。あれはいったい何だったんだ？

何だった、と言われても……。

利用されるのはいいよ。いや、よくはないが、まあそれはいいとしよう。しかし、自分が何に利用されたのかは知りたいんだ。あんたは言ったな、日本軍が徴用した「支那紡」の工場を円滑に操業再開させるのに、蕭炎彬（ショー・イーピン）の政治力を借りたい、その交渉のための面談なのだ、と。しかし、本当にそうだったのか？

嘉山は黙っていた。

違うだろ？　あの晩、〈百老匯大厦(ブロードウェイ・マンション)〉の天辺のレストランで、やれ新生支那の建設だの、やれ大東亜の共栄だの、いろんな殺し文句をちりばめながら、微に入り細を穿ってあんたが長々と喋り、すっかりおれを信じこませたあの話――あれはぜんぶ嘘だった、作り話だった。そうなんじゃないか？

　嘉山は銀色の煙草ケースをポケットから取り出し、それを開けて例のミニシガーを一本抜いて芹沢に差し出した。芹沢がそれを素直に受け取って口にくわえると、かすかな驚きの表情を浮かべたが、それはすぐ微笑に変わり、黙ってダンヒルのライターに点火しその火を近づけてきた。ひと息吸いこむと、強烈なニコチンを含む濃い煙が肺の中に一挙に膨らみ、芹沢は思わずむせて、げほっ、げほっと咳込んだ。腹立ち紛れに灰皿にぐりぐりと押しつけて、ひと口吸っただけのシガーを乱暴に揉み消す。くっくっと嘉山が低く笑い、自分のシガーに火を点ける。

　んん、ふう……おかしいか？　あの晩も腹の中ではずっとそうやって笑っていたんだろうな。え、どうなんだ、答えてくれよ。あれは一から十までぜんぶでまかせだった。そうだろ？

　嘉山は黙ってシガーを燻(くゆ)らせている。

　どうしても答えない気か？　じゃあ、おれの方から言ってやる。あんたが蕭炎彬(ショー・イーピン)と交渉しようとしたのは、阿片売買に一枚嚙ませろという話だった。そうじゃないのか？

シガーの煙を唇の隙間からゆるゆると吐き出しつつあった嘉山の目が、ほんのわずか大きく見開かれた。しかし、相変わらず黙りこくったままだ。芹沢がこの二年間、考えに考えつづけ、ついに達した結論がそれだった。他には考えられない。それが陸軍参謀本部の上層部から下された指令なのか、嘉山の所属する「謀略課」が他の部署に洩らさず秘密裡に立てた作戦なのか、それともひょっとして嘉山一人が独断専行して実行しようとした企てなのか、それはわからない。しかしいずれにせよこの話の正体は阿片だ、阿片以外にない、と芹沢は考えていた。

霧雨が降っていたあの夜、と芹沢は淡々と言った。蕭（ショー）の公館で、やつの女房を押しつけられておれが厄介払いされた後、あんたは蕭（ショー）に何を話した？　阿片を密輸入し売り捌く闇ルートを、二つ三つ譲ってくれ——そういう交渉をしたんじゃないのか。その見返りとして、蕭（ショー）には……さあ何を差し出したんだろうな。たとえば、そう、今のところはさしあたり陸の孤島みたいになっている上海租界だが、ここにも早晩、日本軍がなだれ込んでくるのは目に見えている。上海全体が日本の占領下に置かれたとき、身の安全を保証してやる、とでも言ったんじゃないのか。お目こぼし……。青幇（チンパン）の活動に目を瞑ってやる、と。いやそれどころか、蕭（ショー）が関わっている大小の闇商売の権益を保護してやる、優遇措置をはかってやる、と。いやひょっとしたら、持ちつ持たれつで、一緒に金儲けをしよう、という話まで持ちかけたかもしれん……。

いろいろ考えたんだねえ、芹沢さん、と嘉山は、紫煙の筋が宙に描く模様にぼんやりと視線を投げながら、馬鹿にしたように呟いた。放心状態で、周りで起きていることに何の興味も持てないが、芹沢の言うことが耳に入ってはくるので、一応聞いていますよと礼儀上伝えようと、面倒臭そうにひとこと返した――まるでそんなふうだった。フロアのピアニストはいつの間にか"I'm Getting Sentimental Over You"を弾きはじめている。トミー・ドーシー楽団のテーマ曲。芹沢の好きな曲だった。店名のSoliloquy(独りごと)にふさわしく、ジャズのスタンダード・ナンバーをピアノのソロで次から次へ演奏しつづけるという趣向なのだろうか。芹沢は、自分が口にしている話の内容の、吐き気のするような陋劣と醜悪が、孤独なピアニストの紡ぎ出す甘い旋律によって滑らかに包みこまれてゆくように感じた。禍々(まがまが)しくおぞましいものが痼(しこ)って固まった、その表面をシャンパンの泡のようにぷつぷつとはじける快い音楽が軽やかに滑って、ビロードのような偽善の皮膜で、あくまで柔らかく、滑らかに覆ってゆく。それが上海だった。

突然、圧倒的な非現実感が迫ってきて芹沢は困惑した。ここへ来る途中のタクシーの中で感じた夢の中にいるような気分がまた戻ってきた。〈国際飯店(パーク・ホテル)〉のバー……。好い身なりをしたブルジョワの男女がくつろいで酒と音楽を楽しんでいるこんな場所で、おれはいったい何をしているのだ……。きみに対して、センチな気分になっちゃったよ……。とりとめのない茫然自失から抜け出すために、頭をぶるんと一回強く振り、自分の思考に、触れれば火傷するような現実の感触を取り戻してやらなければならなかった。

　そりゃあ、考えたさ、と芹沢は言った。この二年、何しろ時間がたっぷりあったからな。たとえば、おまえがなぜおれに目を付けたのか、その理由についてもずいぶん考えた。おまえは一面識もなかったおれをいきなり呼び出した。それも、自分の手は下さずに、戸川とかいう上陸(シャンリク)の海軍中尉を遣(つか)ってな。そして、生まれの問題まで持ち出しておれに脅迫紛いの揺さぶりをかけ、おれから馮篤生(フォン・ドスアン)へ、馮篤生(フォン・ドスアン)から蕭炎彬(ショー・イーピン)へと手蔓(てづる)をたぐろうとした。誰がどう考えても妙な遣り口だよ。工部局警察の疑り深い課長どもが首をかしげたのも無理はない。要するに、その「本当らしさの欠如」そのものが、おまえの狙いだったんだろう。まさかそんな変ちくりんな筋立てが、といつでもしらばっくれられるように……。この国では搦め手から話を持ちかける方がうまく行く、とか何とか言っていたな。それも、ことの半分だけしか語っていないまやかしだ。問題は、持ちかけようとしている話の内容だった。裏口から入ろうとしたのは、おまえの鞄の中に入っていたのが、表玄関からは正式に取り次いでもらえないような汚い種類の話だったからだ。蕭炎彬(ショー・イーピン)と日本陸軍参謀本部との間に、記録に残るような公的な接点はいっさいあってはならなかった。おれという、いつでも切り捨てられる無力な一個人を仲介役にして、話全体をいつでもなかったことにできるように仕立てておいた。芹沢一郎、ああ、そんな男がいましたかねえ、一度くらい会ったことがあったかな、としらを切り通せば、そこから先は誰も追及のしようがない……。

真剣に追及する気なんか本当は誰にもないのさ、と嘉山は言った。おたくの課の課長……石田とか言ったかな。書類のうえで辻褄が合っていることを何より重視する、小役人の典型だ。形式上の辻褄合わせの世界に生きていて、実際の現実がどうかは知ったことじゃない。ああいうやつは軍人にもいっぱいいるよ。近代日本社会が抱えこんだ宿痾みたいなもんだ。

そう呟いて嘉山が洩らした溜め息には実感が籠もっているようだった。嘉山の態度が軟化しかける兆しを感じ取った芹沢は、「軍人にも」という言葉尻をただちに捉え、ほう、ではおまえは、自分の組織の上司や同僚も信用していない、そういうことだな、と切り返した。内地の外務省に筒抜けになってしまうのはまずい、などとも言っていただろう。外務省だけじゃない、実は陸軍参謀本部の上層部にもばれては困るような種類の作戦――「謀略課」内だけで発案し実行に移した極秘作戦だったんじゃないか。

嘉山はわざとらしい身振りで腕時計を見て、さてと……と呟いた。面白い話を聞かせてもらったが、わたしはそろそろ行かなくては。で、あんたのことを警察に通報するかどうか、という件だが……。

通報するはずがない、と芹沢はきっぱり言った。おまえはおれの身柄を警察に渡したくないはずだ。もし逮捕されたら、今言ったような話をおれは大声でわめき立てるよ。

何度も何度もしつこく繰り返す。蒸し返す。日本陸軍が阿片貿易に手を突っこんでいるとなれば、大変な醜聞が持ち上がる。警察も政府も、全部が全部小役人ばかりで成り立っているわけじゃない。おれには新聞記者の知り合いも沢山いる……。

しかし、「そろそろ行かなくては」ならないのは芹沢も同じだった。もうあまり時間がない。乗船手続きもあるから十時半の少し前までには外灘（バンド）の桟橋に着かなければならない。出来たら十時頃までには着きたい。だが、もうひと押しだ、と芹沢は思った。ここでもう一度、弛めるのだ。その後、最後の追い込みにかかる。

なあ、嘉山、本当のことを聞かせてくれよ、と、声にほんのかすか、媚びへつらうような卑屈な調子が響くよう慎重に調律しつつ、芹沢は言った。頼むから、おれが何に利用されたのか、それだけ教えてくれ。それでおれの気が済む。そうしたら、あんたの特務機関だか何だかに協力するという話だって、真剣に考えてもいい。

それで気が済むというのはほとんど本心だった。ことの真相を嘉山に吐かせる。それさえできたら、一応納得し、安らかな心になって上海を離れられる、と芹沢は考えていた。こんな中途半端な疑心暗鬼を抱えたままでは、この町で過ごした六年間の生活を締め括ることはできない。おれへの接触の仕方、段取りのつけかた、蕭（ショー）との面談の場での言動、いきなりおれを切り捨てた遣り口——そうしたすべてをこの二年間、何度も何度も考え直してみて、阿片の一語こそ唯一可能な解だと芹沢はほとんど確信していた。しかし、嘉山自身の口からそう言わせないことには気が済まない。軍が接収した工場で、支那人工員の罷業を突き崩すのに現地の闇社会の力を少しばかり借りる——一応はもっともらしい筋書きだ。が、しかし、ありきたりの政治屋の腹芸の範疇に属するそんな穏便なはかりごと程度が目的だったという話は、現実に進行した事態の経過とはどこか決定的にちぐはぐで、そぐわない。石田課長や大河原課長が信じなかったのも当然だ。成り行きのいっさいが奇妙だが、しかし盤上に阿片の一語を置いてみたらどうだ。どうしても形をなさなかった数々の不揃いのピースのすべてがいきなりぴたりと適合し、首尾一貫したきれいな絵柄が現出するではないか。かつて警察官だった男——それも、自惚(うぬぼ)れかもしれないがたぶん相当に優秀な警察官だった男が組み立てた、一世一代の仮説であり推理だった。芹沢はその当否をどうしても確かめたかった。だが、嘉山の防御は頑強だった。

妄誕(もうたん)、妄想のたぐいだねえ、と彼は言った。面白いお伽噺。それだけのことだ。

ただし、その口調はどこか機械的で上の空で、とりあえず形のうえで否定しているだけ、という印象がないではない。公式上のタテマエを自動的に応答しているようでもある。わかっているならいいじゃないか、わざわざ訊くなよ、と面倒臭そうに仄めかしている——勘繰ろうとすればそう勘繰れないでもない。しかし、嘉山の口からはっきりと言わせなくてはならない。それには最後のひと押しが必要だ。卑屈から一転して、ここでいきなり高飛車に出るのだ。

ほう、面白いかね。じゃあ、もっと面白いことを言ってやる、と芹沢は高圧的な口調で言った。これが「謀略課」が十八番にしている「謀略」ならまだいいさ。しかし、おれは疑わずにいられない。もしかしたらこれは、「謀略課」の内部にさえ話を通じていない、上司も同僚も知らない、あんた個人がたった一人で企てて実行した曲芸なんじゃないのか。麻薬取引という犯罪に手を染めて、汚い金を掻き集めるのも、戦費調達という大義名分が立つうちはまだ情状酌量の余地がある。日本軍の掲げる公義を陰で支えるために、おまえやおまえの所属部局が他人（ひと）には言えないどぶさらいみたいな汚れ仕事を一手に引き受けている、引っ被っているというのなら、それならそれで、まだしも同情……はできなくても、少なくとも理解はできるよ。だがそうじゃなくて、もしかしたらすべてはおまえ一人の私利私欲のためだったんじゃないのか。蕭（ショー）から掠め取った阿片売買の利益は、参謀本部の金庫にではなくて、スイスかどこかにある個人口座に流れこみ、おまえの私腹を肥やす仕掛けになっている。そういう話なんじゃないのか……。

そんなことを信じていたわけではない。頭の端を掠めたことがないわけではないが、ありえないとして即座に棄てた考えだった。何とも嫌味で冷酷な男だが、この男、嘉山清は、おのれ個人の利益を第一と考える我利我利亡者（がりがりもうじゃ）の奸物ではない。こいつはこいつなりに骨の髄まで愛国者なのだ、と芹沢は直感的に理解していた。だからこそ、この侮辱は彼にとってはこたえるはずだ。誇り高い帝国軍人としての自尊心を傷つけられ、感情を昂ぶらせ、何らかの抗弁をしようとするはずだ。

とうにシガーを吸い終り、グラスの中身も飲み干していた嘉山が、突然さっと立ち上がった。不意をうたれ、とっさに言葉を継げずに嘉山を見上げた芹沢は、次の瞬間、背中に何か硬いものがぐりりと押しつけられたのを感じた。振り返る。

いつだったかジェスフィールド路の黒灰色の建物へ芹沢を連れていった、背の低いいかつい顎の男が、芹沢の背後にぴたりと身を寄せて立っていた。こいつの接近にまったく気づかなかった、つい話に熱中し、ここを先途と追い込みをかけようと夢中になって、注意がおろそかになっていた、と芹沢は唇を噛んだ。嘉山の思わせぶりの受け答えは、こいつが気配を殺して近寄ってくるのからおれの注意を逸らすためだったのだ。男は芹沢の耳に口を寄せ、

黙ったまま、ゆっくりと立ってください、と訛りのある日本語で囁いた。騒ごうとする気配を感じたら、わたしはためらわずにすぐ引き金を引きます。

芹沢はぎくしゃくした動作でスツールから下りた。

男が囁きつづけている。これはね、貴国の陸軍将校の護身用にもしばしば下賜されている、三十二口径のブローニング自動式拳銃です。ご存じだろうが、けっこう破壊力があるから、こんな至近距離からだと、あなた、即死ね。わたしが悲しいのは唯一、新調

したばかりのわたしのレインコートのポケットのところに穴が開くことだけ。でもまあ、レインコートなんか、また買えばいいし……。

男の上っ調子な饒舌が疎ましい。そう言えば、前に会ったときも妙にお喋りなやつだと思ったものだ。お節介かもしれんが、こういう種類の仕事にはあんた、向いていないようだな。そう言ってやりたいと思った。嘉山もやや苛立ったように男のお喋りを遮り、部屋に連れていって閉じこめておけ、こいつをどうするかは後で決める、と素っ気なく命じた。次いで芹沢の方へ向き直り、

勇気がある人だ、とさっき言ったかな、と口の端を歪めながら呟いた。しかし、単に愚かな軽挙妄動は勇気とは言わんね。二年間もうまいこと身を隠し通していたのに、わざわざこんな場所に、自分からのこのこと出てくるとはね。少なくとも、こんなふうにいつまでも粘らず、早々に引き揚げていればよかった。警告しておくが、この男がすぐぶっ放すと言っているのは、脅しじゃないよ。逃亡中の殺人犯がゆえのない遺恨からわたしを付け狙い、襲いかかってきたので、護衛の者が射殺した——誰もがすんなり納得する、筋の通った話だ。こいつもわたしも、何の罪にも問われない。さて、わたしは本当に行かなくては……。

嘉山はまた腕時計を見て、九時五分、と呟いた。もう約束に遅れている。では、また後刻……。さっと身を翻して嘉山がバーから出ていき、芹沢といかつい顎の男が残され

た。と、もう一人、どこからともなく背が高くて痩せた、口の左横によく目立つ傷痕のある若い支那人の男が現われ、ぴたりと身を寄せてきて強い握力で芹沢の上膊をがっしと摑んだ。あの日にドイツ製の中型車に乗って現われた二人組の片割れの方だった。二人に挟まれ、不恰好なロボットのように左右の足をぎくしゃくと交互に出しながら、バーを出て廊下を昇降機の方へ向かった。小学校の運動会の二人三脚、いや三人四脚競走みたいだ、とちらりと思ったがもちろん面白くもおかしくもない。自分の脇腹に突きつけられているのが男が言った通りの本物の銃であることには、これっぽっちの疑いも抱かなかった。愚かな軽挙妄動……。止めなさいと美雨は言った、馬鹿ねえ、とも言った……。闇雲に飛び出してきて、嘉山と会うことはできたものの、求めていた言葉はあいつから引き出せなかった。結局、おれの Soliloquy に終った……。

昇降機に乗ると、いかつい顎の男はひとこと、六階とだけぽつりと言った。機械が昇ってゆく途中、操作係のボーイの瞳がちらりと泳ぎ、いかつい顎の男の白いレインコートの不自然な膨らみに目を留めたようだった。その膨らみが芹沢の脇腹にぎゅっと押し当てられていることに明らかに気づいた気配があったが、ボーイは怯えたふうに顔を歪めて即座に視線を逸らした。黙りこくった男三人、みな顔をこわばらせ、ぴりぴりした緊張感を全身に漲らせているにもかかわらず、仲良し三人組みたいに男同士軀をぴったり押し付け合っている。見るからに不自然な姿だろう。しかし、俯いたボーイは操作盤をじっと凝視して固まったままだった。危ないことに巻き込まれたくないのだ。いずれにせよ芹沢にしてみれば、このボーイなりホテル従業員の誰彼なりに助けを求めても何の益もない。騒ぎが起これば彼らは単に警察に通報するだけだ。警察官の一隊が急行してくるのは芹沢にとって何の救いにもならない。それとも、工部局警察に殺人容疑で逮捕されるのは、こいつらに殺されるよりはまだましだろうか。

六階で昇降機を降り、廊下を歩いてゆく途中、突き当たりにFire Exitの表示があるのに目を留めた。若い方の男が621号室の鍵を開け、いかつい顎の男が芹沢の脇腹を銃口で小突いて、入れと促した。

ともかく部屋に入り、銃が男の手を離れる瞬間を待ち、機を見てひと騒動起こす。相手は二人だが、うまく行けば隙をついて逃れられるかもしれない。廊下を全力疾走してあの非常口まで辿り着く。六階からなら、外付きの非常階段を駆け降りても地上までそう遠くはない。……そんな考えを追いながらドアの框(かまち)を跨(また)いだが、三人とも部屋に入ってドアが閉まるがちゃりという音が背後に聞こえた、その次の瞬間、後頭部にがつんと強い衝撃を受けて芹沢は気を失った。

顔に粘りついてくる重い泥を掻き分け掻き分け、何とか息をつごうと必死になっていた。夢というほどはっきりした映像だの物語だのがあったわけではない。音もない。ただ、においはあった。鼻が曲がるような悪臭……。呉淞口(ウーソンカウ)の波止場の岸壁近くの水面にべったりと広がっていた重油のにおい、八仙橋（バシージョー）の娼家の部屋や廊下に籠もっていた饐（す）えた汗と体液と小便のにおい……。浮かび上がらなければと思い、足を蹴って軀を上へ押し上げようとする。が、腰にも脚にも力が入らず、粘っこい泥の中をただゆるゆると動いているだけだ。それでも、蹴って蹴って蹴りつづける。もう息が続かない。自棄（やけ）になり、肺に泥が流れこむのを覚悟で、ひと息、大きく吸いこんでしまう。しかし、ひゅうと気管が鳴る音に続いて肺に流れこんできたのはくさい汚泥ではなく、有難いことに空気だった。ぷはあっと息を吐きながら薄目を開け、眩（まぶ）しさに目がくらんですぐにまた瞼を閉じる。

心臓の拍動に合わせて、がん、がん、がんと殴られつづけるように後頭部が痛む。自分がどこにいるのか、一瞬わからない。映画館の半地下のアパートだろうか、蕭（ショー）の公館の客用寝室だろうか。いや、思い出した……。

ベッドのうえに俯せに転がされ、顔だけ横に捩じ向けている。両腕が背に回され、重ねた手首が固く縛り上げられている。血が通わなくなってどれほどの時間が経つのか、てのひらはもう痺れを通り越して何の感覚もなくなっている。はだしに剝かれた両足も足首のところでしっかりと括られているようだ。どのくらい意識を失っていたのだろう。三十分ほどか、一時間ほどか、それとも数時間か。まったくわからない。

ベッドの裾の方からぼそぼそと支那語で話す声が聞こえてくる。内容は聞き取れない。

芹沢は顔と肩を上げてそちらを見ようとしたが、とたんにひときわ激しい痛みに後頭部を刺し貫かれ、呻きながらまた頭を落とした。話し声が止んだ。

今、何時だ？　という日本語の掠れ声が辛うじて芹沢の口から洩れた。

え……？　という当惑げな小声が返ってきた。

ごほごほと咳き込んで、それから、何時だ？　ともう一度声を張り上げる。今度はちゃんとした怒鳴り声になった。切迫した声で、幾点鐘（ジディゾン）？　ホワット・タイム？　と畳み掛ける。

はあ、うるさいな、と溜め息混じりに日本語で答えたのは、姿は視界に入っていないながら明らかにいかつい顎の男の声だった。零時……少し前だよ。七分前か。もうすぐ日が変わる。

芹沢は目を瞑った。零時七分前。間に合わなかった。さようなら、洪（オン）。さようなら、美雨（メイユ）。

二十四、亡霊たち――一九三九年十月十六日未明

それからどれほどの時間が流れたのか、芹沢には判断がつかなかった。というより判断しよう、見当をつけようという意欲自体が失せていた。決定的な時刻に間に合わなかった以上、もはや早いも遅いもない。どうでもいい。頭の芯が痺れて何も考えられず、ときおり閃く断片的な思念も、いっかな治まってくれない後頭部の疼(うず)きに乱されてまともな形をなさず、すべてはただ、やってしまった、またしてもやってしまった、という漠とした悔恨の中に溶けこんでゆくだけだ。してやられた、という口惜しさではなくあくまで、やってしまった、という自責だった。

洪(オン)も美雨(メイユ)も、船着き場の桟橋で、あるいは刻限が迫ってからは船の中で、ともかくぎりぎりの瞬間までじりじりしながら待っていてくれたに違いない。どれほどの苛立ち、不安が彼らを苛んだことだろう。おれがついに姿を現わさないことが明らかになったとき、そしてエンジンがかかり機関が始動し錨が上げられた船が桟橋を離れはじめたとき、

彼らの間にはどういう会話が交わされただろう。不安や苛立ちは憐れみに変わっただろうか。その憐れみには、あの日本人に裏切られたという不快感も多少は混じらないわけにはいかなかったはずだ。いろいろな心労をかけて本当に申し訳なかった、と芹沢は思った。またしたい、という美雨(メイユ)のあのあどけない囁き声……。所詮、おれには縁がなかったということだろうか——美雨(メイユ)とも洪(オン)とも、香港での新生活という蜃気楼のような夢とも。ありえたかもしれないえにしの糸は、おれがおれ自身の手で断ち切ってしまったのだ。

手足を括られて身動きできない屈辱的な体たらくを従順な家畜のように受け入れ、茫然と寝転んでいるうちにとっくに日が変わって、さあ一時間ほども経ったか二時間近くにもなるのか、向こうの方でノックの音が聞こえたが、それも遠い世界の出来事のようで、芹沢は軀をぴくりとも動かさなかった。ドアが開く音、短い話し声、また閉まる音。

誰かが近づいてくる気配があり、背中の後ろで手首を縛っていた紐のようなものがいきなりぷっつり断ち切られた。足首も自由になった。のろのろと寝返りをうって仰向けになり、上半身を起こす。手を磨り合わせて感覚が甦るのを待った。鬱血し真っ赤に腫れ上がっていたてのひらの血流が甦ってくるにつれひどい痛みが襲ってきたが、芹沢は俯いてじっと耐えた。足の方はそうひどくはなく、ただじんじんと痺れつづけているだけだ。ベッドの横に、白いレインコートを脱いで今は焦げ茶色のスーツ姿になったいかいかつい顎の男がナイフを手にして立っている。芹沢の手首と足首を結束していた紐状のものをそのナイフで切ったのだろう。

おれのナイフだな、返してくれ、と言ってみたが、薄笑いを浮かべているだけで返事をしない。上着の内ポケットを押さえてみると、財布もなくなっているのがわかった。

おれの財布とナイフ、返せよ。

立て、と男が言った。

床に足をついて、ゆっくりと立ち上がった。足の痺れがまだとれずついよろけながら足元を見ると、美雨（メイユ）から借りてきた青いネクタイの切断された残骸が無造作に放り出されていた。これで手首を縛ってあったのだろう。どこかで捨ててきてちょうだい、という美雨（メイユ）の希望は叶えられたな、と皮肉な思いで考えた。ネクタイの横に転がっている黒い布切れの丸められたかたまりは、どうやら芹沢の靴下のようで、足首の方はこれを繋いで縛ってあったらしい。

少佐殿がお呼びだ、おかしなことはするなよ、と言いながら男は芹沢のナイフを畳み、ズボンのポケットに仕舞った。口の横に傷痕のある若い男はいなかった。

芹沢ははだしの足をじかに革靴に突っこんで、蹠（あしのうら）がじっとりした靴底に触れる不快な感触に耐えながら、促されるまま部屋を出た。

いかつい顎の男の前を歩き、昇降機の方へ向かう。部屋を出る前に男は上着の裾ポケットからブローニング拳銃をちらりと出してみせ、おかしな真似をするなよ、と釘を刺したが、芹沢のうちでは男を突き転ばして脱出を試みようという意欲などとっくに萎えしぼんでいた。若い方の男はいなくなっているし、いかつい顎の男もただ銃を持っているぞと口先で念を押しただけで、今回はポケットの膨らみを芹沢の脇腹にごりごりと押し付けてこようともしない。上腕を抱えこまれて引っ立てられてゆくわけでもない。しかし、芹沢は言われるまま、目を落として従順に歩いた。隙を見て襲いかかろうとか逃げようとかいう気力などもう芹沢にはないと、男の方でも見透かしているようだった。

　稼働している昇降機は深夜になると一基だけになり、しかも操作係のボーイもおらず、乗った客が自分で操作する自動運転の方式になるらしい。てっきりロビー階へ降下すると思っていた昇降機が上昇しはじめたので芹沢は少し驚いたが、どうでもいいような気もして、ただじっと足元を見つめたままでいた。もう、どうでもいい、と思っていた。行けと言われるところへどこでも行ってやる。

　がたんとひと揺れして機械が停まり、扉が開いてまったくひと気のない廊下に出て、また歩かされる。背中を小突かれて顔を上げると、あの〈月光餐庁（クレール・ド・リュンヌ）〉の入り口が目の前にあった。十四階まで昇ってきたのか。

　レストランのガラス扉の向こう側には暗闇が広がっていた。閉店時刻をもうとっくに過ぎているのだろう。閉店している以上この扉は施錠されているのではないのか。男に言われて芹沢がぐいと押すと、しかしそのスウィング・ドアはあっさり内側へ開いた。ひと気のないがらんとした店内に足を踏み入れる。広い店内の明かりは大部分消えているが、いちばん奥の窓際の、四人掛けの四角いテーブルのあたりだけは点灯されており、そこに嘉山が座っているのが遠くに見えた。何か既視感をそそる状況だと思いながら芹沢は、暗闇の中からぽっと浮かび上がったその片隅へ向かってゆっくりと歩を運んでいった。〈百老匯大廈(ブロードウェイ・マンション)〉でのあの一夜の出来事が、記憶の底から甦ってこないわけにはいかない。

ふと足を止めて、背後を振り返ってみた。我にもあらず、そうせずにはいられなかった。闇の中に沈みこんでいるこの深夜のレストランの向こうの方に、嘉山が待ち受ける明るい一角があり、おれはそちらに向かって歩を進めつつある――引っ立てられていきつつある、と言うべきかもしれないが。では、おれの背後、反対側の隅の方には何がある？　そちらの隅にはついたてで囲われた一角があり、そこで日本海軍の上海特別陸戦隊の士官たちが無礼講の酒盛りをやっているのではないか。四面海もて囲まれし、我が敷島の秋津洲(あきつしま)、外(ほか)なる敵を防ぐには、陸に砲台海に艦(ふね)……そんな軍歌の調子っぱずれな合唱の声が、そこから不意に湧き起こり、二年余りの月日を越えておれの耳に届いてくるのではないか。そんな怯えが芹沢の背に禍々しい圧をかけ、背筋がぞくりと慄え、横腹に立った鳥肌が腿の方にまで広がってゆく。その怯えから逃れるために、ないとわかっているものをしかし自分の目で見てやはりないと確かめるために、後ろを振り向いてみずにはいられなかった。

むろん、後方はただ闇に鎖されているばかりだ。ついたてなどはない、談笑も歌声も響いてこない。何だよ、という不審と苛立ちの表情で、いかつい顎の男が、不意に立ち止まって背後の暗闇に目を据えてしまった芹沢の顔を睨んでいた。何をしてる、行け、というふうに顎をしゃくる。芹沢はそれに素直に従って、元の向きに戻って歩きつづけた。だが、歩き出すとすぐ、おれの目に視えないだけなのかもしれないな、おれの耳に聴こえないだけなのかもしれないな、という思念が閃き、振り向いて確認したことでいったん消えた怯えが、前に倍する強さで舞い戻ってきた。ついたてはやはりあったのかもしれない。その向こう側では成仏しそびれた亡霊たちが今しも陰気な酒盛りの真っ最中で、生者たちへの呪詛、怨詛のような軍歌を調子っぱずれの音程でがなり立てているのかもしれない。音としては響かない声で自慢話を交わしているのかもしれない。

貴様の刀は何だ、と一人の亡霊が隣りの亡霊に尋ねている。おれは則光と金道と信国、三口持参したんだが、何しろ則光がよく働いてくれてなあ。そうか、おれの貞次も、ここまでずいぶん血を吸ってくれたわ。しかし、あれだけ斬って斬って斬りまくって、刃こぼれ一つないのには感心する。それでも、今度休暇で内地へ帰ったら砥ぎに出すつもりだが……。いやあ、さすが名刀、ひと振りで、スカリ、と首が落ちるのは、まるで大根のようだ。いやいや、それこそ貴様の剣の腕というものさ。いかな名刀でも、腕のないやつが振り回していたらそうは行かん。スカリ、スカリと、まったく骨などどこにあるのかと疑いたくなるくらいだぞ、あっはっはっはっ……。実際、酔っぱらってそんなことを言い合って騒いでいたあいつらのうち何人かは、以後経過したこの二年間のうちにすでに戦死して、本当に亡霊と化しているかもしれない。

それにしても、と芹沢の頭にまた新たな思念が浮かぶ。斬ったり斬られたりの血みどろの戦場は、亡霊たちの徘徊する異世界のように思われないでもないが、言うまでもなく、そっちの方が本当は、現実なのだ。現実世界なのだ。ならば、亡霊は実は、おれたちの方なのではないのか。もしあの海軍士官たちが今この場所に居合わせたとしたら、彼らの目にはおれや嘉山の方こそ亡霊のように映るのではないのか。さっき二階のバー〈ソリロクィ〉のカウンターに嘉山と隣り合って喋っていたとき突然襲われた、圧倒的な非現実感がまた戻ってきていた。戦時などどこ吹く風とばかりに、ゆったりした物腰で高いスコッチを啜り、パイプを燻らせ、ピアノが奏でる甘い音楽を楽しんでいた、あの身なりの良い連中、それに嘉山、おれ自身まで含めて、今ここにいるおれたちこそ亡霊なのかもしれないな。血肉を備えた生身の軀を持っていないのは、おれたちの方なのかもしれないな。あの海軍士官たちが中国人の兵隊や土民や匪賊を斬りまくって流してきた血、今なお流しつづけている血、そして国民党軍の銃に撃たれてあいつら自身の軀から流れ出る血、そういう血の粘稠(ねんちゅう)な重みも、腥(なまぐさ)いにおいも、おれたちとは無縁なのかもしれない。だとしたら、音痴の将校ががなり立てる軍歌の〈日本海軍〉と、老練なピアニストの紡ぎ出す"I'm Getting Sentimental Over You"の甘美な旋律と、本当に醜悪なのはどっちだ……?

その思念をそれ以上辿る余裕はなかった。芹沢はすでに嘉山の座るテーブルの前まで来ていた。指し示されるのに素直に従って、正面の席に腰を下ろす。と、嘉山が、

何か、ひどい目に遭ったらしいね、と薄笑いを浮かべて言い、芹沢の背後に向けて素っ気なく手を振った。背後に立っていたいかつい顎の男が、足音を立てずに離れてゆく気配があった。いやあ、済まなかった、危害を加えるなと釘を刺しておくのをつい忘れていたのでね、と嘉山が口先ばかり申し訳なさそうに言う。

後頭部の痛みを気取られて弱みを見せたくなかった芹沢は、そう言われても頭に手をやらず、ただ黙って背筋を伸ばして座っていた。しかし、いくら表情を消しているつもりでも、たぶん今のおれはひどい面付き(つら)になっているのだろう、と思った。とはいえ、上着を脱いで椅子の背に掛け、ワイシャツにチョッキだけという姿になっている嘉山の顔にも疲労の色が濃い。ネクタイの結び目をだらしなく弛め、姿勢も崩れて少し背が丸まっている陸軍少佐は、訓練された職業軍人らしい風体をまったくまとっていない。

店は閉店したが、ちょいと使わせてもらうことにした、と嘉山が言い訳するように言

った。このレストランの経営にはわたしの組織もちょっと関わっているのでね。

芹沢は頭を横に向け、きれいに磨き上げられた大きな窓越しに外を見た。美しい夜景が広がっている。すぐ眼下の競馬場の一郭は真っ暗だが、それを囲むビル群や家々の窓には、こんな真夜中なのに、あちこちに無数の蛍が蝟集しているような明るい光がきらきらとまたたき、それは数キロ四方にわたって続いている。この二年来明かりが絶えたままの道路も少なくないとはいえ、主要道路の街灯にはすでに輝きが戻り、四通するその光の点線に沿ってヘッドライトを点けた数多の自動車が行き交っている。二年前の九月、〈百老匯大廈〉の最上階の、あれはたぶん廃業したレストランだと思うが、荒涼の気が漂うがらんとした空間の片隅で嘉山と向かい合った、あの夜……。あれはたしか十九階だったか。あそこからの夜景は本来なら、この十四階からの眺望よりまず高さで優るし、それに加えて蘇州河や黄浦江の水景も、ひときわ魅力的な興趣を添えているはずだった。しかし、戦争勃発とそれに続く市街地爆撃からさして時日を経ていなかったあの夜は、灯火管制が布かれていたこともあり、以前ならきっと目が眩むように壮麗だったに違いない展望には、むしろみすぼらしさの印象ばかりが際立ち、芹沢を情けない思いへ誘ったものだった。それに比べれば、いま眼前に広がっているこの夜景の方がはるかにきらびやかで華やかだ。二年間という時間の経過がその差異をもたらしたのだ。

あんたの言う通りになったね、と嘉山が言った。あれから二年か。しばらくすれば復活するだろう、とあんたは予言した。支那という国のしぶとさ、生命力、底力とも言っていたかな。まことにごもっとも。たったの二年でここまで持ち直してきたのだから。

それでは、既視感は嘉山にも共有されていたのだな、と芹沢は考え、

一時代が終った、とあのときおまえは宣告したが、と掠れ声で言った。では、あの言葉は撤回する、そういうことか？

いや、撤回しない、と嘉山ははっきりと言った。歴史の裂け目というものがある。われわれはもう、それを越えてしまった。後戻りはもはや不可能だ。たしかにこの都市の繁栄はあれ以来、急速に復活してきているように見えるがね。その勢いがこのまま続くとはとうてい思われない。復活はたぶん仮象でしかない。これからまだまだ、いろいろなことが起こるよ、いろいろなことが……と低い声で繰り返しつつ、嘉山は半ば放心状態で夜景にぼんやりと見とれているようだった。

じゃあ、そのいろいろなことのための、準備なんだな、日本陸軍が阿片売買に手を出すのも。芹沢は一応そう言ってはみたが、何かもうどうでもいいような気がしなくもなかった。結局おれは、間に合わなかったのだから。おれはもう空っぽだ。

嘉山は芹沢の顔に視線を戻し、呆れ果てたような表情になって、

何と、しつっこいご仁だねえ、と呟いた。いい加減にしたらどうなんだ。警察犬の習性がまだ抜けないのか。

おれはもう警察とは縁がない。それはさっきおまえが言った通りさ。おれはただ、知りたいだけだ。

蕭とわたしがどんな話をしたのか、知ってどうなるね。こんなふうにどつぼにはまってしまったあんたの境遇が、それで今さらどう好転するわけでもあるまい。

どうもならなくて結構。ただ知りたい。それだけだ。警察とも関係ない。

知ろうが知るまいが同じことだろう。

同じではないな。

知ると、何か良いことがあるのかね。

良いことなんかあるものか。

では、放っておいたらどうだ。

放っておけないな。良いことなど何もない。ただ、知るのと知らないのとでは天地の隔たりがある。

不毛な押し問答だと半ばうんざりしつつ、自動的な応答のようにそう呟いて、しかし次の瞬間、その言葉が不意に切実な余韻を伴って自分の中に反響するのを芹沢は感じた。そうだ、知るのと知らないのとでは大きな違いが、決定的な違いがある。おれは知りたい。それと引き換えに、上海脱出の途を棄てたのだから。そうなるかもしれないと恐れながら、いや、そうなると薄々知っていながら、脱出の機会を棒に振ったのだから。芹沢は意識がはっきりと覚醒し緊張し、軀の中心に何か真っ直ぐな棒のようなものがすっと通ったのを感じた。すると、ここまでただ漠然と目を遣っていただけだった正面の嘉山の顔に、鮮明なピントが合った。呆れ返ったような、小馬鹿にしたような表情を浮かべたその顔が、唇の端を歪めながら、

つまらないこだわりだな、と言うのを、正面から受けとめた。

つまらなくても何でもいい。単に、おれの名誉の問題だ。自分でも思いがけない言葉が不意に口から飛び出した。

嘉山は一瞬虚を衝かれたように芹沢の目をまじまじと覗きこみ、それから、あっはっはっはっ、と心底おかしそうに笑った。

名誉……名誉とは！　笑わせてくれるねえ、芹沢さん。

いくらでも笑え。

事件の真相を言い当てて、それであんたの名誉が回復される、そういう話か。馬鹿馬鹿しい。名誉なんてもの、あんたにはひとかけらも残っちゃあいないよ。名推理だったねえ、大したもんだねえと褒めてほしいのか。芹沢一郎はさすがに有能だ、優秀だ、警察官の鑑だ、と。

嘉山は手にしていたグラスを口元に運んで、生のままのウィスキーとおぼしいものをごくりとひと口飲み、芹沢の目を覗きこんだまましばらく黙っていた。それから、笑い

の名残りをたたえた唇の端が不意にぴくぴくと動き、

そう、たしかに蕭炎彬(ショー・イーピン)とは阿片売買の話をしたさ、と、他愛のない冗談でも飛ばすようにあっさりと言ってのけた。しかし、そんなのはちょっと考えれば誰でも見当がつくようなことだろう。関東軍がずいぶん前から満州で阿片を製造していることは、あんただって知らないはずはない。海南島での阿片製造にわが軍が関わっていることも、どこからともなく機密が漏れ、すでに風評となって世間に広まっている。あのときそういうことをまったく考えず、わたしの与太話を頭から信じこんで素直に使いっ走りをしてくれたあんたが、信じられないほど間抜けだった。単に、それだけのことじゃないのか。得意の名推理が的中したと言って今さら悦に入ってもらっては困る。

おれが間抜けでなかったとは言っていない。ただ……。

ほう、間抜けにも間抜けなりの意地がある、名誉もある、そういう話かね？　頓馬(とんま)な警察犬に、今さら名誉もへったくれもあるものか。あの晩以来今この瞬間に至るまで、あんたが演じつづけた道化っぷりと来た日には——。

では、やはりそうだったんだな、と、芹沢は嘉山の軽薄な饒舌を遮っておっかぶせるように言った。薄汚い儲け話、単にそれだけのことでしかなかった。そういうことだな。

金に汚いもきれいもないんだよ、芹沢さん。わが皇軍はこの戦争にどうしても勝たなくてはならない。そのために必要なのは兵士の増員、彼らに払う給料、彼らに喰わせる食糧、彼らに持たせる武器、すなわち兵站線の確保だ。戦費があまりに不足している。対重慶の特務工作機関を創設し維持するのにも莫大な金がかかる。そうしたすべてはいったい何のためか。この世界史の一大転換期にあって、天壌無窮の皇運を扶翼し奉る。ただその一事だ。そのために使われる金が、尊い金でなくて何なんだ。

そんな手品みたいな詭弁で、汚い金がたちまち尊い金に変わってたまるか、と芹沢は吐き棄てた。

汚い、汚い、と馬鹿の一つ覚えのように言うが……。いったいどこが汚いのか、わたしには——。

麻薬の製造と売買は、違法だ。

はあ……と、嘉山は大袈裟に溜め息をついてみせた。何を言うかと思えば……。これは適法、あれは違法、法の番犬の吠え声の、何とまあ単調なことか。勤務先の警察からあんな仕打ちを受け、尻を蹴り飛ばされるようにして追い出され、二年も経つのに、それでも軀に染みついた警察官根性がまだ抜けないんだな。法の番犬、法の寄生虫、法秩序をよすがに食い扶持を稼いでいる小役人——何と呼んでもいいが、あんたらは本当に、目先のことしか見えないんだねえ。なあ芹沢さん、世の中には法を超えるものがあるんだよ。通常の法が無効化する、法が法としての機能を停止せざるをえなくなる、そういう事態が出来することがある。わが友邦ドイツには、それを「例外状況」と呼び、緻密な理論を組み立てている法学者もいる。今起きていることは、何だ？　戦争だ。戦争こそは「例外状況」の典型だ。あんたら番犬どもが後生大事に守り通そうとしているご主人の命令、つまりは法などというものは、この例外的な非常時においては、三文の価値もない。

だから平然と、殺す、盗む、犯す、そういうことか。芹沢がそう言ったとき彼の頭の中には、南京を攻略した日本軍がまるで牛や豚を食肉用に処分でもするような大量殺戮と残虐行為を繰り広げたと決めつけた、あの日の『ニューヨーク・タイムズ』の記事の"Butchery Marked Capture of Nanking"という見出しがまざまざと甦ってきていた。

嘉山は返事をしなかった。

戦争にだって戦争なりのルールというものがあるだろう、と芹沢は言いつのった。戦争とは武装軍同士の衝突、戦闘、殺し合いだ。武器を使った潰し合いだ。だが、麻薬の売買はそれとは何の関係もないぞ。無辜（むこ）の一般民衆が、軀も心も冒され、ぼろぼろになって死んでゆく……。一瞬我知らず瞼が閉じて、さっき別れてきたばかりの美雨（メイユ）の、肉が落ち目の下に隈が出来た顔が眼裏（まなうら）に浮かび、気持の昂ぶりのあまりつい言葉が途切れた、その間隙に割り込むように、

所詮、支那人だ、と嘉山はつまらなそうにあっさり言った。

芹沢は両のてのひらをテーブルのうえに力いっぱい、ばんと叩きつけた。激昂のあま

りしばらく声が出ない。気を鎮めるために一つ大きく息を吸いこみ、呼気をゆっくりと吐き出しながら、途切れ途切れに、

支那人だろうが、何人だろうが、人間は人間だ……とようやく言いはじめた。が、胸の動悸が一気に高まるほどの内心の憤怒とはどこか根本的に掛け違ったそんな言葉のあまりの抽象性に、我ながら辟易して、歯がゆさともどかしさからつい語勢が弱くなってしまう。その尻つぼみのさまを嘲弄するように、

無辜の民衆ねえ、と嘉山が嵩にかかって追い討ちをかける。みずから進んで阿片漬けになるような、無知で無教養な敵国の賤民どもに、あんた、同情しているんだね。何とまあ、お優しい心を持っておいでだ。武器を使った潰し合いと言ったね。しかし、阿片だって武器なんだよ。それによって支那の国力がじりじりと削がれてゆくのを思えば、麻薬をばら撒くのだって、広い意味での戦闘行為の一種にほかならない。わたしはそう思っている。だから、言うまでもないが、むろん日本国内には、阿片など一ミリグラムたりとも入れさせせん。清浄な大和魂が麻薬に汚染されてしまうような事態には、軀を張って抵抗してきたし、これからもそうするつもりだ。

支那人ならば、阿片の毒で廃人になろうが、骨と皮だけになって惨めに死んでいこうが、どうでもいい。そういうことか。

もともと惰弱で意気地のない民族だ、と嘉山は嫌悪感に顔を歪め、酸っぱい唾でも吐

くように言った。阿片を吸う吸わないは、彼ら自身の選択だ。それにね、阿片というのはね、単に厭わしい毒というだけでもないようだよ。何やら途方もなく澄明に意識が晴れ渡り、穏やかで静謐な法悦感がもたらされるらしい。コクトオというフランスの詩人がそう書いている。

だがな、その法悦と引き換えに、心も軀も蝕まれ――。

だから、それは支那人自身の問題だと言っている。甘い甘い毒で脳が麻痺し、この濁世の汚穢も貧苦も忘れ去って、蓮池にきれいな花々が咲きみだれる極楽浄土に遊ぶ夢に溺れながら、そう歳をとらないうちに死んでゆく。幸いなことに、死んでいける。生きていたってどうせ良いことなんか何にもないのだから。それを可能にしてくれるなら、麻薬はやつらにとって何よりの恩寵だろう。阿片の普及はむしろ慈善じゃないか。やつらに慈悲をかけ、功徳を施してやるようなものじゃないか。

陋劣で、醜悪な言いぐさだ、と芹沢はすっぱりと断ち切るような鋭い語調で言った。コクトオなんか知ったことか。ああ言えばこう言う。ぺらぺらぺらぺら、よく喋る男だな、おまえは。しかし、どう言い抜けようが、言い繕おうが、違法なものは違法だ。われわれは法治国家に暮らしている。そして、法は正義を守るためにある。正義は普遍的で、そこには支那も日本もない。同様に、陋劣と醜悪にも、国は関係ない。陋劣で醜悪な人間がたまたま日本人なら、単にその存在自体が日本の汚辱だという、単にそれだけのことだ。

正義……とねえ。名誉の次は正義か。またしてもご大層な言葉が出てきたもんだ。正義は普遍的……か。ふん、わたしはそんなものはこれっぽっちも信じていない。興味もない。普遍とは、何だ。ユニヴァーサルということかね。ユニヴァースってのは、宇宙だろう。あんたはどうか知らないが、わたしは宇宙に生きている宇宙人じゃあないぞ。わたしは日本に生まれた純血の日本人だ。そして日本は今、支那と戦っている。

芹沢は居住まいを正し、嘉山の目を見据えて、ここだな、と思った。まさにここ、この地点で、こいつとおれは決定的に離反する。

知ってるよ、と芹沢はむしろ穏やかな口調になって言った。事変ではない、戦争なんだ、と、ご親切にそう教えてくれたのは、考えてみればおまえだったしな。

むろん、戦争だ、と嘉山は嚙みつくように言った。そして、戦争の渦中では敵軍と友軍があるだけだ。敵か味方か、あんたはどっちだ、どっちの側に立っている？

赤紙が来たら、迷わず応召して戦地へ行く。行って敵兵を撃つ。——二十歳かそこらの頃だったら躊躇なくそう答えていただろうな。

二十歳かそこらの頃？　では、今は違う、そういうことだな？

今は……今はどうだろう、よくわからん。もうわからなくなってしまった。

ふん、わからないか。共同租界、International Settlement か……。なまじインターナショナルなんぞというぬるい場所に身を置いて、おまわりなんかやってたから、わからなくなっちまったんだろう。敵か味方か、こんな簡単な質問に——。

名誉の問題は、その質問とは無関係だ。芹沢があっさりそう言うと、嘉山は気を呑まれたように一瞬、黙った。それは敵とも味方とも何の関係もない、と芹沢は静かに言葉を続けた。今さら名誉もへったくれもあるものか、とさっきおまえは言ったな。そうかもしれない。が、しかし、もしそうなら、同様に、おまえが一生懸命に仕えている天壌無窮の皇運とやらにだって、ひとかけらの名誉もない。おまえらの陋劣と醜悪が、この戦争に臨んで日本が掲げている高邁な大義自体を、はなから帳消しにしている。なぜならそれは日本人としての、ではない、人間としての陋劣と醜悪だからだ。

おまえらの陋劣、とあんたは言うんだな、と、今になってはたと思い当たったというような誇張した思い入れとともに嘉山は言って、にやりとした。自分の陋劣ではない、と。そうか、そうだったよな。今の今まで忘れていたが、あんたは、半分だけしか日本人じゃない。われわれは支那と戦っているが、そのわれわれの中にあんたは含まれていない。やっぱり、そういうことなんだよな。血の濁ったあいのこには、雑種(ザッツォン)には、所詮、愛国心というものが理解できない。当然の話だよな。それにしても——。

そこで言葉を途切らせた後、ここまで人を小馬鹿にしたような口調で淡々と語っていた嘉山は、彼のうちで自制の糸がぷっつり切れたかのように、不意に声を高めた。丸ま

っていた背筋がぴんと伸び、顔をぐっと近づけ、ここまで「あんた」だった呼びかけが突然「おまえ」になって、

それにしてもおまえは、と、そう大きいわけではないが何か空気をびりびりと震わせるような声で一喝した。今さら正義なんぞを盾に取って、偉そうな説法を垂れられるような柄か。芹沢、おまえは、人殺しだろう。おまえはいったい、正義感から乾を殺したのか。そうじゃないだろう。おまえ自身は、陋劣でも醜悪でもないと言えるのか。

その問いに対して返す言葉は、芹沢のうちにはなかった。あるとすればただ、たしかにおれもまた陋劣だ、それは間違いない、しかし何によっても正当化されえないおれ自身の陋劣について、おれはいっさい弁明しない、嘉山よ、おまえの陋劣とはそこが違う、という言葉だけだった。おまえのは、いくらでも正当化の手立てがある陋劣だ。東亜新秩序……国体の精華……天壌無窮の皇運……。おれのには、それがいっさいない。言い抜けようがない、言い繕いようもない。だから、おまえのように能弁に、ああだこうだといろんな言い訳を並べ立てるつもりはない。のみならず、弁明しないぞと口に出して言うのも弁明の一つにほかならないから、おれはただ黙っているほかはない。一つ確実なのは、陋劣を正当化しようと饒舌に喋り立てることでおまえが失うものがあり、陋劣をなじられても黙りつづけることでおれが守れるものがあるという、その一事だけだ。むろんその一事じたいも声に乗せて発しようがない。

しかし、その一事は芹沢の長引いた沈黙を介し、芹沢の無音の声に乗り、嘉山にたしかに伝わったのではないか。芹沢はそう感じた。

ともあれ、互いに言いたいことはぜんぶ言い合ったな、と芹沢は思った。いっそすがすがしいとも言える。〈百老匯大廈〉のときのような猫撫で声での嘘と世辞と社交辞令の交換ではなく、なまの本音を露骨に、徹底的にぶつけ合い、その挙げ句、こいつとおれが決定的に離反する地点にまで至り着いた。このウナギみたいにぬるりとした、捉えどころのない男の、首根っこのところは何とかしっかと摑みおおせ、その最終地点まで引きずっていった。おれの方が引きずられていったのかもしれないが、それはまあどっちでもいい。いずれにせよ、おれとこいつが絶対に握手をできない場所の所在だけは判然となった。そして、こいつから聞きたいだけのことは聞き出した。上海脱出の計画は潰えたが、それを償ってくれるだけのものはおれなりに得た、と芹沢は考えた。そう自分に言い聞かせ、努めて納得しようとした。残るのはただ――。

さて、残る問題は、と一分ほども続いた沈黙を破って嘉山がぽそっと言った。おまえをどうするか、ということだ。

どうするつもりなんだ。

嘉山はしばらく黙っていて、それから、

なあ、芹沢さん、あんたは、日本がこの戦争に勝つと思うかね、と、質問というより独りごとのように呟き、またグラスからウィスキーをひと口、がぶりと呷った。

どうしても勝たなくてはならない、とさっき言ったのはおまえだろう。勝つか負けるか二つに一つ。そういう二者択一の問題なのかどうかさえ、実はそもそもわからない。むろんわが皇軍が、あんなへなちょこの国民党政府軍相手に負けるはずはない。局地戦ではどこもかしこも連戦連勝だ。なのに、わが国の勝ちの目が、いつまで経っても見えないのはどういうわけだ。負けもしないが勝ちもしない。だったらそれは結局、負けではないか……。

負けだろうな、と芹沢は言下に答えた。

その言葉が耳に入ったのか、入らなかったのか、嘉山はそっぽを向いたまま、

満州事変までは、まだ良かった、と呟きつづける。もう八年前になるのか……。満州国建設も、悪くはなかった。あれは石原中将閣下の透徹した史眼と、緻密で独創的な頭脳によってのみ可能となった、真に非凡な作戦だった。つくづくそう思うよ。しかし、二年前の盧溝橋事件以降の成り行きは……。石原閣下は頑強に不拡大方針を唱え、抵抗しつづけたのに、参謀本部の大勢についに押し切られてしまった。世論の大勢に、と言うべきなのかね。今の参謀本部の指導層には、石原莞爾の天才を容れる器量はもはやないのだ。もう、とめどがない。戦線は野放図に拡大しつづけ、もう収拾がつかない……。

収拾がつかない、じゃあないだろう。誰がどうやって収拾をつけるか、だろう。芹沢

がそう言うと嘉山は、

　そうね、と、虚を衝かれたようにぼんやり言って、人と対座しているのをつい忘れてしまっていた、今それに急に気づいたとでもいったような、軽い驚きの籠もった目で芹沢をまじまじと見つめ、それから疲れた微笑を浮かべた。あんたは面白い人だ。正論を言うからね。正論を言う人には、近頃とんと会わなくなった。正論ってものの馬鹿馬鹿しさを誰でも身に沁みて知ってしまった、そういうご時世だからな。芹沢さん、何か酒でも飲むかね、ウィスキーか何か……ビールもあるぞ……。

　要らん、と芹沢は言った。実際、頭痛がひどくて酒どころではなかった。

　あんた、おれの機関で働く気なんか、本当はないんだろう。

　間が空いた。

　それならそれでもいい。人目を避けてこそこそ逃げ回って、この町のどぶ泥の中に顔を突っこんでのたれ死んでくれるなら、それでもいいさ。ところが、こんな時間が経った後になってわたしの前へのこのこと現われて、青臭い正論をぶつけてくる。しつこい亡霊みたいに付きまとってくる。

　ふん、亡霊ね、やっぱりそうかい、と芹沢は思った。とうに死んでいたはずのものが、素直に幽明界（さかい）を異（こと）にし彼岸の世界へと去っていってくれず、まだこの現世にしつこくとどまっている。こいつの目には、おれはそう映っているというわけか。いや、おれは亡霊ではないぞ、と思った。亡霊でも幽霊でも幻影でもない。そうであってはならない。おれは現実世界の側に立っていなければならない。今そこにいないとしたら、そこへ、現実へ――そのとめどなく深まってゆく荒廃、手の付けようのない混乱、けたたましい騒擾のただなかへ、還っていかなくてはならない。そこがどれほど醜悪であろうと、陋劣であろうと、だ。

もう付きまとう気はないよ、と芹沢は嘉山の目を見つめて穏やかに言った。おまえの口から、聞きたかったことはぜんぶ聞いた。もうおまえには興味はない。

それを信じていいのかどうか。

信じてくれ。

どうしたもんか……。

どうする。おれを殺すか。

ん……独りでのたれ死んでくれないのなら、そういうお膳立てをこっちで整えてやる。そうするしかないのかもしれん。

嘉山の視線がゆらりと動き、芹沢の背後に向けられた。どこか向こうの方で暗闇の中に控えている、いかつい顎の男の方を見遣(みや)ったのだろう。

なあ、今になってあんたが騒ぎ立てても、もう何の意味もないことなんだ、と倦み果てたような口調で嘉山は言った。蕭炎彬(ショー・イーピン)から分捕った阿片の密売ルートは、どっちみちもうほとんど壊滅状態だ。あいつ、尻に帆掛けて、あっと言う間に逃げ出しやがって……。徒労だったということさ。すべては徒労だった、今も徒労だ、これから先もずっと徒労だろう。そういうことさ。今夜のあんたとの会話も、むろん徒労中の徒労、その最たるものでしかない。こうして徒労を重ねるうちにも、明治の大帝と元老たちが築き上げた世界に冠たる大日本帝国は、底無しの泥沼の中に、ずぶずぶ、ずぶずぶと、とめどなく沈んでゆく……。

　目が据わったようになった嘉山の独白の、最後のあたりの声の濁りようには何やら無慙（むざん）な印象があった。この男は実はひどく酔っぱらっているのだと、芹沢は突然気づいた。顔にはまったく出ていないし言語も思考も明瞭なので、今この瞬間まで想像してもみなかったのだが、ひょっとしたら存外、泥酔状態に近いのかもしれない。二階のバーで別れたのが午後九時。その後誰かと会ったのかもしれないが、その間も含め、この数時間というもの、この男はずっと飲みつづけていたのではないか。

　それにしても、よく喋る男だ、と芹沢は少々呆れないでもなかった。いったん蛇口が弛めば後はもう、だだ漏れではないか。酒の酔いのせいばかりではあるまい。〈百老匯（ブロードウェイ・）大廈（マンション）〉の晩、あんなふうに喋りまくったのは情報将校としてはやや異常と映ったが、そのいっさいが瞞着を意図した虚言だとわかって、一応納得が行ったものだ。しかし結局こいつは、生来お喋りな男なのだ。嘘も本音も、箍が外れたとたんに口からどっと溢れ出す。それとも、彼なりにずっと抑えに抑えていたものが、この機に噴出したのだろうか。

もう一つだけ訊く、と芹沢は言った。アナトリーを殺したのはおまえらか？

アナトリー……何だ、それは？

乾が使ってた下っ引き(ぴ)だ。おれの部屋から写真を盗んでいった。

ああ……ロシア人の小僧っ子か、あんたの、アレか、お稚児さんか、シャンソンを聞くのが好きな……と言って、面白がっているような表情がぼんやりと浮かんだ。芹沢のアパートの裏手の横丁に停めたシヴォレーの中で話をした夜、階上からかすかに伝わってきた蓄音機の音楽のことを言っているのだ。モオリス・シュヴァリエ……。お気楽なやつたあ、おれのこと！……じたばた悩まず、ただまっしぐら……。こいつはあの頃からすでにおれの私生活のすべてを把握していたのだ、何もかも承知のうえで、ほう、あれはフランス語だな、どこかの部屋でシャンソンが鳴っている、などととぼけていたのだ、と改めて思い当たり、しかしそのことに今さら驚きもしなかった。

ほう、死んだのか、あの小僧っ子は……。知らなかったな。いや、わたしは何にも知らん。そんなチンピラのことなんか構っている暇が、われわれにあると思うかね。殺された、とねえ……。その小僧は何だか、ほうぼうで鼻つまみ者だったという話じゃないか。不思議でも何でもないだろう。この町では日常茶飯事だ。そんなつまらんことの尻まで、いちいちこっちに持ち込まないでくれ。

かすかな苛立ちを滲ませた嘉山の表情をじっくりと観察しながら芹沢は、これは信じていいだろう、と思った。この男にとってアナトリーは、乾を通して話を聞いていただけの下っ端の一人で、生きようが死のうがどうでもいい、けちな小物にすぎなかったはずだ。小狡(こずる)く立ち回り目いっぱい得をしようとして、結局何もかも失ってしまったアナトリー……。可哀そうなアナトリー……。そのとき、がたんと椅子を引いて嘉山がふらりと立ち上がったので、感傷的な感慨を突然断ち切られた芹沢はびくっとして、思わず軀をのけぞらせた。

なあ、球でも撞くか、と上の空のような口調で嘉山がぼんやりと言った。

えっ……。

〈月光餐庁(クレール・ド・リュンヌ)〉には食前酒を嗜む客たちが利用する待ち合わせ用の一角があり、バー・カウンターと幾つかの小さな丸テーブルがしつらえられている。最初このレストランに来て嘉山の姿を求めてぐるりと見て回ったとき、そのカウンターの脇に、食事前の客の時間潰しのためだろう、撞球台が置かれていることに芹沢は気づいていた。嘉山はそちらに向かってゆっくりと歩いてゆく。その途中で、酩酊のせいだろう、軀が一度大きく揺れ、体勢を立て直そうとして足を踏み締め直したのがはっきりとわかった。嘉山の足の向かう行き先を察して先回りするように、店内の暗闇の中のどこかに身を潜めているいかつい顎の男がスイッチを入れたのか、撞球台のうえの照明がぱっと灯った。

嘉山は壁際のラックからキューを一本取り、それを手に台の横に立って、十メートルほど先から芹沢の方を見遣っている。

あんたはビリヤードをやるんだったよな。球を撞いて、それで決めることにしよう。それでもしおれに勝てたら、あんたを放免してやる。嘉山のその静かな声ががらんとしたレストランの内部に反響した。無表情な彼の顔は酒の酔いで赤らんでいるどころか、逆に血の気が引いて、何やら凄愴な気配を漂わせるまでに蒼ざめている。芹沢は腹の底が冷たくなるのを感じた。どうしてまたそんな酔狂を思いついたのか、嘉山が言い出したことの、内容自体は馬鹿馬鹿しい。だって、そうではないか。突然、ビリヤードをやるのだという。時間潰しの室内ゲーム。棒の先で球を撞き、別の球に当てるお遊び。その勝敗で、一人の男の生死が決まるのだという。あまりにも馬鹿馬鹿しいではないか。しかし、そのあまりの馬鹿馬鹿しさそれ自体が、この男がとことん本気であることの証明となっている——芹沢の頭をそんな直感がよぎったのだ。

がんがん痛む後頭部を押さえながら、芹沢は立ち上がった。薄暗がりの中を抜けてのろのろと歩を進め、撞球台に近づいてゆく。ぱっと明るい光の中に出て、撞球台の傍らに立ち、顔を顰めて、

じゃあ、おれが負けたらどうするんだ、と言った。おれを殺すのか。

嘉山はそれには答えず、右手に握ったキューで台の縁をこんこんと叩いた。

さあ、キューを選べ。どれでも好きなのを使え。ナインボールの勝負で決めよう。

その撞球台は、四隅に一つずつ、長い方の辺の中央に一つずつ、つごう六つのポケットが付いた平凡なプールテーブルだった。ナインボールとは、プールテーブルでもっとも一般的に行なわれる代表的な競技だ。白の手球を撞き、一から九まで数字が振られた九つの色付きの的球に番号の順に当てて、ポケットに落としていき、失敗したら交替し、先に九番の球を落とした方が勝ちとなる。中学生の頃から叔父に連れられて撞球場に通っていた芹沢は、ビリヤードの腕に関しては多少の自負がないでもない。ただし彼が好んでやっていたのはポケットのないキャロムテーブルの競技で、球をポケットに落としてゆくプール競技には経験が乏しい。

おれはキャロム競技専門なんだ、と芹沢は弱々しく呟いた。キャロム台での四つ球とかならまだしも、ナインボールは……。

これしかないんだから仕方ないな、とワイシャツの袖を捲り上げながら嘉山が言った。さ、キューを取れ。三ゲーム先取した方が勝ち、そういうことにしよう。

しかし、芹沢は立ち尽くしたままでいた。嘉山の頓狂な気紛れに結局は応じて、というか例によって半ば脅迫されながら屈して、球撞き遊びなんぞにおとなしく付き合う。言われた通りに、従順に、こいつの気晴らしの相手をしてやる。そのこと自体、業腹だった。誰がおまえと遊んでやるものか、と思った。

やらないのか。では、不戦敗、あんたの負けということでいいな？　あの男を呼んで、あんたの身柄はあいつに委ねることにするぞ。あいつがあんたをどうするか、わたしはあんまり想像したくないね。

おれは球撞きは、友だちとしかやらないんだ、と芹沢は呟いた。

友だちか……。悠長な言葉だねえ、と嘉山は言った。おれには友だちなんか、一人もいないよ。

おれにもいないな、もういない、と反射的に応じながらしかし、芹沢の頭には洪（オン）の顔がふと浮かんだ。もはや香港へ向かう船の上の人となって、今この瞬間も上海からどんどん遠ざかりつつある洪運飛（オン・ユンフィ）……。

じゃあ、いいじゃないか。友だちのいない淋しい男同士で、球を撞く。日本陸軍参謀本部付少佐と元上海工部局警察官が、こんな真夜中、こんな場所で、こんな……。

言葉を途切れさせた嘉山の上半身がふらりと泳ぎ、しかし、キューを持っていない方の左手で撞球台の縁を摑んで、嘉山は辛うじて軀を支えた。こいつの腕前がどの程度のものなのか知らないが、こんな酔っ払い相手なら勝てるかもしれない、案外楽勝かもしれないぞ、と芹沢はふと思った。しかし、おれだってひどい頭痛で足元が定まらない。キューを真っ直ぐ撞けるかどうかも怪しい。いや、身体的状態より、問題はむしろ、まともに頭が働かないということだ。ナインボールは実はとても複雑な頭脳ゲームだ。ある水準以上の技倆を持つ上級者同士の競技では、手先の器用さや撞き技の巧拙は、まあ重要でなくはないにしても、本質的には二の次のようなところがある。当面の狙い球をポケットするだけのことなら話は簡単で、いちばん肝心なのは、その狙い球を落とした後に残りの球がどういう配置になって静止するか、それをどれほど読めるかということにある。先の先まで読み、将来にわたる最適のポジションを設計し再設計し、プレイ継続の権利を保持しつづける——その構想力の競い合いがナインボールなのだ。

その読みは最低限、二つ先の的球まで及ぶべきだと言われている。一番目の的球を狙いつつ、続けて二番目を当てやすい位置へと手球を誘導する。それは当然だが、本当はそれだけではまだ足りない。そのとき同時に、もう一つ先の三番目の的球にまで構想が届いていなければならない。一番目を狙うときにすでに、次の二番目を狙いやすく、なおかつさらに、三番目へのポジションが取りやすい場所へと手球をコントロールすることを考える。そんなややこしい思考をめぐらせつづける心の余裕など、今の芹沢にはあるべくもなかった。やっぱりやめておこう、と言おうとして口を開きかけた瞬間、

くだらんな……という、聞こえるか聞こえないかというほどの嘉山の呟きが耳に入った。嘉山は俯いて、手にしたキューを見つめながら独りごとを言っていた。陋劣な軍人と陋劣な警察官……無意味な遊びだ……。どっちの陋劣が勝って、どっちの陋劣が負け

るか……いや、どっちも最初から負けに決まっている……。つまらんことだ……。

それで、ふと気が変わった。くだらないのか、つまらんことなのか。それは、良いな、と芹沢は何となく思った。実に良い。何とも、おれ向きじゃないか。つまらんことであればあるほど、やりがいがある。陋劣の競い合い、という嘉山の言葉も気に入った。何とも鼻持ちならない糞ったれ野郎だが、なかなか気の利いたことを口走るもんだ、と思った。

カウンターに近寄った。蓋の開いた酒瓶が置かれている。中身が半分ほどに減っているその瓶を手に取って、ラベルをしげしげと眺めてみると、〈クラガンモア〉というウイスキーだった。シングル・スペイサイド・モルト、とある。17 years とも書いてある。スペイ川流域というのはたしか、モルト・ウィスキーの名産地だ。そこの蒸留所で作られた十七年もののウィスキーか。さぞかし高いのだろう。氷河に削られた痕跡を残す、スコットランドの荒涼とした谷や広野の風景……。一度は実際に行って、自分の目で見てみたかったたな。もう、駄目か。おれの人生はここがどん詰まりか。

グラスを探すのも面倒で、芹沢は瓶の口にじかに唇をつけ、舌を焼くような液体をぐびっ、ぐびっと咽喉の奥に流し込んだ。実に美味い。何かの果物のような香りがかすかにする。ウィスキーのかたまりが胃の腑まで落ちると、そこからかっと熱が発して四肢のはしばしにまで広がっていった。その熱とともに多少の気概が甦り、躯のうちに漲ってくるのを感じた。芹沢は嘉山に向かって、明治の大帝と元老たちが築き上げた大日本帝国が、泥沼の中にずぶずぶと沈んでゆく、とか何とかさっき言ってたな、と声を投げた。その「ずぶずぶ」だがな、どっちのせいなんだ？

え……？　俯いていた嘉山が目を上げた。

「ずぶずぶ」は、帝国のせいか、泥沼のせいか、どっちだ？　どっちが悪いんだ？

芹沢を見つめ返す嘉山の瞳はガラス玉のように無表情だった。

帝国を沈めにかかっている泥沼の方が悪い、乾いたちゃんとした地面でいてくれればよかろうに、こんなにずぶずぶの、臭い汚い泥沼になりやがって——と、おまえらはそう思っているんだろう。しかし、本当にそうか？　建物が揺らぐのは、土台をしっかり造っておかなかったせいじゃないのか？　地盤が不安定な土地に家を建てようと思ったら、まず第一に、堅固な土台を、基礎を造っておかなくちゃならない。それが常識ってもんだろう。大雨が降ったらいつなんどき地盤がゆるんで支持力を失うかもしれない、地震が起きたら地滑りや地割れが生じたりするかもしれない、そういう土地に家を建てようとするなら、地下深くの堅い岩盤まで届くような鉄骨の支柱を、必要な数だけまずしっかりと打ちこんでおかなくちゃならない。それを怠って、とにもかくにも見栄えの良い上物（うわもの）だけを急ごしらえで造って、何とか体裁だけ整えようとした。その付けが、今になって回ってきた。そういうことなんじゃないのか？

嘉山は返事をしなかった。

おまえの出た陸軍士官学校だって、おれの出た東京外国語学校だって、本当はそういう鉄骨の支柱の一つだろう、と芹沢は言葉を継いだ。支柱たるべく構想され設立された制度のはずだろう。ところが、そうはならなかった。支柱としての長さも足りず、材質ももろかった。ならば、そこで教育を受けたおれもおまえも、どこか土台のやわな、基礎のいい加減なところがあるんじゃないのか。教育制度だけの話じゃないぞ。政治、法、思想、哲学……すべての支柱が、欠陥品、不良品とは言わんが、十分なものではなかった。西洋からの輸入品を、ちょこちょこっと手直しして、ちゃっかりと当面の用に間に合わせようとした。徹底的な基礎工事を自前でやろうとしなかった。何もかもが急ごしらえ、間に合わせ、俄づくり……。「ずぶずぶ」の本当の原因はそれなんじゃないのか？　明治の先人たちがそれで何とか切り抜けていかなければならなかった事情はわかる。近代日本が今のこの支那みたいな体たらくにならないために、彼らが必死になって、限られた短い時間で、切迫した世界情勢の中で、超人的な努力と才能を傾けて、先進諸国に伍しうる帝国を建設しようとしてきた。それはわかる。同情もできる。だが、底無しの泥沼へのずぶずぶが始まって、手の付けようがないことになってしまったとしたら、それを今さら泥沼のせいにしても始まらない。いや、そもそもだな、泥沼は今に始まったことじゃないぞ。ネーション・ステートが覇を競う十九世紀以後の世界情勢が、どこにもしっかり足を踏み締めようのない泥沼みたいなものだということは、最初からわかりきっていたはずだ。ともかく、そもそもの土台から、基礎から、建物をしっかりと造り直す。地下の岩盤まで届いて地上の上物を揺るぎなく支える、長くて頑丈な支柱を打ちこみ直すところからもう一度始める。もう遅すぎるかもしれないが、いや遅すぎようがどうしようが、そもそもの話、結局はそれしかないんじゃいのか……。

息が切れて芹沢は口を噤んだ。あんたなあ、そもそも、そもそもって、そういうことをあんまり口にしない方がいいよ、という声が甦ってきた。芹沢をしたり顔でそうたしなめたのは乾だった。国策への批判的、挑戦的態度が顕著だという証言もある、とか何とか脅すように言ったのは石田だったか。その証言とやらをしたのもたぶん乾だろう。その乾をおれは、頭をコンクリートの塊に叩きつけて殺した。だからもう、何でも言えるのだ。何を言ってもいいのだ。言いたいことを言いたいだけ言ってやる。しかし、息が切れて、もう言葉が続かない。

ご高説はもう終りかね、と何秒かの沈黙の後、嘲るように嘉山が言った。で、球撞きはやるのか、やらないのか。

芹沢は大きく一つ息をつき、頭を切り替えようと努めた。球撞きか……。ウィスキーをまた瓶からひと口飲んだ。四肢に広がってゆく酩酊の熱が、また気概のようなものを呼び覚ます。大した気概ではない。陋劣と陋劣の競い合いに向かって心がじわりと動く程度の気概にすぎない。それでも気概は気概だ。

付き合ってやるか、と思った。どっちみちおれには今や、時間はたっぷりある。ビリヤード……何ともかとも、馬鹿馬鹿しいことではないか。しかし、あまりの馬鹿馬鹿しさがかえって人を本気にするというのは、なるほど真実のようだな、と思った。それも、平凡すぎるほど平凡な真実のようだな。芹沢は酒瓶をカウンターのうえに戻し、使い古しの安物のキューばかりが並んでいるラックに近寄った。とりあえずいちばん新しそうに見えるキューを無造作に一本取り、重みと感触を確かめ、二、三度宙空で軽く振ってみてから、嘉山に向かって頷いた。

やろう、と短く言い、上着を脱いで、カウンターの前のスツールの一つの座面に丸めて置いた。

二十五、セーフティ——同月同日未明（続き）

ゲームはバンキングから始まった。

二人並んで撞いたボールが、向こう側のクッションに当たって戻ってくる。手前のクッションにより近い位置に静止した方がバンキングの勝者で、先攻後攻を選ぶ権利を得る。芹沢が勝って、むろん先攻を選んだ。

芹沢のオープニング・ブレイクショット。九つの的球を菱形に固めて並べ、その頂点に手球の強烈なショットを当てて一挙にブレイクする。球の散らばりようはまずまずで、八番がポケットに入った。

それにしても、何とも酔狂な成り行きになったものだ、と芹沢は考えていた。この二年間、嘉山との再会、対峙、対決の場面は様々に想像してきたが、まさか一緒にビリヤードをやることになろうとは。白の手球を強く撞き、ブレイクして、白球を含め十個の玉が台のうえにぱっと散ったとき、何か不思議な快感があったのは事実だった。なるほどおれもこいつも、暗がりの中にぽっと浮かび上がっている亡霊みたいな存在として、ここにいるのかもしれない。しかし、キューの先端から肘、肩、そして全身に伝わってきたこの乾いた重い感触それ自体、この打撃の手応えそれ自体は、現実そのものではないか。

一番、二番は簡単に入れた。続いて三番も入れたが、手球が狙い通りの位置に止まってくれず、少し行き過ぎて、他の球の陰に隠れてしまった。手球の中心を外して撞いて捻りを加え、回転させ、角度を付けて空クッションさせないと、四番には当たらない。深呼吸して、撞いた。捻りはうまく行き、四番に当たることは当たったが、ポケットはできなかった。プレイ権が嘉山に移る。

撞きはじめた瞬間から嘉山の背筋はしゃんと伸び、酔いの気配がまったくなくなった。四番、五番、六番と続けて入れ、七番のとき、手球を七番に当てた後そのまま九番にも当てて(キャノンショットというやつだ)、それをポケットさせた。呆気なくゲームセット、嘉山の勝ちである。七番と八番は残ってしまったが、それでも構わない。ナインボールのルールでは、手球をまずテーブル上の最小番号数の球に当てなければならないが、そのうえで別の球を落とせればそれでも良く、ともかく先に九番を落とした方が勝ちとなる。

芹沢という球を撞き、蕭炎彬（ショー・イーピン）は直接狙えないので、まず馮篤生（フォン・ドスアン）に当てる。当たった後、芹沢は速度と方向を変えてそのまま蕭炎彬にもぶつかってゆく。衝撃で、正確な方向に押し出された蕭炎彬は、素直に転がっていき、首尾良くポケットに落ちる。もくろみ通り、うまく落ちてくれる。計算され尽くした、精妙なショットの一撃。こいつはそうした技に長けた男なのだ、と芹沢は思った。しかし、少なくとも今このささやかなゲームの場では、芹沢は撞かれる球ではない。球を撞くプレイヤーとして、嘉山と対等に戦っている。戦うことができる。

　それにしても、せっかく先攻権を獲って始めた最初のゲームをこんなに呆気なく落としてしまったことで、何か足腰から力が抜けてしまったような軽い虚脱感を覚えずにはいられない。あの四番球で、捻りをつけたクッション・ショットを外してしまったのは、あまりにも淡泊すぎた。あまりにも粘りがなかった。ゲームを始める前に一瞬感じた気力の充実は、結局錯覚だったのだろうか。計算し、狙いをつけ、キューを構え、しかしその後自分で本当に納得が行く前に、迷いが消える前に、こんなものだろうと妥協してあっさりと撞いてしまった。あそこで十分に粘れないのは、やはりまだまだ気力が足りないからだ。芹沢は自分自身にそう言い聞かせ、相撲取りが四股を踏むような気分で力の抜けてしまった下半身に活を入れ直した。

　三ゲーム先取で決まりだ、いいな、と嘉山が念を押した。

　勝った方が次のゲームの先攻となる。第二ゲームで嘉山は、オープニング・ブレイクで入れた三番を含め一番から六番まで、精度の高い読みで立て続けに入れたが、七番を狙ったかなり難しいバンクショット(弾いた的球を一度クッションさせてからポケットさせるショット)をしくじった。芹沢にプレイ権が回ってきた。テーブル上に残ったのは七番、八番、九番の三つだけ。しかも、三つ続けて落としやすい、うまく捌けたポジションになって残っている。チャンスだった。ところが、距離は長いがさして難しくないはずの七番へのショットを、芹沢はしくじった。簡単に獲れるはず、と舐めてしまったのと、続く八番、九番へのポジション設計で頭がいっぱいになっていたのとで、つい急いた気持で撞き、手元がわずかに狂ったのだ。交替した嘉山は七番、八番、九番と難なく入れ、第二ゲームも獲った。

さあ王手がかかったぞ、何だ、呆気なく終ってしまいそうじゃないか、と言いながら嘉山は第三ゲームを始めた。一番、二番、四番と入れたが(三番はオープニング・ブレイクですでに落としていた)、五番のところで長考に沈んだ。テーブルの周囲をぐるぐると何度も回り、位置、距離、角度を入念に確かめる。嘉山がかなり優れたビリヤード・プレイヤーであることは、ここまで見ただけですでに明らかだった。球撞きを飯の種にして喰っていけるほどの腕ではないが、アマチュアとしては相当高度な技倆の持ち主だ。撞きの技術に関するかぎりは、おれと同じ程度、ないし少々上手いくらいか、と芹沢は判定した。ただし、ゲームの組み立てが実に精密で隙がなく、集中力も凄い。精神面では明らかにおれよりタフのようだ、と思った。考えて考えて考え抜いたうえでなければキューを構えないタイプのプレイヤーだ。

芹沢の目に、五番は容易に獲れると映った。ただし、ドローショット(引き球)が必要となる。つまり手球の下部を撞いて逆回転を与え、的球に当たった後で逆進させなければならない。そうしないと六番を狙える位置にまで手球が戻ってこない。しかし、これは大して難しい技ではない。なぜ早く撞かないのか。だが、嘉山の目の動きを追っているうちに、彼の考えていることがようやくわかってきた。ドローショットで五番、次いで六番を獲ると、そのときの手球の位置からは、次の七番が、八番と九番の陰に隠れて狙えなくなってしまう。台の周りを回りながら嘉山はその解決策を探し求めているのである。

ようやく決断したらしい嘉山が、滑り止めのチョークをキュー先のタップに念入りに塗ったうえで、キューを構えた角度を見て、芹沢は、いやはや、いくら何でもそれは……と目を剥いた。嘉山は手球を明後日の方角へ撞いて二回クッションさせ、五番に当てようとしている。うまく当たれば五番は、手近にあるサイドポケットではなく、かなり離れたコーナーポケットに落ちることになる。そして、手球は残りの四つの的球をすべて攫(さら)える最適な位置に来る。思わず苦笑が浮かび、同時に、一瞬、嘉山というこの男への憎しみも嫌悪も忘れ、今まさに自身の生き死にがかかったゲームの最中だという切迫感も掻き消え、対戦相手である一人のビリヤード・プレイヤーのチャレンジ精神への、素直な感嘆が込み上げてきた。深呼吸をして、何度も狙いを定め直し、ついに嘉山はショットを打った。手球がクッションし、もう一回クッションし、五番に当たった……五番はぴったりの方向に転がっていって……速度が落ち……コーナーポケットの十センチほど手前で止まった。

惜しかったな、という芹沢が思わず洩らした嘆声は、まったくの本音だった。嘉山は無表情なまま、どうぞというふうに片手のてのひらをテーブルのうえに差し出した。

この瞬間、芹沢は本気になった。ここまで本気でなかったわけでは決してないが、それよりむしろ、妙なことに巻きこまれてしまった、どうにもこうにも馬鹿らしい、アホ臭いという当惑が先に立ち、何か他人事のような気持でしぶしぶ撞いていたのである。ところが、嘉山の果敢なトライ——一見無謀と映るが、実は精緻で独創的な構想に基づくアクロバット的なショット——とその失敗を見て、急にビリヤードを……楽しみはじめた、と言ってしまっては言いすぎだろうか。三ゲーム先取の勝負に勝ったら放免してやる、という嘉山の気紛れな言葉など眉唾ものだと、当初から思っていたし、実は今でもまったく信用していない。しかし、芹沢は今、ともかくこいつに勝ちたいという強い欲求を覚えていた。何が何でも勝とうと必死になってやる。なぜか。なぜならそれがゲームというものだからだ、と言うほかはない。勝負の賭け金があろうがなかろうが、それがたまたま自分の生命だろうが何だろうが、そんなことは二の次だ。何としても勝ちたいと強く念じて一心不乱になる。それでゲームは面白くなる。というか、ゲームが本物のゲームになる。もう何年もキューを握っていなかったが、いつ誰が発明したのか、ビリヤードというこの子どものおはじきの延長みたいな遊び——人生とも世界とも、正義とも倫理とも、愛とも憎しみともまったく無関係な、馬鹿馬鹿しいと言えば馬鹿馬鹿しいこの遊戯を、おれは心底好きだったのだ、という強い思いが不意に湧いてきた。それで肩の力が抜けたのかもしれない。スコアは二—〇だが、まだ負けたわけではない。

嘉山の失敗で、幸い手球はきわめて好都合な位置に来ていた。芹沢は五番を簡単に入れ、その後もひと撞きごとに時間を使って考え抜き、慎重のうえにも慎重を期し、六番から九番までを立て続けにポケットさせた。これで成績を二—一まで戻した。

第四ゲームは混戦になった。難しいポジションが続き、一球も入らないままプレイ権が行ったり来たりするということが続いた。のみならず、手球の白球をポケットさせてしまうミスが芹沢に出た。これはスクラッチと呼ばれるファウルで、相手は手球をテーブル上の任意の場所に置いてプレイを再開する権利を得る。しかし、嘉山がその利を生かしたのも束の間、また芹沢に手番が移る。その芹沢も七番をしくじり、七番、八番、九番が残った時点でまた嘉山の番になった。七番、八番、九番を続けて落とせばこのゲームは嘉山の勝ち、そして試合自体も三—一で嘉山の勝ちに終る。

嘉山がまた長考に入った。一挙に決めてしまおうというのだろう。七番の落としかたは二つあった。やや易しいのと、やや難しいのと。だが、そのいずれの場合も、次の八番の狙いかたがきわめて難しい。その八番、そして最後の九番の落としかたまで考えて、比較考量しているのだろう。おれだったら――と芹沢は考えていた。おれだったら距離が長くてやや難しいコーナーポケットの方を、手球に強い捻りを加えながら狙うだろうな。手球は七番に当たり、それを落とした後、回転によって角度のついたクッションを二回してこちらの隅に戻ってくる。そこから精度の高いショットを打てば、困難は困難だが、八番を落とすことは決して不可能ではない。しかし、テーブルの周りを回っていた嘉山がついに心を決め、キューを構えた方向は、芹沢が想定した二つの選択のどれとも違ったものだった。いやはや、と芹沢はまた唸ることになった。嘉山の構想は、七番を直接落とすことではなかった。手球を七番に当て、動いた七番が八番に当たる。その八番が九番に当たる。そうしていきなり九番をインさせて、ゲームを一挙に終らせてしまおうというのである。的球を別の的球に当ててインさせるのをキスショットというが、これはキスを二つ続ける二重のキスショットだ。もし成功すればファインプレイだが……。

失敗だった。撞きがわずかに強すぎ、七番はもとより、八番も九番も入れられなかった。しかも、嘉山の失敗のおかげで、接近しすぎていた八番と九番の関係がほぐれて処理しやすくなった。芹沢は三個の的球を次々に沈めてゲームに勝った。

二—二のタイか、良い勝負になったね、次が最終ゲームということになるな、と嘉山は冷静に言ったが、蒼ざめていた顔がいつの間にかかすかに紅潮し、目も血走っている。

二ゲーム連取したこの勢いが続けば、最後のゲームも獲れるかもしれない、と芹沢は考えた。勢いは運も招き寄せる。しかも、おれの先攻だ。ビリヤード・プレイヤーとしての嘉山の欠陥がどこにあるか、芹沢には何となくわかったような気がしていた。こいつは考えて考えて考え抜く。それは讃嘆に値するが、しかしそれは同時にこいつの短所でもある。策士策に溺れると言うのか、考えすぎた挙げ句、構想が独り善がりの地点にまで暴走し、自分の手に負えない難度の美技に挑みすぎる弊がある。頭で考えた構想に、手の技倆がほんのわずかついていかないのだ。それはしかし、勇敢さの過剰というより、本質的にはむしろ臆病と小心から来ているように芹沢には思われた。一見、勇気ある攻撃的なプレイと見えるが、実は守りの姿勢に入りこみすぎているがゆえの破綻ではないのか。

最終ゲームが始まった。オープニング・ブレイクショットで五番を入れた後、芹沢は一番、二番、三番を立て続けに獲った。勢いが続いている、波に乗った、と思い、静かな興奮と幸福感が軀のうちに漲ってきた。意識が白熱し、白熱しながらもしかし同時に明るく澄み渡り、先の先まですべて見透せるような気がしてくる。こうした不思議な白熱状態を以前にも稀に体験したことがあるのを芹沢は思い出した。この一種特別な昂揚が続いている間は、何もかもが面白いようにうまく行くものだ。

それは、かつて呉淞口（ウーソンカウ）の波止場で経験したあの夢ともうつつともつかない恍惚感と、ほんの少しばかり似ていないでもない。研ぎ澄まされた注意力が、その場に存在するあらゆるものへ平等に向けられ、その一つ一つをくっきりと弁別する。そのどれにどういう力を加えれば、続いてどういう局面が現出するのかが、何もかも明晰に知覚できる。できるように感じる。あらゆるものと言ってもこの場合はまあ、ビリヤード台のうえの十個の球だけの話だから、大したことはない。あの呉淞口（ウーソンカウ）の朝のような、そんな白熱した注意力が、大河を前にした広大な風景の全体に向けられるといった例外的な体験ではない。ああいう天与のような特別の出来事は、一生に一度くらいしか起こらないのかもしれないな、と芹沢は思った。しかし、その恍惚感のミニチュアみたいなものは、ビリヤードというささやかなゲームの中で、ほんの稀にではあるがおれは何度か味わってきたのだ。そうした状態が、今また訪れている。訪れてきてくれた。

このゲームは絶対に勝つ、と芹沢は思った。ただ勝つだけではない、ひょっとしたら、オープニング・ブレイクから始まって一番から九番まで、ミスなく一挙に全部獲り切ってしまう、いわゆるブレイク・アンド・ランアウトを達成できるかもしれない……。いやいや、気持を上ずらせてはならない、焦ってもいけないと自制し、静かな呼吸を心掛けながら、四番を狙ってキューを構えた。

そのとき、レストランの入り口のあたりから乱暴な言葉の応酬が聞こえてきた。キューを上げ軀を起こしてそちらの方角に目を凝らすと、男たちが何か揉み合うような気配があり、それが静まるや、どたどたと荒い足音を立てて三人の男がこちらへ向かって近づいてきた。いかつい顎の男と口の横に傷のある男という例のコンビが、もう一人の男を真ん中にして、両脇から上腕を摑んで引っ立てながらやって来る。

三人が光の届くところまで来たとたん、引っ立てられてきたのが洪であることがわかって、芹沢は吃驚した。もう何時間も前に香港へ向けて出航した船に乗っているはずの洪が、今頃なぜこんなところにいる。洪、と呼びかけようとしたが、芹沢と一瞬目を合わせたが知らん顔ですぐ視線を逸らした洪の表情を見て、危うく思いとどまった。洪の名前をわざわざこいつらに教えることはない。

こいつ、廊下をうろうろして、中を覗こうとしてやがって、何の用だと訊いたら、いきなり逃げ出そうとしたもんで、それで押さえつけて……と、いかつい顎の男が嘉山に向かって弁解するように日本語で説明する。

おまえ、誰だ、と嘉山が最初は日本語で、次いで支那語で訊いた。洪は黙って横を向いている。

こいつのポケットを探ってみろ、と嘉山は二人の部下に言いつけた。何か身許がわかるものがあるだろう。

調べたんですが、何も持ってないんです、といかつい顎の男が答える。小銭一枚、身に着けていないんで……。

芹沢さん、あんたの知り合いみたいだね、と嘉山は芹沢に向き直って言った。さっき一瞬目が合い、すぐに逸らしあった二人の様子をじっと観察していたのだろう。

知らんな、見たこともない人だ、と芹沢は気がなさそうに言った。嘉山は舌打ちして、

まあ、いい、と呟いた。後でゆっくり吐かせてやる。それより、勝負をつけてしまおうじゃないか。おまえら、そいつをそのまま押さえつけておけ。さあ、芹沢、撞けよ。

のろのろと撞球台の方へ向き直った芹沢は、またキューを構え、四番の的球に狙いをつけ直した。船に乗らなかったのか、おれのために残ってくれたのか、と思った。洪（オン）よ、すまん……。あんなに時間をかけて移住の旅を準備したのに、おれのせいで、おれの気紛れな衝動のせいで……。こんなところでのんびりと球撞き遊びをしているおれの姿が、洪（オン）の目にいったいどう映っていることか。先ほどまで軀のうちに漲っていた興奮も昂揚も、すでに跡形もなく掻き消えていた。これは絶対に入らないということが、撞く前からわかった。撞いた。四番はポケットの縁に弾かれた。嘉山がふふん、と鼻先でせせら笑う声が背後から聞こえた。

進み出てきた嘉山が無造作に撞いて、四番を簡単にポケットさせた。次いで六番も入

れた。残りは七番、八番、九番の三つだが、手球が少しばかり転がりすぎてしまったせいでこれがまたしても厳しい配置になった。直前の第四ゲームとまったく同様、残った三つの的球を喰い入るように見つめながら、嘉山がテーブルの周りを回り出すという成り行きになった。

芹沢もテーブル上を凝視していたが、頭の中が真っ白になっていて、自分だったらどう撞くかといったことを考えるゆとりなどまったくなくなっていた。背後で二人の男に両側から押さえつけられている洪（オン）のことが気にかかり、振り返ってみたくてたまらないが、その気持をじっと抑えつけているだけで精力を使い果たしてしまうような気がした。少し治まりかけていた後頭部の痛みがまたぶり返してきた。

何分もの時間をかけて局面を精査したうえで、嘉山はふん、と気が抜けたような吐息を洩らし、何か虚脱したような表情でキューを構えて軽く撞いた。捻りを加えられた手球は七番に軽く触れた後、角度の付いたクッションをして、隣り合って並んだ八番と九番の背後にするすると回りこんだ。球は一個もポケットに入らない。

こいつ、何をやったんだ、と訝りながら進み出た芹沢は、ポジションをひと目見るやたちまち気持が沈んだ。嘉山が選んだのはセーフティという戦略だった。三つ続けてインさせるのはどうしても不可能と判断した嘉山は、手番をわざと芹沢に回してきた。しかも、芹沢が絶対に切り抜けられない極度に不利なポジションを作ったうえで、である。

手番を渡された芹沢は、ともかく何が何でも手球をまず七番に当てなければならないのに、それが出来ない。手球がクッション際の八番と九番にブロックされてしまっているので、どう撞こうが七番に届かないのだ。手球がまず七番に当たらなければファウルとなる。手番が嘉山に移るだけではなく、嘉山は手球をテーブル上の好きな位置に置いてプレイを続行することになる。そうなれば、嘉山が残りの三つをすべて取り切ることができるのはほぼ確実だろう。

ビリヤード愛好家の中にはセーフティを、潔くない逃げの戦略と見なして馬鹿にする人もいる。搦め手から相手を罠に落とす卑怯なたくらみだと蔑み、自分は絶対にやらないと公言する頑なな人さえいる。そういう考えかたが間違いであることは、芹沢もよく心得ていた。覇気がないし、正々堂々という感じがしないのはたしかだが、セーフティは完全にルールに則った、正規の立派な戦略だ。勝つためにそれを選び取ることには何の不正もなく、プレイヤーの当然の権利である。ただし、それが攻めとは正反対の、究極的な守りの技術であることは否定できない。それは文字通り、安全(セーフティ)を選ぶことなのだ。第三ゲームと第四ゲームで嘉山は二回、一見攻撃的なスーパーショットを試み、そのどちらにも失敗した。そこで、今度こそ確実を期し、徹底的に防備を固めて逃げ切ろうという気になったのだろう。この男の本性(ほんしょう)がとうとう出たな、と芹沢は思った。

相手を窮地に追いこんだうえで、手番を渡す。相手は、自分の番だから撞かなければならないが、どう撞こうが別の球にしか当たらない、さもなければどの球にも当たらない。どう足掻(あが)こうが二進(にっち)も三進(さっち)も行かず、必然的にファウルを犯すしかない。結局、手番が嘉山に戻ってくる、しかもお誂え向きの好条件を伴って。かくして、にんまりとほくそ笑みながら、嘉山が残りのすべてをかっさらう。戦略家としてのこの男の本領がそれだ。こいつはそうやって生きてきたのだ。こいつがおれに依頼してきた蕭炎彬(ショー・イーピン)への仲介という奇妙な仕事——あれは要するに、こいつがおれに仕掛けたセーフティだったのだ、と思った。おれはまたしても負けるのか。

様々な方向から球の離れ具合、近づき具合を検分しつつ、台の周りをゆっくりとした歩調で二回回り、また元の位置に戻ってきた。芹沢は球の配置を何分間か、穴のあくほど凝視していた。たった一つだけ、対抗策がある。一種のトリックショット、曲球、奇手のたぐいだ。学生時代、仲間と一緒に東京の撞球場でそんな曲芸撞きのあれこれを試して遊んだものだ。たいていの場合は失敗し、ごくごく稀にうまく行って喝采を浴びたこともある。一度、勢い余ってキューの先端でテーブル面に張った羅紗をこすって破ってしまい、撞球場の主人から怒鳴りつけられ、罰金を払わされたな……。安気でのどかな学生生活……。撞球、ボート漕ぎ、図書館での勉強、開業したばかりの百貨店に勤める美人の「昇降機ガール」をめぐる噂話……。そんな思い出の数々が不意にどっと甦ってきて奔流のように頭の中を駆けめぐった。あの頃は本当に楽しかったな、何も考えずにただ勉強して、仲間と遊んで……といった強烈な郷愁が、この場違いな瞬間にいきなり込み上げてきて、心を刺し貫かれ、動揺し、それを押さえこむために何度か深呼吸を繰り返さなければならなかった。昔は昔、すべては過ぎ去ったことだ。問題は今だ。今のこの窮地をどうやったら切り抜けられるか。それとも結局、切り抜けられないのか。だが、どうせ負けるなら、何もせずにむざむざと負けるよりは、ほとんど成功の可能性のないチャレンジを試み、それに失敗して負けた方が良い。

芹沢は靴を脱いではだしになった。靴下なしでじかに革靴に足を突っこんでいるのがずっと不快でならなかった。ワイシャツにズボン、足元がはだしという珍妙な恰好になったが構ってはいられない。まずチョークをキュー先に入念に塗った。それから、軀を横にして腰を台に密着させ、思い切り伸び上がって、キューを垂直に近い極端な角度に――いわゆるマッセの位置に構えた。ビリヤードのルールでは片足を上げてもいいし台の縁に腰を乗せてもいいが、両足ともに床から離れるとファウルになる。窮屈な姿勢を保ち、キューを何度か上げ下げして狙いを定める。背後から、芹沢さん、転んじゃうよ、というからかいの野次が飛んだ。いかつい顎の男の声だった。即座に、黙れ、とぴしりと叱りつける嘉山の声が聞こえ、周囲は完全な沈黙に包まれた。

両側のこめかみから頬へ、ひと筋、ふた筋と汗が垂れてくる。ああ、この頭痛がほんの一分だけでも治まってくれさえすれば……。テーブル上のポジションを何度も見直し、思い描いた手球と的球の軌跡を確認し、再確認する。力加減がよくわからない。おれが慣れていた四つ球競技のボールは、こうしたプール競技用のボールよりひと回り大きくて重い、そのことを忘れるな、と自分に言い聞かせた。つまり、こっちの方がジャンプさせやすいはずではある。が、それは逆に、飛びすぎる危険があるということでもある。小さくて軽いから方向も定めにくい。ジャンプさせたはいいが、とんでもない方向へ跳ね飛んで場外球になってしまいかねない。意外に高く跳ね返って顔面を直撃される怖れもある。一挙に強く、かつまたそっと、優しく撞くこと……。

あの恍惚が還ってきてくれれば、と強く希った。ビリヤード台上のすべての球に同時に向けられ、すべての距離と力と質量を弁別し、完璧に統御しおおせていたかのようなあの注意力――あれがもう一度戻ってきてくれさえすれば……。しかし、それはもうなかった。恍惚はもう失われた。恍惚のない世界に取り残されたおれはもはやただ、おれというつまらぬ平凡な男でしかない、と芹沢は感じた。おれ以上でもおれ以下でもない、ただのおれ自身……。何にも誰にもすがらず、頼らず、独りぼっちで、素裸で、徒手空拳で、この現実に立ち向かわなければならない。この一撃を叩き出さなければならない。

息を出来るかぎり深く吸い込み、それからゆっくりと吐き出していって途中で止めた。三秒後、思い切って撞き下ろした。手球を八番、九番のボールのある側とは反対の、クッション側にジャンプさせた。それはクッションのエッジに当たって跳ね返り、障害物になっていた八番と九番のうえを飛び越して着地し、そのまま転がっていき、一回クッションして、七番に当たった。その衝撃で七番はコーナーへ向かって転がってゆく。転がって、転がって、しかしだんだん速度が弛み、停まりかけ、ポケットの縁に当たって一瞬たゆたい、それから——入れ、入れ、入れという芹沢の必死の祈念がぎりぎり土壇場のひと押しを加えたか——静止する直前にゆるりと最後の四分の一回転をして、ポケットに落ち、ごとんという音を立てた。

詰めていた息をふうっと吐き出したのは芹沢だけではなかった。緊張が一挙に解けてその場にへなへなと頽れそうになった芹沢は、がっくりと折れかけた膝に力を入れ、足を踏み締め直した。まだ終っていない。最後まで気を抜いてはならない。これで残りの二球を獲り切れなかったらおれは完全な阿呆だ。テーブルを半周して手球のところまで行き、それを撞いて八番を入れた。最後のショットは簡単だったが、念には念を入れ、何度も何度も狙い直した。キューの先がかすかに震えているのに気がついた。神経の疲労がそろそろ限界まで達しかけているのだ。キューを下ろして背筋を伸ばし、腹式呼吸を繰り返し、震えが収まるのを待つ。ビリヤードは呼吸法を競うゲームでもある。チョークを塗って構え直し、強く撞いた。九番が一気に走ってポケットに落ちた。

白球だけが残った撞球台のうえにキューを放り出したとたん、いきなり呼吸が荒くなった。前かがみになって、震える両手をこれもまた震えている両膝のうえに置き、息が平常に戻るのを待つ。勝利の爽快感はまったくなかった。洪を連れてここから出る。頭にあるのはその思いだけだった。何度も込み上げてくる吐き気を咽喉の奥に押し戻しおおせるのに二十秒ほどもかかったか。その間、口を利く者はいなかった。ようやく軀を起こして振り返り、嘉山の顔を真っ直ぐに見て、

三ゲーム先取、これでいいな、と言った。嘉山は無表情で黙りこくり、身じろぎ一つしない。芹沢はまず靴を履き、それからカウンターの前のスツールのところへ行って、そこに置いてあった上着を着た。ゆっくりと歩いて二人の男に挟まれた洪に近寄り、さあ、というふうに出口へ向けて顎を振った。しかし、両側から洪の腕を摑んでいる男たちは手を放そうとしない。芹沢は振り向いて嘉山の顔を直視し、

この男を解放してくれ、と言った。

嘉山は咳払いして痰を切り、それでもまだ掠れている声を咽喉から無理やり押し出すようにして、

そいつは、これから取り調べる、と言った。

約束したじゃないか、球撞きに勝ったら放免する、と。

おまえを放免してやる。そう言ったんだ。そいつは別だ。

こいつはおれの友だちだ。怪しい男じゃない。

はあ、友だちねえ。おまえには、友だちってものはいないんじゃなかったかな。

こいつのことを忘れてたんだ。

まあ……おまえはもう行っていい。約束は約束だからな。が、そいつは置いていってもらう。

何か嘆息のようなものを洩らしながら嘉山はそう言って、二人の部下の目を捉え、下の部屋へ連れて行け、と支那語で命じた。

頷いて、洪を引っ立てて出口へ向かおうとしたいかつい顎の男の肩に、芹沢は手を掛け、待てよ、と日本語で言った。おれの友だちから手を放せ。

いかつい顎の男が上着のポケットにさっと右手を入れた。それを予期していた芹沢は、男の手がまだポケットから出ないうちに手首を摑み、引き出しながら自分のもう一方の手も添えて強く挟み、男の手首の関節を決めた。銃を握った手首が内側に折れ、男が苦痛に呻いた。銃には安全装置が掛かっているはずだ、と思った。仮にそれが外されているとしても、もしこいつが銃撃の訓練を受けたプロであれば、暴発の危険を避けるためにまだ引き金には直接人差し指を掛けていないはずだ、と信じた。それに賭けた。どのみち、この位置まで持ってくればもう、たとえ暴発してもこいつは自分の軀を撃つことになる。さらに力を籠めると、銃が男の手からぽろりと離れ、がちゃんと音を立てて床に落ちた。同時に芹沢は、男の顔の中心に渾身の頭突きを喰らわせた。男が二歩、三歩と後ろへよろめく。その瞬間、口の横に傷痕のある男が自分に向かって拳を飛ばそうとしていたのが、視界の端に映った。首を振ってよけようとしたが、その拳は結局芹沢の頭までは届かなかった。洪（オン）が右腕の肘を男の顎に叩きこんだからだ。一見優男ふうの洪（オン）の見かけに騙されて舐めてかかり、油断したのだろう。馮篤生（フォン・ドスアン）の家に引き取られる前、洪（オン）の生活がいっとき荒れていて、愚連隊と独りで渡り合うような日々があり、けっこう喧嘩慣れしていることを芹沢は当人から聞いて知っていた。肘打ちを喰らった傷痕のある男は二メートルほども吹っ飛んで、尻餅をついた。そのときには芹沢はもう床からブローニング拳銃を拾い上げていた。すばやく安全装置を外し、初弾を薬室（チャンバー）に送りこんだ鋭い金属音が誰の耳にも聞こえたはずだ。

いかつい顎の男はテーブルの一つに凭れ、指先で鼻血を拭っている。傷痕のある男はすでに立ち上がり、憎しみの籠もった物凄い形相で、隙あらば飛びかかってきかねない気配を漂わせて中腰に構えている。嘉山は撞球台の脇に立ち尽くしたままだ。皆が芹沢を見つめているが、口を利く者はいない。いかつい顎の男が鼻血を吸り上げる音が大きく響いた。傷痕のある男の方は武器は持っていないだろうというのは当てずっぽうの憶測にすぎなかったが、幸い当たっていたらしい。芹沢は洪（オン）の目を捉え、レストランの入り口の方へ顎をしゃくった。洪（オン）が頷いてそちらへ向かう。後を追おうとしてふと思い出し、鼻の下から口の周りにかけて血で汚しているいかつい顎の男に近づき、銃を向けたまま、返してもらおうか、と言った。

え……？

おれの財布、それから、ナイフだ。

男がのろのろと上着のポケットから出し、しぶしぶ差し出してきた財布とナイフを芹沢は引ったくり、自分のポケットに入れた。それから、銃を宙にかざし、引き金に指が掛かっているのをその場の全員に見せつけるようにしながら、じりじりと後ずさりしはじめた。

撞球台の前に立つ嘉山の顔が不意にくしゃくしゃっと歪んだかと思うと、はあ、はあ、はあ、という気の抜けたような妙な声が口から洩れた。それが笑い声だということがわかるのに数瞬かかった。嘉山はいつの間にかまたグラスを手にしていて、恐らく生のままのウィスキーとおぼしい液体をひと口、ふた口、大きく呷った。嘉山が泥酔してふらふらになっていることはもはや誰の目にも明らかだった。

その銃はくれてやる、と、息を切らしながら嘉山は言った。おまえにはそれが必要だろう。そういうものを振り回すような世渡りをしていけよ。売春窟と阿片窟だらけの、蠅が真っ黒にたかったごみ捨て場みたいな、糞溜めみたいなこの町の、鼻が曲がるような汚臭の中で生きていけばいい。お友だちだか愛人だか何だか知らんが、そのチャンコロとつるんでなあ。どこへでも行っちまえ。おまえはもうわれらが同胞ではない。いや、もともと同胞だったためしなんか、一度もない。日本人としての誇りなんか、あるはずがない。私生児の、オカマの、あいのこ野郎が、カメレオンみたいな擬態の芸当で、同胞のふりをしていただけなんだよな。おまえは日本の恥だ、日本人の敵だ。何なんだ、え？　おまえはいったい、何なんだよ……。

芹沢は後ずさりを止め、一瞬立ち止まり、それから大股の早足で嘉山の方へ戻っていった。その勢いに怯えたか、嘉山は、芹沢が二メートルほどのところまで来ると、まだ手にしたままだったキューを握り直し、それをびゅんと振って芹沢の頭を殴ろうとした。芹沢はそれを宙でがっしと摑み、ぐいと力を籠めると、キューは嘉山の手から簡単にもぎ取られた。はずみで、嘉山のもう一方の手の中にあったグラスも撥ね飛び、ウィスキーを撒き散らしながら床に落ちてかちゃんと砕けた。芹沢はキューを投げ捨て、ずいと距離を詰め、銃を持っていない方の手で嘉山のネクタイの弛んだ結び目を摑んで、首筋をぐいと捩じり上げつつ、嘉山の顔を自分の顔のすぐ間近まで引き寄せた。酒臭い息が顔にかかった。こいつは、口先だけだ。嘉山は両腕をだらんと脇に垂らし、無抵抗なままだった。酩酊してどんよりと曇った目に、かすかな怯えの色が浮かんでいる。殺されるかもしれない、という思いは確実に頭をよぎったはずだ。何しろ芹沢のもう一方の手には安全装置を外した銃がある。

芹沢は深く息を吸った。ねえ、ジャパニーズ、と嘲るように呼びかけてくる死んだアナトリーの声が、記憶の底から立ちのぼってきた。あのな、日本人（ザベンニン）、と話しかけてくる馮篤生（フォン・ドスアン）の声の響きがそれに重なる。その馮（フォン）は出発間際、もうあんたは日本人じゃない、沈昊（スン・オー）という中国人に生まれ変わったと自分でも信じこめ、と言い残していった。そして今、おまえはわれらが同胞ではない、同胞だったためしがない、と決めつけられ、おまえは日本の恥だ、日本人の敵だ、という嘲りと罵倒を浴びた。何なんだ、おまえはいったい、何なんだ？……おれはいったい何なのか。様々な思いが一瞬のうちに交錯して火花を散らし、絡まり合い、凝集し、ぎゅっと結ばれ、容易にはほどきようもないほど固い結び目になって芹沢の心に凝（こご）りついた。その黒々とした鬱陶しい瘤々（こぶこぶ）のかたまりを一刀両断にするように、思いの数々をもう一度ばらばらにほぐして撥ね散らかすように、ほんの二十センチほどのところにある嘉山の瞳を直視しながら、芹沢はひとこと、我是日本人（ゴー・ズー・ザベンニン）、と痰でも吐きつけるように言った。日本語でなく上海方言の支那語で、そう口をついて出た。喰いしばった歯列の隙間から押し出すような、歯ぎしりともつかない低い声で自分がそう言うのを聞いた。

ネクタイを握り締めていた拳を弛めながら、嘉山の咽喉のすぐ下あたりをどんと突き飛ばすと、嘉山は背にしていた撞球台のうえに仰向けに倒れこんだ。

もう後ずさりなど面倒だ。芹沢はくるりと振り返り、小走りになって、レストランの入り口のところで待っている洪（オン）の方へ向かった。銃は軀の脇にだらりと垂らし、引き金から指も離していたが、芹沢に追いすがって制止しようとする者はいなかった。洪(オン)が細く開けてくれたガラス扉の隙間をすり抜けて、廊下を進み、昇降機の前まで行く。ボタンを押して昇降機が来るまで何分もかかったような気がしたが、たぶん三十秒ほどにすぎなかっただろう。その間、〈月光餐庁(クレール・ド・リュンヌ)〉の入り口に注意深い視線を注ぎつづけた。もし二人組が腹を決めて飛び出して、おれたちに向かって突進してきたらどうする、おれはこの銃をぶっ放せるだろうか、と芹沢は自問した。が、幸い、誰も出てくる気配はない。

ゆっくりと下降してゆく昇降機の中で、二人はひとことも言葉を交わさず、目も合わせなかった。芹沢は自分がまだブローニング拳銃を握っているのに気づき、安全装置を掛けて洪(オン)に渡した。洪(オン)は軽く頷いてそれを受け取り、上着のポケットに滑りこませたが、その直後に昇降機が停止し、扉が開いてポロシャツ姿の大柄な白人男が乗りこんできたのでひやりとした。表示パネルを見ると二階だった。廊下の奥からピアノが聴こえてくる。バー〈ソリロクィ〉はまだ開いているのだろう。扉が閉まってまた昇降機が動き出す。酒臭い息を吐いている白人男は、ズボンのポケットから煙草の箱を出しながらとろんとした目を芹沢に向け、マッチを持っていないか、と下手な支那語で尋ねた。芹沢は咽喉が締めつけられるようでとっさに言葉が出ず、狼狽(ろうばい)したが、それを庇うように横に立つ洪(オン)が首を振り、ノー、ソリーと呟き、ちょうど一階に着いて扉が開いたので、正面に見えているレセプションを指さした。男は無表情で頷き、そちらへ真っ直ぐに歩み寄っていった。

芹沢たちも昇降機を出た。芹沢の緊張は続いていた。まさかとは思うが、嘉山たちが〈月光餐庁(クレール・ド・リュンヌ)〉からすでに電話でホテルのレセプションなり警察なりに通報している可能性もないわけではない。何しろ舌先三寸でどういう即席の理屈でも捏ねられる男なのだ。しかし、夜勤のフロント係もベルボーイも、肩を並べ見るからにのんびりした歩調でロビーを横切り、深夜の街へ出てゆく二人の男に、退屈そうな一瞥をくれただけでほとんど注意を払わなかった。マッチを求めてレセプションに行った白人男が、ナイトマネージャーを捕まえて何やら話しかけ、注意を逸らしてくれたのも有難かった。

ロビーは閑散としていて、スーツ姿の西洋人の男たちが三人、ソファに座ってお喋りをしているのが目についただけだった。通り過ぎてゆく芹沢たちをことさら鋭い眼つきで窺ってくるような気配はない。三人ともネクタイが弛んで足をだらしなく投げ出し、フランス語の会話からは、バンキエ(胴元)、ジュウール(客)、トロワジエーム・カルト(三枚目の札)……などという単語が洩れ聞こえてきた。このホテルにはカジノもある。バカラ賭博で遊んでいたフランス人たちが、中途でひと息入れているところ、ないし遊びを切り上げてこれから帰ろうとしているところなのだろう。嘉山の仲間とは無関係の、ただのホテル客だ、と芹沢は判断した。歩きながら、ロビーの壁に金銀細工の贅を凝らした（と見えるがメッキかもしれない）大きなガラス張りの振子時計があるのに目を留め、時刻を確かめた。午前二時五十二分。

〈国際飯店〉の正面玄関の外には人影一つなかった。この時間になるとドアマンもおらず、客待ちしているタクシーや黄包車もない。車寄せを端まで歩いたところで洪は立ち止まり、親指と人差し指で輪っかを作り、それを口に含んでピーッという指笛を吹き鳴らした。すると、三十メートルほど離れたところにあるこんもりした木立ちの陰でエンジンが掛かる音がして、芹沢がよく見知っているあの幌付き小型トラックが姿を現わし、ゆっくりと近づいてきて二人の前で停まった。助手席から心配そうな顔で飛び出してきた少年の顔には見覚えがあった。嘉山の所在を電話で教えてくれた楊小鵬。運転席に座っている、楊より一つか二つ年上と見える少年が、楊が電話で言っていた彼の「相棒」だろうか。

大丈夫、大丈夫だ、と言って洪は楊を安心させた。小鵬、それから世昌も（と運転席の少年に呼びかけて）、悪いがきみたち二人は荷台に移ってくれないか、運転はおれがする。しかしその前に……ちょっと待っていてくれ。こんなもの、一刻も早く——。

洪は、ホテルの玄関の横手に置かれている大きなゴムの木の鉢植えにそそくさと近寄った。周囲が無人なのを確かめたうえで、ブローニング拳銃をポケットから出し、銃身から銃把から、全体をハンカチでごしごしと拭い、鉢植えの中にぽいと投げ込むと、早足でトラックへ戻ってきた。

二人の少年が後部に回って幌の隙間から荷台によじのぼり、洪(オン)が運転席に、芹沢が助手席に乗りこむ。トラックが走り出した。まだ明け方には遠い街路は暗く静まりかえり、がらんとしていて自動車の往来はほとんどなく、ときおりタクシーとすれ違う程度だ。洪(オン)は、角に娯楽場の〈新世界〉がある交差点を右に折れて虞洽卿路(ぐこうきょう)に入り、競馬場に沿って南へ進路を取った。いったいどこへ向かうつもりなのか。

しばらく続いた沈黙を破って、

額に血がついてるぞ、と洪(オン)が言った。

バックミラーを自分の顔に向けてみると、髪の生え際のところに血の染みがあった。いかつい顎の男の鼻血だろう。洪(オン)が渡してくれたハンカチでそれを拭い取った。

そのハンカチはどこかその辺の床に丸めておいてくれ。後で小鵬(ショーバン)に始末させる。……で、どうなんだ、気は済んだのか。そう言って洪(オン)は芹沢の顔を横目でちらりと見た。

……対不起(デェヴァチー)(すまん)、と芹沢は首をすくめて呟いた。

無分別なやつだ。まるで子どもじゃないか。思いついたとたん、足元もたしかめず、周囲の事情も考えず、いきなり駆け出してしまう。

たしかに……。

闇雲に走って走って、その先は、断崖絶壁かもしれないのに。

そう……。実際、ほとんど、それだった。崖っぷちだった。

まあ、そのへりから宙に飛び出さずには済んだ。良かったな。

うん、良かった。嬉しかったよ、来てくれて。きみに救われた。

どうだかな。きみがおれを救ってくれたんじゃないのか。よくわからなかったが、何かそういう感じの状況だったぜ。

いや、おれの側の人間が不意に現われたんで、あいつら、気圧されたんだ。おれ一人だったら舐められて、何をされていたかわからん。

おっかねえ連中だったな。おれはてっきり、嘉山には日本人の部下が付いているもんだと思ってた。あの二人はいったい何なんだ？　日本人でもない、兵士でもない。あれは何だ、やくざか、スパイか？

人を騙すのを商売にしている連中さ。つまり……うーん、どこから話したらいいのか……。

今じゃなくていいよ。何があったか、どういう事情か、そのうちゆっくり教えてくれ。

ああ。

間が空いた。

嬉しかったよ、と芹沢がぽつりと繰り返した。

いいさ。

しかし……本当に、すまん、と言って芹沢は頭を下げた。船に乗らずに、残ってくれたんだな。

ああ、乗りそこねたねえ、と声を高めて、洪（オン）は大袈裟な溜め息をついてみせた。段取りはすべて整っていたのになあ。やばいところにいきなり突っこんでいっちまった傍迷惑な馬鹿が一人、いたからねえ。放っておくわけにはいかんだろ。

本当に申し訳ないことをした、と芹沢は言った。あいつらが警察に話を持ってゆくとは、まずないとは思う。が、しかし何とも言えん。きみは顔を見られたが、身許はすぐには割れないはずだ。ただ、嘉山の組織の調査能力、情報収集能力は侮れんからなあ……。ともかく、おれときみは出来るだけ早く別れた方がいい。別々に潜伏して――。

潜伏の必要はない。

えっ……？

警察も、その組織とやらも、何にも出来ないよ。あと数時間もすればおれたちはもう上海を離れて、東シナ海の真っ只中にいるんだから。

芹沢は自分の耳を疑った。

しかし……船に乗るのか。別の船があるのか。

いや、〈エウラリア号〉だ。

だって、〈エウラリア号〉は――。

〈エウラリア号〉に追いつくんだ。あの船は十時半に外灘の桟橋から出航したが、黄浦江河口の呉淞口に寄港して、朝まで停泊することになっている。呉淞口で朝いちばんに、荷揚げと積み込みをやるんだ。そこで乗り込む客もいる。きみはあそこの埠頭で沖仲仕をやっていたんだから、知ってるだろう？

　そう言えばそうだった、と芹沢は思い出した。そういうことがよくあった。夜のうちに外灘から下ってきて停泊している汽船の荷役を、朝まだき、まだ明けるか明けないかという寒々とした薄暗がりの中で、作業監督に怒鳴られ、軍手を着けた手をかじかませながら黙々と行なう。あれはきつかった……。

　じゃあ、呉淞口まで行って――。

呉淞口までモーターボートで行って、そこで〈エウラリア号〉を捕まえる。陸路はとらない。あっち方面は日本軍の検問に遭う危険があるからな、時刻が時刻だし、避けた方が無難と判断した。黄浦江を下るんだ。およそ二十キロほどかな。流れに乗れるから、モーターボートを飛ばせば三十分もかからない。荷役を終えた〈エウラリア号〉の呉淞口出航は、午前六時半の予定だとたしかめた。悠々間に合うよ。

　そうか、と芹沢は呟き、いきなり歓喜が全身に満ちるのを感じた。美雨に会える。美雨と洪と、皆で一緒に香港へ向かえる。

　ほら、そこに……と言いながら、洪は芹沢の足元にある小さなボストンバッグを指し示した。その中に、きみとおれの乗船切符や旅券、書類一式、金、ぜんぶ入っている。

何から何まで考えてくれたんだな、と芹沢は言った。

旅券を美雨(メイユ)に預けたバッグの中に残したまま（というよりむしろ、うっかり忘れたまま）出てきてしまったのはまったくの偶然だが、僥倖(ぎょうこう)だった。もし馮(フォン)老人が用意してくれた偽造の旅券や出生証明書を身に着けて〈国際飯店(パーク・ホテル)〉に赴いていたら、頭を殴られて気を失っていた間に、いかつい顎の男に発見されてしまっただろう。そして、そこに記載された沈昊(スン・オー)という偽名を知られてしまっていたはずだ。

いやあ、モーターボートとそれを操船できるやつを調達するのに時間がかかってね。急な話だったからな。それがなければもっと早い時間に〈国際飯店(パーク・ホテル)〉へ駆けつけられたんだが……。

いや、あれより早く来てくれても、どうにもならなかったと思うよ。たぶん掛け違ってしまって、うまく会うことさえ出来なかっただろう。きみはちょうど良い時刻に来てくれた。

そうか。運が良かったんだな。

運が良かった。

その後はもう、会話らしい会話はほとんど交わさなかった。長く続いた沈黙を破って、不意に洪(オン)がぽつりと、しかし、あの球をねえ、よくもまあ入れたもんだ、と面白そうに言ったくらいだった。

ほんとにね。おれも驚いた。

きみは高手（名人）なんだな。

違う。おれの腕では、あれは本来、決まるはずのないショットだった。クッションジャンプという曲芸でね、よくもまあ……。そう、十回、いや二十回やってみて、ひょっとしたら辛うじて一回くらい、まぐれで成功するかしないか、そういうショットだった。しかし、成功した。成功させた。

やっぱり強運なんだろうな、おれは。

いや、とはっきりした声で言って洪は首を振った。運だけではないだろう。運も腕前もあろうが、それ以上にきみの……毅力（根性）なんじゃないか。あれを撞いた瞬間のきみの気魄（気迫）は、凄かったぜ。

根性、気迫かよ……非科学的なことを言うね。照れ隠しでそう答えながらしかし、不意に鼻の奥がつーんと熱くなって目が潤み、涙が溢れ出して頬を伝いかけるのを感じ、芹沢はうろたえた。洪の言葉が嬉しかった。決まりが悪いので横を向いてこっそり指先で目を拭ったが、洪は気づいていたかもしれない。

　芹沢が映写技師の仕事をやっていた頃、洪は休館日に芹沢を誘って気晴らしのピクニックに誘ってくれることがあった。そんなとき、洪はこのトラックに芹沢を乗せて黄浦江を遡り、川沿いの小さな村によく連れていってくれたものだが、今夜もどうやらそのあたりをめざしているらしいことがだんだんわかってきた。上海の街の中心部を外れるともう街灯もまばらで、周囲はほとんど闇に鎖されてしまっているが、ヘッドライトに照らし出された道路の感じに何となく見覚えがあるような気がする。やがて小道を左に折れ、もう一つ左に折れ、真っ暗な林に突き当たったところで洪（オン）はトラックを停めた。〈国際飯店（パーク・ホテル）〉を出てから三十分ほどの道程だった。

トラックを降りると、街灯もないのにあたりに意外な微光が揺曳しているので、まさかもう夜が明けかかっているのかと訝しみ、芹沢は空を見上げた。そうではなく、〈国際飯店（パーク・ホテル）〉を出たときには隠れていた月が雲間から姿を現わし、皓々と輝く光を地上に降りそそいでいるのだった。荷台から飛び降りてきた少年たちに、洪（オン）はトラックを戻す場所についての細かな指示を与えた。それから、彼らの軀を一人ずつ抱き締め、じゃあな、元気でな、と言った。香港の生活が軌道に乗ったら、きっとおまえたちを呼び寄せる。声を掛けるから、そのときは絶対、来るんだぞ。

月光に照らされて、神妙に頷く小鵬（ショーパン）と世昌（シーチャン）の生真面目で嬉しそうな顔つきがはっきりと見えた。芹沢も二人の手を握り、本当に有難う、と繰り返した。とくに、蕭炎彬（ショー・イーピン）の公館に電話を掛けてきてくれた楊小鵬（ヤン・ショーパン）には、この感謝の念をどう表現したらいいのかわからない。二人の少年に香港で再会するのが楽しみだった。

さあ、行こう。ボストンバッグは持ってくれたね、と洪が尋ね、おう、と芹沢が答えた。

林の中に小道が続いているのが辛うじて見分けられる。芹沢が先に立って真っ暗な樹陰の中へ踏みこんでいったが、そう長くも歩かないうちにすぐ、ちらちらと明るいものが木々の繁りの間に見えてきた。さざ波の立つ川面が月光を浴びて輝いているのだ。轟々と流れる川水の低いとどろきも耳に届きはじめ、それがどんどん大きくなってきた。林を抜けると一挙に見晴らしが開け、滔々と流れる黄浦江の広大な水景が目の前に広がっていた。おんぼろのボート小屋のようなものが岸辺に建ち、その脇からこれもまたおんぼろの短い木造の桟橋が伸びているのが見える。

林から出かかったあたりで、何気なくズボンのポケットに突っこんだ芹沢の手が、ボーカーの折り畳みナイフに触れた。さっきわざわざ取り返してきたものだが、実はそんなことをするには及ばなかったのだ、という思いが卒然と湧いた。もうこれは必要ない。おれはもう芹沢一郎ではないのだから。ナイフをポケットから引き出し、横ざまにぽいと、無造作に投げ捨てた。その間もずっと前方を見据えて歩きつづけ、ナイフが落ちた先を目で追うこともしなかった。斜め後ろに続いていた洪が気づかずにそのナイフを踏みにじって泥の中にめりこませ、そのまま通り過ぎたが、そのこともむろん芹沢は知らなかった。もう要らないから捨てる、ただそれだけのことだ。何の未練もなかった。眼前に見えている黄浦江の岸に立って、遠い水面めがけ、訣別の思い入れを籠めつつ力のかぎりに放り投げる——そんな儀式めいた身振りをすることなど、頭をよぎりもしなかった。

今になっていきなり、途方もない疲労感、そして強烈な眠気がどっと襲ってきた。湿った小さな草地を抜けたところがもう桟橋だった。その中ほどにモーターボートが繋留され、操縦席に黒い人影が蹲っている。その影が立ち上がって大きく手を振るのが見えた。眠気の重しでつい塞がりそうになる瞼を無理やり見開き、そちらに向かって近づいてゆく。

あれだ、さあ、乗ってくれ、と洪(オン)が後ろから芹沢を急かした。ただ、桟橋は足元に気をつけろよ。板の隙間が空いているし、腐って朽ちかけている板もあるからな。

気が逸(はや)って、油断するとつい小走りになってしまう。もはや芹沢一郎ではなく沈昊(スン・オー)という名前になった男は、それをじっとこらえ、慎重に慎重にと心に念じ、月光を頼りに足元に目を凝らしながらゆっくりと歩いていった。古びた桟橋の板がみしみしと軋む。ボートの前まで来て、まず後部座席にボストンバッグを投げ入れ、それから船底に右足を突っこんで体重をかけると、ボートがぐらりと大きく揺れた。蠅が真っ黒にたかったごみ捨て場みたいな、糞溜めみたいなと言われたこの町から、まず片足だけ離れた、と沈昊(スン・オー)は思った。座席の背を摑んで軀の平衡を何とか取り戻し、ボートの揺れが少し収まるのを待ったうえで、桟橋を蹴って左足の方もボートの中に引き入れ、ようやく両足で船底を踏み締めた。

往里向軋（マンリシャンガー）(奥に詰めてくれ)、と洪（オン）が桟橋のうえから声をかけてきた。

一九四一年十二月八日未明、日本海軍、ハワイオアフ島真珠湾軍港を奇襲攻撃。日本、対英米に宣戦し、太平洋戦争が始まる。

同日未明、黄浦江上の米砲艦ウェークは日本に降伏、英砲艦ペトレルは撃沈される。上海租界全域に日本軍進駐、英米人は敵国人捕虜として収容所に連行される。これによって租界は実質上消滅する。

同日、香港も日本軍の攻撃を受け、二十八日間の戦闘の後に陥落、英軍が放逐される。以後、三年七か月にわたって日本軍の占領下に置かれる。

一九四五年八月十一日、日本が降伏するとのニュースが伝わり、上海の〈国際飯店(パーク・ホテル)〉の屋上に青天白日旗が翻る。

同年同月十四日、日本、ポツダム宣言受諾。翌十五日、「終戦の詔(みことのり)」が下り、日本は無条件降伏する。国民党政権、全上海を接収。

同日、香港はただちに英軍政下に置かれ、翌四六年五月、ふたたび民政に復帰。以後、中華民国には返還されないまま、英国統治が続く。

一九四九年五月、中国人民解放軍、上海に入城。

同年十月一日、中国共産党、初代主席を毛沢東とし首都を北京に置いて、中華人民共和国を樹立。

同年十二月七日、蔣介石率いる国民党政府は、中華民国の首都を、共産党に実効支配された南京から、台湾島の台北へ移転。

一九六五年以後、約十年間にわたり、毛沢東主導下で文化大革命が展開される。

一九七二年九月、日中の国交正常化成る。

一九七五年四月、蔣介石、台北で没す。享年八十七。

一九七八年、中華人民共和国では、鄧小平の指導体制の下に、共産主義経済から資本主義経済への転換を期して、「改革開放」政策が始動する。上海には経済技術開発区が置かれ、ふたたび数々の外国資本が流入することとなり、以後、上海はめざましい発展を遂げる。

一九八四年九月、香港返還中英合意書、仮調印。同年十二月、正式調印。

エピローグ　ふたたび橋のうえで——一九八七年九月二十三日

白いワイシャツにネクタイは締めず、ベージュ色の麻のスーツという身なりの沈昊(スン・オー)は、外灘(バンド)から外白渡橋(ガーデン・ブリッジ)へ向かう黄浦江沿い遊歩道を、ときどき立ち止まっては広々した水景を見渡し、また歩き出すという気ままな歩調でゆっくりと散歩しながら、もっと早く来ていればよかった、この町を敬遠しつづける理由などとっくの昔に何一つなくなっていたのだ、と考えていた。頬をなぶって吹きすぎてゆく川風が快い。それにしても半世紀近くの歳月が経ったとはとうてい思えないほど、このあたりの光景は変わっていない。

昨日の昼過ぎ、香港からの直行便で虹橋(ホンチャオ)空港に着き、予約を入れておいた外灘(バンド)に面した〈和平飯店(パレス・ホテル)〉まで真っ直ぐタクシーで行って投宿した。大して疲れてもいなかったから、すぐさまぶらりと街歩きに出てみようという気もなくはなかった。しかし、何か心に重たるくのしかかってくる屈託があり、結局昨日はそのまま部屋から一歩も出ず仕舞いで、カーテンを閉めきってテレビを見たりうつらうつらしたりしながら過ごした。

夕食もルームサービスのサンドイッチで済ませた。

三年ほど前、七十五歳のときに前立腺癌が見つかって手術を受け、それまで重い病気など一度も経験したことがなかったので狼狽したが、幸い手術は成功、予後も良好で、案ずるほどのこともなかった。時と場所を選ばない不意の尿漏れに悩まされて半年ほどは往生したものの、医者の指示に従って括約筋を鍛える体操と称するものを日課にしているうちにそれもいつしか治まった。病院の担当医師からは、これであんたはどこもかしこも健康だ、生来きわめて頑健らしいし、まあ九十までは生きると思って、観念するんだな、などと破顔されたが、冗談混じりの放言として聞き流した。むしろいよいよ人生の終りが見えてきたなと実感し、しかし別にそう長生きしたいわけではないからそのこと自体に大した悲哀があるわけではない。ただ、さあそれでは、終りを迎える前に何かやり残したことがあるかと自分の心に尋ねてみると、真っ先に浮かんできた思いは、やはり上海の土をもう一度踏んでみたいということだった。

それがすぐさま実現したわけではない。気後れがあり、日々の暮らしの慌ただしさに取り紛れているうちにするすると月日が流れてしまった。しかし、一九九七年に予定されている香港の中国への主権返還がそう間近に迫らぬうちに、今後のビジネスの成り行きに関してとりあえず最初の意見交換をしておきたいという話が、取り引き先の上海の会社からあったとき、病気と手術をきっかけに社長のポストを楊小鵬(ヤン・ショーパン)に譲ってすでに相談役という閑職に収まり半ば仕事から引退していた沈(スン)が、いいよ、おれが行って話してくるよ、と手を挙げたのは、これを逃すとたぶんもう二度とふたたび上海の土を踏むことなく人生を終えることになるだろうという、はっきりとした確信があったからだった。

今朝は一階のラウンジで朝食をとった後、自分の部屋に逃げ帰りたくなる気持を抑えこみ、えいと自分に気合いをかけるようにしてホテルの玄関を出てみた。インド人らしいドアマンの"Fine day, sir."という言葉に送られ、ひとたび街路に出て、すでに初秋の気配を感じさせる清涼なそよ風を顔に受け、晴れ渡った広い空を見上げてみると、自分のうちでどんよりと凝(こご)っていた鬱屈が嘘のように溶け去ってゆくのを感じた。昨日までは蒸し蒸しした残暑が続いていたらしい上海だが、ドアマンの挨拶通り、今日の空気は爽快で、あたりには澄明で新鮮な朝の光が漲っている。

南京東路を西に進み繁華街へ向かってみようかと一瞬思い、しかしこの時間ではまだ店も開いていないだろう、と考え直した。黄浦江の水景に誘われるようにしてついふらふらと中山東路を渡り、川沿いの遊歩道に出てしまう。こんなにきれいに整備された遊歩道はかつてはなかった。

マルボロを吸いながらその遊歩道をぶらぶらと北上し、これも往時とは比べものにならないほど手入れの行き届いた黄浦公園を抜けて、外白渡橋(ガーデン・ブリッジ)のたもとに着いたときにはもう、重苦しい屈託も気後れもすっかり掻き消えていた。そこにあったベンチに腰を下ろし、しばらくぼんやりしているうちに、去年の春のとある午後の体験の記憶が甦ってきた。

　そのとき沈（スン）は、九龍半島南端の繁華街、尖沙咀（ジェスウツウ）にある行きつけの床屋の待合室で、テーブルに放り出されていた『タイム』誌を手に取り（よれよれになっていたから、ずいぶん前の号だったのだろう）、退屈しのぎにぱらぱらとめくっていた。すると突然、途方もない懐かしさを掻き立てる何かが不意に目に飛びこんできたような気がして、思わず手が止まった。鼓動が少し速くなるのを感じながら、大きく息をついて気を鎮め、胸ポケットから小さな銀縁の老眼鏡を取り出して左右のつるを丁寧に耳に掛けると、ページを飛ばさないように念を入れながら、一ページずつゆっくりと前へ戻ってゆく。何が自分の目を驚かせたのかはすぐわかった。それは見開き二ページの記事だった。左ページの誌面いっぱいに馮篤生（フォン・ドスァン）が最後に作った人形、左腕と右脚がすげ替えられているあの少女の写真が掲げられ、さらにその下に、少女の顔とハイヒールをそれぞれクローズアップにした小さな二点の写真も添えられている。記事のタイトルは〝Feng Du-sheng beats Rembrandt van Rijn〟――「フォン・ドスァンがレンブラントを破った」。

　沈（スン）は右ページの解説記事を読んだ。「かの高名にして伝説的な〝Feng Du-sheng's Nine Dolls〟の一つ」がロンドンで〈クリスティーズ〉の競売に掛けられ、七十四万英ポンドで落札された、という内容だった。当日のオークションの目玉は本来別にあって、それは新たに発見されたレンブラントによる油彩の肖像画の小品だったが、その落札価格は六十八万英ポンドにすぎず、「長らく行方がわからなくなっていたフォン・ドスァンの傑作には及ばなかった」と筆者は驚いている。それを読みながら沈（スン）は、ああ洪（オン）が生きていたらなあ、ほれ見ろ、おれが何と言ったか覚えているか、と自慢してやれるのに、と残念でならなかった。

馮（フォン）の死後、その制作した人形は、「狂い咲きした上海シュルレアリスム」の珍品などと呼ばれ、評価が急速に高まった。しかし、九体の人形を買い取ったアメリカ人コレクターが早逝すると、遺言が不備だったせいもあり、相続が揉めて訴訟も起こり、結局、そのコレクションはちりぢりになってしまった。九人の少女たちも最初は一括して売られたようだが、転売が繰り返されるうちに結局はばらばらになり、それぞれ数奇な運命を辿って、あるものはミュンヘンの美術館に、別のものはパリの画廊に、また別のものは英国のコレクターにと、世界各地に離散してゆくことになった。一九六四年秋にそれらすべてが集められ、ニューヨーク近代美術館で“Feng Du-sheng: Eros and Thanatos of the Shanghai Dolls”と題する画期的な展覧会が開かれた。

『タイム』誌の記事は、美術界に衝撃を与えたその二十数年前の記念碑的展覧会を詳しく描写している。「会場に使われたのは、ＭｏＭＡの大展示室たった一つにすぎなかった」――と筆者は書いている。「しかしそこには、ある一つの小宇宙の、丸ごと全体が現出していた。それは、日中戦争下の上海に生きた一中国人芸術家が、みずからの魂と身体のすべてを挙げて夢想し希求し欲望し、そして創造し遂げた、エロスとタナトスの結晶宇宙である。来場者は、暗闇に鎖された正方形の空間の内部に恐る恐る足を踏み入れてゆく。だんだん目が馴れてくるにつれ、方陣状に配置された九つの光の量塊がぽっと灯り、闇をそこだけぽっと明るませているのがわかってくる。そこでは、九体のそれぞれ極度に個性的な人形たちが、九体相俟って、豊饒きわまるフォン・ドスァンの無意識のミクロコスモスを、鮮烈に表象しおおせていた。来場者は九体の人形によって完璧に構成された三×三の方陣の迷路を、眩暈（げんうん）しつついつまでもさまよって飽きるということがなかった。その迷路は、性と死の形而上的秘儀が密やかにまたしめやかに執り行なわれる、スペクタキュラーな舞台にほかならなかった。それはモダニズム美学の歴史的潮流に関してそれまで抱かれていた既成観念に再考を迫る、美術史上の一事件だったのである」。

ほう、そうかい、そうかい、何とまあ大袈裟な、と沈（スン）はふふんと鼻で笑い、先を読み進める。

「以後、“Feng Du-sheng's Nine Dolls”は〈伝説〉と化した」。〈伝説〉は大文字で強調された定冠詞付きの“THE LEGEND”となっている。「とくに、六〇年代後半以降、「エリーズ」と呼ばれる「第四番」が行方知れずになってしまっただけに、〈伝説〉はいっそう強化され、ミステリアスなオーラに包まれることになった。「第四番」は永久欠番になりそうな気配が濃厚だったのだ。今回、ひょんなきっかけで、とあるブリュッセルの画商の遺品の中から発見され、〈クリスティーズ〉の競売に掛けられることになった人形こそ、その「エリーズ」にほかならない。とめどなく値が競り上がる熾烈な戦いに勝って「エリーズ」を落札したのは、某有名コンピューター企業のオーナーCEOだという。ハンス・ベルメールに先駆け、「一九三〇年代上海シュルレアリスム」をたった一人で体現し遂げた孤高の鬼才が、心血を注いで完成し遂げた全九体の人形それぞれの所在は、こうして今や完全に判明した。九人の少女がふたたび一堂に会し、すでに神話と化した、ほぼ四半世紀前に遡るあのニューヨーク近代美術館での展覧会が、世界のいずれかの都市の美術館で再現されることも夢ではない。フォン・ドスァンのファンにとってはこれほど喜ばしい朗報もまたとあるまい」――記事はそう締め括られていた。

　順番が来て、呼ばれて床屋椅子に座った後もなお沈(スン)はその記事のことを考えつづけていた。ここ数年めっきり薄くなった白髪を刈ってもらいながら、ふん、そうかい、「エリーズ」かい、思わせぶりの勝手な名前を付けやがって、とつい舌打ちしてしまう。「馮篤生(フォン・ドスァン)の九人の少女たち」の一人一人はいつの間にか、「マリー＝ローズ」だの「パピヨンヌ」だの「オードリー」だの、いわくありげな通称で呼ばれるようになっていた。

馮篤生（フォン・ドスアン）があずかり知らないいんちきな命名を誰が創案し、世間に流布させたのかはわからない。あのフィラデルフィアのコレクターがそんな自己満足の、余計なお節介をしたのだろうか。

「第四番」なんぞというのももちろん嘘の皮だ、何ともいい加減なものだ。制作順序から言えば、あの子は最後の一人、「第九番」にほかならない。おれはそれをよく知っている。この地球上に生きる数十億人のうち、そのことを知っているのは今やたった一人、おれだけなんだろうな、という考えがふと頭をよぎって沈（スン）はほくそ笑んだ。あの九人の少女たちを大事に大事に梱包して、馮（フォン）のアトリエからアメリカへ向けて、世界に向けて、送り出してやったのがおれだということも、誰一人知る者はいない。が、そんなことももう、今さらどうでもいい。美術ジャーナリズムの舞台にしゃしゃり出て、「第四番」ではない、本当は「第九番」なのですと証言してやろうという親切心など、おれにはまったくない。

実のところ、馮（フォン）の人形の写真集や、美術雑誌の特集、馮（フォン）の「エロスとタナトスの美学」とやらをめぐる研究書(！)のたぐいも何冊か刊行されており、沈（スン）は好奇心からその二、三冊を入手しざっと目を通してみたことがある。英語、フランス語、日本語によるものだが(ちなみに中国語の刊行物は一冊もなかった。共産主義化した戦後中国の美術界は今なお馮篤生（フォン・ドスアン）の存在を完全に黙殺している)、それらの著者は、市井の一骨董店主としてひっそりと生きた馮の「謎めいた生涯」について「詳しいことはほとんど知られていない」などと書いている。辛うじて判明している「伝記的事実」として、上海の富裕な商家に生まれたこと、日清戦争直後、戦勝国である日本の首都の早稲田大学に留学して哲学と文学を学んだこと、七十代になって日本と中国の戦争が再燃するや戦火を避けて香港に移り、ほどなくそこで没したことなどが記載されているが、そこにはむろん蕭炎彬の名も美雨の名も登場しない。それでいい、というのが沈の考えだった。研究者だろうが誰だろうが、世間が馮篤生の私生活に立ち入る必要はないし、またその権利もない。泉下の馮自身、そんなことはこれっぽっちも望んでいまい。芸術家としての名声を得たいなどという俗な野心は、あの老人にはかけらもなかった。老馮がもし生きていたら何と言うだろう。ほう、「第四番のエリーズ」に「第五番のマリー＝ローズ」かい、ふふん、頓馬なやつらがいるもんだ、などと老馮が言葉少なに呟き、口の端を歪めて薄い冷笑を浮かべるさまを、沈はまざまざと想像できた。

　事実が明瞭でないとなると、人は仕方なく、いい加減な空想や与太話に逃れてお茶を濁そうとするものだ。馮篤生に関するそれらの書物のどれか一冊の中に、「バタイユのそれにも似た背徳的なエロティシズムへの密かな沈潜と耽溺は、フォン・ドスァンにとって、ウルトラ・ナショナリズムに支配された日本が当時犯しつつあった中国侵略という犯罪に対する、断固とした、また執拗な、抗議と抵抗の身振りであった」などと書かれていて、ぷっと噴き出したことがあるのを沈(スン)は思い出した。「というのも、性こそは、政治権力の発動に抗する究極の堡塁だからである」なんぞという一文が続いていたのだったか。他愛もないものだ。戦争とは何かも、犯罪とは何かも、性とは何かも身に沁みて知ってはいない青二才のたわごとだ。誰でも思いつくような浅薄な紋切り型を言い立てて恥じない軽薄才子、それがおおよそ評論家という代物だが……と吐き棄てた馮(フォン)の皮肉な語調が、沈(スン)の記憶の底から甦ってきた。あの人はねえ、そういう空疎なことは決して、ひとことたりと口にしない人だったよ、という感嘆の言葉がたしかそれに続いたような気がする。「あの人」とはむろん北一輝のことである。あの人は、傍観者流の、気の利いたふうのせりふなどいっさい口にせず、近代日本の現実と、真っ向微塵のがっぷり四つで対決したんだ、と……。それはさておき、バタイユとかいうフランス人がどういう人なのかそのうち調べてみようとそのとき沈(スン)はふと思ったが、いつの間にか忘れてしまった。

　外白渡橋(ガーデン・ブリッジ)のたもとのベンチに座ってそんなあれこれを思い出しているうちに、馮篤生(フォン・ドスアン)の人形の運命への感慨と絡まり合うようにして、セリザワという名前がふと浮かんできた。沈昊(スン・オー)という名前の中国人に生まれ変わったと、自分でも信じこんでしまうがいい、芹沢一郎という名前はもう忘れなさい。そう言ったときの馮(フォン)の声音も甦ってきた。あのときは嬉しかったな……。沈(スン)はベンチから立ち上がり、外白渡橋(ガーデン・ブリッジ)に足を踏み入れ、対岸めざして渡りはじめた。

馮篤生(フォン・ドスアン)は肝臓癌がリンパ節に転移し、一九四四年二月初旬、楽しみにしていた新年の春節を迎えられずに死んだ。享年七十七。死の数日前、病院のベッドで上半身を起こし、ビルマのフーコン河谷での米中連合軍と日本軍の交戦の模様を伝える新聞を読みながら、「敗戦後の日本をどう再建するかを真剣に考えている日本人は、今いったいどれほどいるんだろうねえ」と皮肉な口調で呟いていたのを沈(スン)はよく覚えている。嘉山清陸軍大佐は一九四五年八月、ポツダム宣言受諾を告げる天皇の「玉音放送」のあった日の翌朝、自宅で青酸カリを呷って自決した。享年四十二。嘉山の死を沈(スン)は、戦後何年も経ってからある新聞の特集記事で読んで初めて知った。美雨(メイユ)は数年にわたって結核で臥せった後、一九四九年七月の蒸し暑い深夜、肺炎をこじらせて死んだ。享年四十五。

蕭炎彬(ショー・イーピン)は、戦争中は重慶でフィクサーとして活動しつづけ、国民党の統治地域と日本軍の占領地域との間の物資の流通で大儲けした。一九四五年八月、日本軍の撤退後に上海へ帰ったが、かつての威光はもう復活しなかった。四九年、国民党が共産党に敗れ、中華人民共和国が成立すると妻子とともに香港へ逃れた。五〇年、京劇の名花であった孟鈴玉(マン・リンニョ)を第五夫人として娶(めと)るが、阿片の過度の吸引が祟って健康を害し、五一年に病死。享年六十八。

沈(スン)の親友の洪運飛(オン・ユンフィ)は五年前、一九八二年秋に死んだ。享年七十一。九龍半島と香港島に跨(また)って彼が所有していた四つの映画館の経営は、彼の長男と次男に引き継がれた。年来の宿願だった映画制作の事業に乗り出そうとしていた矢先のことで、心筋梗塞の発作による彼の急死でその事業はいったん頓挫した。が、彼の次男はロサンジェルスのアメリカン・フィルム・インスティテュートに留学したこともある筋金入りの映画好きなので、映画制作の夢も父親から受け継ぎ、実現に向けて着々と準備を進めているらしい。先月皆で集まって夕飯を食べたとき、父親譲りの熱の籠もった饒舌でそう語っていたのを、沈(スン)は頼もしく思ったものだ。

沈(スン)はゆっくりした足取りで外白渡橋(ガーデン・ブリッジ)を渡っていきながら、おれはとうとう独身のまま子を生(な)さずに終ったが、自分の子どもに引き継いでほしい夢も野心もとくにない、まあ不満はないな、と思った。戦後しばらくの間、あれこれ半端仕事を転々とした沈(スン)は、洪(オン)の映画館をちょっと手伝ってみたりもした後、ひょんなことから貴金属の売買で細々とたつきを立てるようになり、やがて尖沙咀(ジェスゥツゥ)の裏通りに小さな宝石店を構えるまでになった。しかし、一九六〇年代の初め頃、新機構による宝石研磨の器械の特許を買い取ったのがきっかけで、研磨技術を中心にした小型の工作器械の製造と輸出の仕事に転じた。上海時代からの知り合いの楊小鵬(ヤン・ショーパン)と共同で会社を興し、技術者と事務員それぞれ数名ずつで始めたその会社は、様々な浮沈はあったがじりじりと成長を続け、二十余年後の今日、百五十人の従業員を抱えるまでになって経営も一応安定している。おれが隠居しても、あとは小鵬（ショーバン）が何とかうまくやってゆくはずだ。今後もいろいろなことが起こるだろうが、あいつは頭が切れるし人望も篤い。何があろうと、何とかかんとか切り抜けて会社を守っていってくれるだろう。

橋の真ん中あたりまで来て、片方の靴紐がほどけているのに気づき、立ち止まって結び直した。そのついでに欄干に両手を掛け、蘇州河の濁った水面を見下ろし、また左後方を振り返って、対岸にそそり立つ、かつては〈百老匯大廈（ブロードウェイ・マンション）〉と呼ばれ今は〈上海大廈（ブロードウェイ・マンションズ・ホテル）〉という名のホテルになっている、ぎざぎざした特徴的な形態の高楼を見上げた。今から半世紀も前、季節が夏から秋に移ろうとしている頃のとある寒々とした夜、そぼ降る雨の中、傘をさして、あの建物をめざしてこの橋を渡っていった自分を――そのとき感じていたこと、望んでいたこと、恐れていたことを思い出そうとしてみる。何となく甦ってくる断片的な思念や感覚が幾つかないではないが、そのどれも現実感はきわめて薄い。まだ三十になるやならずやの若い男が、冷たい雨をついてこの橋を渡っていった。それははたして自分だったのか。そんなことが本当にあったのか。他人の身の上に起こったことのようにしか思えない。あれはすべて物語の中で読んだか、映画で観たことだったのではないか。明るい陽光がさんさんと降りそそぎ、家族連れや若いカップルが賑やかに喋りながら往来しているこの雑踏の中に身を置いていると、あのほとんどひと気のなかった寒々しい雨夜の橋の思い出の、しらじらとした非現実感がいよいよつのってくる。

気がつくと沈は右手を何となくズボンのポケットに突っこんで、何かを求めてその中を探っていた。仔牛革の小銭入れが指先に触れる。しかし、彼が無意識のうちに期待していたのはそれではなかった。おれが求めていたのは硬く重く細長い金属のかたまりだ。それを探り当てられないのが、何か不思議でたまらないことのように感じる。そうだ、あの頃肌身離さぬお守りのように、外出時にはいつも持ち歩いていたナイフがあった。叔父から貰ったドイツのボーカー社製の折り畳みナイフ……。柄を握った感触、手にかかる重み、そして黒檀の柄の中に収納されたダマスカス・ブレードの冷たい輝き——それらが、先ほどからの非現実感を一挙に撥ねのけるように、極度になまなましい、ヴィヴィッドな感覚としてまざまざと甦ってきて、同時に痛切な欠落感が沈を刺し貫いた。いつの間にか手元からなくなってしまったあのナイフを、もう一度手にしてみたい、という焼けつくような欲求と焦燥感に襲われ、呼吸が少しばかり苦しくなる。それにしてもおれはあのナイフを、いったいいつどこで紛失してしまったのか。

どういう人生だったのだ、おれの人生は、という漠とした問いがふと浮かび、しかしただちに、上海に戻ってきたことで柄にもなく感傷的になっているようだな、という苦笑が口元を掠める。ふだんの沈は過去を振り返るということをいっさいしない男だった。何かしみじみとした気分になりかけた自分を嗤い、感傷も感慨も意識の表層からきれいさっぱり払拭しようとしてしかし、その抑圧を跳ね返すように、なぜここまで生き延びたのだ、みんな死んでしまったのになぜおれだけが、という思いが、押し殺そうとしても押し殺しきれない強さで沈（スン）の胸に改めて込み上げてきた。生き延びてはいけない男が、なぜおめおめと、あるいはぬけぬけと、こんなふうに生き延びてしまったのだ。おれは胸を嚙むような悔悟の念も遺憾の情も自分に禁じて生きてきた、だから最後までそうしつづけて終えるほかはない。過去に返ってやり直せたらなどと益体もないことを考えても仕方がない。そもそも過去に返るなどと言っても、いったいどの時点まで、あるいはどの地点まで遡ればいい。帰ってゆくべき場所などいったいおれにはあるのか。

　昨日の午後〈和平飯店（パレス・ホテル）〉にチェックインしたとき、フロント係の若い娘と交わしたささやかな会話が甦ってきた。沈（スン）にとっていちばん楽な言語はもちろん今や広東語だが、せっかく上海に来たのだからと思い、記憶の底に沈んでいた上海語の語彙や発音を少しずつ引っ張り出しつつ、広東語訛りでつっかえつっかえ話そうと努めていたのだった。ひと通りの投宿の手続きが済んだ後、娘は、沈（スン）にパスポートを返してよこしながら、上海語がお上手ですね、故郷（グーシャン）はどちらですか、と尋ねてきたのだ。沈（スン）が香港籍であることはむろんパスポートから娘にもわかっている。が、少々古臭い言い回しの混じる上海語も少しは操るこの老人、ひょっとしたらもともと香港生まれというわけでもないのかもしれないと考え、お世辞のつもりで尋ねてみたのだろう。第二次世界大戦中、そして戦争直後の混乱の一時期、中国本土から香港に移り住んできた人々はおびただしい数にのぼる。沈（スン）の年輩のそういう香港人に、きっとこの娘は沢山会っているに違いない。沈（スン）はパスポートと部屋の鍵を受け取りながら、故郷（グーシャン）？　おれは香港生まれだよ、と素っ気なく答えて会話は終ったのだが、「故郷（グーシャン）」という言葉はその後妙に心に残って沈（スン）の意識を刺激しつづけた。

軀の向きを変えて橋の手摺りに今度は背をあずけ、外灘（バンド）の方を見遣りながら、故郷（グーシャン）、故郷（グーシャン）、といつの間にか心の中で繰り返し呟いていた。すると、それにつれて「ふるさと」という日本語の言葉が呼び出され、同時に、それを題名にした曲を歌う、長いこと思い出すこともなかった子どもたちの合唱の声がかすかに甦ってきた。

　兎追いし彼の山
　小鮒釣りし彼の川
　夢は今も巡りて
　忘れ難き故郷
如何（いか）にいます父母
恙無（つつがな）しや友がき

雨に風につけても
思い出づる故郷

志を果たして
いつの日にか帰らん
山は青き故郷
水は清き故郷

合唱の歌声にはきっと幼い沈(スン)自身の声も混ざっているに違いない。横浜の小学校で歌わされた日本語の唱歌だった。ここ何十年というもの、まったく甦ってきたためしのない思い出である。とはいえ今それが突然甦ってきても、しみじみと懐かしいという気持になるわけでもない。たぶん本能的な忌々(いまいま)しさが先に立ち、あえて忘れ去ろうとことさら努めたわけでなくてもおのずから無意識の底に封じこめられていた、そんな種類の思い出なのだろう。それが今、自己検閲の箍(たが)が不意に弛んで、意識の表層に浮上してきたということか。もはやおれは、この歌声に忌々しさも厭(いと)わしさも感じない。何も感じない。だが、おれはどうやらいささか感傷的になっているようだし、いったん箍が弛んでしまえば、もう少し時間が経つと今度はむしろ胸の熱くなるような郷愁さえ感じはじめるのかもしれない。ひょっとしたら、懐かしさが込み上げてきて、そのあまり涙をこぼすようにさえなるのかもしれないな、と沈(スン)はやや当惑しながら考えた。

沈(スン)は橋の手摺りから軀を離し、対岸のたもとへ向けてまた渡河の続きに戻った。こんな早朝なのにすでに車の行き交いが激しくなっていて、外白渡橋(ガーデン・ブリッジ)の歩道も通行人が多く、そこには各国からの観光客が混ざっている。

沈(スン)の手はまたズボンのポケットの中で、不在のナイフを求めて手探りしていた。叔父がおれにあれをくれたように、楊小鵬(ヤン・ショーパン)とか洪(オン)の倅(せがれ)の一人とか、そんな若い友人の誰かに、何かの記念の折りにでもくれてやったのだったか、それとも、上海時代の記憶の染みついたものを手元に持ちつづけることに嫌気がさし、結局捨ててしまったのだったか、だが、いつ、どこで……? どうしても思い出せないのがもどかしくてならない。思いに沈んでつい足取りが遅くなり、後ろから来る通行人に追い越されるようになっていた。そのうちに、背後から何度か聞こえていた、エクスキューズ・ミー、という声が自分に投げかけられているのだとふと気づき、立ち止まって振り返った。まだ二十歳そこそことしか見えない女の子の二人連れが、屈託のない笑顔を浮かべて立っている。その片方の、ボタンを外した薄手のブルゾンの隙間から、その下に着たTシャツの胸のミッキーマウスのプリント柄を覗かせている丸顔の子が、

テイク、ピクチャー、プリーズ、と日本語訛りのたどたどしい片仮名英語で言い、手

に持ったカメラをもう一方の手で指さしている。

ノー・プロブレム、と沈(スン)は笑顔で応じ、差し出されたカメラを受け取った。操作の説明のために軀を寄せてきた女の子が、ジャスト、プッシュ、ジス、ボタン、などと悪びれずにはきはき言う。若い娘に特有の甘い体臭が沈(スン)の鼻孔をくすぐった。ファインダーを覗き、指をじゃんけんのチョキの形にして片手を上げた——いったい何のしるしだろうか——女の子二人を、外灘(バンド)を背景にフレームに収め、シャッターを切ってやった。こういう若い娘が気軽に外国へ観光旅行に来られるようになった背景にはたぶん、しばらく前から株価も地価もどんどん上がりつづけているという今の日本の好景気があるのだろう。何やらお祭り騒ぎのような経済の活況が始まっているようだが、あんまり浮かれすぎるなよ、日本人、という冷ややかな思いが沈(スン)のうちにないわけではなかった。満で七十八歳になる彼は、良いことも悪いことも決して長くは続かないと身に沁みて知っている。

とはいえ、これから必ず沢山の良いこと、沢山の悪いことを体験してゆくことになる、しかし今はそんなことはまったく考えずに仲良しの友だちとの休暇の旅行をただ楽しんでいるこの女の子の、屈託のない笑顔に対しては、冷笑も皮肉もいっさい入りこむ余地のない純粋な好意を持たずにはいられない。朝陽を浴びて輝くように笑っている女の子たちの浮き立つような幸福感が伝染して、沈(スン)の心を優しく温めた。

返す前にカメラをしげしげと眺め、何の用途とも見当がつかないボタンやダイヤルの数々をそっと撫でてみた。大昔に持っていて大切にしていたライカⅡ型をなくして以来、カメラというものを沈（スン）は絶えて所有したことがない。瞬間を固定し、不動の姿で残存させる写真という技術それ自体に、いつの頃からか何か名状しがたい厭わしさを感じ、近寄らないに若く（し）はないと思うようになっていたからでもある。品名を見て、ニコンF３ＡＦ……と何となく呟いてみた。エイ・エフ……。

イエース、オート・フォーカス、と女の子が得意そうに言う。

日本のカメラもずいぶん進化したもんだ、という日本語がつい我知らず、口から出た。声が掠れたのは、沈（スン）がずいぶん久しぶりに——ひょっとしたら数年ぶりに喋る日本語だったせいかもしれない。

なあーんだ、日本の方（かた）なんですね、と女の子が嬉しそうに言った。

沈（スン）は一瞬、意識が遠いところへ飛ぶような気がして、ふと顔を上げ、橋の欄干越しに黄浦江の水景へ視線を投げた。日本の方……？　日本の方なのか、おれは……？　ほんの一瞬だったが、記憶の貯蔵庫から、膨大な数にのぼる様々なことが——その一つずつが身をよじり、軋み、呻（うめ）き、苦痛と快楽、悲哀と官能をこもごも表象しつつ、ひしめき合い身もだえしつつ、一挙に迸り出そうになるのを感じた。その中には、ついさっき心の奥の暗がりから浮かび上がってきたあの唱歌の旋律もあった。志を果たして、いつの日にか帰らん……山は青き故郷、水は清き故郷……。

一瞬の後、危うく噴き出しかけたすべてを自分の内奥の元の場所に押し戻した。ただ、どうしても押し戻しきれない思いがたった一つあり、それは、かつての日本軍は、その兵士の一人一人は、今おれの目の前で暢気(のんき)ににこにこしているこの女の子たちのために戦ったのだ、この女の子たちの無邪気な微笑みのために、半世紀を経た後に彼女たちがそれを屈託なく浮かべることができるように、そういう時代が訪れるように、そういう時代を何とかして訪れさせるために、あれほど沢山の兵隊が、われわれの兵隊が、沢山の敵兵を殺し、おびただしい数の中国人やアメリカ人を殺し、そして自分たちも死んでいったのだ、殺されていったのだ、という思いだった。沈(スン)はせつなかった。

顔から作り笑いを消した沈(スン)は、カメラを所有者の女の子の手に戻しながら、いいや、と日本語で言いかけて直前で気が変わり、ノーと呟いた。英語でしか答えられない問いだった。もう声は掠れていなかった。険しい顔になっていたかもしれない。女の子の目を真っ直ぐに覗きこんで、ノー、ともう一度はっきりと言い、"I'm *not* Japanese."と念を押し、きょとんとした表情をしている女の子たちを尻目に、無表情のまま くるりと背を向けた。

そのまま、かつて〈百老匯大廈(ブロードウェイ・マンション)〉と呼ばれていた高層ビルのある対岸へ向かって外白渡橋(ガーデン・ブリッジ)の歩道を歩き出しながら、何が「いつの日にか帰らん」だ、大きなお世話だ、と憤然として考えた。「彼の山」も「彼の川」もへったくれもあるものか。そもそもおれは、山で兎を追いかけたり川で小鮒を釣ったりした思い出なんか、一つもないぞ。おれにはふるさとなんか、どこにもないのだ。みんな死んでしまったし故郷（グーシャン）もないが、おれはまだまだ生きてやる。九十まででも百まででも生き延びてやる。むろん最後まで、決して内地には帰らない。山が青くもない外地に生き、水が清くもない外地に死ぬ。おれが果たすべき志も、おれの自由も愛も名誉も恍惚も、すべてそこにある、おれはそういう日本人だ。

付記

——本文中、当時の文献の引用も含め、今日では差別表現と見なされかねない表記が若干あるが、物語の時代背景、その時代に生きたという設定の登場人物の心理のリアリティ等に照らし、どうかご容赦いただければと思う。今日における差別助長を意図しての使用でないことは言うまでもない。

——本作の登場人物が交わす中国語での会話は、標準的な「普通話」ではなく基本的には当然「上海話」によるものである(たとえば日本贔屓の売国奴を指す「漢奸」は「ハンジェン」ではなく「ハゥーケェ」、コオロギを戦わせて金を賭ける賭博の「闘蟋蟀」は「ドウシー」ではなく「ドウゼェジェ」、等々)。これら上海語の語彙とその発音に関しては、東京大学東洋文化研究所教授・中島隆博氏と同大学特任准教授・王前氏より懇切なご教示を得た。片仮名による発音表記は所詮、近似的な転写でしかないが、それでも可能なかぎり正確を期すことができたのは、ひとえにお二人のご厚誼のおかげである。心からお礼申し上げたい。

——「十九、翠(みどり)の鬼火」に引用された漢詩「兵車行」「蘇小小歌」の読み下しは、それぞれ松枝茂夫氏、荒井健氏による。

——道路名等は戦前上海の旧地名を用いている。

——本作の執筆に当たって参考にした文献・映像資料のうち主要なものの一覧を左に掲げる。

記して感謝の意を表したい。中でも、長い時間にわたってわたしの夢想の伴侶となってくれた木之内誠氏の労作『上海歴史ガイドマップ 増補改訂版』に対しては、特段の謝意とともに、その緻密きわまる考証に深い敬意を捧げずにはいられない。(松浦記)

★文献(刊行年次順)

殿木圭一『上海』岩波新書、一九四二年
松本重治『上海時代――ジャーナリストの回想(上・下)』中公新書、一九七四―七五年/中公文庫プレミアム、二〇一五年
晴気慶胤『上海テロ工作76号』毎日新聞社、一九八〇年
NHK〝ドキュメント昭和〟取材班(編)『上海共同租界――事変前夜(ドキュメント昭和――世界への登場)』角川書店、一九八六年
リン・パン『オールド・シャンハイ――暗黒街の帝王』毛里和子・毛里興三郎訳、東方書店、一九八七年
『中国 謎の秘密結社(『歴史読本』臨時増刊)』新人物往来社、一九八八年
沈寂『上海の顔役たち』林弘訳、徳間文庫、一九八九年
村松伸『上海――都市と建築 1842―1949』PARCO出版局、一九九一年
小泉譲『顔のない城 上海物語――一九三〇年上海(上・下)』批評社、一九九四年

山田豪一『オールド上海 阿片事情』亜紀書房、一九九五年
高橋孝助・古厩忠夫(編)『上海史――巨大都市の形成と人々の営み』東方書店、一九九五年
ハリエット・サージェント『上海――魔都100年の興亡』浅沼昭子訳、新潮社、一九九六年
日本上海史研究会(編)『上海人物誌』東方書店、一九九七年
和田博文・真銅正宏・和田桂子・大橋毅彦・竹松良明『言語都市・上海――1840―1945』藤原書店、一九九九年
西爾梟『中国マフィア伝――「上海のゴッドファザー」と呼ばれた男』河添恵子訳、イーストプレス、一九九九年
Leo Ou-fan Lee, *Shanghai Modern: The Flowering of a New Urban Culture in China, 1930-1945*, Harvard University Press, 1999
『近代日本総合年表 第四版』岩波書店、二〇〇一年
丸山昇『上海物語――国際都市上海と日中文化人』講談社学術文庫、二〇〇四年
大里浩秋・孫安石『中国における日本租界――重慶・漢口・杭州・上海』御茶の水書房、二〇〇六年
渡辺ライアン輝子『父の工部局 父と娘の上海 実録・租界行政――60年前に思いを馳せる』文芸社、二〇〇六年
ロバート・ビッカーズ『上海租界興亡史――イギリス人警察官が見た上海下層移民社会』本野英一訳、昭和堂、二〇〇八年

高綱博文(編)『戦時上海 1937〜45年』研文出版、二〇〇五年
陳祖恩『上海に生きた日本人――幕末から敗戦まで』大里浩秋監訳、大修館書店、二〇一〇年
関根真保『日本占領下の〈上海ユダヤ人ゲットー〉――「避難」と「監視」の狭間で』昭和堂、二〇一〇年
Andrew D. Field, *Shanghai's Dancing World: Cabaret Culture and Urban Politics, 1919-1954*, The Chinese University Press, 2010(Paperback, 2011)
木之内誠(編著)『上海歴史ガイドマップ 増補改訂版』大修館書店、二〇一一年
吉川和篤『上海海軍特別陸戦隊写真集』大日本絵画、二〇一二年
岩間一弘『上海大衆の誕生と変貌――近代新中間層の消費・動員・イベント』東京大学出版会、二〇一二年
市川多津江『上海陸軍病院――一従軍看護婦の回想』潮書房光人社、二〇一三年
Peter Harmsen, *Shanghai 1937: Stalingrad on the Yangtze*, Casemate Pub, 2015

★映像資料(DVD)

『上海 支那事変後方記録』(亀井文夫編集)、一九三八年製作(『戦記映画復刻版シリーズ2』販売元ケイメディア、二〇一一年)
『南京 戦線後方記録映画』一九三八年製作(『同シリーズ3』、二〇一一年)
『支那事変海軍作戦記録』一九三九年製作(『同シリーズ4』、二〇一一年)

孤児たちの楽園

沢木耕太郎

これは孤児たちの楽園の物語である。あるいはもう少し厳密に、その孤児のひとりである主人公が楽園を追放され、ようやく帰還したあとで、しかし新たな楽園を求めて旅立とうとする物語である、と言い直してもよい。

かつて私はこんなことを書いたことがある。

《私には三つの「夢の都市」があった。ベルリンと上海とサイゴン。どうしてそれが「夢の都市」なのかというと、そこにはもう決して行くことができないからだ。もちろん、ベルリンも上海もサイゴンも、行こうと思えば誰でも行ける。しかし、私が行きたかったのは、一九三〇年代のベルリンであり、昭和十年代の上海であり、一九七五年の北ヴェトナムによる「解放」前のサイゴンなのだ。もう、その時のその都市へは誰も行くことができない。だから、それは「夢の都市」にならざるをえなかったのだ》

この中で、ベルリンは旅行者としてであり、サイゴンへは取材者としてだったが、上海はそこで生活する者として行きたかった街であった。

しかし、そのときの私の上海に関するイメージも、村松梢風（むらまつしょうふう）が名付けたともいわれる「魔都上海」という言葉によって喚起される街のイメージを超えるものではなかったかもしれない。

賭館、煙館、飯館、舞館、殯儀館、つまり、博打場と阿片吸引所とレストランとキャバレーと死体預かり所の「五館」の天下であったという世紀末的な頽廃を抱え込んだ国際都市、のイメージだ。

外灘（バンド）周辺のネオンのにぎわい、阿片を吸引する者たちのくゆらす煙、中国人のうごめく中で欧米各国の者たちが闊歩する共同租界の異国情緒……。

そしてこの『名誉と恍惚』の主人公の芹沢一郎が物語の世界を歩きはじめるのも、そうした、ある意味で月並みな上海の、小雨降る夜の中からである。しかし、芹沢が最初に行き着くところである〈百老匯大廈（ブロードウェイ・マンション）〉の一室において、依頼とも命令ともつかないものを日本陸軍の参謀本部に属するという少佐に押し付けられてからは、やがて、日本人と中国人との、入り組んだ、スリリングな陰謀劇に巻き込まれていくことになる。

この『名誉と恍惚』において、上海の共同租界で警察官として生きている主人公の芹沢一郎は孤児である。生まれる前にすでに父を失い、学校を卒業する前に母を失っている。

その芹沢を翻弄する男娼風のロシア人少年のアナトリーも孤児である。

また、登場してくるほとんど唯一の女性であり、暗黒街のボスの第三夫人である美雨（メイユ）も、実兄や馮篤生（フォン・ドスアン）という謎の人物を伯父に持っているにもかかわらず、やはりある意味の孤児と言える。

さらに、後半で芹沢の救世主的な相棒となる洪運飛（オン・ユンフィ）も孤児院の出だった。

孤児とは何か。辞書によれば、幼くして親を失った子、とある。

だが、その、幼くして、という前提を取りはずしてしまい、両親を失った者は、そのとき孤児になるのだという考え方もある。

とすれば、親より子が先に逝くという順逆の事態が起きなければ、誰でも一度は孤児になるということになる。たとえ、五十、六十になっていても、両親を失った時点で、人は孤児になるのだ、と。

あるいはまた、たとえ両親を失っていなくとも、人は孤児になりうるという考え方もある。別に、当今の虐待の問題を引き合いに出してこようというのではない。

人には、父と母が生きていても、そして、その父と母にいくら愛情を注がれようとも、自らを孤児のように感じてしまう者が存在しうるのだ。

あるいは、この『名誉と恍惚』の作者である松浦寿輝も、そうしたひとりであるかもしれない。

近作に『わたしが行ったさびしい町』という紀行文集を持つ松浦が、「悲嘆と慰藉（いしゃ）」という エッセイの中で、「悲嘆と慰藉」こそが絶えず反復的に「経験」してきた《もっとも基本的な、また決定的な観念＝感覚》であると述べ、さらにこう記している。

《そこには、親にあまりかまってもらえない一人っ子として過ごしたわたしの幼年期の事情などが本質的に関わっているような気もするが》

これは、この『名誉と恍惚』の中の次のような文章と呼応して、私に、松浦の、自らの「孤児性」を常に意識せざるをえない者としての「異和と恍惚」を感じさせる。

《この広大無辺の天地におれは独りぼっちになってしまったのだ、と思った》

あるいは。

《よるべない孤児になったような冷え冷えとした寂寥感が迫ってくる》

たぶん、『名誉と恍惚』だけでなく、松浦の作品を貫いているひとつの重要な感覚は、「孤児性」の認識がもたらす、この「寂寥感」なのだろうと思われる。

ところで。

この『名誉と恍惚』の物語世界に入っていくには、いくらかの忍耐が必要となるかもしれない。作者は、必ずしも、一気にその陰謀劇の核心まで連れていってくれはしないからだ。

すべてがゆっくり進んでいく。

芹沢一郎の人となりもひとつひとつことさらゆっくり明らかにされていく。

そのゆっくりさは、瞬間を微分する叙述法によって、さらに引き伸ばされる。象徴的なのは、芹沢と美雨との初めての遭遇の瞬間を微分しているところだ。時間にして数秒のところを二ページ以上もかけて叙述していく。

《瞬間という非常に短い時間にも多くのことが起こりうる。瞬間とは実は幾つにも分解されうるもので、ひょっとしたら、じっくりと反省する能力さえ備えていれば人間の感官はそれを無限に細分化することさえ可能なのかもしれない》

そのようにして微分された瞬間が、大きなうねりの中に配置される。ために、物語の動くスピードが遅く感じられるかもしれない。

どこまで行けば物語の中にすっぽり入っていけるかは、読み手によって異なるだろう。主人公の芹沢が、上海の小雨降る夜の街を歩きはじめたところからすぐに入り込める人もいるかもしれない。

あるいは、怜悧な雰囲気を醸し出している陸軍少佐の嘉山が怪しげな依頼をしたところからページを繰るスピードが速くなる人もいるだろう。

たとえ、なかなか入り込めないと感じる読者も、芹沢が美雨と地下のジャズクラブで向かい合う場面まで来ると、二人の関わりがどのようなものに発展してゆくのかと息をつめて見守るようになるかもしれない。

もっとも、そこは上巻二百六十ページあたりである。普通の長編小説なら、終盤に差しかかっているところだろうが、これは文庫本にして上下併せて約九百五十ページなのだから、まだ序盤と言っていい。

そして、芹沢が陰謀の謎の鍵を握っていると信じ、あちこち捜し回った末にようやく摑まえたアナトリーが、芹沢に、あるひとことを発するところまでくると、もうこの世界から抜け出せなくなっているはずだ。

私はこの『名誉と恍惚』を読み進めるうちに、当然のことながら、主人公の芹沢に同一化しつつ、上海の街を歩くようになっていた。芹沢は、私が行きたかった、そして生きたかった夢の都市、上海に行き、生き、歩いているのだ。

厄介な頼み事をされ、その役目をなんとか果たすと、さらに面倒なことに巻き込まれていく。私は、そのプロセスを芹沢と共に、というより芹沢に成り代わって生きていくということをしていくうちに、思いもよらない一行に出会った。

芹沢が、当時の世界地図を眺めていて、日本を中心に台湾、南樺太、朝鮮が自国の領土を意味する赤に塗りつぶされているのを見て、次のような感慨を抱く。

《このうち朝鮮半島は、おれの生まれた明治四十二年にはまだ赤く塗られていなかったのだ、と芹沢はぼんやりと考えた》

芹沢は明治四十二年生まれだった！

それが、私にとっての極めて個人的な驚きを生んだ。実は、私の父も芹沢と同じ明治四十二年生まれだったのだ。

その一行によって、この『名誉と恍惚』の読者としての私は、不思議な感覚を持って読み進めるようになっていった。これは主人公の芹沢に同一化した自分の物語であると同時に、私の父が生きたかもしれない彼の青春の物語でもあるという、その二つの感覚が重なり合いながら私の意識の中を行き来するようになったのだ。

もとより、二郎という名を持つ私の父の青春は、一郎という名の芹沢のそれとはまったく異なる軌跡を描いている。

何かに煩悶していた父は、学校を中退して全国を放浪していたらしい。そして、福井県の永平寺でしばらく暮らしたあと、京都の宗教的な修養施設で修行中、居所を突き止めた祖父の会社の番頭的な重役の迎えによって東京に連れ戻されることになった、という。長らく抱いていた煩悶に何らかの解決があったのかどうかはわからないが、そのあとは兄と二人で祖父の会社に入り、戦災によってすべてを失うまで黙々と会社の経営に携わっていたらしい。

その父が、旅する土地を「内地」だけでなく「外地」に求めていたら、もしかしたら、芹沢一郎のような「生」を生きたかもしれないのだ……。

私にとって芹沢は、自分が夢見たような上海を生きてくれる存在であると共に、父にありえたかもしれない青春を生きる存在ともなって、ますますこの『名誉と恍惚』の世界に深く入り込むことになった。

第I部の最後、芹沢一郎は後戻りのできない罪、殺人を犯す。

それは、私に高見順の『いやな感じ』を想起させる。

この『いやな感じ』もまた私にとって衝撃的な物語だった。たぶん、私の「魔都上海」のイメージは、この『いやな感じ』の上海によっても大きく影響されている。

その主人公の加柴四郎はアナキストであると同時に、生き残ってしまったテロリストでもある。そして流れ着いた上海で人を殺し、ついには日本兵と共に中国人の捕虜の首を日本刀で斬り落とすに至る。

《「あ、は、は、は」

笑いはとめどなくつづいて、とまらなかった。気が狂った笑いを俺は笑いつづけながら、穴のなかにころげ落ちた》

これが『いやな感じ』の最後のシーンだ。

時は昭和十三年。

そして、同じ昭和十三年の上海で、しかし、『名誉と恍惚』の芹沢一郎は、殺した男の横に転がりながら、息を整える。

《はっはっはっはっという短い忙しない息遣いがいつまで経っても収まらない。それでも、じっとしているうちに少しは呼吸が楽になってきたのを感じ、芹沢は少しずつ少しずつ上半身を起こしていった》

そして、そこから第Ⅱ部に向かって走り出す。『名誉と恍惚』は『いやな感じ』が終わったところから、つまり主人公が「穴」を脱出するところから第Ⅱ部を始めるのだ。

ゆっくりとした物語の運びの中に小さな伏線が各所に配置されていて、それが思わぬところで回収されていく見事さに驚かされる。

まさにそれはサスペンス小説を読む楽しさであるのだろう。

そう、これはサスペンス小説であり、サスペンス映画の原作としても一級品のものなのだ。

戦前の上海を舞台にした映画はいくつもある。古くは『支那の夜』から始まり、『上海バンスキング』『太陽の帝国』『花の影』『上海グランド』『ラスト、コーション』『ワンス・アポン・ア・タイム・イン・上海』……。

だが、この『名誉と恍惚』は、それらに劣らず、いや、それ以上に、映画的な展開に向いている作品だと思える。

主人公が陰謀に巻き込まれ、まるで深い海に沈んでいくかのように下降に下降を重ねていく序盤。

そこから浮上して、少しずつ息をついで回復していく中盤。

さらに新たな希望に向かって泳いでいく終盤。

そして、ついに破滅かと思われる地点からの大逆転によって、一種のハッピーエンドを迎えるラスト。

映画化に際しての問題は、金がかかりすぎる懸念があるというところかもしれないが、それ以上に、台詞の多くが中国語だということかもしれない。つまり、そのような中国語を操れる、若く魅力的な日本の男優がいないというところが最大の問題かもしれないのだ。

この映画で芹沢一郎を演じたい、と中国語を必死に学ぶような若い俳優が出てくることを祈りたいような気がする。

そのとき、ファーストシーンの舞台は、昭和十年代の上海だろうか。あるいは、半世紀後の香港だろうか……。

本書は二〇一七年三月、新潮社より刊行された。

名誉と恍惚(下)

2024年2月15日　第1刷発行

著　者　松浦寿輝（まつうらひさき）

発行者　坂本政謙

発行所　株式会社　岩波書店
〒101-8002 東京都千代田区一ツ橋2-5-5
案内 03-5210-4000　営業部 03-5210-4111
https://www.iwanami.co.jp/

印刷・精興社　製本・中永製本

ISBN 978-4-00-602358-4　　Printed in Japan

岩波現代文庫創刊二〇年に際して

二一世紀が始まってからすでに二〇年が経とうとしています。この間のグローバル化の急激な進行は世界のあり方を大きく変えました。世界規模で経済や情報の結びつきが強まるとともに、国境を越えた人の移動は日常の光景となり、今やどこに住んでいても、私たちの暮らしは世界中の様々な出来事と無関係ではいられません。しかし、グローバル化の中で否応なくもたらされる「他者」との出会いや交流は、新たな文化や価値観だけではなく、摩擦や衝突、そしてしばしば憎悪までをも生み出しています。グローバル化にともなう副作用は、その恩恵を遥かにこえていると言わざるを得ません。

今私たちに求められているのは、国内、国外にかかわらず、異なる歴史や経験、文化を持つ「他者」と向き合い、よりよい関係を結び直してゆくための想像力、構想力ではないでしょうか。

新世紀の到来を目前にした二〇〇〇年一月に創刊された岩波現代文庫は、この二〇年を通して、哲学や歴史、経済、自然科学から、小説やエッセイ、ルポルタージュにいたるまで幅広いジャンルの書目を刊行してきました。一〇〇〇点を超える書目には、人類が直面してきた様々な課題と、試行錯誤の営みが刻まれています。読書を通した過去の「他者」との出会いから得られる知識や経験は、私たちがよりよい社会を作り上げてゆくために大きな示唆を与えてくれるはずです。

一冊の本が世界を変える大きな力を持つことを信じ、岩波現代文庫はこれからもさらなるラインナップの充実をめざしてゆきます。

（二〇二〇年一月）

岩波現代文庫［文芸］

B318
振仮名の歴史
今野真二

「振仮名の歴史」って？　平安時代から現代まで続く「振仮名の歴史」を辿りながら、日本語表現の面白さを追体験してみましょう。

B319
上方落語ノート 第一集
桂　米朝

上方落語をはじめ芸能・文化に関する論考・考証集の第一集。「花柳芳兵衛聞き書」「ネタ裏おもて」「考証断片」など。

〈解説〉山田庄一

B320
上方落語ノート 第二集
桂　米朝

名著として知られる『続・上方落語ノート』を文庫化。「落語と能狂言」「芸の虚と実」「落語の面白さとは」など収録。

〈解説〉石毛直道

B321
上方落語ノート 第三集
桂　米朝

名著の三集を文庫化。「先輩諸師のこと」「不易と流行」「天満・宮崎亭」「考証断片・その三」など収録。〈解説〉廓　正子

B322
上方落語ノート 第四集
桂　米朝

名著の第四集。「考証断片・その四」「風流昔噺」などのほか、青蛙房版刊行後の雑誌連載分も併せて収める。全四集。

〈解説〉矢野誠一

2024. 2

岩波現代文庫［文芸］

B323
可能性としての戦後以後
加藤典洋

戦後の思想空間の歪みと分裂を批判的に解体し大反響を呼んできた著者の、戦後的思考の更新と新たな構築への意欲を刻んだ評論集。〈解説〉大澤真幸

B324
メメント・モリ
原田宗典

死の淵より舞い戻り、火宅の人たる自身の半生を小説的真実として描き切った渾身の作。懊悩の果てに光り輝く魂の遍歴。

B325
遠い声
―管野須賀子―
瀬戸内寂聴

大逆事件により死刑に処せられた管野須賀子。享年二九歳。死を目前に胸中に去来する、恋と革命に生きた波乱の生涯。渾身の長編伝記小説。〈解説〉栗原 康

B326
一〇一年目の孤独
―希望の場所を求めて―
高橋源一郎

「弱さ」から世界を見る。生きるという営みの中に何が起きているのか。著者初のルポルタージュ。文庫版のための長いあとがき付き。

B327
石の肺
―僕のアスベスト履歴書―
佐伯一麦

電気工時代の体験と職人仲間の肉声を交えアスベスト禍の実態と被害者の苦しみを記録した傑作ノンフィクション。〈解説〉武田砂鉄

2024. 2

岩波現代文庫［文芸］

B328
冬の蕾
―ベアテ・シロタと女性の権利―
樹村みのり

無権利状態にあった日本の女性に、男女平等条項という「蕾」をもたらしたベアテ・シロタの生涯をたどる名作漫画を文庫化。〈解説〉田嶋陽子

B329
青い花
辺見庸

男はただ鉄路を歩く。マスクをつけた人びとが彷徨う世界で「青い花」の幻影を抱え……。災厄の夜に妖しく咲くディストピアの〝愛〟と〝美〟。現代の黙示録。〈解説〉小池昌代

B330
書聖王羲之
―その謎を解く―
魚住和晃

日中の文献を読み解くと同時に、書作品をつぶさに検証。歴史と書法の両面から、知られざる王羲之の実像を解き明かす。

B331
霧の犬
―a dog in the fog―
辺見庸

恐怖党の跋扈する異様な霧の世界を描く表題作ほか、殺人や戦争、歴史と記憶をめぐる終わりの感覚に満ちた中短編四作を収める。終末の風景、滅びの日々。〈解説〉沼野充義

B332
増補 オーウェルのマザー・グース
―歌の力、語りの力―
川端康雄

政治的な含意が強調されるオーウェルの作品群に、伝承童謡や伝統文化、ユーモアの要素を読み解く著者の代表作。関連エッセイ三本を追加した決定版論集。

2024. 2

B333
六代目圓生コレクション
寄席育ち
三遊亭圓生

圓生みずから、生い立ち、修業時代、芸談、噺家列伝などをつぶさに語る。綿密な考証も施され、資料としても貴重。〈解説〉延広真治

B334
六代目圓生コレクション
明治の寄席芸人
三遊亭圓生

圓朝、圓遊、圓喬など名人上手から、知られざる芸人まで。一六〇余名の芸と人物像を、六代目圓生がつぶさに語る。〈解説〉田中優子

B335
六代目圓生コレクション
寄席楽屋帳
三遊亭圓生

『寄席育ち』以後、昭和の名人として活躍した日々を語る。思い出の寄席歳時記や風物詩も収録。聞き手・山本進。〈解説〉京須偕充

B336
六代目圓生コレクション
寄席切絵図
三遊亭圓生

寄席が繁盛した時代の記憶を語り下ろす。各地の寄席それぞれの特徴、雰囲気、周辺の街並み、芸談などを綴る。全四巻。〈解説〉寺脇研

B337
コブのない駱駝
—きたやまおさむ「心」の軌跡—
きたやまおさむ

ミュージシャン、作詞家、精神科医として活躍してきた著者の自伝。波乱に満ちた人生を自ら分析し、生きるヒントを説く。鴻上尚史氏との対談を収録。

岩波現代文庫[文芸]

B338-339
ハルコロ (1)(2)
石坂　啓漫画
本多勝一原作
萱野　茂監修

一人のアイヌ女性の生涯を軸に、日々の暮らしや祭り、誕生と死にまつわる文化など、アイヌの世界を生き生きと描く物語。〈解説〉本多勝一・萱野茂・中川裕

B340
ドストエフスキーとの旅
―遍歴する魂の記録―
亀山郁夫

ドストエフスキーの「新訳」で名高い著者が、生涯にわたるドストエフスキーにまつわる体験を綴った自伝的エッセイ。〈解説〉野崎歓

B341
彼らの犯罪
樹村みのり

凄惨な強姦殺人、カルトの洗脳、家庭内暴力と息子殺し……。事件が照射する人間と社会の深淵を描いた短編漫画集。〈解説〉鈴木朋絵

B342
私の日本語雑記
中井久夫

精神科医、エッセイスト、翻訳家でもある著者の、言葉をめぐる多彩な経験を綴ったエッセイ集。独特な知的刺激に満ちた日本語論。〈解説〉小池昌代

B343
みつけかた ほんとうのリーダーの 増補版
梨木香歩

誰かの大きな声に流されることなく、自分自身で考え抜くために。選挙不正を告発した少女をめぐるエッセイを増補。〈解説〉若松英輔

B344
狡智の文化史
―人はなぜ騙すのか―
山本幸司

嘘、偽り、詐欺、謀略……。「狡智」という厄介な知のあり方と人間の本性との関わりについて、古今東西の史書・文学・神話・民話などを素材に考える。

B345
和の思想
―日本人の創造力―
長谷川櫂

和とは、海を越えてもたらされる異なる文化を受容・選択し、この国にふさわしく作り替える創造的な力・運動体である。〈解説〉中村桂子

B346
アジアの孤児
呉濁流

植民統治下の台湾人が生きた矛盾と苦悩を克明に描き、戦後に日本語で発表された、台湾文学の古典的名作。〈解説〉山口守

B347
小説家の四季
1988―2002
佐藤正午

小説家は、日々の暮らしのなかに、なにを見つめているのだろう――。佐世保発の「ライフワーク的エッセイ」、第1期を収録!

B348
小説家の四季
2007―2015
佐藤正午

『アンダーリポート』『身の上話』『鳩の撃退法』、そして……。名作を生む日々の暮らしを軽妙洒脱に綴る「文芸的身辺雑記」、第2期を収録!

2024. 2

B349
増補 もうすぐやってくる尊皇攘夷思想のために
加藤典洋
幕末、戦前、そして現在。三度訪れるナショナリズムの起源としての尊皇攘夷思想に向き合うために。晩年の思索の増補決定版。〈解説〉野口良平

B350
大きな字で書くこと／僕の一〇〇〇と一つの夜
加藤典洋
批評家・加藤典洋が自らを回顧する連載を中心に、発病後も書き続けられた最後のことばたち。没後刊行された私家版の詩集と併録。〈解説〉荒川洋治

B351
母の発達・アケボノノ帯
笙野頼子
縮んで殺された母は五十音に分裂して再生した。母性神話の着ぐるみを脱いで喰らってウンコにした、一読必笑、最強のおかあさん小説が再来。幻の怪作「アケボノノ帯」併収。

B352
日没
桐野夏生
海崖に聳える〈作家収容所〉を舞台に極限の恐怖を描き、日本を震撼させた衝撃作。「その恐ろしさに、読むことを中断するのは絶対に不可能だ」(筒井康隆)。〈解説〉沼野充義

B353
新版 一陽来復
―中国古典に四季を味わう―
井波律子
巡りゆく季節を彩る花木や風物に、中国古典詩文の鮮やかな情景を重ねて、心伸びやかに生きようとする日常を綴った珠玉の随筆集。〈解説〉井波陵一

2024.2

岩波現代文庫［文芸］

B354
未闘病記
―膠原病、「混合性結合組織病」の―
笙野頼子

芥川賞作家が十代から苦しんだ痛みと消耗は十万人に数人の難病だった。病と「同行二人」の半生を描く野間文芸賞受賞作の文庫化。講演録「膠原病を生き抜こう」を併せ収録。

B355
定本 批評メディア論
―戦前期日本の論壇と文壇―
大澤聡

論壇／文壇とは何か。批評はいかにして可能か。日本の言論インフラの基本構造を膨大な資料から解析した注目の書が、大幅な改稿により「定本」として再生する。

B356
さだの辞書
さだまさし

「目が点になる」の『広辞苑 第五版』収録をご縁に27の三題噺で語る。温かな人柄、ユーモアにセンスが溢れ、多芸多才の秘密も見える。〈解説〉春風亭一之輔

B357-358
名誉と恍惚（上・下）
松浦寿輝

戦時下の上海で陰謀に巻き込まれ、すべてを失った日本人警官の数奇な人生。その悲哀を描く著者渾身の一三〇〇枚。谷崎潤一郎賞、ドゥマゴ文学賞受賞作。〈解説〉沢木耕太郎

2024.2